烟雨阁传说

之 市井珍馐

十月十二 著

贵州出版集团
贵州人民出版社

图书在版编目（CIP）数据

烟雨阁传说之市井珍馐 / 十月十二著. —贵阳：贵州人民出版社，2018.11

ISBN 978-7-221-14904-6

Ⅰ.①烟⋯ Ⅱ.①十⋯ Ⅲ.①志怪小说－中国－当代 Ⅳ.①I247.5

中国版本图书馆CIP数据核字（2018）第265439号

烟雨阁传说之市井珍馐

十月十二 / 著

总 策 划 陈继光
责任编辑 潘 媛
特约编辑 季佩佩
版式设计 陈 晨
封面设计 源画设计
出版发行 贵州人民出版社（贵阳市观山湖区会展东路SOHO办公区A座）
印　　刷 长沙鸿发印务实业有限公司（长沙市黄花工业园3号）
版　　次 2019年3月第1版
印　　次 2019年3月第1次
印　　张 20
字　　数 280千字
开　　本 710mm×1000mm　1/16
书　　号 ISBN 978-7-221-14904-6
定　　价 42.00元

目录

下册

第1章　大雪（上）

从良的钰霜姑娘嫁作商人妇，生下公子。满月的时候，梅菜前去贺喜，没想到，公子却被妖怪掠走了。

刮风，刮风，整日整夜地刮风，风在房顶上呼啸而过，仿佛要掀翻屋顶。虽说外面是响晴的天气，可是我也不愿意出屋子。

近来送夜宵成了苦差事，偏生狐狸围巾又丢了，我缩着脖子走出家门，去送琉璃姑娘点的四喜丸子。

四喜丸子也叫狮子头，本是出名的鲁菜，乃是取新鲜匀净的猪五花，将猪毛烧一烧，猪五花切成小小方丁，以沸水氽烫出血水，葱姜剁碎末，将肉丁、葱姜末、酱油、细盐、香油、虾米、香菇末、料酒搅拌均匀。四喜丸子寓意福、禄、寿、喜四件喜事，是以须细细抟成四个大丸子。

也有姑娘嫌光是肉过于油腻，爹便以水煮蛋剥皮，外面裹上厚厚肉末，抟好后亦是肉丸子样，打个新鲜鸡蛋加干粉调糊，将四喜丸子个个滚满蛋糊，轻轻滑下油锅，炸至八成熟时捞出。取紫砂锅放入丸子，以高汤缓缓注入，加酱油、姜片、枸杞、八角、小茴香，待高汤烧沸，微火慢慢炖至软嫩烂熟，盛出浇上高汤，撒上绿白相间的葱花碎，便是飘香四溢、暖口暖心的四喜丸子。

四喜丸子连汤汁置于粉彩大汤碗，金黄酥嫩，汤汁清醇，软烂又不腻人，是冬季里有钱人常吃的夜宵。我闻着四喜丸子的香气，不知道吞了多少次的口水，方送到琉璃姑娘房里。

琉璃姑娘的丫鬟青青瞧见我来，早笑靥如花迎出来，接过食盒笑道："倒教我们小梅菜受冻了。"便伸手捂捂我冰凉的手，"今日里钰霜姑娘过来打茶围，横竖不是外人，多少日子未见，你也来喝口茶暖暖小肚子，可好？”

钰霜姑娘是前年嫁到富贵人家的姐儿，平素最喜吃四喜丸子，难怪琉璃姑娘订这个。那钰霜姑娘平日倒最是平易近人，从来不拿架子，她这一走两年，我倒也怪想她的，忙应了赶紧进去。

屋里暖香扑面，教人心旷神怡，内里围着貂毛大氅，穿大红撒花绫子百褶裙的，不是钰霜姑娘是谁？却不知富贵人家规矩自是极严的，怎生能回这烟雨阁看姐妹呢？

钰霜姑娘瞧见我，笑道：“哟，一两年间不见，我们梅菜也长成大姑娘啦！”

只见钰霜姑娘较往年肌肤微丰，脂融粉艳，更是添了许多风韵。我忙笑道：“钰霜姑娘好福气！越见气派啦！”

钰霜姑娘笑道：“小人儿，越发伶俐了，怎的教人不疼？”抬手摸摸我脸，露出手腕上好大一个镶着珠翠宝石的金镯子。

琉璃姑娘眼尖，笑道：“可不是梅菜都瞧出姐姐富贵了！这金镯子像是西域流过来的样子，可不便宜！”

钰霜姑娘淡淡笑道：“首饰头面，在烟雨阁方用得上，我日日在深闺大院，戴着给谁看？我倒还嫌个头太大，戴着沉，着实压手。”便自握了握手腕子，果见一道淡淡红痕。

青青笑道：“可见姑爷是疼姑娘的，人道是老夫少妻更是福气，甚是贴心哪！”

钰霜姑娘笑道：“可不是嘛！图也就图个对我的好，要不然，一个油尽灯枯的老头子，谁愿意日日守着。”还叹口气。

我记得钰霜姑娘嫁了一个广有田地的财主做妾，也算有个好归宿。那财主正房夫人好像不能生养，接连再娶小妾也未见有后，想到这里，不经意往钰霜姑娘腹际一瞄，可不是高高隆起，是有孕在身的样子哪！

青青笑道：“现下姑娘有了身孕，越发地好福气了，他日生得小公子，好日子还在后头哪！”

钰霜姑娘笑道：“那便谢青青吉言了！若当真是公子，少不得封个红包与你吃喜！”边说，边低头爱怜地抚摸着自己的肚子。

我忙问：“钰霜姑娘何时的月子？可要当心身体，梅菜便是冬日的生日，娘说大冷天坐月子很受罪哪！”

钰霜姑娘笑道：“家里通共这一个孩子，怎么也会细心照应着我，过了生产那一关，罪是受不着的，估摸着也就这几天了。”说着，脸上越发是幸福满溢的样子。

不想琉璃姑娘倒是触景生情，红了眼眶道：“姐姐当真命好，这里的女子，哪有几个这种运道的，只不知我以后年老色衰了，会落个什么光景？”

钰霜姑娘忙掏出锦帕替琉璃姑娘拭泪，道：“好端端的，怎生说风便是雨？人命天注定，倘若他日你那郎君高中，可不你也端的是个一品夫人吗？咱们这种女子，事事由不得自己，感伤也没有用，还是快别哭了，眼睛桃儿似的，掌灯怎生迎客人？”

青青也忙端水给琉璃姑娘擦脸，我见状也道：“琉璃姑娘莫伤心，人但凡活着，早晚有好事哪！”

本来黯然神伤的几个姑娘倒笑了，青青笑道：“不活着，难道还要死了去！刚说你伶俐，这会偏又说起傻话来。”

我倒是想起了那能给人改命运的黑猫老君眉，不知道他跑到哪里去了，有没有危害人间。但瞧着时候不早，我还要回家帮忙，便告辞了要走。钰霜姑娘拉住我道：“得了空去紫阳花街大石狮子门口找我，月子里定是吃什么都没滋味，我也订些精细吃食，一直不爱吃自家厨子那手艺，东西做得忒糙，着实不好入口。你且当找姐姐玩一趟，可好？”边塞给我一角银子：“姐姐与你买糖吃。”

我推辞不过，便红着脸收下了。忙也就跑回家帮爹做杂活了。

过了几日，又是响晴天，下午爹去后厨熬皮蛋瘦肉粥，我闻着一股子香气，在铺子柜台上百无聊赖地支着头，晒着太阳打瞌睡，太阳透过闭着的眼皮，都变成金色的，教人好不惬意。正当我快睡着的时候，一个冰凉的小指头点住我的额头，一阵娇俏声音笑道：“小梅菜，可不是教姐姐抓着你偷懒了吗？”

我惊得忙睁开眼睛，阳光晃眼，眯了眼睛一瞧，却是青青正笑吟吟瞧着我呢！

我揉揉眼睛笑道：“青青姐姐可吓梅菜一跳呢！”

青青笑道：“今日特地过来，倒是有喜报可以说与你听。”

我忙问：“什么喜事？青青姐姐莫非也觅了佳婿？”

青青弹了一下我脑门，笑道：“你这小促狭鬼，也笑话起姐姐来！这喜事呀，是关乎钰霜姑娘的！”

我忙起身道：“可是生了小公子？”

青青笑道：“可不又是梅菜的那机灵劲儿？刚才上街碰见了钰霜姑娘的丫鬟菱角买红糖回去，说当真是个白胖公子哪！”

我忙道：“这可真是好事啊！钰霜姑娘真真是个有福气的！”

青青笑道：“可不是嘛！想必你也知道，在这大户人家，有了小少爷，那可就是有了撑腰的。虽说钰霜姑娘身份到底不高，但此后母以子贵，也就能成得了个夫人了，说话办事，哪里都是底气！”

我对这些深宅大院的事情虽不熟悉，好歹也街谈巷议听说了些，眼看着钰霜姑娘命真是极好的，若是上面有几个少爷，也便不提了，可现如今，生下来便是这丰厚家产的唯一继承人，母凭子贵，钰霜姑娘怎的也得跟着沾光啊！

青青接着说道：“钰霜姑娘没有娘家人，我们姑娘自是不方便瞧她的，这月子里吃喝用度伺候都不愁，最最需要些贴心人。她不是托你上门订点心吗？我也随你去，横竖定也无人识我。”

我忙点头：“好好好！”便面向后厨喊道：“爹，钰霜姑娘生孩子，我要跟青青姐姐瞧瞧钰霜姑娘去，您说带些什么好？”

爹听说，忙从厨房边以围裙擦手边笑道：“钰霜姑娘生孩子了？可真是天大的喜事！前几年钰霜姑娘过生日，咱们也多蒙照应，可不该去瞧瞧！我去煮些红糖醪糟鸡蛋，你去杨婶家把你娘唤回来陪你一道去吧！”

青青笑道：“梅叔可莫要客气，何必惊动梅婶，人多怕也是吵着钰霜姑娘休息，我和梅菜去也便是了。”

爹点点头，便着手煮红糖醪糟鸡蛋去了。

到了那紫阳花街，果然远远便瞧见一对一人多高的大石狮子威武地镇在一个高高的红门口，匾上挂着红绫，红绫下是两个鎏金大字："米府"。

门口站着两个身着土色袍子，系着玄色腰带的家丁。我忙上前招呼道："我是紫玉钗街点心铺子的，前阵子贵府的钰霜奶奶要我在她坐月子时过来送些点心，还请小哥通报。"

那两个家丁觑了我们两眼，便进去通传，不多时，道："随我来吧。"我忙谢了那家丁，跟青青同进内院去了。

米府内果然是气派非凡，绕过了写着巨大的"福"字的影壁，沿着扫得干干净净的白鹅卵石路，便见内庭花木扶疏，栽种着常青的竹子和松柏，还有蜡梅，围绕着一个蓄着水养着锦鲤的大水池。水池中间有座精巧的假山，隐隐还装饰着小小的亭台楼阁，甚是雅致。

过了厢房，那家丁便带我们进了一间隔出来的小小的院落，院落里铺着大块的青石方砖，布着石刻的桌椅，中间还栽了一棵梅树。

撩开红门帘，屋子里生着大火盆，焚着香，真真温暖如春。里间丫鬟亦穿着月白色围着毛领的夹袄，忙把我们让进里屋。

钰霜姑娘正躺在红木雕牡丹花大床上，床上垂着幔子，丫鬟挑开一道缝，只见钰霜姑娘围着护额，怀中正抱着一个瞪着乌黑大眼的小婴儿。

钰霜姑娘见了我们，虚弱笑道："辛苦你们俩大冷天尚赶着来瞧我，横竖不是外人，产后身子虚，我也就不起身了。"

青青忙道："钰霜姑娘可不是见外吗？莫要客套，本便是来瞧你的，怎生能劳动你起身呢？"

我也道："钰霜姑娘身子弱，我爹做了红糖醪糟鸡蛋，姑娘赶紧趁热喝点吧！"

丫鬟伸手接了，拨开围着盖碗的棉花，取了小勺喂到钰霜姑娘口中。

钰霜姑娘犹笑道："还是梅叔手艺好！"时值婴儿许是饿了，哭叫起来，钰霜姑娘忙给婴儿喂奶，但见红红的小嘴使劲吸着，煞是可爱。

青青笑道："这娃儿好一双大眼，真真像足了姑娘！"话音刚落，却见一个干干瘦瘦的老头子进了屋子。

这老头子六十岁开外，一双长长寿眉，花白头发，穿着团寿纹熟褐缎子夹袄，一双长着寿斑的手，拇指上戴了好大一个翡翠八宝扳指。果是悠然的一副富贵相。

只听丫鬟叫了一声“老爷”，我方知此乃米府的米老爷，忙和青青行礼。米老爷倒是个平易近人的，笑道：“不必多礼。”边附身瞧那小少爷。

老来得子，不定得有多疼这孩子呢！

我和青青看也看过了，多留也无甚意味，便告辞要走。钰霜姑娘犹道：“这鸡蛋倒真真不错，若是明日无事，还烦梅菜再送些来与我。横竖月子里烦闷，也好与姐姐聊天。”便又唤丫鬟给我银子，推辞倒不好，我只得收了，答应下来。

回到家中，娘早回来，与杨婶围着火盆嗑瓜子。我忙将钰霜姑娘给的赏银交与娘，娘笑道：“不想钰霜姑娘真真是个好命的，此番有了儿子，可不米府便是她的天下了。”

杨婶把瓜子皮儿往火盆一丢，因而问道：“米府？可是紫阳花街那石狮子门口？”

我点点头：“正是，今日进去得见，真真气派非凡。”

杨婶笑道：“可不是好福气吗！米老爷良田千顷，又开着粮栈，家财万贯，眼瞧着就这么一个后嗣，日后可是大大的吃花不尽，光剩下享福了。”

娘也点头道：“可不是嘛！嫁得这种人家，真真是祖上积德，虽说年轻时沦落风尘，出身多少低些，可诞下唯一的香火，谁不称声奶奶！”

杨婶点头道：“听说那米老爷也最是菩萨心肠，粮栈前日不还设了粥厂，给穷人分吃食呢！我也见过米老爷一次，慈眉善目，一瞧便是好性儿的。”

娘道：“哎，这老夫少妻，自是更得宠了！”

但是今日瞧着那米老爷大概得有六十多岁，钰霜姑娘才二十岁出头，将将能做钰霜姑娘的爷爷了，当真是好福气吗？不过，如人饮水，冷暖自知，外人还是不猜测的好。

这些天，我又喊爹做了红糖醪糟鸡蛋，日日挎上篮子送了去。今日便是孩子满月，不想刚进紫阳花街，倒瞧见李绮堂正带着几个抬着礼物的家丁在米府门口，穿着月白毛领斗篷，戴镶翠玉的狐狸毛帽子，端的是仪表堂堂。

我忙走上前，奇道：“李公子怎生来这里了？”

李绮堂见是我，笑道：“梅姑娘有礼，家父与米世伯向来交好，今日是满月喜宴，家父便叫在下与米世伯相贺。”

原来如此，这大概便是同为富贵人家的交情吧。我便与李绮堂同进了院子。只见今日里热闹非凡，都是些衣冠楚楚的宾客，携带着抬着系红花贺礼的小厮，相互拱手致意。

一个大厅已然设好了宴席，熙熙攘攘好不热闹，婆子媳妇们挽着袖子忙得团团转，一些宾客的孩子打扮得漂漂亮亮，都四处跑跳争糖，整个米府宛如过年一般。李绮堂似是个名人，不少人跟他互相行礼招呼，大概也都是些有交情的富贵人家吧。

钰霜姑娘和米老爷也正端坐在宴席上，小少爷正给搁在摇篮里，睡得正香。

李绮堂见到米老爷，便唤身边人送贺礼恭祝，我也忙把醪醩鸡蛋奉上。

钰霜姑娘笑道：“今日也是好日子，不若梅菜也入席凑凑热闹吧！”

哎哟，梅菜我可从来未曾上过宴席！按说我该推辞，可是一桌子我没吃过的鸡鸭鱼肉参翅鲍肚又丰盛无比，正散发着浓浓香气，真真教我怪舍不得的。正犹豫呢，李绮堂早拉我坐在钰霜姑娘身边，自己也在客座坐下了。

“那梅菜就恭敬不如从命啦！”我强忍着口水说，今日当真好运气哪！

这时几个丫鬟扶着一个雍容华贵的妇人坐在正座上，那妇人年过半百，穿玄色狐狸毛大氅，头上是样式简单的玉钗银簪子，颈上一挂沉甸甸的大珍珠，瞧着倒让人觉得不大可亲，怪敬畏的。

钰霜姑娘忙起身行礼：“太太来了。”

那夫人点点头：“妹妹的好日子，无须多礼，快好生坐着。产后身体虚，可别为了老婆子劳动。”

钰霜姑娘忙道：“夫人说笑了，尊卑有别，钰霜不敢造次。”

妇人笑道：“不怪老爷疼你，嫁过来这两年，可不一直都是恪守本分，最最知礼的，比你那几个姐妹可强多了！”

钰霜姑娘这才又坐下，笑道：“蒙夫人不弃，几个姐妹待我也自是极好的。”

我也无心听她们说什么体己话，待菜上齐，米老爷也动了筷，我忙也夹起那些上等的菜色吃起来。不愧是大家的厨子，一道秘制禾花雀炖得酥软香浓，清蒸鲈鱼更是滋味绵长，其他一些叫不上来菜名的亦是可口至极，我简直不知道如何下筷。

李绮堂见我那样子，也笑着推荐几个菜给我：“菜心烩豆腐很好吃的，那个珍珠八宝羹也不错……”

这时钰霜姑娘起身说要给孩子喂奶，便由丫鬟陪着抱孩子回房去了，我招呼过了继续吃。

过了半晌，我实在是吃不下来了，只得对着余下没尝过的东西干瞪眼，突然听见后堂一阵乱嚷，不晓得什么事。

宾客们纷纷侧目，米夫人严峻的脸上有一丝不耐烦：“这些下人们，越发没有规矩！凤儿，速速去瞧瞧是哪一个在大喜的日子捣乱，还把不把家法放在眼里？”

米老爷劝道：“人多手杂，慌了些也是有的，夫人不必动气。”

米夫人那丫鬟一听，忙扭着柳腰急急去后堂了。

不多时，那凤儿脸色煞白，慌慌张张地跑了来，还撞翻了一个插着花的瓷瓶，当啷一声，又是水又是碎片溅得满地都是。

这凤儿更慌张了，径自跪下低头不语，身子落叶似的只是打战。

米夫人见状怒道：“你们是诚心在这日子口添乱吗？你们都想怎么样？都反了你们了！”

米老爷和气里也带了几分威严，道：“这大喜日子吵吵嚷嚷，也不怕贵客笑话！凤儿，起来慢慢说，究竟怎么回事？”

凤儿见状也顾不得跪了，起身就往米夫人、米老爷耳边低语几句，米夫人一声“什么！”便站起身来，米老爷手里本拿了个茶碗，听了凤儿的话，那手一哆嗦，茶碗登时当啷滚落在地，人也晃晃荡荡差点儿从椅子上跌下来。

早有丫鬟扶起米老爷，米老爷青白了脸，道声失礼，便急匆匆地往后堂去了。米夫人本也想跟去，但碍于满堂宾客，只得强颜欢笑道：“列位见笑，家中杂事，莫要扰了大家兴致。大家先行用餐，我去去就回，失陪了。”便在凤儿搀扶下急急去了后堂。

大家交头接耳，都在议论不晓得出了什么事情。这时那凤儿又来了，低声道：“李公子，梅姑娘，老爷后堂有请，烦劳随我过来。”

我自是纳闷儿，跟李绮堂对望一眼，忙随凤儿去了。

后堂还在吵嚷，几个婆子窃窃私语，什么本就是烟花女子，命中没有这个福气什么的，我越发纳闷儿，莫非事情与那小少爷有关？

待进了钰霜姑娘的小院，方听见不知谁在大声啼哭，声音极是悲惨，听着倒有些像钰霜姑娘。奇了，大喜日子哭什么？见着我们来了，米老爷、米夫人忙迎出来，米老爷带着哭腔道：“听闻李公子家世代修道，梅姑娘是龙神祠的信女，可千万给老夫主持公道啊！要不然老夫……老夫可怎生活下去哟……”

说着，竟掉下泪来。

李绮堂忙道：“米世伯是出了什么事，何故如此慌张？还请米世伯慢慢道来。”

米夫人倒是临危不乱的样子，道：“我家老爷伤心过度，实在失态，公子和姑娘莫要见怪。事情实在匪夷所思，这，谁能想到，刚满月的孩子，竟给鬼怪抢走了！”

“什么？”我和李绮堂异口同声，“鬼怪？”

“你们且听钰霜自己说吧！”便把我们让进屋里，李绮堂避嫌站在门帘外，我忙钻进去，见钰霜姑娘两手抓着那摇篮，哭得声嘶力竭，几近背过气去。

我忙问道：“钰霜姑娘是怎么了？小少爷，到底是怎么回事？”

钰霜姑娘抽抽噎噎地哭着，一把抓过我，道：“梅菜，你定要给龙神爷祈愿，教那妖怪还我儿子来！我那儿子，可是我的命根子……”

我忙握住钰霜姑娘冰冷的手，道：“姑娘细细说来，梅菜一定尽力跟龙神爷祈愿！”

钰霜姑娘揉揉通红的眼睛，道：“小少爷饿了，我自带他来后院喂奶，不料刚刚解开衣襟，却见着……见着一个怪物……”说着直颤起来。

我忙问：“钰霜姑娘，到底是什么样的怪物？怎么大白天，竟出来怪物了？”

钰霜姑娘哀怨道：“我正喂奶，忽然瞧见窗户被谁推开，有个脑袋伸进来，瞪着血红的眼睛瞧我和小少爷，长长的黑头发披下来，脸色又黄又胀，两只手是尖尖利爪，好不吓人！我吓呆了……嗓子堵了棉花一般……什么也喊不出来，丫鬟偏又被我支到前堂拿新锦被，只我单身一个。”

“那物便直直进屋，只瞧着小少爷发出桀桀笑声，我吓得紧紧护住了小少爷，不想浑身绵软无力，那物……竟伸出爪子抓过小少爷，抱在怀里便不见了……还请龙神爷做主，教那物速速把孩子还来啊……”

边紧咬着手帕子，又大哭起来：“我的孩儿啊……”

眼见着钰霜姑娘这样子，真真是闻者伤心，见者流泪，教人好不心疼。

我忙宽慰下钰霜姑娘，教丫鬟守着她，回身跑出去，问李绮堂：“李公子可听见钰霜姑娘的话了？”

米老爷和米夫人也俱神色紧张地盯着李绮堂。

李绮堂点点头，我忙问，“可有什么头绪？”

李绮堂皱眉道：“抢孩子的怪……只怕，是那传说中的姑获鸟。”

“姑获鸟……”我忙问：“那是什么东西？”

李绮堂道：“是一种由来已久的妖物，难产而死的怨灵化成，脱羽衣便可化成妇人，穿羽衣亦可化成鸟。若是有小儿的衣服晾在外面夜里未曾收起来，给它发现了，便会滴血为记，有机会便要来夺取孩子的。”

“肯定是这种东西！”我义愤填膺道，“可不是钰霜姑娘说的那样吗？定是穿上了那劳什子羽衣，化作鸟掠了小少爷飞走了！”

李绮堂点点头，却是百思不得其解的样子：“在下也疑是此物，不过……”

米老爷忙问：“世侄，可有什么线索？”

米夫人亦是攥紧了手帕子，神色十分紧张。

李绮堂道：“姑获鸟从来都是夏天出现，且昼伏夜出，此间是隆冬天气，又是白天，因何此物竟如此大胆，光天化日便来行凶？实实教人费解。”

米老爷忙道：“这些怪力乱神老夫也不懂，老夫后嗣单薄，独独老来得子，正庆幸没有愧对列祖列宗，偏又给怪物掠了去……”说着擦擦眼泪，“但求世侄想想办法，可否能把小儿夺回？”

李绮堂行礼道：“小侄一定竭尽所能，探查那行为反常的姑获鸟，力求把小少爷平安救出！”

米老爷颤巍巍地回礼道：“若小儿命大，世侄当真能教他虎口脱险，老夫一家感激涕零。日后李氏一族若有什么吩咐，米府当肝脑涂地，以报万一！”

米夫人忙躬身也行礼作拜：“还望世侄定要救下孩儿，此乃我米家唯一的后嗣啊！这个孩子取名敬安，亦是希望他礼敬长辈，一世平安，不想……”边说，边用手绢擦起泪来。

李绮堂忙扶起米老爷夫妇，道：“米世伯、米夫人言重了，万勿多礼，折煞小侄了！”

我看钰霜姑娘那肝肠寸断的样子，也大为心酸。待李绮堂告别米老爷一家出来，便尾随李绮堂出来，问道：“李公子，可有线索？”

李绮堂道:“这物号称夜游鸟,必是夜里方才活动,此间白天出没,着实诡异。我须得待夜里往城隍庙司妖物的地方查一查，看看究竟为什么此物如此异常。”

我惦记小少爷，问：“那小少爷如今可有危险？”

李绮堂笑道：“这且不妨，姑获鸟掠了小儿，只为弥补自己失去孩子的痛苦，小少爷只怕会被养护得好端端的。且姑获鸟亦能哺乳，敬安少爷当不至于挨饿受冻，但孩子越长越大，若由婴儿化作孩童，姑获鸟便认不出那孩子，孩子方才危险。为今之计，只要尽快找到姑获鸟，想必小少爷福泽深厚，定是平安无事。”

我这才松了一口气，原来小少爷算是被奶妈抱走了，真真出奇。

到了龙神祠，龙井还是老样子，根本懒得用那轻灵的仙体，棍子一样直挺挺地躺在供桌上一动不动，教人端的可惜了那仙体给他用。

瓜片上下蹿着，不知道是不是在捉虫子，倒忙得不亦乐乎。

我奉上米老爷在我临走时唤丫鬟拿给我酬神的酱爆狍子肉，道：“龙神爷，紫阳花街有怪作祟，烦龙神爷定要前往除之啊！”

龙井闻到狍子肉浓郁的香气，一骨碌起身，修长的手极其熟练地打开包肉的干荷叶，那又甜又咸又鲜的味道立时撒满了龙神祠。

瓜片跟一枚离弦的箭一样冲过来，被龙井一巴掌拍到了窗户上。

瓜片似是晕了头，原地扑着翅膀打转。

我忙抱起瓜片，愤愤不平道：“龙神爷未免也太过分了，瓜片不过想分吃一点儿，它一个鹦鹉，能吃多少东西？”

但见龙井用白皙的食指和拇指轻轻一扯，那狍子肉便从骨头上脱下来，一丝丝的肉细嫩无比，被龙井闪电一般塞入口中，不一会儿便只剩下些碎骨。

据说这道菜是关外特产，是以细嫩著称的狍子肉切成块，再用关外特产的秘制黄酱，大火佐以鲜甜的大葱白共猪油快炒出来，外焦香而内软嫩，色香味俱全。我瞧着龙井吃得那么香，不由得也暗暗吞了口口水。

龙井风卷残云地吃净了，又意犹未尽地吮吮手指，笑道：“怎生傻狍子今日如此大方，竟割了自己的肉来供奉？”

我忙道：“那可不是我的肉！这肉名贵得很，是紫阳花街的米老爷特地教我拿了来酬神的。米老爷还说若是龙神爷肯救下他家小少爷，不管什么供奉，甚至再兴建一个大龙神庙都不足表达您的救命之恩哪！”

龙井一听，颇感兴趣：“倒是有些想吃关外的蘑菇和雉鸡了。

你倒说说看，这次是哪个活得不耐烦的在作祟？”

我一瞧龙井无利不起早，忙凑过去道：“龙神爷可知道姑获鸟吗？”

龙井点点头：“自然，不是常见的很吗？跟守宫和蚊子一样，一到夏天就出来兴风作浪。”

我忙道：“龙神爷，如今便有个反其道而行的，这寒冬天气，竟大白天来掠了米老爷家的少爷哪！”

“什么？”龙井挑眉道，“还有这等奇闻？哪儿会有活腻了的姑获鸟这时节白日出来？”

我忙道：“哎呀，是真的！钰霜姑娘那小少爷方刚办满月酒，这不便给那姑获鸟掠去了！还望龙神爷做主，速速把小少爷救回来吧！”

龙井转了转眼珠，笑道：“这倒有趣得很，这种东西三界之内倒无人问津，不若我来凑凑热闹，瞧瞧是哪个姑获鸟。”

我一听，忙道：“但求龙神爷带梅菜去开开眼界吧！都说梅菜是龙神爷的使者，可这使者在外面给人一问三不知，端的还是丢龙神爷的脸哪！”

龙井笑道：“也罢，横竖龙宫鬼市你都去过了，这次带你去妖兽那里游玩游玩。你这运气倒当真不错，还没给老君眉作弄完。”

想来龙井早知道我和老君眉的事情了。

其实羊肉果真只有吃一次的机会，娘为了罚我偷跑，便把生日里那顿羊肉免了，真真教人痛心，说起来还是龙井害的。

但此前可不好得罪龙井，我忙违心地给龙井行礼致谢。

龙井得意忘形地笑道：“不必多礼！”说着便掏出了那旧账册。

第2章　大雪（下）

梅莱跟随龙井去了妖界，见到了真正的姑获鸟，但是没想到，这件事情竟然不是姑获鸟所为。真正隐藏秘密的，正是丢失小少爷的钰霜姑娘。

龙井翻开账册，找到太平猴魁那一页，伸手一敲，那太平猴魁便把脑袋探到了账册之外。

他见到龙井，忙行礼道："不知龙神爷传小的何事？"

龙井大咧咧地指着我道："素闻你收集的皮囊尽天下万物，不知可有姑获鸟的羽衣？"

太平猴魁得意忘形地说："那是自然！我混……我太平猴魁别的不敢说，剥过的皮那可是唯我独尊……"

"行了行了，"龙井不耐烦地摇摇手，"你速速把姑获鸟的皮借与傻狍子罢了！我要带她去姑获鸟住的地方瞧瞧去！"

"是是是。"太平猴魁忙应下，不大一会儿，便从账册那页上拽出一件毛蓬蓬的斗篷，道："这便是姑获鸟的羽衣，当初我在那星月湖畔……"太平猴魁正要兴致盎然地讲述羽衣由来，龙井却啪一下阖上了账册，当真无情无义，接着便拎起那毛斗篷丢给我，道："穿上便可随我去妖界了！"

我忙接下斗篷，不料斗篷虽不小，拿在手里却轻若无物，我细细一瞧，只见斗篷竟是由一根根花色羽毛缀成，摩挲上去光滑柔顺，煞是漂亮。

瓜片已然清醒过来，一瞧那碎骨头，气得一口气没上来，直打嗝，但见这华丽的羽衣，瓜片倒退避三舍。大概瞧见那么多羽毛，觉得兔死狐悲吧！

龙井不耐烦地催道："速速穿上！有什么好瞧的！"

我只得依言披上羽衣，顿时觉得身子往前一倾，竟能瞧见四面八方，而手也化作宽大翅膀，轻轻一振，竟强有力地把自己稳妥地托到半空中，着实有趣。

瓜片害怕得忘记了刚刚才被龙井一巴掌拍飞，忙躲到龙井肩上，道："九头鸟！九头鸟！"

我一愣，怪不得我能瞧见四面八方，难不成，我有九个脑袋，九双眼睛？

龙井薄唇一动，喃喃念出什么听不懂的咒语，只见龙神祠地上忽然出现一个黝黑的洞口，龙井径自沿着洞口的石阶进去了。

我忙也振着翅膀跟上，刚入地洞，便发觉一阵阴风拂过，夹杂一些血腥气，寒冷无比。倒很有些像通往冥门那段路。

龙井拾级而下，越到里面越寒冷，四处黑魆魆，但能瞧出来黑暗中好像隐藏着什么蠕动的东西，咕咕囔囔，怪可怕的。我忙飞近龙井，九个头的九双眼睛都警惕起来，却还是觉得仿若有很多我瞧不见的东西。

暗处突然窜出一个老鼠样的小兽，眼睛是红色的，一副奸诈相，但见它前爪跟人一样抬起，滑稽地朝龙井行礼道："不知饕餮大人莅临妖界，有何见教？小妖乃是玉面小飞鼠，毛遂自荐，愿意给饕餮大人效犬马之劳！"

龙井露出一副和善的笑容，若是不知情的，只怕也就瞧龙井端的可亲，只有我心里明白，他越和蔼，小算盘打得也就越奸猾。

只听龙井和气地问："那自是甚好，不想你倒也是个见过世面会来事的，我倒也正想找个向导。不过我向来也不会白白叨扰，算你今日取了巧宗儿，你有什么想要的，我倒可以与了你。"

那玉面小飞鼠一听喜不自禁，忙顿首道："多谢饕餮大人！小的自小在妖界混……在妖界摸爬滚打，一草一木，皆熟稔于心，只要饕餮大人想知道的，小的自然知无不言，言无不尽！但求……"那玉面小飞鼠龇牙一笑，往龙井耳边低低吱了几声。

龙井心领神会地点点头：“不妨事，我定然教你得偿心愿。”

那玉面小飞鼠一听，喜得见牙不见眼，真不知他们达成了什么交易，倒教我也怪好奇的。

只听龙井问道：“玄阴地那边近来可不怎么太平，我收妖无数，你们大概也有所耳闻。不过今日人间可有妖界的来作祟，我倒想问问你，妖界近来可有什么异事？”

玉面小飞鼠四下一顾，小声道：“不瞒饕餮大人说，小的可是有些门路，得到了些风吹草动的小道消息，据说冥界势力壮大，还想联合了妖界头领，要悄悄谋反，推翻现下天界的统领哪！”

龙井皱眉道：“真有此事？”

那玉面小飞鼠连连点头：“好几个弟兄告诉小的，冥界现下能耐可大得很哪！”

妖界和冥界原来不是一起的吗？化作九头鸟，最可怕的便是一张口都不知道是哪个嘴发出的声音，一会儿左边嘎嘎，一会儿右面吱吱，着实教人一惊一乍，反正也说不来人话，忍着各种问题憋在喉咙，教人好不难受。

那玉面小飞鼠道：“据说冥界正在四处招兵买马，食运黑猫老君眉也给他们笼络过去了，越发如虎添翼。现下妖界亦是暗流涌动，各自有各自的心眼儿，是以不少妖界头目也按捺不住，想到冥界一展身手呢！”

“嗯……”龙井抿了抿薄唇，突然笑道，“当真有趣，哈哈哈哈……”

玉面小飞鼠搔着尖尖的下巴，似是很疑惑龙井的表情，我真想告诉他，龙神爷一向脑子缺根筋，怎么奇特都不为过。

龙井见玉面小飞鼠一副不解其意的样子，甚是失望没得到共鸣，便笑够了，俯身道：“你定是知道星月湖在何处吧？”

玉面小飞鼠点点头：“自然！妖禽皆栖息星月湖，饕餮大人可是想去游览一番？”

龙井左边嘴角往上一翘，颇有些邪气地点点头。

玉面小飞鼠见状，忙起身领路，见我紧追不舍，还挥挥小爪子驱赶我："哪里来的野姑获鸟？这天气是出来作死的吗？速速离去，免得碍了饕餮大人的眼！"

我翻翻眼睛没有理他，龙井做出虚伪的慈悲相，悲天悯人地笑道："不妨，这鸟原是我带来的，只见它流落人间，甚是可怜，一时多事，想把它送回故里罢了。"

玉面小飞鼠听说，忙行礼道："不愧是饕餮大人，真真德高望重，菩萨心肠！"

一个谎话张口就来的神还能被赞德高望重，就算梅菜我再多话，也想不出拿啥来形容这说不出的感受。

只见玉面小飞鼠于前方鬼鬼祟祟地引路，龙井悠然自得地慢慢跟在后面。一路上虽然黑，我却瞧得越发分明，只见路边都是些枯树，长得歪七扭八，还有的好似给雷劈过的样子，从中间断开，露出几个大洞，仿佛是什么东西的巢穴。时不时有壁虎样的东西吱溜溜爬来爬去，爬过的地方留下磷火般的青绿色痕迹，一闪就暗下去了。

树下有些头发似的黑色细丝藤蔓，一簇簇有生命似的往路边爬，好似想缠上龙井的脚，给龙井踩了一下，吃疼似的迅速缩了回去，但是还依然在暗处探头探脑，好似还在等待什么机会。

无数奇形怪状的黑色轮廓若隐若现，蠢蠢欲动，若不是跟着龙井，借我几个胆子，我也不敢往这可怕的地方来。不过现在我披着姑获鸟的皮，也已然是妖怪中的一员了，大家都是同类，我晃晃自己的九个头，心下想着，真真是乌鸦不能说猪黑。

玉面小飞鼠越走越快，我忙振振翅膀跟上，也没有闲心看一眼了。

玉面小飞鼠钻进一个细细岩洞里，龙井催促我也赶紧进去。我费了九牛二虎之力才勉强挤进去，不想洞里豁然开朗，我回头一看，龙井已经站到了我身边，不知道什么时候进来的。

这里有一个非常宽阔的湖，波光粼粼，煞是清亮。湖边有座山，山上全是些岩洞，里面隐隐约约还住着人。

玉面小飞鼠咳嗽两声，用尖细的声音喊道："姑获鸟！龙神饕餮大人来了！"

只听扑簌簌一声，遮天盖日的黑东西扑了来，好似每个岩洞都住着一个和我一模一样的九头姑获鸟，成群结队地飞了来。

姑获鸟落地，羽衣一褪，便成了一个个女子，为首的拜道：“不知饕餮大人前来，有失远迎。不知是哪个姑获鸟得罪了饕餮大人，还望恕罪。”

龙井摆摆手：“无须多礼，我不是过来兴师问罪的。”

那为首的姑获鸟四十岁上下的样子，面色苍白，两手果是钰霜姑娘形容的两只尖爪，煞是可怕。

但见她露出狐疑的神色，又问：“不知龙神大人有何贵干？”又一转头瞧见了我，不由得发出嘎的一声惊叫：“这……这不是扶桑吗？”

扶桑？难不成是那被太平猴魁剥了皮的姑获鸟？

龙井继续笑着扯谎道：“可不是她吗，我机缘巧合救下她，现在供我所用。不过她思乡情切，我带她回星月湖瞧瞧，因着奖赏她做事得体，让她以偿夙愿。”

说得还真是冠冕堂皇啊！难不成教我扮成这副模样，原来是要套姑获鸟的话吗？

姑获鸟首领感激涕零地说：“多谢龙神大人！本以为已然给别的妖怪害死，不想这丫头竟福大命大，能服侍龙神大人，也当真出人头地了……”

我只得跟她们点点头算打过招呼，但愿她们莫要问我什么。

龙井笑笑：“不妨事。不过我听说姑获鸟喜夏夜出去游荡，不知道冬日白昼可能出星月湖？”

姑获鸟首领忙摇头不迭：“除了妖界的寒气，我们可不乐意去别处受冻！羽衣不能抵御人间风霜，我们贸然出去，会给冻死的。再说我们冬日犯困，最喜睡眠，没有愿意出去的。蛙与蛇不也都这样吗？”

如此说来，冬日里消失，原是躲起来休眠了，看来这是姑获鸟的天性，听着这姑获鸟首领的意思，大约并没有冒着风险反其道而行的。但那掠了孩子的，究竟是谁呢？

龙井点点头：“原来如此。”便笑道，“看也看过了，我们可要回去了。”

那些姑获鸟犹亲热地伸着脖子瞧着我，倒教我周身恶寒，听龙井这一说，我如蒙大赦，忙转过头跟龙井回去。

无奈九个头总有朝向后面的，眼见那些可怕面孔依依不舍地瞧着我的背影，当真宛如一场噩梦。

玉面小飞鼠殷勤地带我们回到那遇到他的路口，搓着手怪期待地瞧着龙井。

龙井一副成竹在胸的样子，点了点头，玉面小飞鼠心领神会，又顿首朝龙井拜了拜，一溜烟儿地不见了。

龙井怡然走上台阶，我紧随其后，不经意眼前一亮，只见此身又回到了龙神祠。

龙井瞧瞧我，又伸手挨个儿往我九个脑袋上弹了弹，笑道：“这傻狍子多长了些脑袋，倒也没见聪明多少，一副呆头呆脑的样子，不像九头鸟，倒像九头鹅。”

我想起太平猴魁告诉我拿下皮毛的办法，忙落到地上滚了三下，那羽衣飘然而落。我忙站起来，问龙井：“若那小少爷不是姑获鸟掠去的，钰霜姑娘口里的姑获鸟又是谁呢？”

龙井撇嘴一笑：“这你都看不出来？其中总有一个装神弄鬼的了。”

我一听，龙井似乎完全了然于胸，忙又问：“可是那姑获鸟首领说这个时节不出来，是姑获鸟的天性，倒也不像是假的；而钰霜姑娘那好不容易得了儿子，难道要在满月喜宴上捏造？孩子也确实不见了啊！”

龙井没有理我，反而看向门外，我回头一瞧，却是李绮堂心事重重地来了。

李绮堂给龙井行了礼，道：“龙神爷，在下亦是为紫阳花街那掳走小少爷的怪物来的。在城隍庙妖物司，也确查不出姑获鸟出没过的消息，而妖气的来源，在下偏也实实掌控不出，特来求龙神爷示下。”

龙井笑道：“不妨事，那孩子现下倒平安无事，叫那米老头再备好供品，我给他想办法。”

我这才放下一颗悬着的心，小少爷没事可就太好啦！要不然，不仅可惜了小少爷那样一个人见人爱的孩子，老来得子的米老爷和刚为人母的钰霜姑娘也太可怜了！

李绮堂要去通传，我想先告诉钰霜姑娘他们这个好消息，好教她们放下心来，也跟着李绮堂去了。

路上我打算卖弄下刚刚见过的世面，便故意问李绮堂：“李公子可知那姑获鸟几分？”

李绮堂道：“姑获鸟原是难产产妇不能抚育孩子的怨念化成，据说有九个脑袋，于荆楚最多，现下似乎归妖界治理。妖物司的宗卷上写了是栖息在妖界的星月湖，其他的便不知晓。至于样貌，惭愧得很，在下还不曾见到。”

我虽自己变作过姑获鸟，可实实也不比李绮堂知道得更多，说来也没什么好炫耀的，教我好不泄气。

想起妖界的事，我忙问：“怎生姑获鸟那种害人的妖物，反倒平安无事，未曾有谁收了它们？”

李绮堂道：“三界之中，其实分支很多，妖界也算自成一派。但妖也分两类，一种是自行修炼精气而成的妖，有自己的原形，比如锦毛貂精；还有一种便是压吧虎子，姑获鸟这一类，天生如此，说是妖自也算妖，也可算是一种异兽。精气妖怪行善积德可以修仙，危害人间便会得天谴，而天生的妖自有自的世界，与人井水不犯河水。像这姑获鸟，人人知道孩子衣服不能在外面过夜，只要能有方法预防，便可免受其害。是以这种妖亦是一种存在，自有自的地界，算是与人楚河汉界，划分得清楚。”

原来妖界仿佛是另一个世界，当真是阴森可怕，听了一耳朵冥界要造反的事情，一知半解但也不知道问什么，不过瞧龙井依旧吊儿郎当的样子，大概也不是什么大事吧？他又许了那玉面小飞鼠什么好处呢？总觉得那玉面小飞鼠名副其实，真真贼眉鼠眼，有些古怪，定不是什么好妖怪。

正想着，已然来到了米府，家丁和丫鬟现下已然井井有条地各忙各的，真真训练有素，操持这家业的米夫人当真不简单。

及进了内堂，犹听见钰霜姑娘隐隐约约的抽泣声，米老爷也急得团团转，两只手不知道摆在哪里好，一会儿背过去，一会儿拿出来甩一甩。米夫人则闭着眼睛，正数着佛珠念佛。米老爷一见李绮堂，顿来了精神，忙跑出来问：“怎么样，世侄？可有消息？老夫的敬安小儿怎么样？”

屋里抽泣声也停住了，似是钰霜姑娘一颗心也揪得连哭都忘了。

我嘴快，忙道：“米老爷快吩咐下去备好祭祀庆祝吧，龙神爷说小少爷平安无事哪！”

米老爷这才长长松了一口气，念了声阿弥陀佛，便亲自吩咐下人备祭祀用品了。米夫人倒波澜不惊的样子，但也收了佛珠，吩咐丫鬟好好招待我和李绮堂，道声失礼，扶了丫鬟回房了，大概也放下一颗心。

我估摸着钰霜姑娘定也听了个真切，正想进门报喜，却唬了好大一跳。

钰霜姑娘不知何故，竟已然晕了过去。

这可麻烦了！眼看小少爷平安救下，怎的钰霜姑娘又昏迷不醒？

早有丫鬟去请先生，我急得团团转，赶快找李绮堂想办法。李绮堂听说，奇道：“这是怎么回事？倒未曾见着妖气。”

我也越来越疑惑，莫不是这小少爷平安无事，钰霜姑娘一下子放了心，才突然晕倒的？

待回春堂黄先生急匆匆赶来，摸了钰霜脉相，捻着山羊胡子皱眉道：“也怪，只是疲劳虚弱，也说不出掐不醒的原因。这……老夫也说不出个所以然……”便涨红了脸，“真是惭愧惭愧……”

“叫老头子无须挂怀，她昏睡不醒，不过是装装样子罢了！”我和李绮堂一回头，竟然是龙井不知道什么时候来了。

奇怪，装出来的？为什么钰霜姑娘听说儿子平安，反要装昏？

李绮堂忙要行礼，龙井连连摆手：“罢了，给凡人瞧见，少不了麻烦，我不过是特前来吃供奉的罢了。”

李绮堂点点头表示明白，倒是黄先生瞧我们对着空地点头，有些莫名其妙。

李绮堂便转头对黄先生行礼道：“先生，在下要想办法捉妖，还请行个方便。”

李绮堂的家世人尽皆知，黄先生又给李绮堂瞧过伤，自是知道，一听说有妖，不禁脸色发白，忙不迭地抱着药箱跌跌撞撞地出去了。

龙井瞧着黄先生那害怕的样子轻轻笑道：“该起来把事情说清楚了，若是装装样子便想蒙蔽过去，可未免小瞧了我这一方神祇。这位钰霜，或者，听你的同伴叫你扶桑？”

扶桑？好耳熟的名字，莫不是说，那给太平猴魁剥下羽衣的姑获鸟？那姑获鸟跟钰霜姑娘又有什么关系？

我望向钰霜姑娘，只听她轻笑了几声，道：“小小的事情，竟惊动了龙神爷，真真是命中该着。”便起身苦笑。

我忙问：“扶桑是怎么回事？钰霜姑娘，你……”

钰霜姑娘叹口气：“我便是那被混天猴魁剥下羽衣的姑获鸟扶桑。”

“这……”我望向李绮堂，李绮堂皱眉道：“如夫人是姑获鸟？在下虽道行浅薄，可毕竟自幼能辨妖气，怎的……怎的在下却未曾瞧出？”

钰霜姑娘笑道：“姑获鸟原便是产妇灵魂化成，除了羽衣，我与常人魂魄无异。附在这女子身上，日子久了，吃了人间烟火，自看不出什么端倪，连我自己，几乎也忘了我是个姑获鸟。”

李绮堂为自己看走了眼很是羞愧，白皙面庞红云滚滚，低下了头不吭声了。

我倒没有笑话他的意思，忙劝道：“李公子，人在河边走，哪有不湿鞋，公子莫要自责。”

李绮堂越发窘迫，勉强道了个谢。

龙井笑道：“等供奉也是无聊，你把你的故事讲了来，只当餐前消遣。若你当真有你的苦处，我倒大可以帮帮你。想为人还是想为妖，自己须得想想清楚。”

钰霜姑娘苦笑摇头道：“如今，只怕我做不成人，也做不成妖了……”

我忙道：“钰霜姑娘大可放心，龙神爷慈悲得很，定能相帮钰霜姑娘！”又望向龙井希望他点头赞同，不想他倒嫌我话多的样子，赶苍蝇似的不耐烦，急急挥手叫我噤声。

我只得咕嘟了嘴不语。

钰霜姑娘叹口气，幽怨地说：“当年，星月湖有件劫难。一个出名的妖怪凶横得很，眼看要痛下杀手，首领只得相商，愿意以羽衣保平安，我，便是那最孱弱的牺牲品。大家把我送到妖怪手里时，口口声声说我是群族里的英雄，其实不过是要弃卒保车，顾全大局。”

说着，便冷笑一声：“妖就是妖，不会有人情。”

我想起那些姑获鸟的态度，方恍然大悟，认出来了我当时披的羽衣，原来不是深厚的感情，而是愧疚之情。都是太平猴魁做的孽，我望向龙井，他懒洋洋靠在墙边，似乎早就洞察一切，莫非在妖界，他便瞧出来了异状？

我忙又问：“没有羽衣，姑获鸟便不能活吗？”

钰霜姑娘凄然道：“没有羽衣的庇护，我们只是一团飘浮的魂灵。偏我的运道好，不知何时，落在烟雨阁这重病刚死的钰霜姑娘身上。”

都说烟雨阁是玄阴之地，果然聚拢着如此多的异事。

龙井跳上桌子，盘腿坐下，笑道：“瞧你这意思，是想继续当人了？城隍大概也不会管一个肉身，安分守己地做人便是，何必拿那小少爷耍弄？”

“我也不想……做人自是极好的，偏有不让我好好做人的。”说着钰霜姑娘眼里竟闪出一丝寒光来，哀怨的样子，与鬼魅般的姑获鸟毫无二致。

龙井搔搔头发，笑道：“妖自然不懂人的麻烦事儿，大张旗鼓地喊着孩子丢了，只怕故意说给谁听的吧。”

钰霜姑娘尖尖的指甲狠狠握在手心里，恨恨道：“我只是想养育一个自己的孩子而已……偏偏人心狠毒起来，妖都不如。”

奇怪，米府上下，哪有不爱小少爷的，钰霜姑娘话中有话，还有人要害小少爷不成？

李绮堂低声道：“难不成，是指米夫人？”

钰霜姑娘阴恻恻地说："不是她，还有谁？"

那精明强干、持家有道的米夫人，会害小少爷？

钰霜姑娘接着道："如若我不把敬安藏起来，早晚，给那大夫人害死。"

李绮堂皱眉道："如夫人，其中可有误会？米世伯年事已高，得子不易，因何米夫人要断了自己的后嗣呢？不孝有三无后为大，再怎么善妒，也不应该断了自己一房唯一的香火啊！"

钰霜姑娘眼睛里是足足的恨，却放声大笑起来，显得分外可怕："我误会？她偷偷拿了敬安的尿布去做了什么，我心知肚明。"

大夫人拿了尿布？我狐疑地看着李绮堂，李绮堂也百思不得其解，钰霜姑娘口口声声地说害死小少爷，跟尿布有什么关系？

龙井道："你明明心里明白，冬日姑获鸟不出来，就算她拿了孩子的尿布出去晒，孩子也不会给掠走啊！"

钰霜姑娘尖叫道："虽说她不知道姑获鸟的习性，可是她确有害孩子这个心！"

李绮堂突然道："是了，听米世伯闲聊，确是有提过米夫人娘家，原在荆楚……"

"荆楚……"我记得李绮堂说过，姑获鸟荆楚最多……难不成，是米夫人知道那小儿衣物不得入夜晾在外面，才故意取了小少爷的尿片晾在外面吸引姑获鸟来掠小少爷？

钰霜姑娘道："她这次害不了敬安，还会有下次。姑获鸟夏日里总会飞来，我深知姑获鸟的习性，也深知夫人她那不达目的不罢休的习性。不管我怎么俯首帖耳，她终也防着我，怕她在米家大权旁落……最起码妖害人，你还能知道被妖所害；而人害人，竟半点儿声响不教你听见，便早把你打入万劫不复……我不设计教她自以为奸计得逞，她又怎会放过敬安！"

真相，原来是这样。怪不得米夫人如此镇定自若，感情敬安少爷出了这意外，全是她自己最想要的结果。

人心难测，当真比妖还可怕。

李绮堂道：“如夫人，眼下事情闹得很大，小少爷的事，在下和梅姑娘大可帮如夫人瞒过米府，只说托龙神爷护佑，小少爷已经被平安救下，好让小少爷回家可好？”

钰霜姑娘断然摇摇头，恨恨道：“敬安在这里，绝对活不下去……除非夫人死了，不然，她不会放过我们母子。”

我忙道：“米夫人做的孽，大可以跟米老爷说的……”

钰霜姑娘低下头，轻轻说道：“谁会信我？米府是夫人的天下，一直都是。从老爷的无嗣，到敬安的丢失，都是她一心一意想要的啊！你们帮得了一时，帮不了一世，我现下便是不人不妖的怪物……早知今日，还不若当初失了羽衣，死了反倒干净。”

说着，她望向窗外，苦笑道：“我们姑获鸟，最大的愿望就是养育自己的孩子。可是，现下为了保护住孩子，我宁愿跟他天各一方，永不相见，只盼他平安喜乐。就算我养育不得，知道他好好的，也就是了。”

李绮堂思索片刻，犹豫道：“莫非……如夫人把小少爷送出了宅子，交与外人养育？”

钰霜姑娘发出一种凄苦极了的笑声：“哈哈哈哈……掠别人家孩子收养的姑获鸟，竟亲手送走自己的孩子，这便是美梦成真的报应……妖就是妖，不配享最最想要的母子情深，天伦之乐……”

龙井道：“人世间的事情我不懂，那孩子平安，你也没做什么孽，自己一手策划的闹剧，你要如何收场？”

钰霜姑娘道：“龙神爷慈悲为怀，收了我也罢，但求莫要让我儿回米家，留我儿一条活路。”说着顿首叩拜下去。

龙井撇嘴道：“我可是说一不二的龙神啊！孩子喜报早给说出口，供奉也开口要了，没有办法，只得做做好事，为着这些供奉劳碌，真真不值……”说着长长伸了个懒腰，对钰霜姑娘道：“把孩子带回来吧！米夫人的事情，我给你想办法。”

钰霜姑娘一惊：“此话当真？”

龙井笑道：“吃人嘴软，狍子肉可不能白吃啊！”

钰霜姑娘忙跑了出去，不多时，便抱着锦绣襁褓里的小少爷回来了：“我把敬安托给一对没有孩子的夫妻……怕他们现下要失望了，只愿他们早生贵子。”便用脸与敬安少爷粉嫩嫩的脸庞摩擦摩擦，笑道：“要看龙神爷如何处置夫人了。”

这时外面吵嚷着，早有家丁禀告，说祭祀已准备妥当，那家丁见了敬安少爷，惊得口中能吞下一枚鸡蛋，连连嚷着：“神了……神了……”

忙就去禀告米老爷，龙神爷当真送回了孩子。

龙井吸吸鼻子，自言自语道：“花炊鸭子吗……”便不见了，想来是去吃供奉了，不知道他要怎生处置米夫人。

不多时，米老爷、米夫人俱来了，但见米夫人见了孩子，喜得眉眼俱笑：“敬安……大娘可当真挂念着你……”便抱过孩子，全然不像之前那副淡然的样子，完完全全是爱孩子的母亲一般。米老爷伸手要抱孩子，米夫人只是舍不得放手。钰霜姑娘静静笑着，轻声对我说：“烦梅菜替我多谢龙神爷……”

我心领神会地点点头。

不知道龙井耍了什么花样让冷漠的米夫人转了性，还是说米夫人仍是心口不一呢？但米夫人爱孩子的样子，真真视如己出，着实不像装出来的。

我和李绮堂不由得相视一笑。龙井，现在真的做了一个神该做的事。我着实对他刮目相看。

待回了龙神祠，龙井早吃饱了，在供桌上打瞌睡。玉面小飞鼠竟然也来了，正喜滋滋地在蒲团上剔牙。

李绮堂轻轻拉住我，悄声道：“是吃人欲心的老鼠妖……”遂把我拖到他身后护住，便要掏出天罡剑来。

玉面小飞鼠见状，忙叩首哭叫道：“道长饶命！小的可未曾作恶！左不过小的修仙，吃了人欲心无数，只差一味独占之心，便可功德圆满，做个地仙。前日里才巧遇龙神爷，特托龙神爷想办法，龙神爷神通广大，这才与了小的一味，小的刚刚吃下，即将功德圆满。道长切勿毁小的苦苦修行于一旦啊！”

瓜片插嘴道：“米老太的独占欲！米老太的独占欲！”

原来那米夫人心胸宽广，竟是托玉面小飞鼠吃下独占欲之赐，龙井这个顺水推舟，当真高明！

李绮堂又惊又喜，不由得道：“龙神爷当真了不起，实乃凡人难以捉摸的神通广大！着实教人心生敬仰！”

我心下想着，妖界里与玉面小飞鼠的交易，竟环环相扣地解决了米府的纷争，着实奇妙，可这究竟是龙井的运气还是才智，倒也实在不好说。

龙井依旧闭着眼睛睡得正香，我突然觉得，也许，神就是神，凡人怎能猜到神的作为呢？我定是小看了龙井，龙井真真是个有本事的，所以，才有资格守护妖簿吧？

李绮堂告辞要回去，我也顺路走出来，李绮堂笑道：“龙神爷就是龙神爷。”

我突然也为信女的身份骄傲起来，很用力地点点头。

我们并肩走在光溜溜的白鹅卵石小径上，光秃秃的树干影子投下来成了交错纵横的纹路。天气依旧晌晴，也没有风，寒气自是凛冽，但阳光明媚，竟如春日般和煦，教人心里暖洋洋的。

第3章　冬至（上）

瓣儿看中了教烟雨阁姐儿念书识字的潘生，想要跟潘生在一起，没想到潘生早就心有所属。梅菜被瓣儿拉去帮忙，发现潘生有些地方很不同寻常。

冬至这么一来，哈气成冰的日子到了，院子里的水缸一揭开盖子，早结了厚厚一层冰，倒不若井里的水暖和。

咕咚一声把水桶投到井底，用力拉起来，把清亮亮的水拎进屋里，给爹干活儿用。

冬至这寒冷的天气，最宜吃馄饨。

馄饨是我最最喜欢的食物，一种食物，连菜带主食，还有汤，再没有更全面包容的了。

馄饨皮须做得飞薄而有韧性，才能久煮不烂。我记得须在新麦子粉里搁些碱水，这样煮出来爽滑劲道，口感形状俱佳。

馄饨皮擀作三角小片，以精瘦猪腿肉剁作糜，冬菇、冬笋切末，葱切碎，姜蒜捣成泥以纱布包了挤出汁水入馅，打个鸡蛋，按量调入精盐、酱油、料酒，便是馄饨馅料。

我最爱瞧爹包馄饨，只见爹以筷子点了馅儿飞快抹在馄饨皮上，指头一和，那三角皮儿便包裹了馅料，成了一个精致的帽子形状的馄饨，戏法一般有趣。

馄饨好吃，馄饨汤也好喝。紫砂锅里注入久熬的白色浓鸡汤，小火烧开，轻轻滑入馄饨，撒虾米、紫菜，待馄饨元宝似的鼓囊囊浮出水面，便可盛入青花大汤碗，一勺一勺连馄饨带汤，吃个痛快。

想来更深夜静，就着小泥炉的炭火吃滚烫滚烫的馄饨，加些酱牛肉，真真是人活着的一大享受。

什么时候梅菜我不用送夜宵，而是轮到我能暖乎乎地坐在屋子里，等人送来吃食，大方甩银子打个赏，瞧那人喜不自禁地道谢，才真真是出人头地啊！

烟雨阁风平浪静了好一阵子，近来跟满堂红争客人的情况似颇占上风，莫先生时时精神大好地到处吼叫，瞧得出生意不错，心情大好。

近日里风雅之气大盛，略有些身份的恩客们俱吟咏什么“漏断人初静”的，我也听不懂许多，只是有些姐儿未曾念书，难免尴尬，扫了恩客卖弄风骚的兴致，倘若落下个不解风情的恶名，身价难免低些，是以莫先生不知道听了谁的劝，竟招了位书生教姐儿念书识字，一时间青楼变作学堂，教姐儿们好一派叫苦不迭。

读书人自是清高惯了，似将赚女人钱看作吃软饭，是以非常难找。好不容易当真寻得个有才华的，莫先生怕先生委屈，吩咐须得好好待先生衣食用度，昨才告诉我先生爱吃馄饨，唤我过了午与先生送去。

我倒一直想见见这烟雨阁的私塾什么模样，好容易盼到了时机，忙喜滋滋地挎了篮子去瞧热闹。

不料进来姐儿读书的前庭，倒见一个个姐儿愁眉苦脸地鱼贯而出，大概通诗书的都不必来，而那不识字的现学又甚是遭罪，为着身价高，平素吹拉弹唱的练习亦辛苦至极。连当个姐儿都得十八般武艺样样精通，也当真是怪为难她们的。

我挎着篮子进去，但见一个身材高大，穿墨蓝长衫的书生背对我正望向窗外。

我忙问：“先生，您可是教姐儿念书的？”

那书生回过头来，倒不似一般书生文弱，反而浓眉大眼，颇有英气。只见他粲然一笑，唇红齿白，声音也是爽朗得很：“小生潘阳明，姑娘叫声潘生便是。”

对我一个小跑腿都如此平易近人，必是个好人。

我笑道：“潘先生好，我叫梅菜，不过是点心铺子跑腿的，这是莫先生叫我给先生送来的馄饨。”边拿出馄饨奉上。

潘生点点头道谢。瞧人家吃东西自是不礼貌的，我正要道别，不料潘生倒像是个不拘小节的，边吃馄饨边问："梅菜，你小小年纪便辛苦地跑腿，不知道有没有上过学堂？"

我笑道："先生说笑了，女孩子家家，识得几个字，会写些账目，便够用了。梅菜也不做女驸马，读书倒不若帮爹娘干点活儿实惠。"

潘生皱眉道："都是些女子无才便是德的传统！女子怎么啦？女子中的名家也是大有人在，小生见你一副聪明样子，不学些字，可惜了的。若你有空闲，过午你便来跟姐儿们共上学堂，将来相夫教子，也不是什么坏事儿。"

我本来就爱热闹，一听能来凑份子，自然巴不得的，忙高兴地应下了。

晚上来送夜宵，正碰见瓣儿在门口不知道张望什么，就上前招呼："瓣儿姐姐，大冷天的，这是做什么呢？"

瓣儿用小指头刮刮自己的脸颊，笑道："哎，大冷天的，姐姐倒有些想烤白薯吃，这不，日日有货郎来烟雨阁门口兜售东西，姐姐可不便出来瞧瞧。"便把眼睛往外面一觑，我顺着她眼睛一望，倒看见潘生正背着手瞧月亮。瓣儿瞧着潘生，眼睛里倒含着笑，嘴角弯弯能瞧见晶亮的口水。

这可奇了，瓣儿到底是在等货郎还是看潘生？潘生又有什么好看的。我急着送夜宵，也就告别要走，不想瓣儿扯住我，笑道："听莫先生提，你以后过午给潘先生送馄饨？"

我点点头："是呀，瓣儿姐姐消息好灵通。"

瓣儿得意笑笑："姐姐我的手段，什么打听不出？"我奇道："姐姐打听潘先生做甚？"

瓣儿把指头往头发里一搅，脸色在夜里都有些微微发红："我瞧着呀，这潘先生，倒像是个有作为的……"

瓣儿如此欣赏谁，真真罕见，我一边纳闷儿一边抬脚要走，不料瓣儿竟又一把将我抓回来："慌什么？姐姐有话问你。"

话虽如此，但又欲言又止，着实教人摸不得头脑。

我只好说："姐姐，梅菜怕夜宵凉了，少不得给恩客嫌……"

瓣儿道："理那些恩客做甚？他日姐姐做得一品夫人，给个府邸总管你当。"

我只好笑道："姐姐问吧。"

瓣儿犹疑一下，眼睛一转，指着潘生道："那个潘生，你且帮我盯着点儿，莫要让他跟别的姐儿走得太近，你可明白？"

我吃了一吓，忙道："姐姐，这是为何？潘生可是得罪了你？其实那人很好的……"

瓣儿狠狠一戳我额头："小榆木疙瘩！实话告诉你，那潘生，将来可没准儿便是你瓣儿姐夫。"

"啥？"我瞪大了眼睛，瓣儿瞧上了潘生？

瓣儿羞涩一笑，我赶紧擦了擦眼睛，瓣儿竟然会"羞涩"一笑？真真教人不敢相信自己的眼睛。

我忙问："瓣儿姐姐何故对潘先生青睐有加啊？"

突然听见有人扑哧笑了一声，我回头一瞧，原来是出来迎客的鸾儿，正捂着嘴憋笑呢。瓣儿翻了个白眼，道："什么东西也来打野眼，梅菜，你且去吧，明日姐姐与你细说。"又恋恋不舍地看了潘生一眼，扭着腰肢走远了。

我尚在发愣，鸾儿早过来轻轻一戳我："怎么样？你瓣儿姐姐可是瞧上了这位潘先生？"

我忙点头："鸾儿姐姐也听见了？"

鸾儿笑道："何止听见，姐姐我亲眼瞧见了。"

这会儿她瞧见了我手上的东西，便道："先去送夜宵吧，回头与你细说，倒有趣得紧哪！"

我一听才想起还有夜宵，忙急匆匆地跑去送了。

及到了苜蓿姑娘房里，倒瞧见苜蓿姑娘跟一位年轻公子吟咏什么，少年不知愁滋味，不知道是什么东西，只听那公子鼓掌叹苜蓿姑娘兰心蕙质。苜蓿姑娘农家女出身，斗大的字不识一箧，在烟雨阁是出了名的目不识丁，常给汀兰姑娘拿来开玩笑，现下竟给那公子如此盛赞，想是潘先生的功劳。

次日我一吃了午饭便赶紧喊爹做馄饨，好往烟雨阁跑。及到了门外，正瞧见瓣儿横刀立马地挡在一位货郎前面不让那货郎走，那货郎急得一脸汗，正跟瓣儿求饶："姑奶奶，这生意小的当真做不得！求姑奶奶放了小的这一回吧！"

我忙问："瓣儿姐姐，这是做什么？这哥哥是怎生惹了姐姐？"

瓣儿还没开口，那货郎倒如同见了救星："这位姑娘，可要救救哥哥。哥哥原是收旧货换新货的，这位姑娘要用穿破的绣鞋换一双崭新精绣蝴蝶百花缎子鞋，这、这端的没有道理啊！"

只听瓣儿啐的一声，道："怎生没道理？你做的本就是以新换旧的买卖，旧鞋换新鞋，怎么不对？还是你欺我一个弱女子，面皮薄，能吃亏？你可看错了人！"

那货郎眼看要哭出声来："这这这……以新换旧，原便是把值钱的旧货换作成色差一些的新货，我们才好赚取些微薄利润，养家糊口。可姑娘这双素面布鞋，哪怕崭新，也不如我这精绣蝴蝶百花缎子鞋，何况还是破旧了的。如此能换，我们还怎生做买卖，不是光亏钱，倒不若拿银子白送还好些……"

瓣儿怒道："明明就是以旧换新，现下说什么差价，难道是奸商讹人吗？"

那货郎只得眼巴巴地看着我，可是那瓣儿的气势，我实实也想不出什么话说。眼看货郎可怜，正干着急呢，碰巧潘生听见外面吵嚷，出来看见货郎与瓣儿撕扯，倒是微微一愣，问道："你怎么会在这里？"

瓣儿一见潘生，笑道："原是潘先生，当真见笑，左不过奸商罢了，也罢，今日姑娘且吃亏是福，不与你计较。"便松了手，货郎一见松手，忙不迭挑起货筐飞也似的逃了。

瓣儿在说"见笑"？是"见笑"吗？我可是听错了？

潘生忙道："姑娘言重了。"

瓣儿早飞红了脸："何必见外……我本是最好欺负的，真真须得人护才好。"

潘生似是不大往心里去，只见了我，道："梅菜来了，还不去学堂听课，要开讲了。"便带我进去，我回头看看，瓣儿仍立在远处温柔地看着潘生，着实奇怪。瓣儿眼高过顶，龙井若是没钱，都不大看得上，却为何对这教姐儿念书的潘生如此青睐？

待潘生吃饱，我也坐在一众姐儿后面听潘生教书。午后阳光透过窗纸一照，浑身软绵绵暖洋洋，只想睡上一觉，潘生犹以清朗的声音诵什么：“葡萄美酒夜光杯，欲饮琵琶马上催。”我边想着马爱不爱吃葡萄呢？边竟给睡了过去。

云不时挡住阳光，只觉得忽明忽暗，正迷迷糊糊梦见似是酷暑时节，后园里一串串让人垂涎欲滴的紫葡萄高高挂在藤蔓上，我站在葡萄下馋得直跳脚，却怎生也够不着。

倒是龙井悠闲地过来了，伸出长长的胳膊便采下葡萄丢进嘴里大嚼起来，我谄媚着想讨些来吃，不想这龙井如此抠门，竟一颗也不给我吃。我正在肚子里骂他吝啬，这时南边又来了一匹神骏的黄鬃马，四肢匀称，毛色光亮，端的是匹好马。

那马走近我，用鼻子推着我教我乘上它，我踩着镫子往马背一跃便上去了。待我上了马，那黄鬃马当即撒开蹄子飞奔而去，颠簸得我好不害怕，远远被甩在后面的龙井还喊着：“是妖！傻狍子快跑！是妖……”惊得我一下子睁开眼睛，却见怪道颠簸，原是潘生在摇我。

我刚要张嘴说话，却犹觉口角湿黏，原来我睡着了不说，竟还淌了不少口水出来，当真丢人现眼。

我忙擦擦嘴，不好意思地说：“潘先生见笑啦！都怪梅菜坐的不是地方，这阳光一照，难免让人想睡。”又往旁边一瞧，不知什么时候姐儿们早走光了，定早瞧见我那流着口水睡着的傻样，真真扎眼，我更加懊丧，不知得给姐儿们笑多久。

潘生一笑：“不打紧，许是你干活儿太累，这也没什么，今日的诗可还记得？”

我忙道：“记得记得，马吃葡萄的诗，梅菜也梦见吃葡萄骑马呢！”欸，糟了，竟然把做的梦也说出来，唉，我这张快嘴……

潘生倒也不以为意，道：“许是今日你累了，也罢，回家去吧！明日里早来，小生教你的诗早抄写好了，拿回家念吧！”便给我一张墨汁淋漓的宣纸：“拿回家抄一抄，最好明日能背。”

我接过来一瞧，倒好似是那首诗，还是葡萄和马好认。忙应了背下来，那字写得行云流水，很是飘逸。我虽不识书法，也觉得好看，不由得赞道：“先生好学问，字也写得好，定是寒窗苦读，费了许多年工夫才得如此漂亮的字。”

潘生笑了笑，眼睛弯成新月：“这个吗？小生从未努力过。”

我忙道：“那便是先生天赋异禀，端的是天才哪！”

潘生没有作声，我便告辞了，临走，潘生好似小声说了一句：“不过是有得有失罢了。”

我回头看了他一眼，只见他依旧是背对我，面朝窗子，我只好纳闷儿地出来了。也许有学问的人都有些真性情，自言自语，也不是什么坏事。

出门正碰见鸾儿，鸾儿见了我未语先笑：“怎的，瓣儿可教你看着那瓣儿姐夫了？小梅菜可要尽忠职守，倘若潘先生给别的姐儿勾了去，看你瓣儿姐姐不把你剥皮抽筋。”

我忙道：“正想问问姐姐，那潘先生什么来头，怎的教瓣儿姐姐如此重视？”

鸾儿手帕掩嘴，吃吃笑了起来：“我说，你大概也听瓣儿疯疯癫癫念叨过，她是千金贵体，日后定是一品夫人的命，整日里白日做梦，想着嫁入豪门，是不是？”

我忙点头：“可不是嘛！瓣儿姐姐几次三番说要让我当总管哪！”

鸾儿听了，几乎笑出来了眼泪：“可不是嘛！还说把我和秋儿发配边疆哪！”

我又问：“那这跟潘生有什么关系？”

鸾儿用手绢拭去眼角泪花，道：“说来还是那潘先生新来，沈尚书来听我们姑娘唱戏，倒见着姑娘屋子里有张潘先生写的墨笺，直道好字，便唤了来见。与潘先生一谈，竟是相见恨晚的样子，直说潘先生满腹经纶，出口成章，端的是个才子，定能考取功名，他日只怕权势比沈尚书自己更盛。可巧你瓣儿姐姐听说沈尚书来了，也过来这边寻便宜，全给入了耳朵，直说才子佳人，缘分天定，自己怕便是潘先生将来的夫人哪！”

我恍然大悟：“怪不得瓣儿姐姐直叫我替她看着潘先生！”

鸾儿笑道：“不仅如此，你瓣儿姐姐还说，这便是原配夫妻，未发迹便随了他，可不是教他感恩于心，永世不离不弃嘛！锦上添花容易，雪中送炭难，人心都是肉长的，谁也替不了原配。”

我直听愣了：“瓣儿姐姐想得倒真真长远……”

鸾儿笑道：“可不是嘛！她那副脉脉含情的样子，着实教人发笑，日日发着白日梦，真不知道头里装的是不是豆腐脑。”

这潘生给瓣儿瞧上，真不知是福是祸。

自此我日日来送馄饨听讲课，总能看见瓣儿有心无意在附近晃荡，大冷的天一张胖脸冻得通红，宛如焐熟的秋柿子。

潘生一向不拘小节，除了相互问候，似是没觉得瓣儿有什么异样。也难怪，潘生来得晚，又得了瓣儿欣赏，不知道瓣儿脾气秉性亦是常理。

这日又瞧见那瓣儿往石墩上一坐，只用手抠干草根，不知道在想什么。

大概瓣儿也有瓣儿的烦恼吧。

说起来，潘生人缘倒甚好，在姐儿中声望颇高。鸾儿偷偷说也有些姐儿不嫌潘生穷，喜欢他的人品，倒愿意用体己钱赎身跟了他，但一直没听见潘生与哪个姐儿走得近。

我刚要走开，瓣儿突然一抬头瞧见了我，忙跑了来，道：“梅菜，姐姐有事要你相帮。”

说着，便拿出来了一方手帕，绣着俩歪歪扭扭的花鸭子，还有一个又圆又黄的球，倒像是个酥烧饼，许这是花鸭子争饼图，倒也是新鲜花样。不等我细看，瓣儿又道：“姐姐我等不起了，这潘先生四处有狐媚子勾搭，可别教他给那些蹄子骗了，这个你只与了他，他自会谢你。”

说着忙把那花鸭子丝帕塞给我，又叮嘱道：“他必是心里有我，你教他下了学去后庭寻我吧！谁知道他不明白我的心意，急成什么样子，倒像是又瘦了，可怜见的，我哪还忍心怄他，索性给他吃个定心丸也罢。”便扭着腰肢自去后园等潘生了。

我一看有热闹瞧，下了学趁无人，把手帕与了潘生，又把事情原原本本说了一遍。

潘生皱眉端详这花鸭子手帕，似笑非笑地说："这……这瓣儿姑娘，好吧，小生承蒙错爱，说清楚也好。"边持着手帕往后园去了。

多管闲事是不大好，但我生来便是多管闲事的人，有热闹岂会不看，我赶紧尾随其后跟去了。

后园一片肃杀之气，小旋风卷着些枯枝败叶，刮得人脸疼。

瓣儿正在结冰的池子边顾影自怜，我怕跟得太近露出马脚，便藏在梧桐树后面等着看。

瓣儿远远见潘生来了，紧着抚弄头发，迎面对潘生一笑。潘生背对着我，模模糊糊不知道说了什么，把丝帕还给瓣儿便告辞回来了。大概是拒绝了瓣儿，但瓣儿握着那丝帕，久久发了会子呆。我怕给她瞧见，虽说有些失望这平平淡淡的场面，以瓣儿那性子，竟未曾发生天雷勾动地火的大事，却也只得咂咂嘴，先悄悄回去了。

本以为瓣儿会一蹶不振，或是对潘生破口大骂，不想瓣儿倒如同被潘生摄了魂一般，依旧热忱地在学堂外面游荡，我直疑心潘生跟瓣儿说了什么，又不大好问，直教我憋得难受。

这日，潘生讲："书中自有黄金屋，书中自有千钟粟……"

一个姐儿扑哧笑了："潘先生，只怕还有一句，书中自有颜如玉呢！"

潘生倒不扭捏："那是自然，腹有诗书气自华，多念些书，心中多些典故，总是好事。"

早又有姐儿起哄："哎哟喂，不知道潘先生的颜如玉在哪儿？"

潘生笑了笑："自然也是在书中了。"

又有姐不依不饶地问："哪位颜如玉如此好福气？教潘先生万花丛中过，片叶不沾身的？"

潘生豪爽一笑："小生的私事，姑娘们倒关心得紧。也罢，教姑娘们见笑了，实实小生是有个两心相悦，私定终身的女子。"

堂上一片哗然，姐儿们都在议论纷纷，接着异口同声地问："是哪个姑娘如此有福？"

潘生笑道："说来不便，且，往事如烟，那些杨柳岸晓风残月的事情，不提也罢。”说着又开始讲下面的文章。

姐儿们却无心听讲，交头接耳地议论起来，苜蓿姑娘在我旁边，悄声对桃花姑娘道：“你听听，怪道这潘先生对姑娘们的美意无动于衷，原来早是什么春闺梦里人了。我瞧着潘先生模样，只怕还是他那颜如玉先毁了誓约的吧？”

桃花姑娘笑道：“旧的不去，新的不来，多少姑娘倒看中他这人才了，我瞧着潘先生高额大耳，也是个有前途的，不知道谁有这个福分了。私定终身后花园，也是好戏码。不是我自轻自贱，跟个姐儿，到底也是委屈了他些，不定是哪家小姐也未可知。”

苜蓿姑娘笑道：“穷书生自是要配千金小姐的，想来《西厢记》和《牡丹亭》。你倒也没有白看，书生倒也成了香饽饽，你以为真有多少达官贵人等着乘龙快婿呢？”

桃花姑娘笑道：“横竖我瞧潘先生不是什么常人，听说沈尚书也高看他一眼，总不会久在烟雨阁教咱们这些烟花女子，定有锦绣前程。”

苜蓿姑娘一偏头，瞧见门外一派痴傻之色的瓣儿，扑哧一笑，悄声道：“可不早有个一品夫人等着咱们潘先生哪！”

桃花姑娘一瞧，也忍不住笑出声来。

潘先生瞧着姐儿们对他的私事倒比对学问感兴趣得多，也未生气，只道了声下学，姐儿们哪有愿意枯坐课堂的，早巴不得这一声了，都急忙忙回房去了。

潘先生叹口气，收拾起文房四宝，我急忙要去洗砚台，涮毛笔，帮潘先生一收宣纸，却毛手毛脚碰洒了桌上茶盏，潘先生一瞧水浸湿了桌上的字纸，忙伸手扶起茶盏。

我忙道歉不迭，赶紧收了个干净，潘先生直夸我道：“梅菜实实是个乖巧的。”

又瞧瞧日头，道：“今日不巧，现下小生还与人有约，只得先告辞了，多谢梅菜帮忙。”便急匆匆地走了。

我回了礼，绕过桌子也想回家，不想脚下哗啦踢到一个东西，低头一看，竟是一枚累丝金凤钗。

拾拿起来颇有些沉手，我细细一瞧，只见金丝细细绕出一个衔着花朵的凤凰，精雕细琢，以梅菜我混迹烟雨阁这么些年的经验，定是哪个姐儿的好头面。

这么贵重的东西不知道怎生会丢在这里，怕是哪个来上学堂刚走的姐儿吧？丢了这种东西，肯定心焦着呢。

不过贸然一问，只怕得起些纷争，不若我先收起来，待有人找，我再拿出来岂不大好，我自沾沾自喜一番，想我梅菜，近来真真是越来越聪明了。

晚上送夜宵，竟一点儿那凤钗的消息都没有，我又特地旁敲侧击，也没探听出什么东西出来，不由得心下起疑，那么贵重的东西，姐儿不可能说丢便随它丢，找都不找。

大喊大叫，吵得整个烟雨阁鸡犬不宁，人尽皆知，才是姐儿的素来作风，谁都不会吃这个亏，究竟那凤钗是谁的？竟由着它丢吗？

中午又来学堂，不想潘先生竟没有来，满堂的姐儿听莫先生派来的小厮说潘先生偶染风寒病了不来，都一面为潘先生担心，一面为自己高兴，个个为少上一天课喜不自禁，笑逐颜开，哪有丢了头面的惆怅样子。

我心下一动，难不成，那金钗竟是潘先生丢的吗？

姐儿们散去了，我追到外面找小厮问了潘先生的住处，忙赶去瞧他。

不知道这金钗是不是他那颜如玉赠给的？潘先生昨日说了与人有约，可千万不要与这金钗有关啊！我哪里是越来越聪明，分明又办了件蠢事，希望现在送去，莫要耽误事。

潘生租住在紫玉钗街后面的铁帽儿胡同，又深又长，荒草丛生，大白天也总教人疑心有鬼，想必潘生日子过得不见佳，犹舍不得卖了金钗，越想越觉得金钗定是他的要物。待数到该是潘生住的门口，我刚要敲那腐朽木门，突然听见潘生声嘶力竭在喊：“我有什么用？我有什么用！现下我只想要回来！”

咦？我只得把手缩回来，暗想，这是出什么事了？那么好脾气的潘生，怎生动了这么大肝火，不会与金钗有关吧？

只听潘生仿佛冷静了些，又道：“就算小生一时想不开，可是小生全都是为了他……”

另一个声音清冷地说：“早跟你说了，要你想好了再来，你如此毛躁，又怪得了谁？这世上，哪有后悔药可吃？你若非要退换，只得加些利息了。”

潘生似是犹豫了一下：“小生并没有再有价值的东西……”

那声音冷笑道：“你有命啊！可愿以命想赎？”

潘生似乎也愣了，良久未曾说话，半晌方道：“小生的命，亦早已与了别人……”

“哼，”那声音道，“你可好好想想吧！我没那么多时间供你权衡利弊。”

听着那人要走，我忙躲到枯草后边。不料半晌木门也未曾被推开，我心下起疑，难道那人还在屋中？

总觉得那人似乎有什么潘生的把柄，在要挟潘生，莫不是潘生借下了高利贷，还不起要以命相抵？

糟了，说不定昨日潘生便是要以金钗还债，给我耽搁了，真真是误了大事。想到这里我也顾不得许多，忙推门进去了。但见院子里堆叠着枯枝败叶，两棵妖怪似的栗子树像四面八方伸着光秃秃枝干，两间土坯草房，窗纸早破了，破布也塞不住，犹呜呜往里灌着风，掉了漆的破门上还挂着断了半截的竹帘子。四处灰扑扑的，煞是荒凉。

只有潘生一个人正坐在干草堆上发呆，不想我推门而入，不由得愣住了。

我见不到说话那人，更加疑惑，忙借故问道：“潘先生染了风寒，怎生还坐在外面？独个在家，没有人照顾吗？”

潘生忙起身把我往屋里迎，愁容上仍苦涩一笑：“小生家徒四壁，又初来京城，无亲无友，哪里能来什么人？梅姑娘肯来看望，小生已经很是感恩于心了。”

屋里更是四处落灰，房梁上结着蛛网，家具俱是开裂的木头，一眼望到头的小屋子，根本没有人在。

奇怪，潘生为什么要说谎呢？定是读书人清高，以还不起债务为耻，这破烂茅屋说不定有后门，那人从后门出去，也未可知。

我忙拿出那凤钗来：“潘先生，这凤钗可是您丢的？”

潘先生一愣，勉强笑道：“原是丢了，多谢多谢！你若不送了来，小生现在还不知丢了这东西。”

我瞧着好似潘生并不知东西丢了，只怕他欠的债这金钗都抵不了，又怕他给那冷冰冰的债主逼得寻了短见，便劝道：“先生不是说了，大丈夫能屈能伸，眼下若是先生有什么难处，烟雨阁财大气粗，莫先生定能相助先生一臂之力！”

潘生犹豫一下，还是摇摇头：“小生未曾有难处。”

唉，这便是读书人的风骨吗？还只道潘生不拘小节，不想也真真是个死鸭子嘴硬的。

潘生把金钗往怀里一塞，找茶壶给我倒水，我忙道：“先生莫要麻烦了。”转念一想，问清楚说不定能帮上忙，便又忍不住多嘴问道：“先生，那金钗……”

潘先生笑道：“是故人相赠，现下各奔东西，这也仅仅是个念想，睹物思人，聊胜于无。”

看来必是那位颜如玉的东西了。潘生当真怪教人同情，孤苦伶仃，背井离乡，连那位颜如玉都断了来往，独个在这破房子里，还有人逼债。

我暗下决心，得想想办法帮帮潘生才是，跟莫先生商量商量，也许能有办法。

晚上再送夜宵，又碰上瓣儿跟那货郎纠缠不休，这倒霉货郎难道不知道吃一堑长一智吗？还不如梅菜我哪！

我凑近一听，倒听见货郎道：“姑娘，您要是真有想换的，大可拿出来，小的什么都能换！”

“哼，”瓣儿翻了个白眼，“什么都能换？那姑娘我拿什么能换我那情郎给别的臭女人夺走的心？”

我登时吓住了，瓣儿这话，莫非说的是潘生吗？

那货郎微微一笑，倒让我觉得阴恻恻的：“怎么不能？要看姑娘拿什么换。”

瓣儿哼了一声:“放你妈驴屁！糊弄鬼呢？你倒说说看,怎么换？”

货郎忙讨好地笑道：“姑娘确实没有什么珍贵货色，但寿命长得很，姑娘可愿短寿换得情郎一心一意？”

瓣儿一听，怒道：“说的什么屁话！拿命换心？老娘瞧你是活得不耐烦了，竟来消遣老娘！”

瓣儿劈头盖脸要打那货郎。货郎忙抱头躲道：“姑娘反正不信，换便换了，只当一句玩笑，又有什么损失？”

瓣儿眼珠一转，似是死马当活马医了，道:“玩笑便玩笑，姑娘也不是开不起玩笑的，你若当真有这个本事，姑娘也不怕拿命来赌！”

那货郎清秀的脸上顿时露出奸猾之色，但转眼便换成笑脸：“姑娘换便换，可悔不得了。”

瓣儿鼻孔一张，喷出两股白气：“你当你是月下老人还是判官？说什么梦话？”

货郎忙道：“成交成交，姑娘只瞧好吧！”

瓣儿一听倒偏头发了个呆，似真是有几分相信。

趁瓣儿一分神，那货郎抬起货筐逃也似的飞快地跑了。

这货郎为了逃脱，竟说出这种糊弄人的话，连梅菜我都不信，不过遇见不依不饶的瓣儿说出此等托词，大概也是无奈之举。倒也是个脑子快心眼儿灵的。

瓣儿也是半信半疑，瞧货郎一转眼消失，只得撇撇嘴走了，喃喃道：“这劳什子货郎，倒戏耍到老娘头上了，再见到他，管教他后悔。”

这货郎真真是吃了熊心豹子胆，就算瓣儿拿命换，潘先生又怎么可能瞧上瓣儿？再说退一万步，真真能换成，命没了，心给他又有何用？相见不如怀念吗？当真可笑。

我送了夜宵，刚想去寻莫先生，倒见潘生来了。

潘生见了我，忙问道：“梅菜，可瞧见瓣儿姑娘了？”

我奇道：“潘先生找瓣儿做什么？”

潘生苦笑道：“孑然一身的日子过得累了，小生为着个得不到的人，奔波劳累，几近没有力气。这一病，更是想更深人静，若有家人在侧，方才安稳。瓣儿姑娘对小生青睐有加，小生怎会不知？想来前些日子心烦气躁，只惦着过往的云烟，现下想想，许小生并未有那艳福。瓣儿姑娘倒实实在在，小生也想开了，镜中花水中月总不真切，不若日后踏踏实实过日子的好。”

“啥？”我吃了一吓，潘生为着那送金钗的颜如玉，背井离乡到这里，又不知欠了什么债被人以性命相逼，竟寻思着半途而废，与瓣儿成亲？莫不是风寒发烧，把脑袋烧坏了吗？

我忙道：“先生可是说笑？那送金钗的人怎么办？”

潘生笑着拿出金钗：“以前，金钗的主人是我；以后，金钗的主人，便是瓣儿姑娘了。”

我忙又问：“先生何时打定这个主意的？”

潘生想了想，道：“时候不大。本来为了以前的旧人，小生几近舍了自己一切，但刚才突然如梦初醒，想到往日许多事情，缘生缘灭，不好强求，也没有意思，不若放手。小生已经没有什么可失去的了，还是忘了前尘往事，与真切的人过真切的日子吧！”

瞧潘生那认真的样子，绝对不像是发疯，我突然一个激灵，想到了那以旧换新的货郎来。

他不是说，瓣儿可以以命换心，难不成，竟是真的？

第4章　冬至（下）

原来潘生喜欢的是林萝姑娘，两个人想要结伴私奔。而他们的故事竟牵扯出一个黑衣公子，恰巧他也是龙井的旧相识——冥界二公子夏忘川。

那个货郎究竟是怎么回事？再瞧见他，定要问个清楚。

我只道没见到瓣儿，先把潘生催回去："这正是恩客最多的时候，瓣儿姐姐想也忙得很，先生莫不若先回家养好身体，明日再来不迟。"

潘生道："可是现下小生心里宛若滚油煎着，只盼见瓣儿姑娘一面……"

我越听越毛骨悚然，忙推着潘生："潘先生不知道烟雨阁规矩多得很吗？不速速回去，给莫先生知道了，只怕对瓣儿姐姐也不好。"

潘生听说对瓣儿不好，方才叹口气，恋恋不舍地回去了。

我心下惦记瓣儿，这番潘生喜欢上瓣儿，岂不是当真得了潘生的心？那瓣儿的命又如何？

我急急跑到瓣儿的房间，却不见有人，我又四处兜圈子，也没有找见，只怕瓣儿危险，便赶紧跑到龙神祠去找龙井相商了。

龙井这次未曾直挺挺躺在供桌上，而是与许久未曾化为人形的瓜片掷骰子，赌一堆核桃，真真越来越会玩儿了。

瓜片正嚷着："龙神爷可不是输了吗，核桃还是瓜片的，那栗子还请龙神爷速速拿出来！"

龙井哼了一声，以迅雷不及掩耳之势把核桃连皮带肉吞下肚去，直教人不禁想赞一声不愧是龙神爷，好大的嗓子。

瓜片大吃一惊，随即哭天抢地："我好不容易在终南山一颗一颗衔来的核桃啊……”

龙井翻翻眼睛：“谁叫你不吃，还衔回来显摆？只当你孝敬供奉的，我也会念你个好。”

瓜片含着眼泪道：“龙神爷怎生如此欺负人……明明是龙神爷说愿意拿龙宫里的珊瑚栗子赌核桃的！”

龙井撇撇嘴，一副奸猾之色：“我说你就信？你跟我多少年了？”

龙井耍赖的手段真真是日渐精熟，着实教人佩服。

我忙道：“龙神爷和瓜片莫要吵了，烟雨阁初来说是以旧换新，其实是用命换想要的东西的货郎，只怕来者不善啊！瓣儿姐姐跟那货郎以命换心，倒像是真换得了，眼下却踪迹全无，龙神爷务必开恩救人啊！”

“哦？”龙井笑道，“用命换东西？莫不是那人手下的跑腿？烟雨阁可是越来越热闹了。”

我忙问：“谁啊？”

龙井道：“这你不用问，瓣儿拿命换了什么心？她自己没皮没脸，怎生不换些廉耻来？”

我一听龙井有兴趣，忙把瓣儿和潘生的事情和盘托出。

龙井想了想，道：“那没皮没脸的瓣儿命倒长得很，少个三五十年也不碍，只不知道她那心要价几何呢？”

我道：“潘先生也是危险的，欠下债还不得，今日里我还听见给人以性命威逼哪！”

龙井笑道：“好玩好玩，这可比掷色子有趣得多。瓜片，哭丧脸做甚，咱们不若也跟去瞧瞧。许是又有好戏登场。”瓜片一声不吭地化作鹦鹉落在龙井肩上，龙井逗弄逗弄瓜片的翘嘴，便笑眯眯地带着瓜片出去了，我忙尾随在后。

及至那潘生宅子，点着昏黄豆油灯，潘生正伏在案上读书写字，大概龙井使了什么法术，倒瞧不见我们。

龙井转了一圈，带着戏谑的表情静静瞧着潘生。不大工夫，远远倒瞧见一个人提着青灯急急地跑了进来。

那人毫不迟疑地推门进来，匆匆往屋里走，只见身披玄色兜帽斗篷，头脸也罩住了，低了头，一副要掩人耳目的样子，十分可疑。

潘生抬头见了这人，不由得咦了一声，道：“怎生今日你……”

原来是潘生熟人，却不知道打扮成这样有何因由。

只听那人道：“小哥哥，我实在等不下去了，今日趁着出局，我只说下车买栗子，趁着云朵不注意，便偷偷绕过马车跑了来。趁他们还未曾找到，小哥哥快带我走了吧！”（古时姐儿出门应酬叫作出局，跟唱戏的唱堂会一样，是到有钱人家家里去的意思。）

那声音竟是年轻女子，宛如黄莺出谷，清丽婉转，还有些耳熟，我好像听过这个声音。云朵，似乎也是熟悉的名字。哎哟，这位必是那位颜如玉吧！我绞尽脑汁想在哪里听过，却怎么也想不起来。

只听潘生倒不为所动的样子：“现下小生已然累了，姑娘回去吧。以姑娘现下的身份地位，不若觅个公子，才算般配，小生身无长物，拿什么来跟姑娘琴瑟和鸣？”

那颜如玉愣了一愣：“小生？小哥哥，你可是还有闲情逸致取笑于我吗？我那日开个玩笑，小哥哥怎生如此挂怀？莫再多说，难免有人知道你住在这里，还是速速带我走吧！”便要拉潘生。

不料潘生毫不怜香惜玉，身子往后一退，道：“小生本便配不起姑娘，姑娘趁乱子没闹大，推说迷路，自己回去吧！大半夜孤男寡女共处一室，瓜田李下，姑娘和小生名声都不好。”

那颜如玉扑了个空，空落落站在那里不知所措，想了一想，像是明白了什么，毅然道：“小哥哥，我什么都可以不要，只愿与你白头偕老。你若是怕我吃不得苦，大可不必担心，我针线女红，样样做得来，小哥哥打猎，我卖针线，咱们总能过下去的！”

潘生摇摇头：“小生并不是这个意思，姑娘是姑娘，我是我，咱们根本不是一路人。姑娘趁早回去吧，小生这破屋子，不是姑娘该待的地方。”

那颜如玉越听越疑惑，道：“小哥哥今日这是怎么了？咱们盼这一天，不是盼了很久吗？现下小哥哥背井离乡，我也可以不要劳什子名利，只求与小哥哥同生共死，小哥哥莫再迟疑，我是不会后悔的！赶紧走吧，不然那些护院，可都不是好惹的，就算小哥哥孔武有力，也不会是他们的对手！”

潘生不耐道：“小生说了多次，小生与姑娘可没有那层缘分。虽说小生往日迷恋过姑娘无法自拔，确是自不量力，现下小生早想开了，与其耽误了姑娘，不若寻个平凡妻子，过普普通通的生活，也比拖累姑娘明珠暗投强些。”

那颜如玉半晌未曾说话，这才颤抖着声音道：“小哥哥，说的可是真心……真心话？”

潘生道：“字字发自肺腑，姑娘快请回吧！”看样子要把那颜如玉扫地出门，这潘生，怎生如此铁石心肠，我都对那颜如玉姑娘心疼不已。

那颜如玉点点头，道：“好……我走，绝不再拖累小哥哥，是我看错了人，是我自不量力，只当小哥哥为着我，一如我为着小哥哥……我走便是了，祝小哥哥与那平凡妻子早生贵子，百年好合。”字字像是强忍着哽咽，勉强说出来的，着实教人心酸。

潘生倒丝毫不为其所动，只道了一句：“好走不送，自此，各好自为之，后会无期。”

颜如玉瘦削的双肩一抖，人也便回过身来，一步一晃，摇摇摆摆要出去，青灯都忘了提。

突然外面一阵吵嚷，哐啷一声，那腐朽的木门似是被人一脚踢开，接着涌进一群人，直喊道：“在这里，在这里！捉奸在双，快来拿了他们去！”

那颜如玉一惊，忙道：“小哥哥快从后窗跑吧！给他们捉住，难保不吃亏！”

潘生道：“行得正坐得端，谁怕他们！还有没有王法？”

颜如玉听了忙要推他走，不想潘生倒坐下了：“小生为什么要走，这好歹是小生的宅子！”

颜如玉急得团团转，那外面的人早冲进来，拖了颜如玉过去。颜如玉一挣，兜帽也滑了下来，我顿时吃了一惊，只见那兜帽内脸色惊得煞白的，不是满堂红的天下第一花魁林萝姑娘是谁！

但见那些人凶神恶煞，扯开嗓子嚷着：“好你个穷鬼，胆大包天，竟敢拐带了我们满堂红的花魁，可是活得不耐烦了吗？”

潘生道：“是你们姑娘自己来的，小生可未曾拐带，你们仗着人多势众，竟然闯民宅，还有没有王法？”

早有个尖嘴猴腮的肺痨鬼样子男人啐了一口：“你个癞蛤蟆想吃天鹅肉的，竟然还讲起王法来，拐带妇女，不是犯了王法吗？林萝姑娘生是满堂红的人，死是满堂红的鬼，你这穷鬼要和她私奔，也不撒泡尿照照！”

潘生怒道：“什么私奔？谁要私奔！是你们姑娘自己来的，小生早劝她回去，往事虽确有小生的不对，可现下小生与你们姑娘可是清清白白，再无瓜葛。”

林萝姑娘闻言，不由得身子一软，跌坐在了地上。

那肺痨鬼男人吭吭一笑：“嘿嘿，想不到这穷鬼竟如此软骨头，竟给吓得连关系都撇得清清楚楚。林萝姑娘，您可想不到，你舍了一切为的这情郎竟胆小如鼠，委实托付不得终身哪！”

林萝姑娘一直紧咬着牙，这才道：“原是林萝的不是，此番亦是自己自作多情，烦先生带林萝回去便是了。吃一堑长一智，林萝再不会做出这等蠢事来。”

那肺痨鬼奸笑一声：“可不是吗，蠢是蠢了些，可是总不能白教我们这些下人平添许多烦恼。这穷鬼怎么也是屡次三番要拐了林萝姑娘，此时不教训教训他，更待何时？”

那大汉们一听，拥上去按住潘生便打，林萝姑娘惊得忙死死拖住大汉们：“我跟你们回去！我当即和这个人一刀两断，还请放过他这一次！”

潘生虽说直嚷着仗势欺人，却反抗不得，早给人一顿踢打，登时口鼻流血，满面乌青。

我见状忙要上前拉架，谁知龙井一把拎起我脖子后面的衣领，丢猫似的丢到后面，道：“咸吃萝卜淡操心，又有你什么事？一边待着去，不然看我下次带不带你。”

这龙井铁石心肠，当真不是什么好神。只听林萝姑娘心疼地喊道：“小哥哥，还手啊！莫要忍着，他们不会手下留情的！”

真真情人眼里出西施，那潘生一副手无缚鸡之力的样子，根本是抵抗不得，难道还是忍着让着那些彪悍的护院吗？不知在林萝姑娘心中那潘生是何等的英雄盖世。

我瞧着潘生被打，亦是急得火烧火燎。不料林萝姑娘忽然从怀里掏出一把镶着宝石的匕首，直指着自己脸颊喊道："你们谁若是再动小哥哥一下，我便划脸上一刀！"

那大汉们登时吓住了，肺痨鬼忙谄笑着过来哄道："姑娘开了金口，我们哪敢不从，姑娘可勿要冲动，整个满堂红还指望着姑娘赏口饭吃哪！姑娘放下刀子，咱们一切好说……"

林萝姑娘含着眼泪道："小哥哥，他们不会就此放过你的，你还是快走吧！我这便跟他们回去，你且保重，托你给那嫂子带一句话，只说林萝求她好好照顾小哥哥。"便往门口退去。

那大汉们不敢出声，见林萝姑娘要走，忙扔下潘生追了出去。肺痨鬼犹不解恨地啐了一口唾沫："便宜了你这穷鬼！"便也追了出去。

潘生勉强爬起来，拭去嘴角血痕，只得先去睡下了。

我忙问龙井："现在怎么办？潘生可是中了妖术？"

龙井笑道："哎呀，是故人来这边凑热闹，我也想瞧瞧他生意做得怎么样了。"

故人？我虽然担心，可见龙井一副满不在乎的样子，大概成竹在胸，怎的如此懒散，好歹也是一方守护神，定能救下瓣儿与潘生。

我犹放心不下瓣儿，但也没有办法，只求她吉人自有天相了。

次日到了学堂，潘生面色仍是青肿，讲了课，犹不见瓣儿，便又来问我："不知瓣儿姑娘这一阵子在忙些什么？倒许久未曾见过了。"

我忙道："先生可是记错了，那里有许久？不过一两天罢了，瓣儿姑娘忙得很，哪里有空四处闲晃？"

这话且是昧着良心说的，瓣儿本便是日日四处闲晃惯了的，哪里有人管得了她才是。

潘生若有所思地呆了一呆，我趁机溜走了。

出了烟雨阁的大门，我却又吓了一跳，只见瓣儿与那货郎可是有缘，光是我，便第三次瞧见他们拉拉扯扯，闹个不休。

我想去喊龙井，可又怕那货郎跑了，直急得进退两难。

只听瓣儿嚷道：“昨日里姑娘便在寻你，说什么以命换心，果是戏耍姑娘！你说是我那情郎回心转意，一点儿也不灵！姑娘白白在初次海誓山盟的地方苦等，不料那狠心的人面都不露！你可知骗姑娘会遭什么报应？”边狠狠地用又长又尖的指甲抠那货郎的脸颊。

原来找不见瓣儿，是因为她去赠潘生花鸭子手帕的地方去了，怪道没人寻得到她，幸亏我拉住了潘生，要不然他们非要定亲不可。

但见那货郎疼得嗷嗷叫：“姑娘且饶了小的这一次！小的明明早收了姑娘寿命换了情郎心，不会不管用的！还请姑娘稍稍等等……”

瓣儿怒叱道：“姑娘还要信你？昨日里叫姑娘冻了半宿，这次看你记吃不记打，花招还要耍两次！姑娘跟你没完！”

只见瓣儿揪住货郎的头发，一脚踏翻了货筐，货郎大惊失色要护货筐，却不若瓣儿快，只见瓣儿又是一脚，已然把偌大货筐踏个窟窿出来，里面却流出不少白花花的烟雾。

那货郎一见，立时哀叫道：“我的货呀……我的货呀！”

瓣儿见状，狠狠唾了口唾沫：“活该！你个猴儿，耍心眼儿到老娘眼前来，管教你有来无回！”还要揪住货郎打，我还道瓣儿处变不惊，对着此般诡异场面亦面不改色，真是女中豪杰。刚在心中暗暗敬佩瓣儿，不料瓣儿这才醒过神来，指着那烟雾道：“你……你的货是……是什么？”

那货郎哭天抢地，捶胸顿足，接着抓住了货筐，跌跌撞撞就要跑，结果一转头撞到树上，登时头破血流，也顾不上疼痛，撒腿逃到烟雨阁外边了。

“管你是什么玩意儿，”瓣儿啐了一口唾沫在手心，撇嘴道，“看你下次还敢不敢寻姑娘开心，作死的东西！”

梅菜我果然见多识广，早瞧出那小贩不是什么善类。

我看四下无人，忙去龙神祠找龙井报告了。

龙井听说，笑道：“不想那瓣儿还是一员福将，这下子好了，倒颇省了事。”

我忙问："此话怎讲？"

龙井笑道："看看热闹你便知道了。"

又有热闹可瞧，只不知道是好是坏。我忙起身要随龙井出门，不想龙井不耐烦地晃晃食指，叫我坐着不动，我虽心下纳罕，却不敢不听，横竖龙井总有龙井的道理。

不大一会子，倒见潘生来了，一进门纳头便拜："龙神爷……俺当真是走投无路，一步错步步错，俺现在真不知怎么办才好，求龙神爷显灵救救俺……"

奇怪，怎的这潘生由自称小生变成了自称俺的？口音，也似是变了，简直跟以前的谈吐判若两人。

龙井挤挤眼，示意我过去搭话。

我只好拿出信女的模样，上前抛出说了无数次的信女套话："潘先生这是遇到了什么难处？还请跟龙神爷细细道来，龙神爷慈悲为怀，总会发善心庇佑百姓的。"

龙井点点头对这套虚假的说辞表示满意。

潘生见了我，倒像见到救命稻草，忙拉住我道："早听说梅菜是龙神爷的使者，可得求龙神爷帮帮俺，俺着实遇到了难处啊！"

莫不是被逼债的逼急了，连文雅的自称都顾不得了？

我忙劝道："潘先生快快与龙神爷祈求祈求，定有解决之道。"

不承想，潘生只叹道："什么潘先生哪！俺，俺本是个猎户，斗大的字不识一筐，哪敢当先生二字。"

"啥？"我傻了眼，心下想着，难不成潘生鬼迷心窍，竟忘了自己是谁吗？

寻思到了这里，我忙道："先生大好学问，能诗能文，我们上学堂都是有目共睹，且连沈尚书都赞赏有加，怎的先生今日如此谦虚？"

潘生一脸羞臊："其实……其实那是俺为了俺那心爱之人，跟一个货郎换来的……"

我更吃惊了："换？"

潘生道："俺家本是打猎的，俺自小跟邻家那妹子一起长大，妹子自小知书达理，柔弱善良，蚂蚁都不舍得踩死一只。俺喜欢妹子，一心想照料妹子一世，谁料妹子家里出了变故，父母离散，又给她那黑心的伯父偷偷卖给了人牙子。”

这个妹子，想来便是要与他私奔，却被他拒绝的林萝姑娘了。

不想林萝姑娘一个才貌双全的女子，竟如此苦命。

只听潘生叹口气，接着道：“俺知道妹子被卖了，便偷偷出来寻，这不千辛万苦，才寻到了这满堂红吗？妹子自小就漂亮得很，眼下又是有名的天下第一花魁，俺……俺怎生配得上她……”

要不怎么大家都夸梅菜我机灵呢，我登时便猜出来了：“是以潘先生找那货郎换学问？不过潘先生是怎么找的那货郎，拿多少寿命换的？”

潘生一愣，道：“俺也不知道那货郎是哪里来的，俺瞧见他走街串巷以旧换新，本想以新打的一条虎皮换个被子盖，不料那货郎瞧见俺愁眉苦脸的样子，问俺是不是有什么难处。”

“俺心中憋闷，瞧那货郎面善，也就说了，自己空有一膀子力气，没别的本事，也配不上俺那妹子，妹子也时时笑话俺说话粗鲁。现下眼瞅着妹子身陷那是非之地，也没本事赎，屡次要带妹子逃，总不成功，俺就羡慕那些公子，能说会道，也能跟俺妹子有些话聊。若俺肚子有些学问，能跟妹子谈些诗词歌赋，他日考个什么官，倒是条正道。

“那货郎问俺，若是想要学问，愿不愿意拿那一身武艺换，俺只道他说笑，便道那可再好不过，俺有劲儿没处使，不若有些学问倒有前途。那货郎点头答应，不料，自此俺便出口成章，不知道咋回事，一肚子的文章，能写能画，倒好生忐忑。心下也明白，那货郎定不是常人。”

我心想，怪道潘生不若其他书生文弱，总有些豪爽，原来本是猎户出身，那日潘生挨打，林萝姑娘只道他不愿还手，原是武艺都换作了学问，不比从前勇武。

那日与潘生对话却不见人影的，原是那位货郎。

我又问：“那先生可是后悔了吗？”

潘生叹道：“可不是吗？虽说俺有了学问，自很是得意，不料倒又应了那句百无一用是书生，手无缚鸡之力，柴都劈不得许多，除了掉些书袋，讨个活计更是不易。不是俺吹嘘，原先虎豹啥的俺能空手打死，现下绵软无力，什么都干不起劲，好容易得了那教姐儿念书的工作，却也赚不得许多钱财。科考又没在近日，却听说俺那妹子在满堂红奇货可居，竟给达官贵人瞧上要纳作妾室，俺妹子虽说在满堂红，可是卖艺不卖身，是个清白姑娘。俺实实急得没有法子，总想带妹子逃走，却再没有那本事，正焦急间，又瞧见了货郎，才想问问是否可换回俺那武艺力气，不料……”

说到这里，他便叹了口气。

我突然想起来头一次瞧见货郎和瓣儿撕扯时，潘生说了一句“你怎么会在这里”，我只当是与瓣儿招呼，不想竟是跟货郎说的。

潘生接着道：“不想货郎脚力好快，俺眼见是追不着，心里还怄得很。不料想次日竟又在家门口得遇了他，俺忙让进屋里，求他把武艺还给俺，俺好去拼了命去救妹子。不想那货郎却变了可亲脸色，冷冰冰要俺加些利息，说要俺的寿命。俺为了妹子，并不怕死，只是俺若是短命鬼，妹子日后无依无靠，可怎生活下去呀！俺一犹豫，那货郎教俺好生想想，又不见了。”

这便是那日我在潘生家门外听到的诡异对话，那奸商货郎见潘生又有悔意，便奇货可居，不肯退换，还要潘生的寿命做利息，真真可恨之极。

我瞧瞧龙井，龙井把手揣在袖子里，正听得津津有味，又努嘴教我接着问。

我只得又追问道：“那潘先生此番来寻龙神爷相助，可是为了要回自己的武艺力气吗？”

潘生一听，伤心欲绝道：“力气武艺，与现下俺那遭遇，更不能相比，也没什么所谓。现在俺愁的是，俺昨日里，不知给什么鬼迷了心窍，竟让自行逃出来的妹子回那是非之地去，只说自己配不上她。俺也不知道俺当时是咋想的，只觉得平日可亲的妹子高不可攀，倒是瓣儿姑娘平易近人，又对俺好，俺只想跟瓣儿姑娘相守。妹子是妹子，俺是俺，俺和她井水不犯河水，不愿再往来。”

咦，这可怪了，怎的好像潘生醒悟过来了，他的心，不是被瓣儿用寿命换过去了吗？

我不解地看看龙井，只见龙井捂着肚子笑得在供桌上直打滚，边笑边道："哇哈哈哈哈，真真的可笑，这二狗子戏耍别人倒真真很有本事。"

二狗子？这又是什么爱物儿？

龙井笑道："现下你且问问他，有没有往日的力气了？"

我忙问了，潘生想了想，瞧见龙神祠门口有个石兽，伸手便抱了起来。

那石兽许也有个几百斤，潘生本像要拼尽全力一试，不想似是一点儿劲儿都没有费，轻轻松松便抱了起来，自己力气未曾使好，倒踉跄几步。

潘生瞪大眼睛，放下石兽，吃惊地瞧着我。不必多说，定是回复往日神力。

龙井满意一笑："你问问他，上穷碧落下黄泉，后边那一句是什么？"

我忙又问了，只见潘生一听，面红耳赤，抓耳挠腮，却硬是想不起来："这个……俺……俺不知道。"

一肚子学问的潘先生，怎生会对不出一句诗？莫不是，他又回复成原来的自己了吗？

只见话说到了这里，潘生也像是明白了这些，幡然醒悟，又是对着神像纳头便拜："龙神爷当真灵验……多谢龙神爷救俺……俺和俺妹子，俺永生不忘龙神爷的大恩大德，待他日成家立业，定日日供奉！"

龙井挥挥手，许是示意叫潘生走，我便道："潘先生还是快去满堂红想办法吧！"

潘生如梦初醒，跌跌撞撞地出去了。

我望向龙井，龙井笑道："可不是瓣儿做了好事，教我承了功劳嘛！"

我忙问："龙神爷的意思，可是说瓣儿姐姐踏坏的货筐，把那些用以更换的东西都还了回来？"

龙井点点头，道："可不是嘛！说起来，那跑腿想也不易，竟遇上瓣儿这天煞孤星，可惜了那些货物了。”

我忙问：“那货郎可是您失散的灵物？”

龙井摇摇头：“是故人做买卖，手下的跑腿罢了。玄阴之地，二狗子也来这里凑热闹了。”

龙井吞吞吐吐，总不诉说实情，我只得又问：“究竟是哪个二狗子？”

龙井故作神秘，信步出去了，我紧随其后，也跟了去。

但见龙井竟往吉顺轩的方向走去了。

奇怪，前阵子，老君眉亦是藏身于此，莫非吉顺轩也有什么玄机？

吉顺轩依然人声鼎沸，小诸葛口沫横飞，说得正起劲：“说起那阴曹地府，可有十殿阎罗，且说那挑弄是非的人，须得入拔舌地狱……”

几个伙计也听得入神，地都忘了扫。

龙井看也不看，倒像来过这里似的，径自轻车熟路地带我进了那老君眉藏身的隔间。

隔间里，正端端正正地坐着一位翩翩佳公子。

那公子一袭黑衣，脸色倒是白净得很，一双西域人似的深邃大眼，更是黑得惊人。红唇本若有似无地泛着笑意，可见了龙井，立时嫌恶一般地撇嘴道：“大头？你来做甚？听说你去成婚了，这么早便回来了？”

龙井哼了一声：“此玄阴地乃我的守护范围，你这二狗子可是闲慌了？来这儿做什么买卖？不知道打狗也要看主人吗？”

这位公子，便是那二狗子？名字可真真平易近人。

那公子闻言，更是一脸鄙夷之色：“你倒大言不惭，玄阴地历来是冥界出口之一，本公子在自家门口出入，还要跟你请示？还有，本公子是二公子，不是二狗子！”

“哼，”龙井一皱鼻子，“早听说近来冥界不大安分，可不是你在兴风作浪吗？你以为任谁都与你一样闲？速速回你那冥界，在我这当什么看门狗？我可并没有残羹冷饭给你吃。”

那公子眼神一凛，张口想说什么，瞧见我，红唇微微上扬，又笑道：

“欸，这小姑娘倒白净得很，大概你又想蒸着吃吧？”

龙井哂笑道：“挑拨离间？二狗子，这些年未见，你倒还是痴痴傻傻，一点儿头脑都没有，我的信女出生入死随着我，你一句话便想着中伤我？你们家的拔舌地狱真真也该给你试试，不知道你那舌头拉出来几丈长？”

那公子怒道：“你还真是越发能说会道，只不知道你还能守妖簿几时？再出了乱子，许是你真要去守冥门了，给我家做看门狗倒差不离。”

龙井笑道：“叫唤雀儿没肉，除了伸伸你的长舌头，还有什么别的本事？难怪你大哥总嫌你麻烦，幸亏我没有这样的兄弟，真真是不幸中的大幸。”

这公子倒像是龙井的老交情，一定也是一位仙人。

这时那货郎跌跌撞撞地进来了，一见我和龙井，吓得腿肚子发软，坐在了地上。

我忙对龙井道：“这便是那位以旧换新的货郎！”

龙井嘴上浮现出笑容：“哦？这位跑腿也是个人才。”

那货郎顾不得许多，忙爬到那二公子身边，哀叫道：“二公子，货……货全给那烟雨阁的煞星给弄没了！咱们可得快快收回来啊！”

“什么？”二公子霍然站了起来，怒道，“大头，这可又是你在从中作梗？本公子辛辛苦苦收些凡人不要的旧物，也碍着了你不成？”

龙井撇嘴坏笑道：“哟，做起来凡间买卖，还要这般理直气壮，这可不成了黑心奸商？煞星放走了你的货，也是你活该，堂堂冥界二公子，趁火打劫，算计凡人东西，强买强卖，还收起利息来，算什么本事？”

那公子仍嘴硬道：“你这大头，怎生如此强词夺理？本公子明明是以物易物，给凡人行些方便，他们谢我还来不及，要你多事？”

龙井正色道：“现下玄阴地是本神的守护之地，你若是明白，速速回冥界去，再趁火打劫，可别怪我不客气！”

那公子笑道：“嘿！难道本公子还斗不过你？明白地告诉你，这吉顺轩茶馆本公子已然买下了，以后，本公子便要常驻这玄阴地，你拿本公子有什么办法？”

说着，这个公子面色越发苍白，连我也感觉到莫大寒气。

龙井满面正义道：“辛苦你竟然如此诚心要在此安家，也罢，住可以，但你这买卖若再来祸害凡人，本神定然跟你一决高下。”

想不到龙井平素一副吊儿郎当的样子，自称本神的时候当真如此气势凌人，着实让他身形显得高大了许多，让我刮目相看。

说起来，近来龙井可是越来越有神的样子了，端的是失敬失敬。

这时那货郎眼见双方剑拔弩张，就要打起了，忙凑到那二公子身边对着耳朵低语几句：“二公子，那货物四散而去，小的追回一些，可是还有大宗货物，小的也无能为力，还请二公子亲自去收啊！不然，全都得……”

二公子脸色一变，怒道：“没用的东西！”恨恨地望着龙井，甩袖便要出去。

龙井拽住他：“二狗子，你去哪儿？”

那二公子一挣，怒道：“要你管？”

龙井不放手，又抓住他腰带不放：“莫不是屁话说多，自己也觉得难闻，要出去透气？”

二公子许是气急了，道：“本公子就算去放屁，也轮不到你过问。”

龙井还是不松手：“放屁在这里放便在这里放，二狗子莫不是怕屁神威太大，把袍子炸破吧？”

二公子苍白的脸一片通红，但似是货物才是要紧事，没工夫跟龙井斗嘴，一咬牙，竟隐然不见了。那货郎见状，大为惊慌，连喊着二公子等等小的，便追过去了。

龙井志得意满地笑道：“哼，那个二狗子，从小到大，一直样样斗不过我，这次难为他那榆木脑袋，想出这么个收集东西的法子。烟雨阁果然越发热闹了，慢慢来，看谁耗得过谁。”

我忙问：“那位二公子可是好大来头？倒真是很有些气势哪！”

龙井嘴角一翘，道：“银样镴枪头，外强中干，除了废话多些，有什么真本事？看那瓣儿立了大功，二狗子这烂摊子可得好好收拾。走，傻狍子，回龙神祠，那姐儿供奉的腊肠我还没来得及吃。”便大摇大摆地回去了。

我担心着林萝姑娘和潘先生，便打算寻潘先生问问，可有救出林萝姑娘的法子，若是龙井肯帮忙，那可是再好不过了。

不料一回烟雨阁，只见上下张灯结彩，姐儿们嗑着瓜子正打闹说笑，丫鬟们亦是扬眉吐气的样子，似是有什么喜事。

我瞧见汀兰姑娘的丫鬟朵儿正过来，忙拖住问道："朵儿姐姐，什么喜事，使得烟雨阁上下如此高兴？"

朵儿笑道:"你这小丫头这次消息可不灵通了,没听莫先生说吗？那满堂红的花魁林萝姑娘，竟偷偷跟人私奔了！哈哈哈哈，早瞧着那满堂红自以为是，横眉立目，真真是活该丢了金饭碗！看她们拿什么张狂！莫先生也高兴，说是这下子烟雨阁又是无人能及的京城第一啦！"

太好了，想来潘生定是成功救出了林萝姑娘，但愿他能劝得林萝姑娘高兴，两人远走高飞，过上太平日子。

想起潘生，忙又问："那潘先生……"

朵儿笑道："让姐儿学文，还不是为了比过自称劳什子雅斋的满堂红吗，现下林萝姑娘都私奔了，其余那些姐儿有几个拿得出手的？他们眼看便成了空架子，到时候难免不树倒猢狲散，咱们的姐儿还受什么委屈去学文？莫先生说要散了学堂哪，不怪姐儿都高兴，可不是得了赦吗？"

这可真是团圆美满,大家都高兴啊,眼见莫先生喜滋滋地走了来,吼道："梅菜，快叫你爹多多备了四喜丸子来，烟雨阁有喜，可得热闹热闹！想想汪妈妈那老虔婆的一副怪嘴脸老夫便高兴得紧，哈哈哈……"

我一听又是一大笔生意，忙开开心心应了跑回家去了。虽说对满堂红来说，我高兴得十分不厚道，也不知道那欺凌潘生的肺痨鬼现在成了什么样子，当真解气。

干冷干冷的风扑面而来，我脸颊却火烫烫的，心里也暖融融的，这寒冬天气，有些比馄饨还暖心的事，可不也是乐事吗？

倒是过了一阵子,听说莫先生找不到潘先生结账,倒很着了些急,直打听好些人，也未曾得到头绪。

我倒很想知道潘生和林萝姑娘是怎生逃出去的，林萝姑娘给潘生如此伤害，也不知气消了没有。

终于有天在街上碰到了满堂红的老鸨汪妈妈，但见汪妈妈虽说仍是满头珠翠，一身绫罗，却少了些扬扬自得，多少有点儿郁郁寡欢。

我忙打招呼叫人，汪妈妈见我倒还识得，勉强笑道："你家铺子生意可好？"

我忙点头，汪妈妈叹道："不消问，只说从满堂红流过去的恩客，也够折腾些点心进去。"

我忙道："汪妈妈生意不好，可是和林萝姑娘有关？"

汪妈妈撇嘴道："可不是吗，千载难逢，遇到天下第一花魁这个机缘，偏生林萝是个不省事的，好不容易谈好了价钱说与一位贵人做妾，可不是好事吗？谁知她偏命薄无福，竟给个汉子劫了去。真真是晦气到家，连带着生意也不行了。"

我忙问道："满堂红倒没看护着林萝姑娘的护院？"

汪妈妈满面无奈："有是有，谁知道那日遭了什么妖法，个个鬼压床似的动弹不得，生教那汉子将林萝劫了去。唉……我的命啊……怎么这么苦啊……自打十二岁我就进了这地方哟，好不容易从良，四十二岁男人又没了……好容易捧出个花魁，又生生丢了……也不知命犯哪颗煞星……"

说着老泪纵横，一把鼻涕一把泪竟哭了出来，苦心栽培的花魁就这么平白丢了，实实也是可怜见的。

不过鬼压床是怎么回事？潘生就算回复力气武艺，想也不会轻易夺得回林萝姑娘，想来，定是龙井暗中相助。

去龙神祠问龙井，倒见龙井手里还攥着不知哪里来的桂花酿，已然沉沉睡去。当日潘生被打，我还腹诽他铁石心肠，现下看来，龙神爷可是真真最好心的呢！

瓜片见我来了，叫道："天冷啦，起风啦！冬日喝汤暖心啦！"

我忙笑着答应给它送汤，再看一眼熟睡的龙井，心下想着，可能暖心的，除了汤，还有好多嘛！

第5章　小寒（上）

烟雨阁出现了一个暗中捣乱的人，原来竟然是九尾狐香片（龙井旧相好）的妹妹，这个妹妹名叫茹萱，将烟雨阁闹了一个天翻地覆。梅菜十分好奇，茹萱姑娘的目的是什么。

风大雾大，一年之中非常难熬的湿冷天小寒来了。

冷天吃暖食，我最钟爱的便是杂烩饭。杂烩饭倒也不大上得起大席面，不过是穷人家里弄些残羹冷饭，为免于糟蹋东西，炒炒拌拌，又是一盘子美食。

杂烩饭最好是隔夜米饭，烩出来方劲道可口，能有些嚼劲，菜则瞧什么有剩做什么，所以每次味道都不大相同。虽说是剩饭剩菜交杂，也不失美味。我便净盼娘炒多了菜，焖多了米饭，下一顿便有杂烩饭可吃，娘直说我属猫的，只爱吃猫食。

若是姐儿和恩客喜欢这种吃法，则切冬笋成丝，大葱成末，香菇切丁，腊肠切片，腊肉切块，生香米下紫砂锅，直接倒上材料，以高汤代水焖熟，出锅便是一股子腊香，米饭早成吸满高汤和肉中油脂的金黄色，衬着腊肉腊肠，诱得人垂涎欲滴。尤其是锅底锅巴，肉香油香，焦脆可口。配些滑嫩的紫菜蛋花汤，更是直教人心满意足。

这几日天气越加湿冷，倒瞧见黄伯那屋子里也早生了泥炉，傍晚无事便噼噼啪啪地劈些细柴烧火。

今日倒看黄伯无精打采地坐在门口，柴也不劈，只自己叹气，手里的旱烟锅早没了火星，却还紧紧攥着。

黄伯虽然素来暴躁，时时说些重话，却也不是什么坏人。我便忙上前问道：“黄伯，今日瞧您脸色不好，可有什么事烦心不成？”

黄伯见是我，倒是像想起来什么似的，忙道：“梅菜，你日日自称什么龙神使者，龙神爷可是灵验的？”

我点点头：“自然灵验，烟雨阁一两年来风风雨雨这么多事情，可不都是龙神爷帮衬着保佑下来，莫非黄伯至今不信？”

黄伯寻思了一下，这才郑重其事道：“我这里有件事情，倒想跟你商议商议，可是能寻得龙神爷护佑。”

我忙道：“黄伯说来听听。”

黄伯叹口气，道：“这事情，可也颇不寻常，我这些天日日在这里劈柴，却发现了些怪事。”

我忙问：“什么怪事？”

黄伯指指那斧头：“你知道，白日里姐儿须得休息怕吵，我便黄昏劈柴，可是晚点儿看不清，便点个风灯。可是每每我一劈柴，风灯便灭，我疑心有风，重又点上，可再一劈柴，便又灭了。如此往复，我这几天都劈不得柴，倒像有些什么妖物作祟似的，可偏生又没有旁的怪事。我这心里七上八下，说来丢人，也怪有些害怕的。”

我奇道：“黄伯可瞧了那灯芯？许是灯芯断了，也未可知。”

黄伯怒道：“小孩子都想得到的，我会想不到？若不是风灯是新的，又没有风，我一把岁数，何须大惊小怪？”

我忙点头赞同，黄伯独居后园，又没有旁人，一劈柴灯便灭，可却也真真是桩怪事。烟雨阁素来不太平，不知道又是何方妖物作祟。

可饶是妖物，会做如此恶作剧的事情，也怪教人摸不到头脑的。

黄伯似也觉出自己不是求人的样子，慌忙又搓手道：“黄伯便是这样火暴脾气，你也勿要见怪，还是好生问问龙神爷是正经。”

我忙应下了，便进龙神祠去了。

龙井正在剥柚子，吃得倒真真细致，正一丝一丝地往下扯去苦筋络，瓜片眼巴巴地望着，一副垂涎欲滴的样子。龙井见状，故作大方地把苦筋络丢给了瓜片，瓜片撇撇嘴把头扭过去了，好像很是嫌弃。

唉，龙井不知道什么时候才能大方点，可苦了瓜片。

龙井见我来了，且笑道：“傻狍子，今日又有什么供奉？”

我忙道：“今日黄伯有事相求，回头事情结了，一准送来。”

龙井皱着鼻子道：“喔，那暴脾气冲天的黄老头？他那鬼见愁的脾气，何事要求到我头上？连那龙神祠门口的落叶都舍不得给我扫，我可不欠他什么情面。本神并是闲得发慌，没什么兴致管他。”便一口吞下干净的柚子，咕囔咕囔自嚼着。

我忙道：“龙神爷是一方神灵，怎生说出这样的话来，被人说不灵验了，盛名受损，可不大划得来。”

龙井不耐烦道：“什么劳什子事也都来找本神，真真麻烦，说来听听便是，太麻烦的事情本神可不管。”

龙井越发自大，竟睚眦殿下一般满口本神本神的，不知道要起来哪门子威风。

我见龙井好不容易松口，忙把灯和劈柴之事说了一遍。

龙井皱眉道：“这点子事情也要来烦我，灯灭了不会自己点上吗？”

我忙道：“哪有那么简单的，保不准有妖物作怪，还请龙神爷看看吧，免得夜长梦多，造成大患。”

龙井不耐烦道：“真是事多，吹灯拔蜡都得寻我。也罢，晚上我亲自过去瞧瞧那热闹。”

我忙谢了龙井，龙井正色道：“若是他自己大惊小怪，杯弓蛇影，可不要怪我给他些颜色瞧瞧。”

我忙应下，刚要回去，龙井道：“正山回来了，你没事倒可以瞧瞧他去，直说无人陪他。可是一脸幽怨，倒跟个寡妇似的，直看得人心烦。”

正山回来了？太好了。这些日子未见，可不也怪想他的，定是在龙宫有人陪他，舍不得回这井里独个待着。

我忙跑到井边，倒没瞧见正山，不知道去哪里转悠了，也罢，见到他难免拦着不让我走，我家中尚有活计，还是晚上再来吧。

及到了晚上，我早早送完了夜宵，跟黄伯打了个招呼，黄伯忙问我龙神爷来不来，我回一句龙神爷答应来瞧，便先守在黄伯屋子旁躲着瞧劈柴的异事。

黄伯听说龙井会来，似有几分心安，但又有些半信半疑。只见他犹犹豫豫地拿出来了一个崭新的风灯，挂在墙上，两手微微有些颤抖，捧出了柴放好，抄起斧头便要劈柴，就在斧子要落在柴上这一刻，那风灯干脆利落，忽地一下子就灭了。

我登时吃了一惊，此刻虽冷得很，确是一丝风都没有。

黄伯只得丢下斧子重点了灯，也不敢再劈柴，只独个坐下，那风灯便亮闪闪照得通明，火苗子也很稳。

过了半个时辰，风灯一点儿要灭的意思也没有，黄伯瞧我一眼，继续把柴放好，又抄起斧头，可是，不早不晚就这一刻，风灯偏又灭了。

这，定然不是什么巧合，准有妖物作祟。

“尔在这里做何，不若跟吾聊聊……”①

身边有人猛地说了话，吓得我跳了起来，回头一看，原来是正山可怜巴巴地望着我：“好些日子不见傻狍子不想傻狍子胆子越来越像狍子怎生如此胆小？”

我小声道：“嘘，你看见没有，这里可有异事，龙井也答应来瞧瞧哪！”

正山一听，忙问：“有何异事说来与吾听听，吾可一解尔等疑惑。”

我答道：“你不知道，黄伯一劈柴，那风灯立刻便灭，倒像有人故意吹了似的，可不是异事嘛！”

正山忙道：“确是奇特待吾跟尔一同瞧瞧。”

说话间，黄伯早把风灯点上，火苗依然很稳，黄伯颤抖着嗓子问我：“梅菜，龙神爷可来了？龙神爷怎么说？”

我环顾四周，倒看见龙井早坐在柿子树上晃着腿，一副乐不可支的表情，却没有解答疑惑的样子，只得问：“龙神爷，这吹灯的，可有什么妖异吗？”

龙井笑道：“这妖异倒也怪顽劣的，本神倒要看看，他做这些小孩子把戏，到底想干什么？梅菜，你且告诉黄老头，这妖怪跟他定有什么纠纷，是以如此吃饱了撑的作弄他，待纠纷自行解了，那

---

① 正山因长期独处，鲜少与人说话，故说话风格连珠炮似的，没有停顿。同见《烟雨阁传说之饕餮盛宴》。

妖怪自不会接着恶作剧。解铃还须系铃人，叫他自己想想，何事得罪了那妖物。各人有各人的道理，我也不大好插手的。”

欸？黄伯脾气确实不好，莫非真是不知道何时得罪了对方不成？

黄伯见我自言自语，早吓得跪拜起来：“龙神爷救救小人吧，小人也是个良民，从来未曾做过伤天害理之事啊……还是说，看不惯小人占了园子花草的便宜，这……本就是小人不对，小人不敢再倒卖啦……龙神爷放小的一马，收了那妖物救了小人吧……”

龙井笑道：“此事倒也算得好玩，本神尚要瞧热闹的，你还是好自为之吧。”说完便隐去了。

我忙扶起黄伯，道：“龙神爷说是黄伯得罪了谁，黄伯可得好好想想，此番自己可曾做了什么不好的事情？”

黄伯听了，不由得摸摸后脑：“这……我可未曾得罪过谁啊……”

现下风灯火苗稳稳的，连闪都不闪一下。

我只得劝道：“黄伯还是白日里劈柴吧，晚上瞧着确是不大寻常，黄伯早日休息，许见怪不怪，其怪自败，也未可知。”

黄伯只得点点头，破天荒客气地跟我道了谢，还拿了些核桃给我吃，便自去睡下了。

正山瞧黄伯回了门房，忙来问我：“不知这黄伯犯下什么过错竟被如此趣味的报复实实也怪好玩的哈哈哈哈。”

我也不解地摇摇头，仅仅是故意捣乱吹灯，报复得也确如孩童一般，顽劣却不好计较，着实教人百思不得其解。不过万幸的是黄伯瞧着倒没有性命之虞，可见不是什么穷凶极恶的妖物。

眼见今日无甚可瞧，正山借机送我回家，一路又是没完没了地一阵子聊。

次日里见到黄伯，不想直教人大吃一惊。但见黄伯满眼血丝，脸色蜡黄，整个人瞧着都疲惫不堪。

我忙问道：“黄伯这是怎么了？昨日未曾休息好吗？”

黄伯几乎要哭出来，满脸肉一挤，宛如揉皱了的柿饼子：“休息？谁能休息？昨日夜里，我可整晚不曾安生……”

我忙问：“黄伯，到底出了什么事？”

黄伯道：“唉，昨日自打你走后，我便灭了灯睡下了。不料刚要睡着，便听见有人敲门，我只当烟雨阁那边找我有事，忙披衣起来开门，可开了门，却一个人都没有。我疑心风吹，便掩了门又睡下了，不料才刚进被窝，便又是雨点般一阵子敲门声，我只得又起来，但一开门，仍是无人，如此反复，只要我一进被窝，敲门声便响，整整敲了一个晚上，跑了去没有人，不跑那门敲得山响直教人心烦。直到天亮我开了门，直冻得我浑身冰柱一般，怎么也暖和不过来。”

说着又狠狠一跺脚，一副欲哭无泪的样子：“我这是做了什么孽哟……”

我瞧黄伯样子着实心酸，当即道：“黄伯莫要难过，梅菜一定给你想想办法。”

黄伯一听，浑浊的眼珠顿时亮了几分：“可当真吗？”

我忙点头：“不管黄伯犯了对方什么忌讳，大约与他赔礼道歉，与些供奉也便是了，梅菜再去找找别的高人相商。”

黄伯哭哭啼啼地说：“唉，真是好丫头，没白叫黄伯疼你一场。黄伯无儿无女，不枉我把你待自己孩子般看待啊！”

其实黄伯一天到晚除了对我大吼大叫，也未曾与我些什么好处。算了，谁叫我天生便如此多管闲事，命中注定的六个指头挠痒——多那一道儿。

那个妖物，忒也促狭，除了吹灯就是敲门，招式虽然简单可确也怪恼人的，到底是什么妖物成心骚扰，黄伯又是怎生得罪的？

可惜龙井又不说，真真教人憋气。黄伯现下这个样子，也实在可怜见的。

既然龙井不说什么，倒不若教正山晚上来瞧瞧，许能有些办法。不过正山昨日也是一头雾水的样子，大概也不曾摸到头绪，还是再找李绮堂相帮，想想什么驱妖的办法，也教黄伯安生些。

好久没有去李家的宅邸，所幸家丁还识得我，把我顺顺当当带进了客厅，一口一个姑娘叫着，还有香茶点心奉上。大户人家真真气派，梅菜我也能沾光过过当贵客的瘾，改日一定说与小三子炫耀一番。

李道长似是闭关清修，倒没瞧见。李绮堂好像正在写字，听说我来了，便急急进客厅来招呼，穿一件银灰色家常缎袍，身上还带着些墨香，越发显得俊逸了。

我忙还了礼，把黄伯的遭遇又原原本本说了一遍。

李绮堂皱眉道：“大概是些有灵气的妖物，倒不见得是害人的。”

我问：“那现下黄伯不堪其扰，可怎生是好？跟那妖物也耗不过，黄伯这日子也没法过啊！李公子可有什么办法帮帮黄伯？”

李绮堂低头沉吟一下，道：“现在，倒不若问问那物为何作弄黄伯。龙神爷说得对，解铃还须系铃人，到了晚上，在下同梅姑娘同去烟雨阁吧！”

我忙点头应下，李绮堂真真是个最仗义的，比龙井好个千百倍。

及至晚上，我和李绮堂偷偷藏在门外，待黄伯灭了灯，果见一个娇小的身影鬼鬼祟祟地来到了黄伯门口，偏生云彩遮了月亮，影影绰绰看不清楚。

只见那身形苗条纤瘦，倒像是个年轻姑娘。这倒奇了，莫非黄伯得罪的不是妖怪，而是个丫鬟？难怪，黄伯向来语气不善，未曾多得人心。

但见那身影拾起一块石头，抬起手狠狠地砸着黄伯的门。待屋里传出黄伯起身的动静，那身影便矫捷地翻了个筋斗，腰肢轻轻一摆，便如同飞檐走壁的神偷一样把身子挂在了房檐上。欸，倒真真是好身手，这下子，我又疑心是武林高手了。

待黄伯应门，自是毛都瞧不见一根，此时皎洁月光刚从云里露出，只见黄伯披着袍子，冻得抱着胳膊，一张胖脸上又是惊惧，又是无奈，更多是焦躁，但又有力无处使，只得使劲咋咋舌，关门回去了。

那身影见黄伯动静像是睡下，并听见黄伯进了被窝发出那一声深深地叹气，立刻翻身下来，又敲起门来，声音山响，鼓点似的催人。

李绮堂见状，小声道：“梅姑娘，你可认识她？”

我摇摇头：“看不清楚，不过大概并不是烟雨阁的丫鬟，这光景正是忙的时候，没谁能出来做些这种促狭事情。且那人身手非凡，怎么会在此屈才做丫鬟。”

李绮堂笑了笑，没有说话。

我见李绮堂不说话，便追问道：“现下该如何是好？这是人，还是……”

李绮堂低声道：“是很有灵力的灵兽，没有血腥气，大概不算坏，不怪龙神爷不收，是着实管不着这事儿，她并未做什么伤天害理之事，收了也未免冤枉。可是任她如此恣意妄为，也助了她的气焰，不若在下与她谈谈，问问原委，若能化解恩怨，也是一桩功德。”

我忙点头赞同，说话间黄伯已然又给扰了一次，刚刚把门掩上，那身影刚要再拾起石头砸门，李绮堂起身道：“在下乃京郊修道的李氏，敢问姑娘有何贵干？为何与那黄伯过不去？”

那身影一听，蓦然回头，瞧见我们，手里一松，石头也掉下去了。原来是一个十六七岁的姑娘，穿着白色裙袄，梳着细细的辫子，白生生瓜子脸，两只乌黑杏子眼似是一惊，转而又一瞪：“你修道便修道，姑奶奶做什么关你何事？你喝海水长大的，管得倒宽！”

不想这姑娘倒泼辣得很，李绮堂也愣了一下，道：“在下并无恶意，不过姑娘对黄伯这样一番作弄，终不是好事，如若不弃，在下可代为调解，不知姑娘意下如何？”

那姑娘大眼睛瞪着我们滴溜溜一转：“姑奶奶不曾做什么坏事儿，这黄老头全然是该着。倒是你带着小姑娘家家的大晚上在外面一躲，莫不是心里有所图谋吧？”

李绮堂脸顿时红到脖根，忙道：“在下原便是受梅姑娘所托，来为黄伯与姑娘说和的，并不曾有什么坏心，姑娘可不要乱讲……”

那姑娘头一扬，傲然道：“有没有坏心，你自己心里清楚。”

我忙多嘴道：“姑娘误会李公子了，他人很好，并不曾做什么坏事，可是个最仗义不过的人哪！”

那姑娘狐疑地瞧瞧李绮堂，没有作声，但满脸的不信任。

我又问道：“姑娘此番敲门扰黄伯，前日里黄伯劈柴，可也是姑娘吹的灯吗？”

那姑娘大眼睛又是一转，看着我，倒不再那么戒备，用脆甜的声音爽快地答道：“一人做事一人当，那倒也是我做的，没错。”

那姑娘似是对李绮堂有所防备，我便自己问道：“不知道姑娘为何如此捉弄黄伯呢？”

那姑娘似是脸色一红，仍梗着脖子，理直气壮地说：“他个老不死的得罪了姑娘，姑娘向来有恩报恩，有仇报仇，偏要搅他个不得安生！”

李绮堂忍不住问：“那黄伯究竟怎生得罪了姑娘，若真是黄伯的不是，我们叫他给姑娘赔罪可好？如此耗下去，谁都没有好处。”

那姑娘眼睛又一瞪，怒道：“亏你还是个读过书的样子，不知道什么叫覆水难收吗？事情做了便是做了，赔个礼道个歉，有什么用？”

李绮堂给她说得噎住，似还未曾跟这样的性格打过交道。我只得道：“姑娘莫生气，黄伯那脾气我也知道，性子是太急躁，可是给姑娘捉弄这些天，希望姑娘消消气。黄伯委实也担惊受怕，柴也劈不得，觉也睡不得，可怜见的……”

那姑娘眼一横，道：“这可都是些小事，姑娘还没消气，什么时候只待姑娘消气，自行不来寻他。你们可不要来多管闲事。”

说着又是一个跟头，轻飘飘地翻到树上，轻盈地蹦跳几下，不见了。

李绮堂见那姑娘走远，方颇有些尴尬地叹道：“这姑娘，伶牙俐齿，实实教人招架不住……”

我想了想，问：“大概黄伯今日能睡个安生觉吧？”

李绮堂点点头，眺望着那姑娘离开的方向，道：“但愿如此吧！”

本来以为事情能过去，不想第二天再来烟雨阁，只见光天化日之下，那姑娘正大咧咧地盘腿坐在黄伯门口，手里捧着一把瓜子，嗑完了随手一丢，弄得哪里都是瓜子皮。

黄伯正瞪着眼睛，一根指头点着她额头，吼道：“你走不走？走不走！再不走，看我不赶你走！小姑娘家家，怎生如此蛮不讲理，赖皮赖脸？你家大人是怎生教你的？”

那姑娘显然也不是什么吃素的，瞪着乌溜溜的杏子眼道：“你这老不死的，嚷什么嚷？姑奶奶在这园子住得比你久，你直眉瞪眼喊什么？姑奶奶地盘上，不赶你就颇对得住你，别给姑奶奶不识好歹！姑奶奶便不走了，你能拿姑奶奶怎么样？瞧你这副熊样，怪不得讨不得老婆，生不出孩子。”

黄伯最最忌讳别人说他是光棍的这个事实，登时满面通红，随手便抄起身侧的扁担挥舞起来：“你……你瞎说什么？简直满口胡言！老子不与你计较，不过因着你是个不懂事的小丫头，但你若再这么蹬鼻子上脸，看老子敢不敢打你！”

那姑娘一听反倒笑了：“你要打姑奶奶？哼哼，来呀，来呀！”说着便拿头顶到黄伯眼前：“你要打便打，姑奶奶怕你这老鳖孙不成？”

眼见着黄伯将发脾气，我忙上前拉架：“别别别，有话好好说，不要动手哇！”

黄伯吼道：“怎么好好说！谁知道哪来这么个野丫头，大早上便来撒泼，还恶语相向，泼妇似的乱喊。莫不是自小有人生没人养，一点儿样子也没有，真真是天上难找地上难寻的疯丫头片子！”

那姑娘闻言，瓜子一抛，啐道：“怎么样？老不死的不也是满口喷粪吗？姑奶奶天生便是这副模样，今天还非就要在你这儿撒泼了，你能把姑奶奶怎么样？姑奶奶瞧你是请狼来做客——活得不耐烦了！”

一口一个“姑奶奶”，声音又尖又脆又快，真真泼辣得紧，简直就是顾生那位二姐年轻些的样子，实实有几分鬼见愁。

黄伯怒道：“梅菜，你给我让开，今天不教训教训这黄毛丫头，她到死也不知道马王爷长着几只眼！”作势便要动手。

说是这么说，可黄伯就算气得直跳脚，也不敢真打，胖手紧紧攥着扁担，生生憋出了几条青筋来。

眼瞅着须得给黄伯个台阶才是，我忙又劝道：“黄伯消消气消消气，动手可要不得。不知道黄伯与这姑娘何事结下的梁子，竟都如此气急败坏？”

黄伯吼道：“这丫头不知道哪里跑来的，问她也不答，只会翻白眼，还把这瓜子皮嗑得到处都是。我一喝问，倒骂起我来了，我这也不知倒了几辈子的霉，惹着这么个灾星！”

那姑娘一听，道："你倒霉？哼，木匠戴木枷——自作自受，你这是活了个死该！你怎生得罪的姑奶奶，姑奶奶也没必要告诉你，反正姑奶奶这次跟你是杠上了，自求多福吧老头子。"

黄伯怒道："这死丫头，分明就是来找碴儿的，真真不知道是搭错了哪根筋，简直比瓣儿还不讲理。这种丫头，真该送给人牙子卖到西域去！"

那姑娘嘴角一翘，笑道："姑奶奶老家便是西域的，不过在这园子住久了觉得舒服罢了，你才在园子多少年，少拿老人样子唬人了，什么东西。"

黄伯气得直喘粗气，只一迭声地"你你你"，也想不出什么话说来解气。

我忙岔开话题道："不知道姑娘怎生称呼？可也住在附近吗？"

那姑娘对我倒像没什么成见，缠弄着辫子漫不经心地答道："叫姑娘我茹萱好了。"

一时间我也不知道问什么好，只得搭讪着解围："茹萱姑娘，我倒是想说，黄伯虽说话心直口快些，可骨子里也并不是什么坏人。姑娘跟黄伯，若是有什么误会，倒可以趁此机会说开，能化解了此番恩怨，也未可知啊。"

茹萱姑娘冷笑道："误会可谈不上，姑娘我亲眼瞧见的，能有什么误会？给他些麻烦尝尝，小惩大诫，先解解姑娘心头这口恶气。"

黄伯气得直嚷："你这是没理搅三分！老子何时做过什么伤天害理的坏事能开罪你？见你这晦气面，今天也还是第一次！连个道理也说不出来，根本就是吃饱了撑的来胡搅蛮缠！先是瓣儿，又是你，不知道做了什么孽，看来我是安分不得了。怎么样，你究竟走不走？"说着，边又挥舞起扁担："你是想好走不送，还是教老子赶你？"

茹萱姑娘笑道："我偏不走，看你这死老头子能把我怎么样？"说着又是一翻身，轻盈地跳到树上，居高临下地坐在树杈上晃着脚尖，悠然地瞧着黄伯。又从衣兜掏出些花生，剥出仁来吃，直把花生衣子和花生壳往黄伯头上丢。

黄伯气得"呜呀呀"直叫，偏又圆滚滚身材上不得树去，急得直跳脚，扁担也够不到茹萱姑娘的脚尖。茹萱姑娘瞧着黄伯那狼狈样，乐不可支地大笑起来：“哈哈哈哈，想不到老头子耍起猴来倒有趣得紧，接着跳接着跳，最好再扭个秧歌给姑奶奶瞧瞧。”

黄伯跳来跳去，终是没有办法，咿……地咬着牙，恨恨地回房用力摔上门，眼不见为净了。

我见黄伯气走了，忙问道：“茹萱姑娘打算还要跟黄伯闹到什么时候？还请高抬贵手，黄伯也上了些年岁，经不起许多折腾。”

茹萱姑娘瞟了一眼黄伯的屋子，嘴角一勾，笑道：“那还要看姑娘的心情，今日且到这里，还有许多花样要跟这老头子玩。”

说着起身一跃，穿过几根枝杈不见了。

唉，茹萱姑娘倒颇有些孩子气。

若是李绮堂能给个驱妖灵符，不知道管不管用，可是那茹萱姑娘除了使坏作弄黄伯，倒也挺爽快的，教人不大忍心伤害她。可是黄伯又不堪其扰，真真教人两难。

正为难着，途经正山的井，倒是给正山瞧见，忙亲热地拉着我不让走：“傻狍子无事可来与吾聊聊吾日日独个在井中好不无聊总算盼得你来……”

我笑道：“今日忙着问问龙井那姑娘戏耍黄伯的事哪！话说你久住烟雨阁，大概也认识那位姑娘吧？”

正山瞪眼问：“哪位姑娘？”

我道：“原来你还不知道，那姑娘名叫茹萱，今日又来给黄伯添乱哪！”

正山皱了皱眉：“她啊……”

第6章　小寒（下）

原来茹萱姑娘喜欢上了住在烟雨阁后院井口里面的蜃，所作所为都是为了给蜃出气，结果却惹出了大麻烦，对蜃表明心意之后，茹萱姑娘黯然离去。

正山倒鲜少有停顿的时候，肯定有些内情。我忙问："正山，你可知道有什么内情吗？说来与我听听。"

正山笑道："说起来她倒是说很喜欢尔呢尔还不知道吗原来那次吹风灯是她所为倒也真是她的脾气秉性。"

欸？喜欢我？这可奇了，我忙问："她怎生识得我？莫非在园里住得久，日日见我穿梭送夜宵？"

正山点点头："她说话总跟爆竹似的吾倒是找她聊过天但她性格太暴躁吾已然不敢多言不过性气倒不算太坏除了嘴上凶些未曾见她做过什么坏事。"

我忙问："那她可提起过黄伯究竟怎生开罪了她，她又怎生才能放过黄伯呢？"

正山摇头道："这几日并未有见得那姑娘不知道忙什么去了。"

当然是忙着戏耍黄伯去了，不知道下次她又能想出什么鬼主意。

我便邀正山同去与我找龙井想想办法，烟雨阁的事情，他横不能不管，正山巴不得人多热闹，忙随着去了。

龙井刚剥了一堆栗子，栗子壳堆得山高，瓜片馋得流口水，刚好不容易趁龙井不注意叼了一颗，被龙井一伸手就抓回来了，跟给鸬鹚挤吞下的鱼一样生把栗子挤出瓜片的尖嘴，瓜片一滚化作男孩，握着颈子咳嗽得眼泪都出来了。

正山忙道："饕餮哥哥不要过于贪吃瓜片也可怜见的总欺负自己的鹦鹉教人亦是怪寒心的……"

龙井不屑一顾地撇撇嘴："抢些旁的，本神也就不与它争了，体恤下属，可不正是龙神的传统吗？本神宽宏大量，细枝末节从来未曾为难过它，不过这吃的嘛！"

他的大眼睛泛出一股子杀气，"谁若是跟本神抢，本神可不会善罢甘休。"

龙井莫非是在学睚眦殿下吗？一口一个本神，不像睚眦殿下自然，倒显得自大无比。

瓜片抹着眼泪跑到我身边靠着我，当真可怜。我便道："龙神爷若是不愿意分给瓜片吃食，叫瓜片回梅菜家吧！瓜片说好与我养，爹娘还问过我怎生鹦鹉总不在家，放出去怕给人偷了哪！"

龙井挑眉道："与了你，谁来与我取乐？你若是化作傻狍子供我玩耍，我倒可把瓜片勉强与了你们家。"

正山一听，忙道："饕餮哥哥万勿如此傻狍子还要与吾聊天'呦呦鹿鸣'吾可不爱听还请饕餮哥哥高抬贵手把瓜片与了梅菜便是了。"

龙井翻了个白眼："夜猫子进宅，无事不来，你们俩此番来龙神祠寻本神，可是为了黄老头的事情？"

正山忙道："可不是吗黄老头受尽折磨还请饕餮哥哥给调节调节瞧那黄老头孤苦伶仃怪可怜的他虽说话太冲好歹莫要与他计较可好？"

龙井来了精神，直笑道："怎么样？不知道那孽畜又想出什么鬼点子瞎折腾了，快说与本神听来解闷。狗咬狗一嘴毛，当真好笑。"

正山一听有机会，又想抢着说话，龙井瞪他一眼，他只得委屈地噤声了。

我便又把茹萱姑娘丢瓜子皮、丢花生壳、气得黄伯跳脚的事说了一遍。

龙井嘴角上扬，浮现出戏谑的笑容："嚯嚯，这还当真是无所不用其极的招数，甚是有趣，不知道下次怎生玩。本神也颇为好奇，夜里咱们也去看看猴戏。"

龙井大概也就是幸灾乐祸，全然瞧不出是一位理应庇佑平安、造福百姓的神。

黄伯现下觉也睡不饱，柴也劈不了，白日里又给那茹萱姑娘好一场气，现下气得上火，直说牙疼，两腮俱肿胀起来。整个头脸倒像个干巴巴凹凸不平的石榴，因为食不下咽，只剩下了原地打转。

我劝黄伯睡下，黄伯仍暴躁得发狂，“哇呀呀”大叫几声，还砸了个茶碗泄愤，方狠狠摔门进去了。我和正山顺势躲在灌木丛后面，龙井则居高临下地坐在梧桐树上。

到了烟雨阁华灯初上，人声鼎沸的时候，越发显得黄伯这后园小屋暗得如同融入夜色一般。

不多时，那茹萱姑娘果又蹦蹦跳跳地来了。

这次她直截了当地翻身跃上房顶，从怀里取出个火折子，擦擦两下，撞出了火星，竟把黄伯茅草屋的房顶给点着了！

我惊得站起身来就要喊救火，龙井忙道：“正山，速速把傻狍子拉回来！”

正山把我往后一拖，小声道：“尔勿要惊慌此番并无大碍尔且看热闹便是了。”

我忙低声道：“龙神爷，不救火，眼看房子点起来，黄伯会没命的！若是火势转大，整个紫玉钗街都会烧起来……”

龙井笑道：“难道你做信女这许多时间，竟不晓得龙神爷的本事吗？你且莫要着急，先看好戏。”

我如何会不着急，这可是人命关天的大事，心下自是滚油煎着一般，生怕错失救火的良机。不过龙神在此，想必没什么好担心，但眼瞧着青绿色火焰烧起来，还是紧张不已。

那火势在房顶上由小渐大，呼啦啦笼罩了整个茅屋，黄伯似也觉出外面亮得不寻常，披着衣服起来。推门一看，满眼的火舌，登时吓得脸色煞白，一屁股坐在了地上。

只见黄伯先略呆了呆，接着从地上弹起，撒腿就跑，边跑边喊：“来人啊！救火啊！烧、烧起来啦！”

一路往烟雨阁那边呼喊着，披的衣服也掉了，寒风里仅仅着一身单衣，也忘了冷。

那茹萱姑娘侧头一瞧，青绿色火焰映在她俏脸上，却见她竟笑得甜美又邪气。只听她一打响指，那简直要烧上天的大火竟一下子无影无踪，茅草房顶的草毫发无损，不要说灰烬，连点烟都没有。

我登时呆住了，莫非，这和正山的拿手好戏一样，是幻术吗？

这时只见烟雨阁男女老少皆听见黄伯呼喊，俱提着水桶脸盆风风火火赶了来，莫先生捧着一个装满水的坛子，跑得急，水漾出来把衣襟全沾湿了。

结果大家伙儿急急忙忙地奔过来，却见黄伯这小屋连点儿火烧的痕迹都没有，风平浪静，不由得也愣住了。

黄伯此刻也提着木桶赶来，见状张大嘴巴，水桶也给打翻在地。

莫先生吼道："老黄！正是忙的时候，你撒什么癔症！一把岁数了，怎生玩起小孩儿把戏？惊动这整个烟雨阁，别说你是做梦了梦见的火！"

黄伯实在对眼前一幕难以置信，百口莫辩，倒说不出什么："这、这、这我，我真的看见房子整个烧起来了！"

莫先生瞪着铜铃般大眼吼道："烧起来？烧起来连点儿烟都没有？就算你抽了袋烟，现下也该有些烟火气！如此平平静静，你是拿大家伙儿当猴耍吗？你痴长这么多岁，怎生现下倒学小孩儿闹人，为老不尊起来了？"

众人也七嘴八舌嚷了起来："大冷天的，黄伯这是搞什么名堂？大家伙儿弄水弄得湿津津，个个冷得上牙磕下牙，难道是好玩的！要把人折腾死吗？"

黄伯千夫所指，蔫头耷脑，倒也可怜见的，我有心去给黄伯说句话，可是解释不清，真真替黄伯揪心。

而那茹萱姑娘偷偷躲在茅屋后面，瞧见黄伯那狼狈样子，捂着嘴哧哧笑了起来。

龙井也绷不住捂着肚子，直乐不可支，前俯后仰。

正山摇摇头："这可不大妥当黄老头真真倒霉怎生惹上此女吾亦为之叹息。"

我也有些生茹萱姑娘的气，对黄伯有成见，何苦要惊动整个烟雨阁呢？这下子黄伯戏弄众人的罪责，怕是跳进黄河也洗不清了。

黄伯挨了好一顿说，众人才气呼呼地散去，还被莫先生罚了些月钱以儆效尤。

黄伯那一身单衣也早被水打湿，现在冻得直哆嗦，只得收拾收拾要去睡觉。但见他又是委屈又是疑惑，临进屋还百思不得其解地瞧着屋顶，犹疑心自己做梦似的，还狠狠掐了掐腮上的肉，疼得“哎哟”一声，方狐疑地进屋去了。

不料茹萱姑娘仍似未曾解气，竟又翻身上房，故技重施，还要再引火。我忍不住站起来，喊道：“茹萱姑娘，此番已然够黄伯受的了，请不要再苦苦相逼啦！”

茹萱姑娘翻翻眼睛：“他惹了我，我就得让他十倍奉还，什么时候姑娘消气，自然收手。现下姑娘还未玩够，你们可莫要插手，惹恼了姑娘，可也不大好玩。”边说，边一脸傲气地看着我们。

正山忙道：“知错能改善莫大焉黄老头如何得罪尔改了便是尔如此使手段戏弄他又何苦白白给自己平添罪孽……”

茹萱姑娘见正山这一说，脸飞快地红了，但仍梗着脖子道：“本来便是那老头子不对，得罪我也便罢了，得罪……得罪我喜欢的人，那我决不饶他！”

哦？说起来正山倒是说过的，她还对我有些喜欢，我忙自作多情地说：“茹萱姑娘可是为了黄伯冲我嚷嚷，才给我打抱不平的？不妨事，黄伯不是有坏心，还请姑娘收手吧！”

茹萱姑娘摇摇头：“虽说姑娘也喜欢你，可是倒不算为着你。”

龙井一听，以为茹萱姑娘中意的是他，便得意扬扬道：“哈，不想你倒是个痴情的，定是对本神仰慕得紧。莫不是黄老头不给我扫落叶，你倒也对本神心疼不已，才找黄老头出气吧？”

不想茹萱姑娘杏子眼一翻：“我姐姐的事儿，你还未曾理清，难道我是好招惹的？劝你回心转意，不然，以茹萱姑娘我拳打三十六天罡，脚踢七十二地煞的本事，看我给不给姐姐讨回公道！”

她的姐姐？我瞧瞧龙井似笑非笑的面孔，心下疑道，莫非是那与龙井纠缠不清的香片吗？

这姑娘的来历，还真真有些扑朔迷离。

我忙偷偷问正山：“这茹萱姑娘可与你提过她喜欢的是谁？”

正山摇摇头，低声道：“她这脾气吾憋得难受都不想与之聊天自然不知道是谁不过瞧着她这样子怪骇人的吾倒也颇对此事有些兴趣。”

那茹萱姑娘看见我和正山窃窃私语，喝道：“好话不背人，你们叽叽喳喳说姑娘什么坏话了？”

正山道：“吾与傻狍子并未说姑娘坏话不过恕吾多言尔用鬼火吓唬黄老头可大不应该现下黄老头名誉扫地还教他如何于烟雨阁自处？”

茹萱姑娘一听，像受了委屈，噘着嘴，低头嘀咕了一句：“缺心眼儿。”便赌气灵巧地跳到高处跑远了。

我怎么觉得，茹萱姑娘倒是对正山另眼相看些，莫非她喜欢的那个人是正山吗？可是正山大概是黄伯看不见的，又怎生会冲撞上？真是疑点重重。

我因而问道：“鬼火是什么东西？便是刚才茹萱姑娘放的火吗？”

正山点头道：“正是此火虽说瞧着与真火无异，实乃无法焚烧任何东西灵物经常拿来作弄人吓唬人坟地与荒郊野外最为多见。”

嘿，可不就是传说中的鬼火嘛，原来是专门吓唬人的。茹萱姑娘真真花招用尽，黄伯可算倒了血霉了，且不知道冻病没有。

眼见茹萱姑娘不见踪影，我忙又问龙井：“龙神爷，那茹萱姑娘是什么来历？莫非识得你那香片？”

龙井假装没有听见，打了个哈欠，道：“哎哟，更深露重，本神耽误许多睡眠，现下要去安寝了。正山，不要多嘴，送傻狍子回家之后速速回你的青石井。”便一转身不见了。

走便走你的，还不许正山告诉我，当真可恶至极。

我谄媚地对正山笑道：“正山哥哥，烦你告诉我，那茹萱姑娘究竟跟龙井那香片什么关系？你一直跟龙井在烟雨阁，你定然知晓。”

人跟龙套近乎，这个“正山哥哥”叫得我自己都有几分反胃，不过正山倒仍是呆呆的模样，似乎还挺为难："这个饕餮哥哥不许吾言说长兄为父，吾怎好忤逆最多告诉尔那茹萱亦是识得尔好了再问些旁的吾亦不敢多说不若同吾聊聊近日那二狗子之事。"

我与那茹萱姑娘亦是头一次见面，何来识得一说？正山明显是想借二狗子之事岔开话题。

我赌气道："二狗子有什么好提的？"便失望地噘嘴不语。

正山把灿若星辰的大眼睛瞪得大大的，望着我，见我一副爱搭不理的样子，不肯和他聊天，便很有些可怜巴巴地无话找话："尔定然不知二狗子实为饕餮哥哥为之取的别号其亦是饕餮哥哥儿时玩伴乃冥王爷二公子名叫夏忘川处处与饕餮哥哥作对近日不少恶事倒听闻与他有关。老君眉亦投奔他处二狗子俊美无俦世间女子多为之倾倒莫非尔当真不曾有兴趣？"

二狗子俊美不俊美，关我何事？不过我看他这样子又不忍心，只得搭讪着道："你为何如此喜欢说话聊天的？见了那许多龙神爷，只有你一个爱说话的。"

正山听问，低头道："吾总担忧无人与吾说话吾自小独个惯了的最怕孤单有机会便想多说些话过过瘾。"

啥？我问："你那些龙神的兄弟都不与你一起玩耍吗？"看他们感情倒也不错，怎生也想不出会孤立正山。

正山摇摇头："他们是龙神吾并非龙神吾仅为龙宫贵族而已。"

这龙王爷，怎生厚此薄彼？同样的儿子不一视同仁，倒也怪教人寒心的，我便出言宽慰道："如何有这般偏心的父亲？不若找母亲告状吧！"

正山愣了一愣："吾、吾未有母亲。"说完便沉默了下来。

奇怪，正山并不是与龙井同父同母？我想起来了，人间大户人家亦是三妻四妾，龙王爷权势熏天，定然亦有六宫粉黛，说不定比烟雨阁的姐儿还多，无怪乎那么多龙子。不过瞧着正山这失魂落魄的样子，许颇受过些委屈，我虽不大明白，可也晓得当着矬子不说矮话，啥也不敢问了。

一路无话，我也觉得怪别扭的，改日定当问问龙井，正山在龙宫都受了怎样的委屈。

次日一早出门，倒碰见李绮堂了。李绮堂似是在门口等了会儿，一张俊脸冻得通红。

我忙问："李公子为何这么早来寻我，可有事吗？"

李绮堂不好意思地笑道："在下、在下受人之托，是前来说媒的。"

"啥？"我大惊失色："李公子要做媒？给谁？"

李绮堂微笑道："是茹萱姑娘，昨日寻我，毛遂自荐，想把自己说与正山大人。在下寻思着，不若寻姑娘同去。"

果然是看中了正山哪！我忙道："这种热闹怎能少得了我，同去同去！"正山不是总想找人说话吗，若真能与茹萱姑娘成亲，可不是也是好事。不过不知此事龙王爷怎么想，看龙王爷的样子，若茹萱姑娘身份低微，只怕希望渺茫呢！难不成要跟林萝姑娘和顾生一样要去私奔吗？言之过早言之过早，尚不知正山怎么想。

说起茹萱姑娘倒真真大胆，竟然给自己说起媒来了，真乃闻所未闻的罕事。

不料待我们去了青石井，那茹萱姑娘早等在井边了。难不成，她要亲自指导我们如何说媒？

正山百无聊赖地坐在井边，跟微微有些脸红的茹萱姑娘大眼瞪小眼，浑然不知现下是何等情况。

茹萱姑娘见我们来了，忙道："你们可与他说说，姑娘为何要与那黄老头子闹事。"

我闻言瞧向了李绮堂，李绮堂亦是一脸茫然："这个，姑娘昨日匆忙，尚未与在下言说。"

茹萱姑娘一瞪眼："真是念书念傻了，榆木疙瘩脑袋！不会去问问黄老头子吗？"

李绮堂又给噎住了，我只得回道："我倒是问了黄伯，不过黄伯说未曾与姑娘结怨，面都是第一次得见。"

茹萱姑娘听说，方忸怩地道："还不是黄老头得罪了正山吗……姑娘我，"说着脸色越来越红，"我就看不得别人欺负正山。"

我们忙望向正山，正山一愣，摸着后脑勺道："黄老头何事得罪于吾吾亦不知且得罪吾为何尔如此生气？”

那茹萱姑娘一咬牙，顿足道：“前些日子，可不他喝多了酒，把洗脚水倒进你的青石井嘛！你这傻子，不怪别人欺负你呢，真真好性的不成样子，没个人护着你，你可怎生是好？”

正山茫然道：“莫非尔大动干戈只为吾打抱不平且谢尔好意不过委实不值还请收手吧！”

“不是打抱不平那么简单！”茹萱姑娘急了眼，“你这般软弱，我可看不下去！谁敢欺负你，我就要他好看！在龙宫，便觉得都是些恶声恶气的，尤其是那死老乌龟，你不会护着自己，我来护你！”

龙宫？茹萱姑娘什么时候往龙宫去了？

我偷偷跟李绮堂说：“这姑娘来头不小，许是我想错了，说是姐姐与龙井纠缠不清，我只道是那香片。现下听她这一说，许她是那西海枕梦公主的妹妹，也是一位龙女哪！”

李绮堂皱眉道：“枕梦公主怎么会有个九尾狐妹妹？梅姑娘许是想错了，九尾狐是妖界的首领。而在下在城隍庙听闻妖界因着妖簿，素来与龙宫不和，大概不会去龙王爷那里登堂入室吧！”

我奇道：“原来茹萱姑娘是九尾狐吗？怪不得灵巧敏捷呢。”

李绮堂一愣：“怎么，龙神爷尚未告知梅姑娘，那茹萱姑娘便是你去年戴的狐狸围巾？上次在下见姑娘不识，只以为龙神爷会告知姑娘，在下又不知这前因后果，便未曾多嘴。”

“啥？”我一时呆住了，头皮一阵发麻，“狐狸围巾？这……”

李绮堂略有些尴尬道：“龙神爷果还未告诉梅姑娘？啊，惭愧，在下，在下又说了多余的话……本去年就很有些纳罕，只当那灵兽是龙神爷派给姑娘护身的，现下……”

回想起来，狐狸围巾确实可疑至极。从姥爷莫名其妙地买下，到西柳姑娘提醒我身边有了不得的东西，还有压吧虎子敌视，龙井话里有话，直到丢在龙宫，我还心疼了一阵子、可是，我怎生也想不到，那狐狸围巾，竟变作一位这样泼辣的大姑娘，真真匪夷所思，直教我脑子一片空白，心里打鼓似的狂跳起来。

这位跟香片有关的姑娘日日随着我，又是为了什么？事事都与那神秘的香片有关，锦毛貂精，红衣小女孩，错综复杂地在我脑袋里揪成一团乱麻，直教我满肚子疑问，却不知道先说哪一头好。

此时正山早答道：“吾自幼独个在深海未曾有谁害吾吾并不需要人护尔之美意吾心领了只望尔勿要折腾黄老头子便是吾尚未生气尔又何须恼火？”

茹萱姑娘听说，怒道：“说了这许多，你还真真不开窍……”

说着噘了嘴，转头一根指头点着李绮堂：“你是来做甚的？哑了吗？为何现在还不说话？”

李绮堂忙道：“正山大人，今日在下与梅姑娘前来，便是为茹萱姑娘说亲的！茹萱姑娘有心与正山大人结为秦晋之好，想来妖界与龙宫亦是有意联合，不知正山大人意下如何？”

正山张大嘴尚未开口，茹萱倒是又抢过话头：“什么妖界、龙宫，我才不管那些，只要能护正山周全，大不了不回妖界去了。”

欸？果然茹萱姑娘是要和正山私奔呢！我忙瞧向正山，正山一脸茫然：“婚嫁之事吾还须听父王做主尔之美意吾心领了还请尔莫再作祟放了黄伯便是。”

茹萱姑娘一听“心领”二字，登时往后退了一步，说风便是雨，登时坐在地上号啕大哭，速度之快，教人为之一惊：“你……我见你在龙宫好生照顾我，只当你也中意于我，我不过是看你总给人欺负，为你打抱不平，只是想护你。你可倒好，竟……”

我们三个看这个阵势，哄也不是，劝也不是，都干瞪眼不知道说些什么。

正山只得小心翼翼道：“吾只道尔常护傻狍子便待尔为友。尔被带往龙宫却是吾无心所致尔万勿误会尔脾气秉性吾当真不敢做非分之想还望尔节哀。”

节哀……听上去怪别扭的……

眼见茹萱姑娘脸色越来越差，鼻子一皱又要放声大哭：“你若不曾中意我，我活着还有什么意思……”

常听人提起，一哭二闹三上吊，真真教人招架不住。眼看正山神色忐忑，李绮堂亦目瞪口呆，我只得搭讪着问道：“不知道茹萱姑娘何时瞧上正山的？怎的好像正山也还不知道此事的样子……”

“嚯嚯嚯嚯……不想这傻弟弟正山也走了桃花运，当真可笑可笑，嚯嚯嚯嚯……且不知父王和银毫他们怎么想。”只见龙井不知道什么时候来了，早把事情听了个门儿清，正在梧桐树上笑得上气不接下气，又学着茹萱姑娘娇俏的声音，拿腔拿调道：“正山，勿要再回那冷冰冰的青石井，咱们浪迹天涯，我来护你周全……”

茹萱姑娘一听，顿时脸红得像是刚成熟的辣椒：“好你个无耻的怪物，还取笑起我来了。我姐姐现在提起你就以泪洗面，正山虽傻，起码宅心仁厚，不似你，薄情寡义，始乱终弃。只有姐姐当你是个什么好东西。”

龙井倒不生气，涎着脸道：“哎哟，香片到现在对本神依旧是念念不忘呢，可见本神自有本神的好处。怎么，要本神跟你说说本神的好处吗？”

茹萱姑娘啐道：“你还真是老母鸡跳进秤盘里——自己称自己，瞧你那副德行，只有姐姐拿你当回事，根本赶不上我家正山一片鳞！”

说完便含情脉脉地瞧着正山，似希望正山能回心转意。

正山似是对这茹萱姑娘颇有些忌惮，求助似的眼神望着龙井：“饕餮哥哥吾从未遇到此番事情真真教吾无话可说吾现下当如何是好？”

香片是茹萱姑娘的姐姐，莫非，也是妖界的首领九尾狐吗？龙井那似笑非笑的眼睛里实在什么蛛丝马迹也看不出。

李绮堂亦是看傻了眼，尴尬地讷讷不语。我便从兜里拿出些松子糖塞给他，一起边吃边看龙井怎生解决这起私奔记。

龙井笑问：“早瞧见你盘在傻狍子脖子里，可不是香片派了来盯本神梢的吗？本神又不好拂了香片的面子，假装不知道。怎么样，盯梢不够过瘾，还跟去了龙宫，定是香片怕本神当真与枕梦成亲，做得西海驸马，才教你跟来的吧！”

茹萱姑娘直眉瞪眼地说：“是又怎么样？谁知你心狠手辣，竟把姑娘独个丢在龙宫！”

转而望向正山：“若不是正山待我好，我能不能回来犹未可知！这一箭之仇，姑娘瞧你是正山的哥哥，也便不与你计较。若你非要拆散我和正山，”只见话未说完，茹萱姑娘的手一扬，“姑娘便跟你斗个鱼死网破！”

正山忙道：“不可不可饕餮哥哥若是食尔进肚尔便万劫不复……”

李绮堂也忙道：“茹萱姑娘，怎可与神为敌，还望三思……”

“三思？”茹萱姑娘冷笑道，“锦毛貂精倒三思了，还不是被你给打死了！当时姑娘怕给人察觉，不敢现身，本也没承想，锦毛貂精也算是个角色，竟就这么死了，真真是匪夷所思。”

茹萱便又叹道：“总不该有个情字……”

龙井笑道：“不想你瞧着泼辣，倒颇痴情，本神自不会坏你好事。不过这本也是两厢情愿之事，你务必要问清楚了，方不负你这番情。”

说着，看向了正山，一副要正山自己的事情自己办的意思。

正山听说，忙道：“吾可未曾想过婚配，虽说吾整日孤单寂寞倒不敢惹尔生气吵闹吾无福消受还请尔高抬贵手……”

“你……”茹萱姑娘银牙紧咬，杏子眼泛出泪光，“你当真不愿与我……”

“茹萱，你真真是丢人现眼，九尾狐家声名赫赫，莫非当真非他们龙宫的人不嫁吗？”一个不怒自威的女声响起，我回头一瞧，可不便是那画中仙香片嘛！当真美人，举手投足，顾盼神飞，都是一股气势，真真教人叹为观止。

茹萱见了香片，低下头道：“我不过是喜欢正山……”

香片绝美容颜一副凛然之色：“一点儿样子也没有！冥界的公子哪个不好，你非要受这冷眼！莫在给妖界丢人，速速跟我回去吧！”

香片一身白色皮裘，在白日里更加艳丽无比，绝色佳人一举一动皆教人看得如痴如醉，惊奇世上怎会有此等美人。

我偷眼瞧瞧龙井，龙井嬉皮笑脸地倚在树上：“你们家当真是教女不严，怎么，还劳动你亲自出马？”

香片冷笑道：“我们家教女不严，可不都没脸没皮，只知道往龙宫的公子身上贴！此番前来，也不怕告诉龙神爷，妾身与冥界二公子夏忘川已然有了婚约。自此以后，各为其主，他日若兵戎相见，可也各好自为之吧。”

龙井懒洋洋地笑道：“嗯，好一句好自为之，那便拭目以待了。”

香片似是有几分不甘心，一咬牙，拖着茹萱姑娘不见了。

每次都惊鸿一瞥,当真教人看不够那美色,我犹在发呆,李绮堂道:“那便是妖界的首领九尾狐当家吗？果然是震慑人心的好灵力。”

想来那香片也是家室显赫的，真想知道龙井和那香片有如何的过往，不过料想他也不会告诉我，还是改日跟瓜片打听打听吧。

这场闹剧，最终竟是这般收场，也教人怪别扭的。

正山倒如释重负，拉着我们要讲九尾狐的典故，龙井见香片消失，眉眼里竟似有些落寞，也转身消失不见了，想必是回龙神祠了。

说来说去，最倒霉的还是黄伯。

黄伯给冻病了，日日发烧，烟雨阁内又传说黄伯不过是鬼附体，方做出那等荒唐事，大家见黄伯病成那样，皆心照不宣且作没发生过。

黄伯自己也说，不知道是不是招惹了不干净的东西，才如此倒霉。听说李绮堂是修道之人，特还讨了灵符傍身。

而茹萱姑娘自此之后再也未曾出现在园里，正山好不容易走了桃花运，到了也无疾而终了。

我约了李绮堂去家里吃烤栗子，顺便带了瓜片同去。龙井独个在龙神祠发呆，问他吃不吃栗子亦不答话，只字未曾提要供品之事，着实教人起疑。

围着栗子被烤得噼啪作响的火盆，我们的脸庞都被烤成红扑扑的，李绮堂颇为文雅地用小夹子夹开栗子剥仁给我们吃。瓜片化作人形，终于大快朵颐，我趁机问他香片与龙井的往事，瓜片推说吃栗子要紧，怕嚼着舌头，不肯透露。

我颇为失望，只得望着窗外穷凶极恶的朔风，猜测龙井那深不可测的过去。

狐狸围巾看来是回不来了,但愿那茹萱姑娘还能偶尔回来瞧瞧吧。

第7章　大寒

天寒地冻的时候，梅菜听说一个不孝儿子对家中老娘冻馁虐待，义愤填膺地前去帮忙，谁知道却从中知道了更让人震惊的真相。

一年中最冷的时节到了。胭脂河上的冰冻得厚厚的，前些日子下了雪，四处白茫茫一片，粉妆玉琢煞是好看，但寒风一吹，冷风刮脸，一片肃杀。

现下杂锦年糕盛行，年糕乃用上好糯米，洗净浸水一天一夜，待泡好上笼屉蒸烂，取出放入捣糯米的臼内，以杵一下一下捣成糯米团。待糯米团透明如玉，油光发亮，便可摊开晾一晾待用。取糖、芝麻、青梅丝、葡萄干、核桃仁、花生碎、白莲蓉、蜂蜜、蒸熟的红豆沙混合成馅，于笼屉内刷猪油防粘，铺上捣好的糯米团子为第一层，每铺一层再重上馅料，直到做成重重夹馅的一方，入笼屉大火蒸熟。出锅便是一股子糯米混着杂锦馅料的浓浓甜香。

取出那五花肉似的糯米方，快刀切作菱花状，拼成花形，摆在粉彩盘子里。色彩斑斓，软糯香甜，一口咬下舍不得咽快了，慢慢咽下方品出个中滋味。好看好吃，一口一块，雅致亦可口，是时下围炉闲聊，茶余饭后最受欢迎的小点。

杂锦是一种馅料，另有山楂、芋泥、莲蓉、红豆、枣泥、红糖、桂花等单一馅料，亦可蒸熟后再过油炸成金黄，外焦里糯，以竹签插着吃，另有一番风味。

这日拿着篮子往烟雨阁走，路上冷得我直跺脚，眼瞧着要到了门口，我一溜小跑想快快进门，不想踩到了一块碎冰，仰面摔了个马叉，篮子也滑出去老远。我顾不得疼，忙一骨碌起来去拿篮子，不想倒瞧见篮子早给一只枯槁的手抓着提了起来。

我抬头一看，是一位五六十岁的婆婆，穿着破破烂烂的灰扑扑棉褛，已然瞧不出原来的颜色，一看便是穷苦人家出身。

只见这婆婆呆愣愣地瞧着我，一伸手便把篮子递还到我手上。

我忙接过来谢过："多谢婆婆，大寒天气，婆婆这是往哪儿去？"

那婆婆满是皱纹的脸上一笑，指指烟雨阁："那儿。"

我奇道："婆婆可是去找人吗？是哪个姐儿的亲戚吧？"

婆婆摇摇头不语，不知道婆婆去做甚，我便扶起婆婆一道进去了。

及至进了烟雨阁，正瞧见莫先生出来，看见我扶了这个婆婆，皱眉道："梅菜，可不是越大越没规矩了，怎生扶了个讨饭婆子来？给你些铜钱与了她，快快把她送出去。给人瞧见了，像什么样子，只当烟雨阁是粥厂了。"

我忙道："这老婆婆似是来这寻人的呢，我疑心是哪个姐儿的亲戚，又问不大清楚，才带了来的。"

莫先生仔细瞧瞧，不觉嘶地倒吸一口凉气："这……这可是昔日里梅香姑娘吗？"

姑娘？这可奇了，莫非这婆婆昔日里，也是烟雨阁的姐儿吗？

但见莫先生教小厮唤来了管事婆婆，管事婆婆瞧见了，自是吓了一跳："姑娘……姑娘怎生现下落得如此……"

那婆婆痴痴笑笑："青杏……"

管事婆婆忙拉住那梅香婆婆的手："姑娘，姑娘到这里来可是寻我的吗？"

那婆婆扶了管事婆婆，面色悲苦："老身老五儿子死啦！白发人送黑发人，可教老身怎么活呢？"说着老泪纵横，好不可怜。

管事婆婆忙道："这……姑娘且节哀吧，先来坐下暖暖，细说说。"

一面说着，一面忙扶梅香婆婆坐在火盆旁边的贵妃榻上，还将那年糕与梅香婆婆奉上去，有些感伤似的说道："姑娘先前，倒是爱吃这个。"

梅香婆婆一见那年糕，哆嗦着嘴唇，悲苦地说："老身的老五……可是一个好孩子……再孝顺不过的，偏偏掉到河里淹死啦！他活着的时候，也爱吃这黏的，现下老身没人管，眼瞧着不行了，到了地下，与他做了吃。”

管事婆婆忙问：“姑娘那余下四个儿子呢？莫非都对老娘不管不顾？”

梅香婆婆叹道：“不孝啊，不孝啊，老身唯有老五是个好孩子……辛苦拉扯大，现下竟然也……”

管事婆婆愤然道：“当初姑爷没得早，姑娘含辛茹苦养大的几个孩子，竟这样给自己老娘苦吃！不是我说，真真狼心狗肺！姑娘不消说别的，肯来投青杏，便是瞧得起青杏。现下姑娘落了难，青杏定然好好待姑娘，怎么也不辜负早年主仆一场的恩义，姑娘放心吧！”

原来管事婆婆从前年轻时是这位梅香婆婆的丫鬟。

“好，好！”梅香婆婆含着眼泪，也不忘抿了抿凌乱的斑白鬓发，侧脸从铜镜上看一看自己，仍是爱美的样子，着实教人心酸。

待那梅香婆婆给管事婆婆扶进屋去，我便问莫先生这梅香婆婆的来历。

莫先生叹道：“往昔也是一位美人，跟鸳鸯现下的风光一般无二，只可惜，从良嫁的一位书生。本亦是家境殷实，不承想嫁过去没几年，那书生害了肺痨，功名考不得，生计做不得，梅香姑娘又没有傍身的本事，拖来拖去，家底吃空，那夫婿还是没了。含辛茹苦勉强养大几个孩子，不想不孝至此，还老来丧子，真是红颜薄命哪！”

青楼女子，又有几个命好的呢？年少风光，晚景凄凉的，怕不仅仅梅香婆婆一个。

这日又来送夜宵，倒瞧见一个颧骨高高、吊梢眼睛的女子正在跟管事婆婆争论什么，我忙过去听蹭。

那女子二十六七岁的样子，细高挑身材，水蛇腰，面色微黄，脸颊生着些浅雀斑，一张薄嘴唇上下翻飞，端的是个能说会道的样子：“管事婆婆，我娘自是不劳您老人家费心的，她好吃好喝在家里，哪里来的不孝一说？早说她没了儿子，人给伤得疯疯傻傻，她的话您怎生信得？还是教她跟我回家吧，老太太在烟雨阁里，我们岂有不被人笑话的！”

管事婆婆怒道：“你这分明是睁着眼睛说瞎话，梅香姑娘那一身的打扮衣着我们俱瞧见了，若是孝顺，可至于成那副模样？她天生好美，老来也定是整洁干净的，不知道你们怎生虐待！我虽没有什么别的本事，可现下在烟雨阁也能说得上话，还至于养不起一个老婆子吗？再者说，她现如今虽说人是钝了些，倒没有什么疯傻的样子，你平白无故，何苦咒自己婆婆的？”

听管事婆婆这样说，这个女子怕是那梅香婆婆的儿媳妇了。

这儿媳妇听说，拍着手掌道：“还不疯傻？我娘可跟您说了是哪个儿子没了？”

管事婆婆正色道：“可不是那最孝顺的老五吗？”

那儿媳妇响亮地咋了一下舌道：“哎哟，这可不是就结了。我便是那五儿媳妇，我们家掌柜的好端端在家里，怎生会没了的？也不晓得我娘是搭错了哪根筋，没的是大哥和三哥，老五可是活得好好的！”

“啥？”管事婆婆大吃一惊，“你说什么？老五没死？梅香姑娘竟没了两个旁的儿子？”

那儿媳妇忙道：“可不是嘛！大哥没得早，十四五岁还未娶亲，便跌到冰窟窿里淹死了，人给冻在了冰层里，送回来还费了大大气力。那时我家老五还小，并不记得许多，不过穷人家里，生孩子一窝一窝的，死个把孩子也是有的，伤心过去，还要操持生计，只得接着挺下来。但过了几年，那三哥去叉鱼，竟也跌到河里，水性颇好，也没浮上来。现下我娘年岁大了，一天不如一天，可不疯疯傻傻，天天想儿子，只知道坐在门口哭老五！您说说，老五天天好吃好喝伺候着，还得给她咒！”

管事婆婆半信半疑问道：“此话当真吗？梅香姑娘那一身的衣着打扮……”

那儿媳妇道：“您不曾知道，我娘确是天性爱美，可人老了，又添了些疯傻的毛病，儿子都不识，哪里能顾得上自己的样子。二哥家、四哥家和我们家天天轮番洗涮伺候，哪个是容易的！偏生我娘不知怎么又犯了这失心疯，竟从家里跑出来，往这烟雨阁来了。

我们好找歹找也寻不得，还是听邻居提起在这儿似是见了，才寻了来。不是我没分寸，老太太这么大岁数，犹往旧东家处来，谁听见不是个笑话！还是速速教她与我回家去吧，莫再让我们做小辈的难堪！”

管事婆婆给这五儿媳妇一劝，也有些犹豫，只得勉强道：“拆散人家母子，果也算不得什么功德。不过若姑娘于你们家受了凌虐，我可也是不依的。烟雨阁也算得她的娘家，你们做小辈的，若是总给些怪脸色瞧，谁生受得？这次便罢了，若再有听说姑娘受屈，我老婆子也不会与你们善罢甘休。”

那五儿媳妇听说，忙笑道：“天底下可再没有婆婆这般通情达理的，我娘有您这般仗义的姐妹，可不也是前世修得的福气。婆婆放心，我们妯娌几个，都只把娘当亲娘待，管教娘受不得一丝委屈！”

管事婆婆听说，也就带那五儿媳妇去接梅香婆婆回家去了。我瞧没我什么事，也便走开去送年糕了。

待我送了年糕，打算从走廊绕过去回家，正从风窗里瞧见那细条条的五儿媳妇搀着梅香婆婆踏着雪远去的背影。梅香婆婆犹依依不舍地回头瞧着烟雨阁的方向，又给五儿媳妇催着走了。

听到身后一声叹，我回头一瞧，是管事婆婆。我问道：“婆婆，梅香婆婆的儿媳妇不是很孝顺吗？婆婆因何叹气？”

管事婆婆摇头道：“总觉得那儿媳妇不是什么省油的灯，但愿是我想错了吧！”

及至第二天，不想又瞧见梅香婆婆坐在烟雨阁门口的雪地上，只是哭：“我那老五啊孝顺的儿！怎的你就走得那么早，老娘今后可怎么办呀？含辛茹苦一辈子，偏生得你这么个短命的儿……白发人送黑发人，我的心肝都碎啦……”

身边正逐渐聚了些人，早有热心的把梅香婆婆扶起来，连问梅香婆婆：“您老怎生到这里哭起孩子来了？家里旁人呢？”

梅香婆婆哭道：“老五没了呀！老婆子孤苦伶仃，可怎么办哟……”

奇怪，昨日里才给那五儿媳妇接回去，怎生今日，又哭起儿子来？莫先生和管事婆婆早听了风声赶了来，一见梅香婆婆这样子，都不知所措。

管事婆婆扶起梅香婆婆，道：“姑娘，老五不是好好的在家吗？怎生哭起老五来了？没的是老大和老三，姑娘细想想！”

梅香婆婆摇摇头，凄惨地哭道：“老大和老三也便罢了，我的老五啊！可惜老五的一番人才，便这么没了……”

梅香婆婆这一哭，真真是闻者伤心见者流泪，管事婆婆瞧见她悲苦，也眼泛泪光，想来怕梅香婆婆冻着，忙把她往屋里让。不想跑来个二十多岁三十不到的青年人，直喊道：“娘，您这是闹什么？儿子活得好好的，您怎生没完没了地哭儿子！您且瞧瞧我，我便是老五啊！”

欸？这便是那梅香婆婆哭的老五吗？一个年轻力壮的汉子，被娘天天哭丧，也确是怪别扭的。

管事婆婆擦擦眼泪，忙问：“你当真便是老五吗？你娘年轻时也算得是个出类拔萃的，怎生会成了现下这个样子？”

那老五听问，答道：“您可是我娘年轻时的姐妹吗？老五见过姨娘！”便行一礼，道：“我爹走得早，娘独个含辛茹苦地拉扯我们长大，本就不容易。谁知道大哥、三哥相继又没了，娘也是苦命人。前些日子染了风寒，不知怎的，许是发热烧了脑子，早忘了大哥、三哥，一天只是当死的是我，成日里哭我！”

管事婆婆忙道：“老五，你娘这样子，可曾瞧了先生？”

老五点头道：“先生说年岁大了，又给噩耗激了几次，此番风寒，勾起旧病，可不是就给犯了失心疯这毛病。不知何故，几位兄长俱被娘忘了，只道我死了！”

管事婆婆对梅香婆婆道：“姑娘，你瞧瞧，只道是老五没了，可眼前这后生又是谁人？”

梅香婆婆瞪眼瞧着那老五，老五上前喊了一声娘，梅香婆婆一副不认识的脸色：“这是谁啊？”

老五一拍大腿，急道：“娘，我是老五啊！我没有死，死的是大哥和三哥，您瞧我，这不壮得跟牛一样！”

梅香婆婆摇摇头：“老身不识你。”边又淌出眼泪，哭道：“我那老五啊，若还活着，想也有这般大了……我的命怎生这么苦呢？”

在场的人俱叹了口气，梅香婆婆这副模样，不是失心疯又是什么？

老五劝道：“娘啊，您好好想想，这些年，可不都是我们哥仨伺候您吗？您细瞧瞧，我当真是老五啊！”然后从管事婆婆身边扶过梅香婆婆：“我这不是好好的吗？”

梅香婆婆浑浊的眼睛细细打量，可依然是不识的模样。

老五没有办法，先跟众人告罪做别，背起梅香婆婆便回去了。梅香婆婆望着管事婆婆，神色留恋，甚是可怜。

眼见着母子回去了，有人道：“人老了，可不只会白给后人添麻烦，要是我呀，宁愿没有那么长寿。”

一众人议论纷纷，有叹气的，有摇头的。

管事婆婆亦是悲伤神色，喃喃道：“谁能想到，姑娘年轻时意气风发，风头无人能及，现下里，竟连我一个丫鬟都不如。人各有命，可不就是这个道理嘛。”

人各有命，许就是这个道理。只愿梅香婆婆的儿子媳妇待她能好些吧。

这日里无事，我上街闲逛，倒瞧见李公子的父亲李道长正在摆摊子算卦，但不见有人上前问事。李绮堂也来了，正满面无奈地给李道长坐镇，我忙上前打招呼。

李绮堂见我一来，立时就站起来了，倒像是很高兴：“梅姑娘来了！”

我跟他们道了礼，李道长瞧见我倒先笑了：“梅姑娘别来无恙？姑娘身边素来五色妖气环绕，今日清清静静，倒是头一回见着。”

我笑道：“托福托福，这些日子烟雨阁颇为太平，什么灵物也不曾出现，不知道长近日可曾除魔卫道？”

李绮堂道：“梅姑娘说笑了，家父潜心修道，旁杂事情，在下即可代劳。”

我正要再说些玩笑，突然瞧见那梅香婆婆的五儿媳妇扭着腰肢，正从一家酒肆里出来，手里提着一包酱牛肉并一瓶酒，又有个大汉追出来，粗胳膊轻车熟路地往她腰间一揽：“绿苗，可不得去哥哥家里坐坐吗？”

那五儿媳妇绿苗并不躲闪，只娇笑着掐了那大汉一把，道：“只你死相！奴家可还得伺候家中死鬼和那好死不死的疯老婆子，哪里来的工夫与你闲磨牙？哪日老婆子死了，奴家落个清净，自来寻你。”

那大汉嘿嘿笑道：“老婆子现下轮得你家当值？早听说前些日子跑到烟雨阁哭丧去了，真真教人笑掉大牙，也亏了老五那厮命硬，还未曾给亲娘咒死。”

绿苗听了，皱眉啐了一口：“奴家岂是寡妇命？少来胡嚼舌头。”便作势要走，大汉哪里肯让，两手自绿苗腋下穿了，一把将她抓住，她半推半就，两人调笑着也就往别处去了。

这五儿媳妇，跟管事婆婆说的一样，果然不是什么省油的灯。

李道长见我瞧他们，摇头道：“可不是那庞家的五儿媳妇嘛！当年贫道与那庞秀才还是同门师兄弟，料想英年早逝，遗下那孤儿寡母，老太太辛辛苦苦独个拉扯几个孩子，庞老太太也是个苦命人呢。”

我心念一转，瞧那样子，且不知道那五儿媳妇是不是孝顺，万一虐待了梅香婆婆，梅香婆婆岂不是遭罪得很吗？不由得越发惦念，不若我过去瞧瞧那老五是否当真孝顺，真若有什么枝节，也能回去找管事婆婆帮上些忙。

这般想着，便与李道长父子言说了梅香婆婆的情况，管他们打听庞家居住何处。

李绮堂答道：“在下幼时送过节礼，倒还识得，不若在下带梅姑娘前往探视吧！”

李绮堂的头脑当真不负神童美誉，我忙谢过跟着去了。

穿过紫玉钗街和帽儿胡同，才到了一个青砖青瓦房，倒是齐整得很，也算得上新，竹篱笆里围了一群芦花鸡，院子里栽了些竹子。

院子没有人在，一只黄狗吠叫了几声。

我在门口唤道：“可有人吗？我来瞧瞧梅香婆婆！”却无人应门，想必那儿媳尚未归家，老五也没回来。

梅香婆婆那个样子，独个在家当真不成问题吗？

正犹豫间，忽然听见屋里正有呼叫的声音：“来人啊，救命啊！”

这正是梅香婆婆的声音！

我和李绮堂听了，一对眼，也顾不上许多，看门是虚掩着的，索性便推了门进去了。

往里屋一瞧，不由得吓了一跳，但见梅香婆婆正独个窝在炕上，给绳子捆着，被棉被层层围起来坐着，嘴角沾着些棉絮，花白头发乱蓬蓬好似很久未曾梳洗过。嘴唇干裂得出了血，见我们来了，嘶哑地喊道：“水……给老身些水……”

我忙拿了桌上茶壶倒水给梅香婆婆，李绮堂也手忙脚乱地解开梅香婆婆身上的绳子。

我用茶碟给梅香婆婆喝了水，不由得心疼地问道：“婆婆，是儿子、儿媳把您捆成这个样子吗？”

婆婆还未答话，眼角看见炕上不知有些什么渣子，便爬过去捏起来放进嘴里，似不是食物，噗地又给吐了出来，不知道饿成了什么样子，真真教人心酸不已。

连好脾气的李绮堂亦愤然道：“天下竟有这种事……”

我正要找些吃的给梅香婆婆，那五儿媳妇已然回来了，见我们解开了梅香婆婆的绳索，又擅自给了水喝，不由得大怒，一手叉腰，一手直指着我们嚷道：“哪里来的两个野孩子，到别人家使什么坏？若是老婆子有个什么三长两短，必得教你们全家偿命！”

我忙道：“可是梅香婆婆这样子……”

“关你屁事？”五儿媳妇挑着眉毛俯视着我，“老婆子是死是活，你管得着吗？你又是老婆子什么人？”又用指头抵住我额头，“小疯丫头，赶紧给我滚出去！没家教的，大人没跟你们说过不许往别人家乱跑吗？”

李绮堂上前拨开她的手，不卑不亢道：“夫人，在下是京郊李氏李绮堂，家父李厚德乃是贵翁庞伯父的故交，夫人许不识在下，但两家旧时素有往来。现下庞伯母这样子，在下断断不会坐视不理的。还请夫人好自为之，举头三尺有神明。”

那五儿媳妇听说，先吃了一吓，接着吊梢眼睛一转，忙换了一副笑脸道：“哎哟，这可不是大水冲了龙王庙，一家人不识一家人了。

原是李家的公子，瞧瞧，奴家年轻，怎会识得公子这等体面少爷！”便攀了李绮堂手臂，拖他坐下：“断断想不到，贵府上尚记得我们庞家，唉，且不说公公没了，便不好上前走动，光说生计艰难，婆婆这一病，我们出人出钱，搭进去多少的银两！哪敢去攀贵府交情，被人当了打秋风的，那才叫没脸呢！”

李绮堂忙道：“夫人言重了，若知晓家计维艰，想必家父早送些银钱补贴了，今日瞧见情况，在下定报给家父想办法。”

五儿媳妇登时眉开眼笑，忙依在李绮堂身边，娇滴滴道：“少爷当真好人。”话未说完，却见老五挑开帘子进来了，瞧见我们，自是一愣。

五儿媳妇忙凑过去低声耳语几句，老五恍然大悟，道：“原是看望我娘的，李家少爷，失敬失敬，我这便杀鸡来招待！”便要去院里拿芦花鸡。

我们怎敢叨扰，忙要拦下，这时梅香婆婆禁不住又哭了起来：“我那苦命的老五哟！老娘活不了啦，且教老娘随你去吧！一把枯骨头不若丢在乱葬岗还好些……”

老五忙道：“娘！老五就在这里啊，您好端端可不兴如此，家里来客啦！莫教人笑话了！”

梅香婆婆只是哭：“我屈得慌啊……我的老五！”

李绮堂忙问老五：“敢问五哥哥，这伯母怎生给捆了起来？水也不给喝饭也不给吃？”

老五叹道：“我也没有旁的法子，因着娘只会往外跑，开始也就在家门口哭我，街坊四邻，没有不笑话的。日子一久，竟又上街哭丧，前日还去了烟雨阁……唉，也不知道犯了哪个太岁，遭如此的报应……这些日子我家婆娘说喝水娘要坏肚子，只敢给喝热的，今日家里没人自没法喂水，吃饭就更不用提。但凡松开我娘，她竟只要吃些砖瓦土块，又怕她乱走，实在想不出旁的办法，才捆上了我娘，我们这心里更是难受啊！这些年流年不利，先没了爹，又没了两个哥哥，我娘也确是个苦命人。”

说着，这老五竟也像是想起来了什么，紧着问李绮堂：“少爷家中修道，可能瞧瞧可是家中风水有什么不妥？”

李绮堂犹豫了一下，低声道：“依在下拙见，只怕，梅香婆婆身上，附着旁的灵体……”

老五自是吓了一跳，忙问：“少爷此话当真？可有什么办法救下我娘？”

李绮堂摇摇头：“若是寻常妖物，在下定当竭尽全力，但此灵体并不一般，乃属仙类，在下着实无能为力。眼下，倒不如求龙神爷想想办法。”

老五一听有救，忙问如何请龙神爷，我一听用得上我，自告奋勇要去请龙井，又怕叨扰他们家的饭食，便忙着与李绮堂告辞出来了。

路上，我便问李绮堂道：“瞧着梅香婆婆儿子、儿媳，许也不是不孝顺的，还是我多心了。只不知梅香婆婆这病症究竟是何物作祟？”

李绮堂摇摇头：“在下倒总觉得这宅子里有些不一般，刚才也听闻，这些年皆流年不利，定然有些蹊跷，说不定与梅香婆婆身上那灵体有关。”我半信半疑地回头望望那个宅子，倒瞧不出什么，便问：“哪里不一般？灵体附身不是近来之事吗？”

李绮堂摇摇头：“总觉得这宅子的气脉有些不对，但在下道行低微，也看不出一二。”

就连李绮堂都这么说了，事情必定棘手，只得寻龙井亲自出马了。

到了龙神祠，不想倒看见管事婆婆供奉了什锦年糕和卤猪头肉，正跪拜求道：“望龙神爷开开恩典，梅香姑娘一辈子吃苦，不想晚景又是如此，当真可怜，还望龙神爷护佑，让梅香姑娘那疯病快快好了吧！”

龙井正悠闲地盘腿吃着年糕，两片薄唇也给粘上了，瓜片走了运，正在供桌底下啄食年糕的渣滓。

管事婆婆见我来了，忙道：“梅菜是龙神使者，也跟婆婆一同求龙神爷护佑梅香婆婆吧！”

我忙应下了，待管事婆婆回去，便忙把事情来龙去脉告知龙井。

龙井笑道：“傻狍子仗着龙神使者的名号，管得倒越来越宽了。

当个土地奶奶简直都绰绰有余，小小信女，当真亏待于你了。”

我一听，心里也怪不好意思的，只好说道：“梅菜我天性就爱多管闲事，龙神爷不是不知道，嘴又快腿又勤，改也不好改，只得求龙神爷多多担待吧！”

龙井转转眼睛：“这糕味道不错，吃人家嘴软，姑且过去瞧瞧本神那本家去。你且告诉他们，此事本神应下了。再多来些这糕也便是了，时令节气吃时令东西，不知道那家人给不给得起？”

“本家？”我瞪大眼睛，“莫非作祟的又是一位龙神爷？”

龙井翻了个白眼，道：“去了你便知晓了。”

我约了李绮堂同去，及至梅香婆婆家，倒看见一家子人在争什么，又来了两男两女，岁数与老五夫妇相仿，许是那二哥、四哥吧。

走近一听，这些人正在争论的，原是梅香婆婆。

只听老五媳妇叉腰道：“就娘这个样子，旁的不说，天天只会哭老五，咒老五，日日没完没了。我看也莫要论月轮换，我们不养了。”

另一个媳妇劝道：“他小婶，可是你们家不养，从谁家开始当值？依我看，娘这样子，许也活不过多少日子，伺候终老了事。街坊四邻不会不嚼舌根说咱们不孝，何必惹这不痛快？”

老五媳妇啐道：“感情娘不哭二哥、四哥的丧！两个嫂子倒站着说话不腰疼。谁愿意天天听人咒自己男人的？要不就请个道士瞧瞧，看看流年不利，到底是个什么作祟的！”

我一听，忙就上前，与老五兄弟言说龙神爷会亲来护佑，教他摆好祭祀。

老五媳妇显然不信我有请动龙神爷的本事，但碍着李绮堂的面子，不情不愿摔摔打打也便凑出些供奉。老二、老四夫妇亦是半信半疑，但听老五一说，也就跟着忙活起来，我也把管事婆婆买的年糕添上，布好了待龙井来。

但见龙井一来，本蜷缩成一团的梅香婆婆似是吃了一惊，纳头便拜：“到头来还是惊动了龙神爷，小仙着实该死。”

一家人面面相觑，只看见梅香婆婆对着供桌自言自语，还自称小仙什么的，但情况诡异，不由得也信了几分，便都跪拜下来。

龙井问道：“你在此地护佑家宅平安，本是职责，为何这家人家道中落，你还附在家主身上作祟起来？”

这么说来，梅香婆婆没了那两个儿子，自己又得了失心疯，果是这个灵物引起来的。

梅香婆婆闻言，老泪纵横：“小仙在此地住了四十余年，本亦是竭尽全力护佑家人。不料家人本该命犯太岁，时运走低，偏小仙又无能，一日出来觅食，却给那家中长男瞧见了，砍伤了小仙的尾巴。小仙为了疗伤暂失了佑人的灵力，那长男出门去，便无力维护，以致长男死在河里。过了些年，也是命中该着，小仙又给三男瞧见，定是怕小仙伤人，以铁锹砸烂了小仙脑袋，把小仙丢了出去。待小仙恢复了肉身回来，孰料三男又在那地落水死了，小仙自责不已。但小仙守宅这些年，当真尽力而为，不料想家主接二连三出事，小仙亦是倍感愧疚。并非记恨给家主打了，蓄意报复。”

听上去，原来梅香婆婆身上的灵体倒怪委屈的，又是伤尾巴，又是被打烂了头，却依旧不离不弃地守着这户人家，当真是尽忠职守，教人佩服。只不知这位龙井的本家究竟是何方神圣。

老五和五儿媳妇亦是面面相觑，突然老五一拍脑袋：“是是是，可不是吗！早听说哥哥打死过……唉！当真作孽，可不是报应吗！”

老二老四一听，突然也露出恍然大悟的神色：“对对对，是有这么回事……”

老五媳妇一听，吓得眼睛滴溜溜转，一下子瘫坐在地上：“当真……当真有家仙一说？”

龙井白了那几人一眼，又问：“你整日里又哭什么老五？老五活得好好的，没事何必咒家主？”

梅香婆婆踌躇一下，道：“小仙在此守宅缘分已然将近，肉身亦是老化不堪，眼看着灵力要不行了。老五现下有难，性命交关，小仙又不敢冒犯天条，擅泄天机，只得拼着最后一点儿力气，附于夫人身上，日日旁敲侧击地提醒老五要死，盼老五能提防身边人……时辰将至，眼见不起作用，人人只当夫人疯了。小仙即将无能为力，便特去外面闹，只求人尽皆知，私心也盼着能教龙神爷知晓，能护老五此生周全。”

不想不说不打紧，话音刚落，老五媳妇登时磕头如捣蒜，哭喊道：“本是陈二牛要害老五，可没有奴家什么事！大仙饶命，奴家不过是好些银钱，才与陈二牛有了苟且，哪里想到陈二牛为独占奴家，要害老五，奴家也是阻挡了的！大仙明鉴，可不要白白拿了奴家的性命……奴家亦是屈得慌……嫁与老五，仅仅够个温饱，胭脂水粉，绫罗绸缎，奴家样样消受不得，可不是看着眼热，这才一时糊涂，依了那陈二牛，委实怪不得奴家啊！”边说，还推着老五，涕泪横流：“如若不是你这脓包没有能耐，奴家也不会走到这一步！”

老五这才愣了，也顾不得媳妇，趴在梅香婆婆面前大喊：“大仙，小的当真谢谢大仙救命之恩啊！两个哥哥冒犯了大仙，大仙竟大人不记小人过，还想着小人的贱命，但求大仙莫走，继续留在宅里护佑吧！”

那叔伯嫂子几个听了五儿媳妇的话更是大怒，登时顾不得别的，直跟这老五媳妇扭打起来：“贱妇，竟还要害了自己男人性命！若不是大仙，只怕老五死在你手里，我们还要怪娘咒死的！”

李绮堂也恍然大悟道：“怪不得见房子气脉不大对劲，原是家仙未曾镇宅，而是伏在家主身上，难怪难怪。”

龙井则颔首道：“你今日时限也到了，且去升仙吧。”

梅香婆婆一听，如蒙大赦，再一拜，谢过龙井，身体便瘫软下来。老五忙上前扶起，但见梅香婆婆已然安详睡着，老五神色忐忑地伺候梅香婆婆睡下，忙问我：“敢问使者……那……那大仙可是离去了？现在何处？还愿守护我们家吗？”

龙井指了指院墙西南角，道：“黄绿花的便是。厚葬了，对他们家有福泽。”

黄绿花？什么大仙是黄绿花的？不是龙井所谓的本家吗？我刚想问，龙井不耐烦地挥挥手，一往情深地奔向了年糕。

说是吃人嘴软，可是龙井这次做了什么？我实在想不明白，仅仅露个面，便把事情了结，莫非也是他的神力？我只得向老五转述了龙井的话，老五兄弟几个忙去西南角挖，我跟过去一看，只见冻土下面挖出了一个洞，里面盘着磨盘大的一条黄绿花蛇，有碗口粗，煞是吓人，已然僵死了。

原来龙井说的本家，竟然是蛇。

庞家人又是叩拜又是骂五儿媳妇，闹腾得不可开交。我忙趁乱问李绮堂："这便是家仙？家仙究竟是怎么回事？"

李绮堂叹道："每个宅子，都会有家仙护佑，不过灵体不同，狐仙即为狐狸，黄仙即为黄鼠狼，白仙即为刺猬，柳仙即为蛇，灰仙即为鼠。家仙是护佑家宅平安的灵，如果侵犯了它们，便会损伤家人平安，倘若敬奉它们，则会得到福佑。这位柳仙，当真仁义至极，教人佩服，想必功德圆满，已然化龙升仙了，不怪龙神爷说是本家呢。"

回到龙神祠，我忍不住问龙井："为什么那位黄绿花的家仙给庞家人伤了两次，仍不计前嫌地守护庞家？"

龙井笑道："仙与人若是一般无二，计较多多，还能被称之为仙吗？有种东西，被称之为放下。还有种东西，被称之为尽忠职守。"

虽说我不大明白，但感觉龙井说得好像很有道理，仙之于人，总不同于人之于仙。

放下，也便是不计前嫌了？这种事，当真说到容易做到难，那许便是仙的超然了。扪心自问，我也不知道我能不能被人伤了之后，依旧不离不弃对那个人掏心掏肺的好。

风波平息后，梅香婆婆身体好多了，慈眉善目很爱笑，时常打扮得干干净净，撑着拐棍来烟雨阁瞧管事婆婆。听管事婆婆说，老五已经休了妻，厚葬了那家仙，说等着重新成家，看看能跟哪个家仙有缘，定当好好供奉。

不知道我们家的家仙是谁？压吧虎子不会冒犯家仙吧？说起来，从龙宫回来，也好久不见压吧虎子了，不知道它现在怎么样了。

狐狸围巾已经不回来了，不知道压吧虎子还能跟谁撕扯。怪想它的。

冷到了极致之后，也就是暖了。立春在望，虽说依旧冷得紧，但总觉得日光和煦了很多，天气也并不是总是阴沉沉了，盼着盼着，我倒是寻思出来，没有严寒的映衬，又怎会有春日的温暖呢。

第8章　立春

烟雨阁里出现了一个神秘的女卦师，预测得特别准确，梅菜好奇去看热闹，却招惹上了冥界二公子夏忘川。听夏忘川与龙井提起了那个跟自己一模一样的红衣小女孩，梅菜对自己的身世再次起了疑心，难道自己的身世，跟三界大乱竟然也有关系？

立春一来，微微转暖，中午日头若是够足，房檐上的雪便会逐渐消融，滴滴答答化成水落下来，但仍是热气腾腾的美食较受欢迎。捧着碗热汤汁，啜饮那一股暖意，当真是莫大享受。

汤圆便是这样一种连点心带汤汁，暖手暖心的吃食。正月十五闹元宵，新春总跟汤圆脱不开关系，我家汤圆为招待最会挑嘴的恩客和姐儿，总要弄出些新鲜花样来。

汤圆要口感爽滑，须选上好香糯米磨粉，取粉制皮，馅料多样，有豆沙、枣、泥、桂花、黑芝麻、红糖、玫瑰、什锦、莲蓉，等等，分别混上糖、蜂蜜、白芝麻、熟猪油，细细搅得颜色各异，包上糯米粉皮搓成圆球。还可依照馅料不同，用蔬果汁或者红糖给糯米皮添上些颜色，五彩缤纷，更是赏心悦目。

咬一口滑糯的皮，滚烫的甜馅进入唇齿，甜香满溢，软糯糯又不失劲道，那一股子甜香久久萦绕舌尖不散，再喝一口浓厚的汤汁，真真教人大呼过瘾。

我也跟着元宵节沾光，得了假，与小三子约好同送了夜宵出去看花灯。

小三子手巧，给我扎了一个莲花灯，用颜料上了淡淡藕荷色，中间还用黄布绑了莲蓬，插上小蜡烛，栩栩如生。旁的孩子俱是对灯艳羡不已，教我好不得意。

烟雨阁里的人们自也是使尽浑身解数引恩客，将门里门外打扮得流光溢彩，各式各样的花灯大放光芒，着实教人迈不开脚步。

姐儿们梳着时兴的发髻，插满各色珠翠，穿着漂亮华贵的皮裘、大氅、斗篷，各自争奇斗艳，真真让人大饱眼福。

门口还来了不少摊贩，卖各色玩意儿，平安符啦，胭脂水粉啦，糖葫芦啦，糖糕啦，糖人啦，还有吐火的卖艺人，耍狮子耍龙灯的年轻小伙，猜灯谜的才子佳人，真真热闹极了。人山人海，熙熙攘攘，我只得紧紧抓住小三子腰带，免得给人冲散。

正看见舞龙的冲了过来，跟着那龙灯打转，我一入神，还是一不小心松开了腰带，跟小三子散开了。我忙满下里寻小三子，突然被一只冰冷的手拉住了，我回头一看，是一个持着“女中鬼谷”旗子，挎着褡裢，似走街串巷算卦的年轻女子。

这个女子不似烟雨阁的姐儿美得风尘，而是不施脂粉，淡淡然似不食人间烟火气，穿着素麻布的裙袄，随便用银钗绾起乌发，便清丽脱俗。

她一见我，倒是笑着问我道：“小妹子，可否容姐姐给你卜一卦？”

我正一愣，算卦人鲜少有女子，倒真是稀罕，虽然我也有些好奇，但自个儿囊中羞涩，只好狼狈笑道：“多谢姐姐好意，我没有多少银钱。”

那女子笑道：“不收你钱。”

说着，便自顾拉过我的手，冰冷修长的指尖在我手心上一滑，笑道：“小妹子倒是有仙缘的呢，不知道以后想走哪条路？”

我奇道：“仙缘倒确是有人与我说过，不过哪条路是什么意思？我听不大懂。”

那女子道：“小妹子不是普通人，这三条路，可走人路，仙路，也可走妖路。不知道你喜欢哪一条？”

我只道这姐姐故弄玄虚，倒笑了：“姐姐说笑，我做人已然很好，成仙自是不敢想的。而妖，又从何说起呢？”

那女子道：“信不信，也可由你。不过你的缘分，到这里正是三岔路口，小妹子好自为之。与旁人不同的是，旁人各安天命，无从抉择，而你是福是祸，不由天命，由你自己。”

我抽出手挠挠头皮，着实觉得高深莫测，不大明白，这时只听身后有人喊：“好你个梅菜，说好拉着哥哥，却又偷偷松手跑到这里，白害哥哥着急一场。”

回头一看，正是小三子气急败坏得挤了来，急赤白脸道：“若是走失了，哥哥可担不起这罪责，灯也莫要瞧了，快快跟哥哥回家去吧，吓也教你把人吓死。”

我忙道：“三哥哥来了，这姐姐给我算卦呢！”便往那女子那儿一指，不想那女子早不见了。

小三子只道我诳瞎话找借口骗他，直直便拉我回去，犹自唠叨了我一路。

不过我仍想着那女子的话：“这三条路，可走人路，仙路，也可走妖路，不知道你喜欢哪一条？”

这是什么意思？她又如何得知我有仙缘的？

过了些天来烟雨阁送夜宵，正听见青青和蝴蝶在笑说些什么，我忙去打招呼：“姐姐们说什么好事？说与梅菜也听听。”

青青笑道：“再没你这么爱热闹的，你这小机灵鬼消息灵通，不知道可曾听到吉顺轩内那女鬼谷的事？”

女鬼谷？倒似是在哪儿见过，我正想着呢，蝴蝶笑道：“还有你未曾听说的？姐姐告诉你，那位女卦师可当真了不得，没有能瞒过她的事情，灵验得赶得上去年那清泉大师！”

她这一说我倒想起来了，莫不是闹花灯那日里给我算命的女子吗？我忙问：“那卦师可是年轻女子，素净得很？”

蝴蝶笑道：“原来你知道，那位姑娘叫姓白，可是一位能人，当真识人相面，火眼金睛，没什么能瞒得过她的眼睛。”

我奇道：“竟如此神通吗？”心念一转，想起那吉顺轩原便是冥界二公子夏忘川的地界，那神秘的女子，定不是寻常角色。

青青道：“明日不妨陪姑娘一同去问问卦，你也可看看热闹。”我巴不得回了一声，忙应下了。

及至吉顺轩，内里愈加热闹不凡，小诸葛已经门前冷落车马稀，大群茶客围着那白先生正聚精会神。

我凑过去一听，现下一位着锦衣、戴金钗的富贵夫人，好像是东头兴隆茶庄的孟掌柜夫人，正问："先生，小妇人求问，小妇人平素自行管家管账，家中男人从来不存私房体己钱。可小妇人男人近日里颇有些不寻常，时常从柜上偷偷拿些散碎银两，鬼鬼祟祟出门，回来便花了个溜干二净。小妇人疑心得很，问他可倒好，吞吞吐吐什么也不说，您看那死鬼莫非背着小妇人赌钱去了不曾？"

那白先生闭眼片刻，答道："夫人去铁锅胡同问问，可有一家姓柳的寡妇没有，自知分晓。"

那孟夫人一听，拍案而起，咬牙切齿，怒目圆睁，带了丫鬟风风火火便出去了，末了补上一句："小妇人去去便回，银钱稍后奉上。"

白先生笑道："不灵不要钱，夫人去吧。"

瞧那姑娘仪态做派，倒真真像是有本事的。

琉璃姑娘也凑上去问道："先生，我想问问，我何时能与我那公子离开这里？"

白先生尚未答话，倒瞧见了我，笑道："小妹子，若还不回家，只怕炉灶起火，要烧了你们家房子呢！"

我登时一惊："什么？"

白先生笑道："不信吗？还不回家瞧瞧火去！"大家齐刷刷看着我，劝道："赶紧回去吧！先生说出去的话没有不灵验的！晚了没你后悔的！"

给大家一说，我这心里也很有些害怕，半信半疑着也就跑回家去了。

娘倒是回姥姥家了，可是爹明明还在看铺子，怎么会着火呢？

不料我一转到家门口，门竟是锁的，爹当真不在家，我忙开门进去，便瞧见浓烟滚滚从后厨房的窗户缝里倾泻出来。我登时吓得差点儿一屁股坐在地上，忙跑过去推开门，浓烟扑面而来。原来泥炉上本坐着紫砂锅炖高汤，不知何故紫砂锅竟给烧裂了，汤汁的焦煳气呛得人睁不开眼睛。

汤被烧干后，炉子火苗舔上来，引燃了整个灶台，抹布和干纱布早着起来了，所幸火势刚起，并不算大，我舀了一瓢水便把灶台上的火浇灭了。

若是我回来得晚些，只怕整个厨房都要烧起来，油、酒哪个都危险，后果必将不堪设想。若是没了这房子，我们一家岂不是要流离失所，我后怕得浑身颤抖，边琢磨边收拾烧焦的东西，这可多亏了那白先生，要不然，爹娘一生心血付之一炬，我们家不知会何等悲戚。

可是我越想越疑惑，这厨房起火之事，她又是怎生知道的呢？莫非她当真知道些天机吗？此番救了我家，也许也是一位神仙，回头定要多谢她的救命之恩。

正胡思乱想着，爹拎着满手的鸡鸭回来了，没进门便嚷："梅菜倒先到家了，看爹给你做栗子鸡吃……哪里这么大烟火气？你这丫头，莫非又不听大人的话玩起火来了？烧了东西，看你娘不打你！"

我忙道："爹，干甚去了，家里险些便烧光了！"

爹一瞧，丢下鸡鸭跑了来，自是唬了一跳："这……这是怎么回事？"便也动手收拾起来："本来爹只是买些香糯米便回来了，不料难得看见鸡鸭便宜些，便挤着等了些时辰才买到，真真贪小便宜吃大亏，怎生赶上这紫砂锅给裂了……"

我劝道："爹也莫要自责，依我看紫砂锅用得年头久了，许是不禁烧了，还是收好了烂摊子打紧。给娘知道了，咱们俩免不得得挨一顿骂。"

爹点头称是，刚把碎片扫出去整理干净，便见杨婶过来串门，见我们扫屋子，奇道："正月下怎生扫起房来，不怕失了财气吗？"

爹苦笑道："杨婶莫见怪，实实是我的不是，出门未曾给泥炉熄火，还吊着高汤，险些烧起来。多亏梅菜回来得早，如若不然，自家烧了不提，少不得得连累邻居，真真想都不敢想……"

杨婶笑道："可不梅菜是龙神爷的使者，满满的福气相，逢凶化吉，当真灵验。"

我忙道："杨婶莫要笑我，要说灵验，这是吉顺轩那位女算卦先生提点的，倒真是灵验。”

杨婶一听，奇道：“这也是那先生提点给你的？可不真是个仙人嘛！我刚打街上回来，人人都议论那先生说一不二哪！”

我忙拉了椅子请杨婶坐下，又紧着倒茶，问：“可有那先生什么异事不成？”

杨婶似也累了，喝口茶，点点头，道：“你可知道东头兴隆茶庄的孟掌柜？”

我忙答道：“刚刚在吉顺轩，才瞧见了孟夫人也去占卦。”

杨婶忙道：“你可听见那白先生怎么说？”

我回道：“是教孟夫人去铁锅胡同问问可有一家姓柳的寡妇没有，自知分晓。”

杨婶鼓掌道：“可不是嘛！那白先生实实在在是有真本事的。我才在铁锅胡同口见聚着不少人，这可不听说了，孟掌柜自小跟柳寡妇一同长大，未成家便与那柳寡妇情投意合。现下孟掌柜经营茶庄颇为有钱，眼见柳寡妇孤身一人，日子颇过不得，孟掌柜便日日拿钱贴补。孟夫人只道他去赌，还不甚放在心上，今日给那白先生一说，正在柳寡妇那儿把他们堵个正着，闹得天翻地覆，好不热闹。”

爹叹道：“这可终究不是什么光彩的事，抖搂得人尽皆知，还教那孟掌柜与柳寡妇怎生做人！”

杨婶啐道：“做着没脸的事，打脸也是活该！不守妇道，勾搭别的男人，我看那柳寡妇也是自己找的！”

爹犹豫道：“其实这事情闹大了，对谁也都没有好处，孟夫人又是出了名的河东狮，真真不晓得要如何收场。”

杨婶道：“可不是那白先生灵验，你说孟掌柜的行踪，张嘴就来，还千真万确。我在紫玉钗街这么些年，那神棍神婆骗钱耍猴，我见得多了，可从未见过如此灵验的。这事情嘛，人在做天在看，柳寡妇和孟掌柜偷鸡摸狗，那也是不知廉耻，命中该着。”

爹苦笑道：“不知孟夫人知晓了，依她那暴脾气，闹成了什么样子？”

杨婶摇头道：“我倒是瞧见了，但见那孟夫人张牙舞爪，一把把那弱不禁风的柳寡妇揪出来，当街便甩了几个耳光。柳寡妇那白生生瓜子脸登时肿得蟠桃似的，又给人一围，又羞又恨，又打不过那孟夫人，将将要死过去。孟掌柜要拉，给孟夫人一个窝心脚蹬出去老远，四下谁也不敢拦，还是等孟夫人又掐又咬，折腾累了，才丢下柳寡妇，拉着孟掌柜耳朵骂骂咧咧回茶庄去。”

爹叹道：“虽说柳寡妇事情做得不光彩，倒也受尽折磨，只当还债了吧！”

杨婶撇撇嘴：“不做亏心事不怕鬼敲门，脚上的泡都是自个儿磨出来的，又怪得了谁人？”

又过了些日子，白先生的名声愈加大了，吉顺轩日日车水马龙。我从门口经过几次，但见小诸葛独个提着鸟笼子叹气，神情可寂寥得很，想是给白先生这一来抢风头，挤得连说书都没人听了。

这日爹派我去兴隆茶馆买些茉莉花茶，我一进兴隆茶庄，正看见孟掌柜正蔫头耷脑地擦柜台。店堂虽又大又深，却一个伙计也没见，平素开门迎客的孟夫人也不见踪影。

孟掌柜看见我，强挤出个笑脸：“这不是梅菜嘛，又来给你爹买茉莉花茶？”

我点点头问道：“孟掌柜，麻烦给称半斤一般价的，今日怎生店里只有您自己？可忙得过来？”

孟掌柜叹口气，转身拉开高高的分存着各类茶叶的木格子。一股子茉莉花香扑了过来，伴着老旧的樟木味道，倒闻得人昏沉沉只想打盹。

只见他边熟练地抓出茶叶拿了小秤去称，边道：“好事不出门，坏事传千里，我那点子破事只怕你们这些孩子也听见了是不是？”

我不好意思地点点头，学着邻里和稀泥的口气道：“人多嘴杂，说什么的都有，孟掌柜莫介怀，大概闹闹也就过去了。”

孟掌柜听言，禁不住扑哧一声倒笑了：“都说你人小鬼大，真真不假，倒还学起那劝人的腔调了。也不怕告诉你，我家那婆娘这次动了大怒，带了伙计往西山赶庙会去了，独独留我看店干活儿，怕我记吃不记打，怎的也得给些教训。喏，这不这几天全是我自个儿擦桌子扫地归置货还记账，一个脑袋累成两个大，银钱也俱收了去，只留下些铜板找零。”

我只得道：“孟夫人真真好大脾气，不知何时能消气。”

孟掌柜苦笑一声，刚要说话，却好似听见什么似的，转头往内堂望去。

我笑道：“莫不是孟掌柜家中还有奸细留下不成？”

孟掌柜这才回过头，边系绳边尴尬地笑道：“真真不知道怎么越发糊涂了，家中分明一个人也没有，却总觉得有人盯着，后脑勺时时发麻，什么事也不敢轻举妄动。可不是给家中婆娘吓得如老鼠一般了嘛！”

边说，便交与了我茶叶。

我边接了过来边道：“孟掌柜这个感觉，倒怪怕人的。”

孟掌柜搔搔头：“许是与柳家的那事给揭穿闹的吧，那算命的怎生会知道呢？我可一向小心谨慎，从未露出丝毫痕迹，是以我家婆娘才未曾察觉，许那算卦的真有些神通吧！左不过这个事情闹得胆子都细了，总怕有人盯着我似的。”又笑道，“一朝被蛇咬，十年怕井绳，真真是老婆奴的命。”

但是给那孟掌柜这么一说，我也顿时觉着又深又暗的内堂似是有人偷偷在哪个窟窿眼盯着似的，后颈一阵发冷，教人怪不自在的。

付了银钱走出来，回头一看，犹瞧着孟掌柜时不时瞧瞧身后，又自嘲地摸摸后脑勺，继续算账去了。

正要回家，突然一个人风风火火地闯进兴隆茶庄，喊道：“孟掌柜，不好了！”

孟掌柜奇道：“小菜子，怎么啦？急赤白脸的，赌钱输了不成？甭打我的主意，你嫂子早把账上银钱收走，今日还没开几个张，没有银子借与你去耍。”

那小菜子一路急火火跑了来，只是喘，突然瞧见个茶壶，抓过来先往嘴里灌，灌完了一抹嘴，才上气不接下气地说：“谁，谁来借银钱……是，是柳家寡妇投缳，投缳自尽了……”

“你说啥？”孟掌柜霍地站起来：“你……你再说一次。”

小菜子急道：“真的……真的投缳啦！”

孟掌柜腿一软，好险一屁股坐在地上，我忙扶住他，他似才反应过来，便着急忙慌起来要出去，却给那小菜子一把拉住：“人已然没啦！我亲眼瞧见，眼珠子都凸出来了，哥哥现下就是去了，于事无补不说，又白教人落了话柄！”

孟掌柜没了主意，扶着额头，一下子跌在椅子上，似是昏了过去。

那小菜子见状，慌得又是泼茶水，又是掐人中，我忙也去把柜上手巾浸了凉水敷在孟掌柜头脸上，这才把他弄醒。

孟掌柜眼睛都像散了神，嘴里叨叨着：“给人害死的，好好一个活人……这不生生是给人害死的吗……”

都说家丑不可外扬，眼见孟掌柜这样子，我怎敢留下来，忙辞了回去了。

回家路上，犹觉得有人尾随我后面似的，但一回头，却鸟都没有一只，真真诡异得很，直教我一阵阵地发慌。

待我将茶叶包放在柜上，娘和杨婶也边嗑着瓜子边絮絮叨叨地进来：“可不是，折腾成这样，料想脊梁骨也得给人戳透。”

我忙问：“娘说的可是那铁锅胡同的柳寡妇吗？”

娘道：“你耳朵倒猫似的，尖得很，柳寡妇也着实是个爱面子的，平素掐尖要强不让人，这下子打脸，自觉生无可恋了吧。”

杨婶叹道：“唉，寡妇改嫁也是有的。虽说街坊四邻没有不说闲话的，但也没料想如此想不开，生生一人一口唾沫淹死的，虽说是咎由自取，可怜也是可怜的。”

我突然觉得，这不是一句命中该着就能解释过去的。如果白先生未曾告诉孟夫人，也许柳寡妇现今仍弱风扶柳地出来买菜卖针线。总听说天机不可泄露，白先生这样做，当真妥当吗？那白先生神通广大，能算得出没有第三个人知晓的秘密，莫非她有什么异术不成？

可白先生从火里救下了我家，绝对不像坏人。

正寻思着呢，突然我又觉得身后有人瞧着我，回头一看，仍是家中熟悉的物什，并未有什么不同。只得暗想道，去了一次兴隆茶庄，难不成我也给那孟掌柜染上疑神疑鬼的毛病了吗？

夜里送夜宵，又听青青他们说起那白先生的异术，只道柳寡妇虽说并不是白先生直接害死的，但总和白先生脱不得干系。若人人有什么私密事情，都能教白先生算出来，虽说白先生不是坏人，那也当真教人怪害怕的。

我想来想去，还是决定找龙井说说。

不料刚一出门，便见白先生笑盈盈地站在门口，对我说道："小妹子今日里无事，可愿跟姐姐进烟雨阁去算卦吗？姐姐头一次来，并不识得路。"

我感念她救了我家，忙道："好好，梅菜巴不得为姐姐尽点儿力，以报救命之恩。"说着，边引那先生进去，边问，"姐姐这次来要给哪个姑娘算卦？"

白先生微微一笑："是近日染恙不方便出门算卦的烟烟姑娘。"

烟烟姑娘就算病了也要找人请白先生来算，可见虔诚。我忙引了白先生进去，但见烟烟姑娘染了风寒，正躺在锦榻上，脸上烧得鲜红，倒更楚楚可怜了。

烟烟姑娘瞧着白先生来了，挣扎着要起来。白先生忙道声莫要客气，顺手拉过烟烟姑娘戴着沉重金镯子的手，问："不知道烟烟姑娘问些什么？"

烟烟姑娘忙道："左不过是想问问先生，我那恩客段大少，且不知道心里到底是我的分量重，还是那村姑苜蓿的分量重。这些日子我也病了，段大少直说我惹人怜，我自是受用，却不知道苜蓿那边他怎生应付的？"

白先生闭上眼睛，片刻，笑道："嗯……段大少现下倒真的正在苜蓿姑娘那里，段大少的意思，若是纳妾，必会是纳苜蓿姑娘。烟烟姑娘病病歪歪，还老是装得弱不禁风，看了直教人反胃。"

"什么！"烟烟姑娘怒目圆睁，头顶简直要冒出烟来："此话当真？"

白先生睁开眼睛，笑道："千真万确，我这一言九鼎的招牌，断然不敢自己砸，姑娘不信，过去瞧瞧便是了。"

烟烟姑娘登时光着脚，披头散发便冲了出去，丫鬟忙赶着追，我心下想着，这可坏了菜了，不知道怎样翻江倒海，忙要跟过去看看。

不料，侧头却看见白先生嘴角一翘，露出吃饱喝足似的满意笑容来，我打了个寒噤，突然心里怪害怕的。

这白先生次次揭穿别人，着实教人心里敬而远之，又是吉顺轩那里的人，说不定还跟二公子有些牵扯，但她分明又救过我们家，究竟是好是坏，还是得找龙井相商为妙。

白先生望着我，笑道："哎呀呀，你想不想知道，这次，龙神爷会怎么说。"

我又是一惊，龙神爷的事情，她也可以算得出来吗？

白先生见我一副慌里慌张的样子，甜甜笑着，冰冷的指头又拉过我的手，道："小妹子，龙神爷说，偏生傻狍子是个爱多管闲事的，若不是她那点儿供奉好吃，谁爱收她做信女！恃宠生娇，一天到晚四处伸手，没事也要搅和成有事，再没有比她更麻烦的了！"

恃宠生娇，龙井这么说我吗？

这个白先生，断断不应该知道我被龙井叫作傻狍子的。

我脑袋里面嗡嗡响，当真觉得自己再多余没有了，天天自封什么龙神使者，东奔西跑，原来只是给龙井颇添了些麻烦，惹人厌恶罢了。

白先生笑道："姐姐说的话，没有假的，你心里约略也清楚，是不是？龙神使者，什么好玩的，还不是被人嫌？不若跟着姐姐吧，姐姐心里明镜似的，什么都知道。跟着姐姐，断然不会有人在你面前表里不一，当面一套，背后一套，谁也骗不了姐姐，谁也骗不了你。"

我心里堵得很，只得勉强笑道："跟着姐姐算卦吗？梅菜一个跑腿儿跟班，也没有什么能耐。"

白先生一张素脸逼近我，道："姐姐可以给你些能耐，比你的天眼，好用得多。你跟着姐姐走这条路，现在正是时候。"

看到一切东西背后的真相，谁也瞒不住我吗？有这种本事，这便是那仙路吧？

当真让人觉得战栗又期待，倒颇有些像在朱大爷府上那嗡嗡响的房间，明知道危险，却总想偷偷去瞧瞧。若是梅菜我能知道所有的事情……

我正心如乱麻，白先生道："你看看，我想知道什么，就能知道什么，比如说你，早上吃的红豆汤，你娘不给你多加糖，可不是还怄了场气？待到买了茶叶回来，你娘和杨婶嗑的瓜子皮，还不是你扫的嘛！"

我周身一颤，白先生说的，一点儿错都没有。为什么这种鸡毛蒜皮的小事，她都能跟亲眼所见一样，算得如此精准？

如果我能有这种本事……白先生侧头笑道："你好好想想，姐姐便一直在吉顺轩等你。"待她松开手，我指尖还留存那不似人世间般的冰冷，教我浑身战栗起来。

再一抬头，不知何时白先生已经走了，对门传来了烟烟姑娘和苜蓿姑娘的叫骂声。我出去一看，段大少正一副苦不堪言的样子，夺门逃了出来，还嚷着："说是说了，这玩笑话怎生做得数呢！"

不料烟烟姑娘与苜蓿姑娘异口同声反问："什么？玩笑？"

段大少自知失言，跌跌撞撞跑走了，怕是近来瞧不见他了。

苜蓿姑娘和烟烟姑娘一言不合，又叫骂起来。烟烟姑娘本就病着，此时倒生龙活虎，倒像给治好了似的。

看来白先生又未曾算错。

是不是找龙井说说为妙？可是那句"恃宠生娇"越发刺耳，龙井当真这么说我吗？若是白先生未曾有绝世的算卦本事，"傻狍子"这三个字又怎生会叫出来，定八九不离十，龙井叫我做信女，不过为点儿供奉，背着我竟如此嫌弃我，可算看清他的本性了。

想到这里，赌气我便回家去了。

夜里梳洗完了要睡下，突然又觉得有人在看着我，我心下害怕，可又止不住好奇，回头一看，竟然是压吧虎子来了，正瞪着眼睛瞧我呢！

我忙要抱它，不料它一闪身便躲开了，直直盯着我，露出戒备的神色。

狐狸围巾早没有了，为何还这么看我呢？压吧虎子前爪着地，猛虎扑食般露出威胁似的咕噜噜声。

我忙道："压吧虎子，是我呀！你这是怎么啦？"便要走近它。但压吧虎子敏捷地往后一躲，还继续朝着我阴沉沉地咕噜噜叫。

真真是奇了，压吧虎子不认识我了吗？

正纳闷儿呢，我一个激灵，突然想到，它是在跟我叫，还是说，跟我身后什么东西叫……

我回头一看，可我身后，依旧什么活物也没有，只有我平时梳妆用的铜镜。

这让我心里更是不安了，我还想靠近压吧虎子，不想压吧虎子一扭身，对我大声咕噜噜呜叫起来，然后曲起爪子，冲着我极其凶狠地扑了过来。

我登时吓得呆了头，只顾抱着脑袋蹲下，心下还忍不住想着，世风日下，不仅龙井嫌弃我，连一向仗义的压吧虎子都看我不顺眼了。我也不知道犯了什么错，真是天怒人怨啊！

不料压吧虎子并未扑我，而是扑往我脑袋后面。我回头一看，登时吓得魂都飞了，铜镜上正有一颗眼珠子，给压吧虎子抓了一把，血淋淋地还在瞪着我。

我登时吓得魂都飞了，一直以来窥视着孟掌柜和我的，莫非就是这颗眼珠子吗？

压吧虎子还想抓，那眼珠子往后一滚，不见了。压吧虎子这才懊恼地咕噜噜一声，回到我身边乖顺地蹭起了我的腿。我吓得全身冰凉，忙抱起了压吧虎子，软软暖暖，让人心安。

话说回来，那颗眼珠子，莫非，是白先生的吗？这是妖法还是仙法？我正胡思乱想呢，压吧虎子跟上次带我寻老君眉一样，拉扯着我的裙摆便要引我出去。

我忙紧随其后，但见压吧虎子一路上小狗一般嗅嗅闻闻，却将我引到了铁锅胡同。

铁锅胡同家家户户早乌黑一片，只有一家微微闪着些黄光。压吧虎子把我往里一推，我又不敢擅自进去，好在木门虚掩，我往门缝里一看，吓得头皮都麻了，只见院里槐树上，有个人影正晃荡荡地挂在了枝杈上。

我从来未曾见过如此骇人的场面，一屁股坐在了地上。这时身后不知被什么轻轻踹了几下，一个懒洋洋的声音道："傻狍子，不是最爱管闲事吗？还不去救人？"

这熟悉的声音，我回头一看，可不就是龙井嘛！龙井打了个响指，指着树催我道："快去快去！"但见那身影已经从树上跌下，我顾不得许多，连滚带爬地过去一瞧，原是孟掌柜。

我突然想起，这里是铁锅胡同，不是柳寡妇的家吗？我忙寻了些水用手巾浸湿了敷在那孟掌柜脸上，多亏龙井救得及时，孟掌柜给手巾一冰，也就慢慢醒来了。

我忙问："孟掌柜，为何如此想不开，竟寻了短见？"

孟掌柜眯着眼睛辨认了一下，方瞧出是我，勉强坐起来叹道："家门不幸，娶了悍妻，害死了柳家妹子，我实实过意不去。这些日子，日日觉得芒刺在背，总觉着有人盯着我似的，定是那屈死的柳家妹子心里恨我，唉……"

我劝道："孟掌柜，人死不得复生，况且柳夫人是给人说闲话才一时想不开，也不是你故意相逼。料想你也必是内疚，还是莫太过自责吧！你也学她寻起短见，可不是让她泉下也不安宁吗？"

孟掌柜摇摇头，苦着脸道："事情能怪谁？柳家妹子自小与我一起长大，可惜她娘家嫌弃我家当时穷酸，才许与柳家。不料想柳家实实又是短命的，妹子受穷求娘家相帮，娘家倒要她来找我。她料想前事，不愿来，还是我自个儿听别人说她困苦，才自行与了钱，清清白白，实在没有苟且，因不敢一次多给，才细细碎碎偷柜上些银钱。那日里不过刚去她家，一只脚才迈进去，便给娘子捉个正着，真是跳进黄河也洗不清……"

"啊？原来只是误会吗？"我瞪大眼睛，"柳夫人，竟是受了委屈冤死的……"

那孟掌柜点点头："越描越黑，说不清楚。我家娘子，又是一个人见人怕的母夜叉，柳家妹子本就爱面子，这一出丑，名节尽毁，哪里还能抬得起头做人……可不分明是给害死的……这事能怪谁？算命的？我那娘子？还是怪我……"

我也不知道该怪谁，只觉得好像皆是有委屈的。

隐隐约约，总觉得跟那白先生脱不开关系。

我只好又对孟掌柜好言相劝，孟掌柜似也清醒了些，问道：“大晚上的，你小孩子家家怎会来到这里？”

我一呆，随口搪塞道：“是龙神爷传令，教我来搭救孟掌柜的。龙神爷慈悲为怀，人命关天，怎能袖手旁观！”

龙井对我的说辞很满意，难能可贵地冲我微笑点点头。

孟掌柜叹道：“我心里郁结得实在是不行了，天天疑神疑鬼，总觉得屈死的柳家妹子就在我身后瞧着我。我看我活下去，也没什么意思，不若死了给妹子谢罪干净……”

我忙道：“现下就算你死了，这谣言也只会越来越多，殉情什么的，更是会越说越邪乎。”

孟掌柜一听有理，又问身后有人这事情做何解释。

我只好把小时候听到的鬼故事说来吓他：“你这分明是给冤死鬼附体捉了做替身哪！龙神爷帮你驱邪，你快快回家吧！”

孟掌柜不大相信，但还是颓然回家去了。

我看着孟掌柜的背影，心里也很不是滋味，忙问龙井：“那眼珠子是怎么回事？”

瓜片早扑了来，嚷道：“甘露！甘露！”

龙井道：“嗯，你虽傻，误打误撞，竟能猜出来。那个灵物，是众多屈死之人的化身，能耐便是偷窥别人的秘密，给她盯上了，一挑拨离间，便可慢慢逼人觉得生无可恋，自寻短见。屈死的灵自然给她吸收了，壮大自身的力量，是阴险狡诈极了的账册灵物，名叫甘露。”

“原来是账册灵物……”我怀疑白先生不寻常已有些时候，可碍于她确实救过我家，不愿往坏处想她，便道：“可是，她倒是实实在在帮过我。”

龙井眼睛笑成一弯月：“傻狍子不是平常的人呢，你的仙缘可不寻常，是以甘露根本害不死你，但若能挑拨你跟了他，为虎作伥，那可是颇有些益处的。行了，跟本神去吉顺轩找二狗子叙叙旧吧！”

“不劳龙神爷登门，本公子自来了。怎么，龙神爷竟亲自出马来抓甘露了吗？不过现下打狗也得看主人，抓甘露入妖簿，也得看看本公子的意思。”又一个清亮的声音响了起来，我一瞧，正是一袭黑衣，面孔却苍白得像是能从黑夜里发光的冥界二公子夏忘川。

龙井笑道：“二狗子也来了？莫非甘露跟老君眉一样，也给你们冥界收入麾下了吗？总偷别人丢的残羹冷炙，像什么样子，不知道的，还以为你们冥界穷成什么饥不择食样呢！”

夏忘川下巴一翘，高傲地说：“大头，少来学鸡斗嘴，本公子并没有那个工夫。如今雪菜跟着香片，也是颇为出息。可你这个傻丫头，呆头鹅似的，除了多管闲事便是发愣，不若另觅好的，顺水人情与了本公子，也教本公子送与未婚妻做个礼物。那甘露本公子自可双手奉上，怎么样？这买卖不吃亏吧？”

龙井笑道：“喔喔喔，二狗子可不是越发会经营了吗？先以旧换新，又算卦收灵，看出来马瘦毛长，人穷志短，必是聘礼都拿不出，积攒那么多灵，可是要送与妖界下聘的吗？”

二公子苍白的脸上顿时一抹血色，似有些狼狈，但转转眼睛，又笑道：“哼，你这语气倒酸得很，香片和你的事情，本公子也可以既往不咎，吃不到葡萄说葡萄酸，也是常理。废话少说，既然香片想要，就速速把那一朵双生花与了本公子，甘露自可双手奉上。”说完便用扇子远远指着我。

“双生花？”这又是什么东西？我疑惑地望着龙井。

龙井未曾看我，笑道：“甘露本就是本神妖簿中的东西，还轮得到你给？要是想打架，本神可以奉陪。而且，本神有本神的担当，怎么会拿自己的信女做货物换？二狗子，你模样是较小时候长大了，心眼儿为何却一直不长？”

二公子气急败坏，刚要开口，龙井却一张手，手心赫然握着那颗血淋淋的眼珠子。那眼珠子反射着夜色，看上去更可怕了。

只见龙井修长的指头狠狠一攥，二公子身后便是一声惨叫，但见白先生以一种奇特的姿势，反扭着身体，蜘蛛一样的又像是爬，又像是走，歪歪斜斜地从二公子身后蹩了出来。莫非，那眼珠子便是白先生真身吗？

龙井倒依旧风度翩翩地笑着，又一使劲一攥，那白先生的身体扭转得更厉害，几乎要支离破碎似的，肢体成了一件被绞拧着的衣服。

二公子急了眼：“大头！你！你明摆着不给本公子面子！”话音未落，白先生完全失了人形，边哀叫着扭曲得像掰断了的麻花，碎成一地渣子，欸，不是渣子，是……是一颗又一颗，很多颗眼珠子！

眼珠子四散，骨碌碌滚得到处都是。二公子慌了神，伸手要施法术把白先生救回来，不料龙井另一只手不知道取了什么东西，正砸中二公子门面。那东西虽不大，却似乎颇为沉重，二公子吃痛向后一仰，被那东西压得挣扎不起，两只腿只急得乱蹬，口中还嚷着：“大头，你，你竟然……本公子跟你没完！”

那满地眼珠子分别往四面八方滚了去，龙井麻利地掏出账册，大笔一挥，写下“甘露”两个字，那些个眼珠子像被什么收拢了，慢慢聚在一起，吸入账册不见了。

一个虚呼呼的半透明人影还留在外面，我定睛一看，不是柳寡妇嘛！

龙井眨眨眼，道：“有什么眷恋，可诉与本神，念你可怜，本神可应你一个未完心愿。”只见柳寡妇轻盈地行个礼，道：“龙神爷明鉴，贱妾本便是看透了是是非非，含冤而死，尘世并无眷恋，但还有个不情之请，求龙神爷相帮。”

龙井点了点头：“但说无妨。”

那柳寡妇的身形又是行了一礼，道：“烦劳龙神爷代贱妾知会那孟家哥哥，贱妾一心谢他，并无一丝怨恨，教孟家哥哥莫要自责内疚，贱妾本命薄，实实怨不得他人的。只要孟家哥哥释怀，贱妾，亦可含笑九泉之下，本便清白，何必理会旁人，与贱妾拙夫地下相聚，也强过孤孤单单独个受苦，贱妾上对得起天，下对得起地，心中知足……”

龙井点点头，柳寡妇微笑着逐渐透明，接着融入夜色不见了。

二公子咬牙切齿道：“大头，你敢如此待本公子，日后定教你加倍偿还！”

龙井用阴阳怪气的腔调道：“本神惶恐，二公子饶命吧！二公子好好歇着，等你出得来了，本神自会谢罪。”

边说，边与我勾勾指头，示意我跟着走。

我忙抬腿要跟上，压吧虎子也紧随其后。不料我两腿早就给白先生那诡异样子吓软了，抬脚就趴在了地上，只得勉强撑着站起来。

二公子见我这样，仍死鸭子嘴硬地嚷：“你这大头，要如此没用的双生花有什么用？端的是废物配废物……”

龙井也不理睬，倒是又抛了个什么东西压在二公子脸上，二公子登时嘴似是塞住，声音也发不出，急得直瞪眼。

龙井瞧我一眼，道：“今日本神心情好，算你好运道。”

说着，竟大方地把我背在身上，直教我受宠若惊地说不出话来。

只不过龙井的后背……当真瘦骨嶙峋，硌得难受。

我想起白先生，忙问：“白先生的本体可是那眼珠子吗？龙神爷此番出现得及时，定是早便洞察先机了吧？”

龙井摇摇头：“二狗子瞒下了甘露的灵气，是压吧虎子在你家瞧见她，特来告知本神的。说起来，能看到一切东西的本事，人人想要罢吧？你这傻狍子竟抵得住诱惑，倒不枉跟本神这一场。”

我却心想，有些事情，好像也还是不知道比较好。

洞察世间一切，真的比稀里糊涂过日子好吗？早听小三子说过什么水至清则无鱼，真若是对什么事情都通透，怎生想，倒怎生不敢想。

我又想起龙井那句恃宠生娇，大概问也不必问，既然知道龙井是什么样子的神，背地里给他发发牢骚，又何必计较，也还是难得糊涂的好。

二公子还在原地动弹不得，我只好低声问龙井：“龙神爷刚才使了什么法术？怎生教那二公子无计可施的？”

龙井一听大为得意，笑道：“说起来那可是本神的独门绝技。论准头，自小谁也比不过本神，嚯嚯嚯……”

我越听越好奇：“还望龙神爷明示！”

瓜片早禁不住嚷道：“鼻涕干！鼻涕干！”

龙井越发得意，笑道：“本神的鼻涕干，千斤有余，二狗子那小身板，委实尿得不像样子，赏他些鼻涕干，也便够他生受，嚯嚯嚯……”

呃……龙井，当真是个不羁的神。

我又想起二公子似要用那白先生换我，不知我何时这么值钱了，因而问道：“龙神爷，双生花又是怎么回事？”

龙井顿了顿，道：“傻狍子世间并非独一无二，只是那另一个狍子傻不傻，便不得而知了。”

我就是我，难道还有分号不成？寒风拂过，我突然打了个寒战，因为我想起了那画舫上与我一模一样的红衣小女孩，莫非……那不是她变化的，而是她的真容？

难不成世上真的还有另一个我不成？

我还想问，龙井却岔开话：“今日天寒，速速煮汤圆来供奉。本神今日背了你，当真是你天大的福气，不知恩图报，当心雷公劈了你。”

我忙应下，却心乱如麻，猜也不敢往下猜了。

龙井已经背着我走了一段，回头已经望不见那二公子的身影，不知道他挣脱龙井的鼻涕干没有。

算了，有些事情，还是不知道为妙。

第9章　雨水

神秘的红衣小女孩儿终于再次出现，跟梅菜道明了真相。她自称跟梅菜有脱不开的因缘，而且，梅菜对她有所亏欠，这让梅菜越来越疑惑了。

干冷干冷的天气已然过去，早起能闻到湿漉漉的水汽味道，冰雪也逐渐消融，偶尔还会下起丝丝细雨，带起些泥土味，“杨柳又绿江南岸”的日子马上就要来了。

春日里自是须吃些春饼了。将新麦粉揉成面团，醒好后揪成小块，再擀成小圆扁片，稍稍刷一层猪油。两个面片以刷猪油的面对合，再擀成一张饼皮，贴入泥炉中，烙成两面都成焦黄色即可。

烙好的饼随手一分便可成为两张薄饼皮，将饼分好了叠放在一起，便是劲道喷香的春饼了。

如果是我们自家吃，春饼可刷芝麻酱或者甜面酱，卷上粗壮细嫩的大葱白和白菜心，已然很是美味。

若是讲究的客人，则单预备盒子，将卤猪头肉、猪耳朵丝、酱牛肉、酱肘子丝、鸡丝、羊角甜葱、萝卜丝、白菜心、荷包蛋、韭黄、黄花菜、豆芽菜、菠菜，等等，分装了攒成一食盒，再配上调好的酱汁，即可自选爱吃的配菜卷了吃，也算贵人的新鲜口味。

这日下着潇潇细雨，我正拎了沉重的食盒三步两滑地往烟雨阁送。及至进了门，又怕蹭脏了烟雨阁里昂贵的西域织锦地毯，只得先踏干净鞋底，突然听见有个银铃似的悦耳笑声，我抬头一看，倒看见凭栏观雨的一位姑娘正捂着嘴笑我呢。

这个姑娘手执一个素面绢扇，穿一身水蓝缎袄裙，弯弯柳叶眉，弯弯月牙嘴，端的可亲，却面生得很。我从未见过，看打扮得华丽，断断不是丫鬟，许是新来的姐儿吧。

那姐儿见我发愣，笑道："你这小丫头，往这里，可是追着姐姐来的吗？调皮捣蛋惯了，总跟着出来瞧野眼。"

欸？这话说得奇怪，怎生倒像是识得我一般？我回头瞅瞅，四下并无旁人，准是跟我说话，忙赔笑道："姐姐认识梅菜？梅菜糊里糊涂，倒似是未曾见过姐姐哪！"

那姐儿听言一愣，又侧头瞧了瞧我背后，不禁莞尔一笑，用绢扇打了一下自己的额头："可不是糊涂了，原来是认错了人！梅菜？好名字！你送的什么东西，拿来给姐姐开开眼。"

原是认错人了，怪道说话教我摸不得头脑，我笑道："并不是什么罕物，是春饼。"边走近揭开了食盒盖子。

那姐儿瞧了瞧，倒像来了兴趣，飞快地把春葱般的指尖沾了些酱汁送到了嘴里。我登时吓了一跳，自是阻挡不及，姐儿都是受了严格教导，谨言慎行的，怎生这个姐儿还天真烂漫，小孩儿似的。

只见她似是尝得满意，可又终不大好意思多吃，只得可怜巴巴地看着我，弯弯的眼睛忽闪忽闪的。

我只得道："姐姐爱吃，可教莫先生订了，梅菜自可送来，现下这一盒子，早是有主之物了……"

那姑娘一听，忙道："你倒跟舅舅熟悉吗？"

"舅舅？"我不解地望着她，"莫非莫先生是姐姐的舅舅吗？"

那姑娘一拍手，点点头，道："是了，我叫暮锦，账房莫先生是我的亲娘舅。我家亦是跟烟雨阁同样生意，又是独生女儿，这不特来投奔舅舅，学些经营，日后也混得这一口饭吃。"

原来如此，怪不得眼生呢！这位暮锦姑娘平易近人，我倒也挺喜欢她的。

暮锦姑娘人缘甚好，自打来了烟雨阁，上至管事婆婆，下到云朵、青青，没有不喜欢她的。不管什么时候，总一副笑眯眯的样子，似是什么烦恼忧愁都没有，一派心无城府的样子。

莫先生也说："这孩子自小便是个没心没肺的主儿，成日里只知道傻笑，再不长点心眼儿，只怕给人卖了还得替人数钱呢！”

暮锦姑娘笑道：“傻人有傻福，自有福神庇佑，舅舅莫操这份心啦！”便咯咯笑起来。

暮锦姑娘的声音当真动听得紧，有什么忧愁，似也能听忘了。

常有人问她，暮锦姑娘如何日日这么高高兴兴？暮锦姑娘便答道：“我是只享福气，不好的，自有给我挡煞的。”人也听不大明白，只道她心胸宽广，遇事不大往心里去的，有些什么话，也总想和暮锦姑娘聊。

这日我去给暮锦姑娘送春饼，正瞧见她端坐在床上，摆弄着一个红酸枝首饰盒。

那盒子一看年头就很久，流转着暗红色的光泽，精雕细琢着牡丹花纹样，包浆莹润，棱角也早磨平滑了，大概是件价值不菲的古董。

暮锦姑娘见我瞧着首饰盒，却只是笑笑，顺手把首饰盒收好，快手快脚地拿过春饼吃起来。

暮锦姑娘吃春饼，并不似普通人将饼包菜卷呈圆筒状，便是信手抓了一张饼，尽力填菜，直到饼包不下那些菜，才勉强合拢饼的两端，张大嘴奋力咬下去，蹭得一脸菜屑酱汁，还含混不清地连赞好吃。

我禁不住好奇，多看了那首饰盒几眼，暮锦姑娘明摆着不想提这首饰盒，假装没有瞧见，边吃边道：“梅菜，人生在世，烦心事如此之多，你近来可有不如意的事情吗？”

我想了想，道：“烦心事嘛大概也便是天黑路难走，晚上送夜宵实实有些麻烦。”

暮锦姑娘笑了笑，将一块春饼塞进嘴里，费力咽下，道：“可希望有人替你送？”

我笑道：“有人替我，那自是好的。不过家里节俭惯了的，不大可能会请伙计，东西多了，好歹离家近，多跑几次也就是了。再说不送夜宵，我也无事可做，省下一个人工钱，娘还是高兴的。”

暮锦姑娘笑道：“请伙计替你？我倒不是这个意思。”

这时有人急匆匆地敲门，暮锦姑娘道声“请进”，原来是鸾儿，但见鸾儿哭哭啼啼地推门进来，梨花带雨，煞是可怜。

我和暮锦姑娘俱是一惊，忙问道："鸾儿姑娘这是怎么啦？"

鸾儿又羞又气，犹豫了一下，还是咬牙道："是我们姑娘的恩客陆公子，喝多了酒便恶形恶状，直挑我的毛病，说瞧我碍眼，非要赶了我出去，还动手动脚，成心往我身上泼酒，我要躲闪，便张口骂人，说我只是个狗奴才，倒张狂不识抬举。我虽是个丫鬟，但自问做事向来妥帖，倒从未受过此等委屈！"

越说越气，竟呜呜哭了出来。

我和暮锦姑娘忙劝慰起鸾儿来，鸾儿恨道："怪只怪我出身低贱，一个奴才命，再怎么精心伺候主子，也是猫狗一般，任人打骂，逆来顺受！还不知道这样的日子什么时候是个头……"

暮锦姑娘忽然笑了，道："人总得看开，走背字的时候啊，就得有个护身的东西。"

说着拿出一张纸来，问鸾儿的生辰八字。

鸾儿忙问："姑娘可有趋吉避凶的法子吗？"

暮锦姑娘笑道："我一个女孩儿家，能有什么法子，左不过心诚则灵，写了你名字八字，与你在我向来供奉的福神前求平安了。我日日平安喜乐，全依靠了福神护佑，才与我挡煞。"

鸾儿擦擦眼泪，问："姑娘奉的哪路神仙？可也是龙神爷吗？"

暮锦姑娘含笑摇摇头："哪个神仙又有什么关系，左不过是福神罢了，灵验不灵验，试试可不就知晓了。这也是我那老奶妈的法子，将名字生辰以黄纸包了，埋在香灰里，日日祈福。我试了试，次次灵验，才整日里嘻嘻哈哈，没什么烦恼，横竖也不费什么事，连你的一并祈福，不过要心诚便是了。"

鸾儿闻言，感激地说："姑娘当真是个好人。"

便说了自己的生辰，暮锦姑娘细细抄了，包在一个黄纸里，叠成小包，便笑道："等着好运来吧！"

不知道暮锦姑娘拜的究竟是哪路神仙，若是当真如此灵验，连我也想去拜了，传出去，想来龙井的香火又会被抢走不少。

不承想，过了几天再见着鸾儿，她竟分外喜气洋洋，一张苹果脸越发红润，格外娇俏可人。

我忙问：“鸾儿姐姐，可是走了什么好运吗？红光满面，越发漂亮啦！”

鸾儿笑道：“你个小鬼丫头也来打趣姐姐，不过实话实说，那暮锦姑娘求的福神当真灵验，打写了生辰八字去，这些日子丝毫风波也没有，客人都安分得很，赏钱也不少给，姑娘也不曾为难我。万事顺利，可不是托她给我祈福的功劳嘛！”

我奇道：“当真如此灵验吗？”

鸾儿点点头，轻声道：“下次我可要求那暮锦姑娘给我祈福早日赎身出门子了，说起来能识得暮锦姑娘这样的贵人，当真是上辈子的造化。”

我心里也颇为鸾儿高兴，但又有些疑惑，这是巧合也便是了，若真是神灵，可当真灵验得不同寻常。

我忍不住想起老君眉左右人运势的事情，可是暮锦姑娘分明是帮了鸾儿一把，只能算积德行善，并未伤天害理。她人又和善，对谁都大大方方，和和气气，尤其她身世清白，是莫先生的亲外甥女，怎么会是老君眉那类妖物呢？定然是我草木皆兵，风声鹤唳，想太多了。

横竖闲来无事，倒不如去龙神祠转一转。

到了龙神祠，不想竟然看到了高高在上、冷若冰霜的睚眦殿下，穿着比上次还要华丽的锦袍，正逡巡在正殿里，不知道巡查什么，一张没有丝丝表情的面孔威严无比。而龙井带着瓜片，不晓得是不是躲睚眦殿下，竟不知跑到哪里去了，鳞都见不到一片，毛也寻不得一根，我与睚眦殿下四目相对，吓得腿软，登时心下叫苦不迭。

我忙行个礼拔腿要走，睚眦殿下却不屑地看了我一眼，道：“傻狍子，来这里可是寻饕餮的？什么事情？莫不是有账册妖物作祟？带了本神前往，横竖妖簿不在本神这里，收也不必收，”然后伸出一只修长白皙的手，挺拔的指头一握：“一并弄死算了。”

我吓得魂飞魄散，哪里敢漏半点儿暮锦姑娘的口风，万一睚眦殿下来了兴致，不分青红皂白，伤了无辜性命，岂不是大大的不妙。

想到这里，我忙又赶紧堆上谄媚的笑脸，却实在忍不住唇齿打战，结结巴巴道：“不、不知睚、睚眦殿下大驾光临，小、小的并未有事上报，不、不过想来、来供、供奉龙神爷。”

睚眦殿下不耐烦地挥挥手：“行了，近来倒又添了口吃的毛病，真不知道饕餮相中你哪里？”

我如蒙大赦，赶紧抬起脚来要走，不料睚眦大人又冷冷道：“本神近日来会在这龙神祠停留几日，顾全你们物力维艰，供奉些牛羊猪头也便是了。”

我忙又应下了，横竖到了二月二龙抬头的日子，想来跟莫先生提起祭祀，大概能应下。龙神爷福佑烟雨阁毕竟日子不短，睚眦殿下怎么也能得些供奉。不过具体要停留几日？龙井他们又何时回来？睚眦殿下到底是来做甚的？我偷偷望了睚眦殿下一眼，又不敢问，便唯唯诺诺地回去了。

我便寻思要走，来到了青石井旁，本想瞧瞧正山去，不想却突然闻到一股子臭气。

循着臭气一瞧，不想竟是龙井和瓜片正在梧桐树下分食着几串黄灿灿的油炸臭豆腐。龙井大快朵颐，瓜片也津津有味地啄食残渣，正山似是颇不喜那味道，以袖掩面躲得远远的，还叨叨着什么，但无人睬他。

我忙跑了去，问：“龙神爷可知道睚眦殿下来了吗？现下正在龙神祠等你哪！”

龙井满不在乎道：“哼，什么新鲜的，本神早知道冻顶乌龙来了，嫌他麻烦，才出来躲躲。你若是与本神漏了口风，可不要怪本神吃了你。”

好久未曾如此威胁我，猛一听倒怪怀念的。正山见我来了，也不顾臭气，忙跑了来说话：“傻狍子尔身上倒香喷喷的吾甚惧此味偏生饕餮哥哥定要来此食用吾当真无奈……”

我只好宽慰道：“今日我爹做桂花糕，我去偷嘴吃，给桂花酱粘了些在衣服上。你若是嫌龙井他们熏臭了青石井，不若去我家井里暂住吧！”

正山巴不得的，忙要答应，不想龙井嗤道："不许你去，本神要亲往点心铺用些新鲜的，你乖乖待在青石井，若是乌龙寻你不到，少不得起些疑心。"

正山委屈地咕嘟了嘴，也不敢说什么。

我估摸着，大概龙井也便是馋嘴想去铺子吃点心罢了，偏生又如此理直气壮。正山有这样的兄长，也实实可怜见的。

我想起睚眦大人，忙问："不知睚眦殿下来寻龙神爷到底何事？龙神爷避而不见，也不大妥当吧？"

正山忙抢话道："今年乃是辰年又即将要到龙抬头之大典四海龙王共襄盛举龙宫亦须备下庆典饕餮哥哥被封印了好些年头一直未曾露面吾等俱与饕餮哥哥瞒下了但今年听闻西海龙王要枕梦公主与未来新婿有些交往，是以求饕餮哥哥前往……"

龙神不耐烦打断道："还不是西海龙王见本神威武神勇，非要将那劳什子公主送来与本神谈情说爱。嗤，本神才不屑去当傻姑爷。父王知道本神不大乐意，才派了冻顶乌龙前来捉拿本神，本神偏要躲起来，瞧他怎么办。"

我只得道："龙神爷不愿便不愿，可面也不露，终究不妥。据睚眦殿下言说，要等你些天哪！"

龙井梗着脖子道："爱等便等，本神偏不露面，他直眉瞪眼的莽撞样子，定然抓不到本神。哼，他吹胡子瞪眼又有何用？"

我叹道："龙神爷自是有自己道理的。"又想起暮锦姑娘口中的福神，忙问道："龙神爷，世上可有哪个神祇极为灵验，能教世人趋吉避凶吗？"

正山一听又来抢话："人命运终是天注定神只可护佑运命不改若一味趋吉避凶可非神职。"

龙井皱眉道："趋吉避凶的很邪乎吗？"我忙把暮锦姑娘管鸾儿要生辰八字供奉的事情据实言说一番。

龙井转转眼珠："莫聋子的外甥女，凡人吗？凡人又怎会这等法子……"

我忙道："可不是嘛，暮锦姑娘人品可是大好的，我只是疑心是否巧合了，本便是鸾儿姐姐运气好些日子罢了，但老君眉他们的事情在前，终不敢大意，才与龙神爷先打好招呼。”

龙井点点头:“那你可须得注意那鸾儿,若有异事,速速报与本神。二狗子近日闲得很，别是他捣乱吧。”

我刚要点头，不想一阵疾风拂过，竟然是一脸怒容的睚眦殿下来了！

睚眦殿下半眯着眼睛，恨恨道：“饕餮，你这是故意耗日子不去龙宫庆典吗？本神日日忙得很，可没空与你藏猫儿玩！”

龙井一副惊慌失措的样子，口中的油炸臭豆腐也吧嗒掉在地上，一转身不见了。

睚眦殿下瞪圆了眼睛伸出了手，正山见状忙扑过来抱住睚眦殿下喊道：“睚眦兄长人道是穷寇莫追饕餮哥哥亦是没有法子不是有心为难睚眦兄长还望千万勿要伤了自家兄弟和气委实不值得！”

睚眦殿下目露凶光，像拎小鸡一样把正山的衣领提起来丢到一边，咬牙道：“本神看他躲得了初一，还躲不躲得了十五！”

自此之后，睚眦殿下便凶神恶煞地住在了龙神祠，龙井不知跑到哪里去了，消失得一干二净。

只留下正山帮谁都不是，只得日日愁眉苦脸地在青石井叹气。

我只得无事便寻正山聊天，正山问起鸾儿，我也只得答一切如常，并无一丝异处。

诚然没有异处，鸾儿可是一丝灾厄也没有，欢喜得很。而这种事一传十十传百，都听说了暮锦姑娘祈福的妙法，俱来求暮锦姑娘给自己行些方便。暮锦姑娘人又很是大方，来者不拒，一一写了姐儿并丫鬟的生辰八字用黄纸包成玲珑小包。

暮锦姑娘人缘更是好了，莫先生直夸她倒颇有人气。

这日又去给暮锦姑娘送吃食。尚未敲门，倒听见暮锦姑娘咯咯的笑声：“十七……十八……哈哈哈哈……”

想来有什么好事吧？我敲门，暮锦姑娘应门，喜滋滋地接过吃食大快朵颐，我忍不住问道：“不知道姑娘在笑什么？”

暮锦姑娘弯弯的眼睛少见地向上一扬，有些凌厉地问：“你偷听见什么了？”

我登时吓了一跳，忙道：“并未曾偷听什么，只是听见姑娘笑声罢了。”

暮锦姑娘似是觉出自己有些失态，忙又笑道：“哎哟，不过是趴在窗台数雀儿罢了，偏生叫你听见，”边说边拉过我的手，“可莫笑姐姐痴傻……”

我忙道声不敢，不经意往床上一瞄，又瞧见那红酸枝首饰盒在床上给丝帕胡乱掩上，似是刚刚要藏起来。

我越发对这首饰盒好奇了。

这天给鸳鸯姑娘送珍珠糯米圆子，正碰见鸳鸯姑娘使鸾儿去买些水粉来，鸾儿本正擦着桌子，一听使唤，忙高高兴兴地去了。

我见鸾儿那喜气洋洋的样子，因而笑道：“鸾儿姐姐说是这些日子运道好，果不是满面春风的嘛！”

不想鸳鸯姑娘却叹口气：“这些天，鸾儿倒很有些不对劲。”

我一听，心登时提到了嗓子眼儿，想着万万莫有妖异，忙问：“鸳鸯姑娘此话怎讲？”

鸳鸯姑娘皱眉道：“我也说不上来。恩客有时喝多了酒，难免出言轻薄些，还有些没体面的更不用提，鸾儿一向是个要强爱面子的，受不得委屈，总有些不甘。可这一阵子，不管恩客怎生刁难，她面上倒好得很，变了个人似的，有什么恶形恶状，皆仍笑眯眯不以为意，可不是有些奇怪吗？”

鸾儿并不是给挡了煞，而是遇到不如意的事亦能一笑而过，这跟她自己和暮锦姑娘说的，仿佛不大一样。

是什么神灵能教人自己对自己的不称意视而不见，还把不称意当作了福气呢？

这日见到鸾儿一如往常地满面春风出来，手里端了一盘子冰糖梨，招手叫我过去分吃。

我忙要上前找她玩一会子，不想瓣儿在屋里听见，便出来了，横刀立马地拦在鸾儿面前，道：“这点心也是你能拿来送人的吗？哼，莫不是恩客吃剩下的，倒教你捡了当宝，真真奴婢命，上不得大台盘。”

若是往常，鸾儿怎么也得跟瓣儿据理力争，但这次竟盈盈笑道：“我本就是奴婢，什么命不命的，姑娘赏吃食乃是恩典，台盘不台盘，能当衣穿当饭吃吗？”

瓣儿鼓起腮，撇了嘴，显得越发粗蠢了：“哼，自轻自贱，一日为奴，终生为奴。”

鸾儿笑道：“我便是这命，又如何？”

要是往日，怎么也得对骂一场，鸾儿，当真还是那个争强好胜的鸾儿吗？任劳任怨，嘴也不还，任瓣儿那般无理取闹，仍笑得出来，倒跟入定高僧一般，反倒显得高深莫测。

瓣儿许也是无聊出来斗嘴玩儿的，谁知道拳头打在棉花上，又嗤笑了几声天生贱命，没意思，便一扭一扭地出去了。

我忍不住问道：“姐姐为何对瓣儿姐姐如此忍让了？”

鸾儿皱眉道：“忍让？你没瞧见瓣儿现下都不敢对我怎么样了吗？姐姐时运大好，这些个癞蛤蟆都自觉不来恶心人了。”便津津有味地吃起了冰糖梨。

不对劲，真的不对劲，明明自己百般忍让了瓣儿，怎生鸾儿倒得了胜似的？

我对暮锦姑娘那趋吉避凶的法子越发疑心了。

而暮锦姑娘一如既往，嘻嘻哈哈，吃吃喝喝，弯着眼睛笑眯眯的，还是人见人爱。

我再见了莫先生，便旁敲侧击地打听：“莫先生，暮锦姑娘自小便如此爱笑吗？”

莫先生笑道：“可不是嘛！别人家孩子摔了碰了直着嗓子便大哭大叫，偏她不，只会咯咯地笑。不是老夫自家孩子自己爱，还真不怪人喜欢呢！”

我又问：“暮锦姑娘对烟雨阁初来乍到，可有不惯的？”

莫先生奇道：“你倒够为她着想的，见她那样子，不生龙活虎的嘛！好吃好喝好住，丫鬟姐儿都爱与她玩耍，能有什么不惯？”

看来暮锦姑娘并不曾有奇异处，不然莫先生定能看出来，莫先生见我发呆，问道：“你问这么多，可是暮锦言行无状，得罪了你吗？

她说话向来没有正行，定是有口无心，权当给莫先生面子，理她做甚？”

我想起那首饰盒，笑问：“那倒不曾有，莫先生也太客气了，我一个跑腿小丫头，什么得罪不得罪的。横竖瞧暮锦姑娘那首饰盒端的是件好东西，定是莫先生给外甥女的好礼物吧！”

莫先生一愣：“她哪里有什么首饰盒？她那脾气性格，丢三落四，小心起见，值钱的首饰俱放在我这里，日日丫鬟给她梳洗才来取的。”

果真如此的话，那首饰盒定不大对劲。我心下想着，找着机会，定得问问那首饰盒的事情。

再给暮锦姑娘送吃食，我一边寻思着那首饰盒，一边敲暮锦姑娘的门，不过暮锦姑娘并未应门，门又是虚掩着的。我小心翼翼地推开一瞧，暮锦姑娘并未在屋里，而那个红酸枝首饰盒正端端正正地放在床上。

我的心登时打鼓一般，那个诡异的首饰盒，是不是能解开暮锦姑娘的疑处呢？

擅自进别人屋里，那是万万使不得的。可是这关乎暮锦姑娘清白与否，我犹豫着，又怕暮锦姑娘回来给她发现了，心下着实进退两难。

我心下正犹豫着，冷不防肩膀给人拍了一下，唬得我一下子跳起来。回头一瞧，原是暮锦姑娘回来了，手里正握着一根裹满麦芽糖的麦秆，犹笑道：“你吃吗？”

我忙摇头道谢推辞，道：“姑娘出去玩了？”边暗中庆幸不曾无礼擅入。

暮锦姑娘笑道：“是呀，才出去买了麦芽糖，真真好吃。”

说着，便把我让进屋说话。

我厚着脸皮指着那首饰盒道：“这盒子好生漂亮。”

暮锦姑娘一偏头，答道：“可不是嘛！里面都是我喜欢的东西哪！”她那亮晶晶的眼睛又一转：“你似是有些兴趣哪！猜猜是什么？”

我颇为局促，定然猜不出，只得觍着脸问：“不知姑娘盒子里的是？”

暮锦姑娘笑笑，竟极为大方地顺手推过来：“咯咯咯，早看出你好奇啦！喏，打开瞧瞧！”

我愣了一下，怎么也想不到这便能打开，忙道声失礼，把盒子一开，倒吃了一惊。

盒子里竟密密麻麻排着几十个衣着各异，面孔栩栩如生的面人儿。

暮锦姑娘顺手取出一个把玩：“怎么样？是不是跟真的似的？”

我忙点头：“姑娘捏的吗？真真好手艺！”

边说，便也拿了一个细看，那面人上了颜色，粉嘟嘟的面孔，五官似是笑着，栩栩如生，乌黑的发髻，湖水青袄裙，端的是个乖巧的丫鬟，竟似哪里见过般可亲，越看越逼真，似乎要对人盈盈笑出声来一般，真乃巧夺天工。

暮锦姑娘笑道：“不是我捏的，可也差不离。我呀，最喜欢把这些吃的东西变成玩的东西，又吃了，又玩了，多有意思。”

原来我心心念念起疑的首饰盒不过装了些面人，倒真是暮锦姑娘小孩儿似的作风，当真是贻笑大方。果是我太多疑了，本来也是，暮锦姑娘这人品性格，怎么会是坏人呢？

暮锦姑娘看着我松了一口气的样子，笑得越发甜美了。

这些日子，烟雨阁格外风平浪静，连姐儿之间的勾心斗角都少了。

莫先生都说暮锦姑娘一来，烟雨阁似都喜庆起来了。

但是不知道为什么，人人和和气气，不跟以往似的嬉笑怒骂，也鲜少听说哪个丫头受了委屈，不知道为什么，总觉得整个烟雨阁都不像烟雨阁了，缺了些什么似的，有些陌生，有些死气沉沉。

大家好像都成了不会生气，不会委屈的布偶一般。

这究竟是福是祸，当真很难说清。

事情自是不好告诉睚眦殿下的，可龙井又不知道跑到哪里去了，当真教人忧心。

这日在烟雨阁瞧青青她们绣花，丫鬟们赛着往好处绣，西番莲、栀子花、蔷薇、牡丹，芊芊细指用五色丝线，一针一针，在绷好了的素绢面翻飞出来，便组成了仿若刚摘下来似的娇艳欲滴的各色花朵，着实美不胜收，仿若能闻见香味似的。

我正看得兴起，凑近了瞧青青绣蝴蝶，突然一只老鼠从青青脚面上窜了过去，青青偏头一瞧，那细长的绣花针竟直刺进她食指的指甲缝里！

我吓得登时站起来，心疼不已，刚要安慰青青，不料想青青顺手便拔了出来，又自顾自绣起来，似是一丝都不痛。奇了，莫非是我看错了不成？可我仔细瞧瞧青青的指头，仍有一丝血渗出来。

我忙道："青青姐姐，刚才是不是针扎进指甲了？不疼吗？"

青青笑道："你这鬼丫头又说什么玩笑话，姐姐手艺精熟，何时给针扎了？"

鸾儿也笑道："没有比你青青姐姐再娇气的，真扎了她，早蛐蛐身上挂铃铛——吵闹不休了！"

青青道："准是梅菜看花了眼。"

说着，便自顾自继续聚精会神地绣起来。

我却全身犹如浸入了冰水里，筛糠似的抖起来：针扎进指甲都觉不出疼来的人，还是真正的人吗？

但我仍勉强着问道："青青姐姐近来可有什么不适的地方？"

青青笑道："自打暮锦姑娘给我祈福，没有再顺心的了！哎哟，真是见着连天都比以前蓝了！咯咯咯。"

我忽然脑子一闪，那暮锦姑娘的面人儿里，我拿出来细瞧的那一个穿湖水青袄裙的，越想越像青青。

是仿着青青模样捏的，还是……

心里七上八下地去龙神祠给睚眦殿下供奉卤猪头，睚眦殿下似乎亦是闲得无聊，因而问道："玄阴地自本神至此，当真不曾有妖异吗？"

我本想将事情和盘托出，可事情尚不清楚，面人与快快乐乐的暮锦姑娘的关系尚不曾厘清，我怕睚眦殿下这个性格，误杀了暮锦姑娘，只得犹豫着答道："并不曾有。"

睚眦殿下哼了一声："想来那些孽畜亦是听闻了本神的神威，

造次都不敢，本神自打来了，妖都没弄死几只，当真手痒难耐。”

睚眦殿下的手，还是莫要伸出来为妙。

睚眦殿下看我畏畏缩缩的样子，高高在上地问道：“你这傻狍子莫不是有什么事情瞒着本神吧？”

我吓得肝胆俱裂，若是给睚眦殿下得知，还不伸手把我弄死算了，忙不迭跪下摇头道：“小的不敢！”

睚眦大人俾睨道：“谅你也不敢，玄阴地乃冥界入口，又盖了阴气重的青楼，若当真风平浪静，本神才觉得是异事。你天资愚笨，瞧不出什么首尾也是有的，但若不及早禀告本神，到时候可悔之晚矣。”

睚眦殿下说得很是，我只得小心翼翼地问：“睚眦殿下，不知道这凡人可能修成妖法什么的？”

睚眦殿下冷笑道：“人遁入了妖界冥界，便化作了妖，断不能再称之为人了，真正的人怎么会修成真正的妖法？”

我听不懂，又不敢问，睚眦殿下咳了一声，又道：“倘若是妖鬼的灵附在人身上作祟，人脚后跟会离地三寸。”

是了！我忙道声谢，心下想着，睚眦殿下面冷心热，说不定心下早明白个门儿清，可比龙井厉害得多，也实实是肯帮忙的。

现下，是给暮锦姑娘洗脱冤屈，还是断定她便是妖，就要去瞧瞧暮锦姑娘的脚后跟了。

不过瞧脚后跟并非易事，姐儿穿的百褶撒花裙都盖了脚踝，平素不撩开看，定然瞧不出。随机应变吧，梅菜我也是堂堂龙神使者，什么大风大浪未曾见过，料想只是小菜一碟。

虽说如此给自己壮胆，心里也打鼓似的咚咚响，有多少个丫鬟并姐儿把自己的生辰八字交与了暮锦姑娘呢？暮锦姑娘的面人又究竟是怎么做的？

穿过烟雨阁，只瞧见大伙儿一派祥和之色，再没有之前斗得乌眼鸡似的景象，人人都似乎成了只会笑的面人，五官只微微地弯曲着，像早描画好了似的。

正彷徨失措的时候，一颗什么东西砸到了我头上，我抬头一看，竟是龙井蹲在亭子上面，手里抓着一把桂圆干，正指着我发笑呢。

瓜片和正山也都在，真是太好了。

我如同见了救星，忙跑了去，把暮锦之事说了一个清楚：“还请龙神爷帮着想想法子，查清真相。”

龙井飘然跃下，笑道：“本神可是都知道了，你不是去找那捏面人的看脚后跟吗？怎么，瞧你这傻样，本神不在你身边，莫不是吓得不敢去瞧吧？”

我尴尬笑笑：“什么都瞒不过龙神爷。暮锦姑娘不大像是坏人，可是与了她生辰八字的姐儿，都不会痛，不会委屈，都跟活的面人似的，实实又是可疑的。”

龙井正色道：“本神早知道了，一直想去瞧瞧那劳什子面人，奈何冻顶乌龙紧追不舍，本神亦是不好露面。”边说，边又跟正山勾勾指头，正山忙跑了来，交与我一个圆滚滚的小玉瓶：“此乃吾寿辰父王相赠之瑶山仙露倘若那暮锦当真是妖将此倒在面人之上必可救人。”

我忙谢过收下，因而问道：“这一阵子，不知道龙神爷躲到哪里去了？梅菜怎生也寻不到。”

瓜片早扑棱着翅膀大叫：“后厨房！后厨房！”

龙井得意地说：“冻顶乌龙那厮最恶泔水，是以本神特地藏到了后厨房，吃了个大快朵颐，嚯嚯嚯嚯……”

他这一说我倒想起来了，怪道前几日大师傅还直嚷小徒弟偷懒，做出来的东西仅仅有色却无香无味，还道他们不用心，实实是委屈了小徒弟，那些东西，想必早让龙井他们当供奉吃了。

龙井伸手啵地弹我脑门一下，道：“赶紧去吧，本神估摸着冻顶乌龙一会儿该追了来，拖得久了，只怕那些真人也要变成面人了。”

正山忙道：“吾愿护傻狍子前往……”

话音未落，却早被龙井一把推开：“那妖怪交与傻狍子处置，你莫要多事。”边说，边贼眉鼠眼地笑道：“傻狍子，速速前往，本神信你这龙神使者是时候能独当一面了！”

说完，龙井拉着正山、瓜片就不见了。

我捏着那个瓶子，心里忐忑不安，万一偷鸡不成蚀把米，梅菜我也变成面人可怎么好？

可事已至此，我也只得抖擞精神，爹着胆子去暮锦姑娘房中寻她了。

一路上见到烟雨阁人人的面色，几乎都是精心绘制出来的，教我越发胆战心惊。

虽然我磨磨蹭蹭，不敢走快，待到了，再心不甘情不愿，也还是来到暮锦姑娘门前，实实希望暮锦姑娘不在。不料暮锦姑娘正在门口剥栗子，瞧见我一笑："梅菜吗？来与姐姐玩了？"便把我让进屋。

现下，后悔也来不及，我硬着头皮进去，堆笑道："暮锦姑娘忙什么呢？梅菜可打扰了？"

暮锦姑娘眼睛一弯，笑道："怎么会打扰呢？姐姐从前无聊，总有个小妹子陪着玩，现下独个在这儿，多亏你来给姐姐解闷呢！"

我一边盘算着怎么瞧暮锦姑娘的脚后跟，一边搭讪道："姐姐那面人当真鬼斧神工，近来可添新的了吗？"

暮锦姑娘听问，如获至宝般抱出那盒子，道："上次呀，这面人有十多个，现下呢……"便打开了首饰盒，"已经有百十个啦！"

但见那首饰盒挤挤攘攘全是面人，再塞不下别的。众多面人压在一起，都宛如正对我笑似的，诡异之极，吓得我几乎都麻了爪。

暮锦姑娘翘着嘴拿了一个："你瞧瞧，多好看。"那是个穿着水红绉纱裙的姑娘，头上的金凤钗都精细得宛如真的一样，暮锦姑娘一翻，赫然是鸳鸯姑娘的样子。

暮锦姑娘见我看得出神，笑道："你也喜欢吧？姐姐送你一个可好？"说着挑挑拣拣，拿了一个一身红衣的丫头模样的。

我只得接下，细细一瞧，越瞧越眼熟，这，这不是按着我捏的吗？几近便是面做的我！

暮锦姑娘笑道："怎么样？喜欢吧？可是和真人一般无二吗？"

我结结巴巴地问："这是……"

暮锦姑娘俏皮地偏偏头："你猜猜。"

我心下乱麻一般，赔笑道："这个，梅菜实在猜不出……"

暮锦姑娘起身打开窗户，一阵子暖风拂进来，竟天公作美，穿堂风微微扬起了暮锦姑娘的裙角，只见暮锦姑娘两个脚跟可不是稳稳地踏在地上嘛！

暮锦姑娘原来不曾被妖物附身啊！我登时松了口气，紧紧握在掌心的玉瓶早被我手心里的汗濡湿了，顺手便被我丢到衣袋里面了。

暮锦姑娘笑道："真真是好天气，吃得又饱，果然还是玄阴地最适合住啊！"

"玄……玄阴地？"我瞪着眼睛，"暮锦姑娘……"

暮锦姑娘笑得愈加甜美："你是说，我一个凡人，怎生知晓那玄阴地的秘密？"

我脑子乱成一片，这，暮锦姑娘的脚后跟稳稳着地，并不是妖物附身啊！

暮锦姑娘凑近我，笑道："怎么，来看姐姐的脚后跟吗？你也看见了？"

我不知道说什么，耳朵里嗡嗡响，只得问道："那姐姐，到底是什么人？"

暮锦姑娘仰起脸，咯咯咯地笑了起来，用手扶着腰，哎哟地叹口气："你在说笑吗？真真有趣，姐姐能是什么人呢？姐姐连人都不是。"

"那真正的暮锦姑娘……"

她指了指那盒子："还在一堆面人里面压着呢！"

我心里登时明白了几分，却仍是难以置信："那……那面人果然是，是真正的人？"

暮锦姑娘笑道："嗯嗯，你可真不算太傻，虽说比不得雪菜，到底也有些雪菜的才干，怪道姐姐一眼把你认错。若不是见到了你的影子，还真以为是雪菜从主上那里偷偷溜过来寻姐姐呢！"

我咬住了下唇，有几次错认了我做雪菜的，还有二公子上次口中说的双生花，加上前些日子锦毛貂精那犹疑的眼神，便不禁脱口而出："雪菜，便是那与我一模一样的红衣小女孩吧？"

暮锦姑娘微微一笑："原来你早知道啦？不愧是双生花呀！"

这时又有一个脆甜的声音响起来："可不是嘛。"

这声音，怎生还有些耳熟？我回头一瞧，心里颇有些奇怪，怎生这里有个镜子我却没瞧见，镜子里的我一身红衣……

不对，我打了个冷战，我，我今日里穿的鹅黄袄裙哪！

这原来根本没有镜子，是那个穿红衣的我正笑微微地瞧着我呢！当真如同瞧见在照镜子一般……

怪道声音也如此耳熟，却一时听不出来，可不就是我自己的声音嘛！

这种感觉，一如去年在画舫相见，只觉得是在梦里。

红衣的我轻盈走过来，拿过我手上的面人，笑道："姐姐手艺越发好了，但怎生没把她的魂收进去？"

暮锦姑娘笑道："唉，主上说不教你来与她相见，可不又淘气溜来了。你不是不知道，你们俩身份特殊，哪是我说收魂便能收魂的？"

我僵硬着脖子转过来，强忍惊骇，颤声问道："这面人是人的魂？"

暮锦姑娘咯咯咯笑起来："是啊，也吃了，也玩了，多有意思啊！人这种东西最最好玩，偏生会有七情六欲，喜怒哀嗔，姐姐呢，一向是好心肠惯了的，谁不想受着这凡尘里的苦，大可教面人替他受啊！只要有了生辰八字，那人又亲自求姐姐代办，姐姐便可由面人替了他，什么苦不苦的，可不都变得喜盈盈的！"

原来把人自身的魂替进面人里，又由面人代了原本躯体，只剩下早描绘平板了的喜乐，完全没有委屈痛嗔，无怪乎人人都面人似的死气沉沉，可不真魂都给关在那锦盒之中了嘛！

红衣服的我犹笑道："妹妹，你还不识我吧？没错，我便是雪菜，园子里的事情，我倒是参与了大半你给你那龙神爷跑腿，我自给我家主上办事，咱们姐妹两个，可不是大大的出息了嘛！"

我唇齿打战，世上，为何真的会有另一个我？莫非还真是我失散的姐姐吗？

可是如果我真有双胞胎姐姐，为何从未听爹娘提起过？就算她当真是我双胞胎姐姐，又为何与妖混迹在一起……

雪菜见我那样子，摇头叹道：“真真是没有意思，看来看去，你样样不如我，只运气倒比我强些。”

我只得问道：“双生花？双生花是什么意思？我，我也不曾知道我竟有一个姐姐……”

暮锦姑娘笑着抢过话头：“双生花嘛，便是这尘世里有她没你，有你没她！”

“这，这又是为什么？”我直眼看着那雪菜。

雪菜笑道：“我一直觉得，本是同根生，相煎何太急，可是偏生这世上，咱们俩只能活一个。”边说边慢慢逼近我，我想躲，想退，可是怎生也挪不开脚步，只得僵立在原地。

雪菜一笑，露出一颗跟我一模一样的虎牙：“你别怕，现在还不是时候，我一直在等着一个机会……”

我突然想起来那玉瓶，可是这雪菜当真有恶意吗？玉瓶里的水又会把她怎么样？我犹疑着紧紧攥着玉瓶。

雪菜突然一把拉住我的手，凌厉地问道：“你拿的什么？”

我本来就腻了瓶子不少汗水，手一滑，瓶子便脱手摔到了地上，一声脆响，里面蒸腾出滔滔雾气，瞬时将整个屋子都笼罩在雾气里，我什么也看不到了。

只听雪菜恨恨道：“大意了，只当她身边没人……”

暮锦姑娘则嚷道：“是瑶山的水！我的面人……我的面人……”

那瓶子里的水，当真如此厉害吗？

突然听见一个得意忘形的声音笑道：“嚯嚯嚯，香片的得力部下吗？本神来给你取个新名字，以后，不若叫……云雾……”

云雾，果然又是一个茶名。

待云雾散尽，龙井顶着一张贼眉鼠眼的笑脸，得意地收起了账册。正山、瓜片紧随其后出现在屋子里，而暮锦姑娘和那雪菜早已不知所终。

正山急急走了来端详我被雪菜抓的手腕，问道：“给那妖物抓了可有什么异样吗？”

我摇摇头道：“不曾有。”低头一看，不想手腕早已乌青，雪菜的手劲倒当真不小。

那雪菜到底是什么人？为何会与我一模一样？龙井他们说是怕睚眦殿下发现不来，怎生又来了？那云雾又是什么妖怪，面人里的真人现下怎么样？

问题太多，倒是堵在了嗓子眼里，全出不来。龙井看出来了，故作仁义地问道："急什么急？一个一个问。"

我急忙道："龙神爷先告诉梅菜，那首饰盒中的面人可安好？"

龙井弯腰拾起那落在地上的首饰盒，翻过来给我瞧，但见内里已然空无一物，因而笑道："真正的魂魄已然回去了，你放下这颗多管闲事的心吧！瑶山仙露乃是最为圣洁之水，可净化邪气，面人早给仙露化开了，封在里面的灵魂自然各归各位，不过以为自己做了场梦罢了。"

那个假冒的暮锦，大概也已然被收入妖簿，我又问："她，究竟是什么妖物？"

龙井眨眨眼："她是香片的左膀右臂，不想此次亲自出面来了，是个积年成精的面人，一直存在这老旧的首饰盒里，早给主人忘下了。虽说是无喜无怒的面人，到底也不愿意封在盒子里不见天日，一直向往着呼朋引伴，可是她自己不知晓人间的种种苦楚，倒愿意替人承担。可是，没有苦楚的灵魂，又怎么会明白人世间本便是五味杂陈，怎么也割裂不得，没有苦楚，也不算得真正的人了。不过一个灵物，哪里懂得这么多，她不喜欢苦楚，就要吞噬尽苦楚，她是灵物，不是真人，一个傻面人罢了。"

莫非，她当真觉得这竟是为了人好？还是，只是在给自己呼朋引伴？

自然已经问不得了。

我想起了雪菜，可是，偏不知道怎生开口。

龙井似是看穿了我的心思，笑道："你那姐姐，想你也见到了，此番不教正山跟你来，便是怕那雪菜防备，不敢出来见你。妖簿的事情，跟她也有些关系，别的多说无益，本神只告诉你一句，双生花，只能开一朵。本来是你胜了她，不料香片为着一些无谓纷争，竟想方设法把她纳入麾下。雪菜是恨你，因为很多事由不得她。我早告诉你烟雨阁有一个专吃猜忌之心的妖物，才教正山前来助我。现下你已然知道了，便是你那姐姐雪菜是也。”

我想不通，为什么自己的姐姐会成为妖，莫非是我害的不成？回家定要跟爹娘问个清楚，但是据雪菜言下之意，倒像本该是她的东西被我占了似的，可是我亏欠她什么不曾？教我如坠云雾，心中好生迷茫。

正山似是有些可怜我，道：“傻狍子莫要多心世上万般因缘均为天定尔能改变不能改变均早是定数多想无益。”

“你们两个可是来试探本神的忍耐，有个什么限度的吗？”一个冷冰冰又带着蒸腾怒气的声音，果然是睚眦殿下！

龙井倒不躲，嬉皮笑脸地猴到睚眦殿下剑拔弩张的身上，故作亲密道：“这不是睚眦兄长吗，何时来瞧兄弟，也不言说一声，兄弟好去远迎，免得失了礼数啊！”

睚眦殿下拎起龙井衣领，道：“本神早告诉你，躲得了初一，躲不了十五，上次给你跑了，这次可没这么容易。龙抬头的盛典，你去也得去，不去也得去，再耍滑，莫怪本神无情！”

龙井笑道：“兄长言重了，兄弟怎敢不从呢？只不过嘛，兄弟委实放心不下那两个妖物，总想收了再亲迎睚眦兄长。此番劳烦兄长亲至，兄弟怎么也得给兄长设个宴席，尽一尽地主之谊……”

睚眦殿下冷笑道：“此番知晓那两个妖物与你们有些渊源，才未曾痛下杀手，已然给足你们面子，莫耍花招，速速回龙宫见枕梦公主吧！”便拖着龙井要走，又回头一瞧正山，“你还傻愣着做甚？还不同去？”

正山怯怯道：“玄阴地失了饕餮哥哥护佑吾有意留下照看……”

睚眦殿下怒道：“就你那点子本事，能照看得了谁？”

正山只得恋恋不舍地瞧我一眼，跟到睚眦殿下身边去了。

睚眦殿下似也瞧我可怜，缓声道：“秋水。”

应声凭空出来一位美貌女子，一身银色宫裙，端丽却颇有英气，上前纤纤行礼。

睚眦殿下道：“料想傻狍子无尔等护佑，又爱惹事，倒颇容易给妖物吃了。本神这把从不离身的宝剑便暂代饕餮护你，如遇妖魔，唤一声秋水，自可替你弄死。”

我瞧那美人盈盈一笑：“秋水随时护佑阁下身侧，如蒙不弃，遇事呼我名即可。”

这位秋水倒也像是可亲的，我忙谢过了睚眦殿下。

龙井撇撇嘴：“哼，宝剑怎敌得过本神……”话未说完，已然给睚眦殿下带着一并不见了，秋水行了一礼亦隐去了，登时人去楼空。

我惴惴不安地出了屋子，倒瞧见莫先生一脸狐疑地往外走，我忙跟上，想问暮锦姑娘的事情。莫先生见了我，奇道：“你可见了暮锦？”

我只得摇摇头，明知故问道：“暮锦姑娘怎么了？”

莫先生皱眉道：“不知道那丫头闹什么恶作剧，刚才给我差人送了信，说是在途中病倒不知人事，在客栈昏睡些日子，这才刚刚醒来，便无心至此，要打道回府。人天天生龙活虎的，怎生说起病来，小孩子不知轻重，开玩笑也没个分寸，不明不白不晓得说什么，去便去吧，不声不响，真真怄人。”

原来真正的暮锦姑娘昏睡在了客栈里，那云雾便替暮锦姑娘进了烟雨阁，看来面人已然各归各位，事情又告一段落了。

想来那云雾化作暮锦姑娘时，也一并拿了她性格模样，才令旁人分辨不出吧？

不知真正的云雾，那个孤寂的面人，自己可有性格？

吃晚饭的时候，我忍不住问道：“爹，娘，我当真没有别的兄弟姐妹吗？”

爹娘都是一愣，异口同声道；“你又说什么傻话？”

我小心翼翼地问：“比方说，梅菜有没有姐姐妹妹什么的……”

娘皱眉道：“孩子莫不是发烧了吧，怎生突然说起胡话……”

我偏头躲过爹伸过来试我脑门温度的手，只得带着一肚子疑惑继续吃饭。

那雪菜说不见便不见了，还会再出现在烟雨阁吗？碧螺春现身，是她引娘去的那作妖的屋子，画舫里，也是她随着香片去花魁之争，烟雨阁许多灵物，都如同她引来的一般，好像她在帮香片把灵物放出来，我又帮龙井把妖怪收回去。

爹娘不大像是骗人的，应该只有我一个孩子。龙井和云雾都说双生花只能活一个，莫非，我死了，她便可以接管我的一切吗？

二公子要跟龙井讨我，现下不吃我，只怕我还是个有用处的，那雪菜说等待机会，又是什么机会？

我一边想一边吃，几乎没顾得上吃菜，只一直扒饭。爹娘互望一眼，爹问："你可想要弟弟妹妹吗？"

我自是不敢告知爹娘雪菜的事情，勉强笑道："如若能有，可不是大好的嘛！"

慢慢地，烟雨阁那吵吵嚷嚷的声音再次重出江湖，剑拔弩张的丫鬟们为着鸡毛蒜皮的琐事毫不相让，勾心斗角的姐儿暗暗争夺着恩客，一切又一如往常了。

春柳不知何时已然悄悄冒芽，胭脂河的冰早已开化，沿岸也长出了绿生生的嫩草芽，二月春风似剪刀，只等着春意盎然来了。

第10章　惊蛰

紫玉钗街的冯公子因为梅菜的能耐慕名而来，并说明自己家的别庄出了怪事，请梅菜一定要去看看。等到了别庄，梅菜才知道，怪事，其实是出于他意想不到的原因。

一日赛一日的暖和，已然到了惊蛰时分。

春笋悄然冒头，掘出来剥开笋壳，内里的笋莹白如玉，爽脆鲜嫩，是时下最应景的新鲜蔬菜。用来做干煸春笋五花肉最最下饭。

我倒最喜欢剥春笋，厚重的一层层笋壳拿下来，内里莹润的春笋如同出浴美人，洁白嫩滑，总觉着带着股子春日里的味道。剥开洗净切片，稍稍焯水，再选五花三层的鲜猪肉切片，与酱油、黄酒腌一腌，上锅小火慢慢逼出油脂，将五花肉翻面煎得金黄，才能肥而不柴，油而不腻，焦香满口。

切葱、姜、蒜成末，大火爆出香味，下入焯好的嫩春笋片煸炒，焖至春笋由脆变软，再加入五花肉，小火继续干煸，加几片火腿提味道，再稍稍入鸡汁高汤，撒精盐、香油、青蒜出锅，笋片软嫩，五花肉喷香，最好加些干辣椒，最宜下饭。

吹着暖融融的风去送夜宵，已经由苦转乐，路上偶尔还能寻到鲜甜的草芽尖。

烟雨阁一如既往地华灯初上，人来人往。

今日一进门，正碰到段大少与一位衣着华贵的公子非常亲密地走了来。那公子修身玉立，气度非凡，在人群中鹤立鸡群，颇为醒目，更衬得段大少獐头鼠目，猥琐无比，可是那公子面色有些苍白，似有些憔悴。

两人进了烟烟姑娘的屋子摆茶围，待我把夜宵送进烟烟姑娘房里，烟烟姑娘正在唱小曲：“江南好，风景旧曾谙。日出江花红胜火，春来江水绿如蓝。能不忆江南？

“江南忆，最忆是杭州。山寺月中寻桂子，郡亭枕上看潮头。何日更重游？

“江南忆，其次忆吴宫。吴酒一杯春竹叶，吴娃双舞醉芙蓉。早晚复相逢？”

段大少上次得罪了烟烟姑娘和苜蓿姑娘，几日不见，许是来请罪的，正涎着脸冲着烟烟姑娘笑，而那公子则自斟自饮，一副愁容。

我布上点心，段大少瞧见我，似是想起来什么，忙指着我道：“这个丫头可是出名的龙神使者，冯兄若是实在困扰，不欲诉与我知，许可跟她说来一试。”

那冯公子看看我，奇道：“这小丫头竟有如此神通吗？”

我摇摇头：“段大少过誉啦！梅菜不过是龙神爷的信女，日日供奉跑腿，哪有什么神通。”

段大少笑道：“且死马做活马医，冯兄说来试试无妨。梅菜，快来见过，这可是京城有名的才子冯季落公子。”

冯公子勉强一笑，做了让我坐下的手势，道：“小生姓冯，草字季落，才子不敢当，才名较京郊的李家公子差得远。”

那位李家公子，便是李绮堂了。

李绮堂如此出名，作为他的友人，我心下倒也有些沾沾自喜。但虽说如此，我仍假装客套道：“冯公子过谦啦！不知何事困扰？倘若是梅菜能帮上忙的，一定尽力而为。”

那冯公子叹口气：“小生家别邸，就在胭脂河侧，立春以来，小生便在内苦读，说来不知是否荒谬，”又犹豫了一下，方道：“那宅子倒像是……闹鬼。”

“啥？”我支棱起耳朵，“闹鬼？”

冯公子尴尬地点点头：“子不语怪力乱神，不过，那别邸实实有些不寻常。”说着一张俊脸，浮现出忐忑的神色来，似是怕人不信。

我和段大少都催他快讲，冯公子方道：“那宅子也古旧得很，小生家人只是定期打扫，却无人居住，仅有一个老仆人看门。小生未带仆从，为求清静，自居于内院，与老仆人的门房隔着院落，住进去前些日子，并无不妥。不料这个月十五，小生正对着月亮自斟自饮，赋诗一首，正是兴致盎然，不料，却觉着身后有人在轻拉小生衣摆，还有人轻轻唤道，‘回来……回来……’小生自是一惊，不料回头，屋里并无旁人。”

说着，冯公子颤抖着手，告个罪，又饮下一杯酒。

我也听得毛骨悚然，料想深夜独个居于老屋的冯公子，当时更是吓得不轻，便忙问道：“这……果是异事，公子可瞧好了，屋内未有恶作剧之人吗？抑或是，公子喝多了酒，有些醉了？”

冯公子放下酒杯，叹道：“小生起初亦是以为小生做了梦，因为实在是无稽，小生自己都不曾相信，只当自己酒酣，听错了。但只要一端起酒杯，总觉身后有人拉着小生，那声音飘飘忽忽，直唤小生回来。说来丢人，小生吓得深一脚浅一脚便跳下台阶，不料踩空磕了脑袋，再醒来已然是白日。老仆人见小生跌倒，只道小生酒醉，小生一醒，越发觉得此事如梦如幻，疑心是自己醉梦一场。”

真若是有这么一次，许酒醒了便忘记了，何至于不安至此，我因而问道：“公子这般忧愁，莫不是那个拉公子衣襟的，阴魂不散？”

冯公子浑身一僵，道：“正是。小生一开始且当是醉了，不曾往心里去，便又居于内室，不料，但凡入夜，半梦半醒，总有人拉着小生衣襟，唤着要小生回哪里去，小生这才知晓当真是碰到了妖物，吓得不敢应声。可深一脚浅一脚撞至门房，问老仆人别邸近来可有异事，老仆人莫名其妙，只道一切如常，小生哪还耐得，便带着老仆人，连夜回大宅去了。”

我恍然大悟道：“是以公子想找人去别邸除妖吗？”

冯公子颓然摇头：“若那宅子闹鬼，大不了不去也便是了，可是，愁便愁在，小生回了自家大宅，深夜亦常被那瞧不见的拉扯着，仍然是催道，‘回去……回去……’”

段大少猛一放杯子，当的一声，登时洒了桌子上一片酒，我和冯公子俱给唬了一跳，只听段大少嚷道：“还用得着说吗！季落兄啊，你定是被那怪给缠上啦！”

冯公子叹道：“小弟可不亦是如此想嘛！可又恐人不信，也不大想说，寻了童仆陪着就寝，那声音再来，童仆却瞪着眼睛，只道什么也听不见。又几次喊了道士驱邪，也有愿往宅子里镇妖的，不料那声音再出现，道士也见不到，倒像是小弟独个发癔症骗人，真真无计可施。”

我也觉得事情不一般，便答应给他想想办法。那冯公子颇松了口气似的道谢，行礼行得我怪不好意思的。

去龙神祠，龙井尚未从二月二龙神盛典上回来，不若去找找李绮堂好了，多日不见，不晓得他怎么样。

春风吹得人微醺，家丁说李绮堂在后园作画，不料李绮堂似也给春风吹得困了，伏在案上睡着了，长长睫毛的阴影投到线条分明的面上，我心里不禁一动，真是太好看了。

那家丁忙要去叫醒李绮堂：“少爷……”

我赶紧道：“我等等不碍的。”

可李绮堂早醒了，忙揉着惺忪睡眼，俊脸微微一红，道：“在下失礼了，怎生睡着了，当真教梅姑娘见笑。”

我不由得脸红地摆手道：“不敢不敢，本便是梅菜不请自来，给李公子添麻烦。”

李绮堂忙问：“哪里哪里，不知梅姑娘此番前来，所为何事？”

我忙把冯公子的事情说了。

李绮堂想了想，道：“冯季落，在下知道他，向来是填词作赋的高手，但不过是泛泛之交。事情若真有诡异，在下愿往那宅邸瞧瞧。”

待冯公子与李绮堂一见面，自是一番客套，相互吹捧，横竖我一句也听不明白。

李绮堂提出想去那旧宅邸瞧瞧，冯公子似是颇为忌惮那旧宅邸，虽然仍领我们去了，犹对那宅邸心有余悸似的。

那庭院很是古雅，在胭脂河畔，几枝迎春早开了嫩黄的花，枝条伸出院落外，白墙灰瓦，颇为漂亮。别邸尚且如此漂亮，想必冯公子家是大户。

李绮堂信步进去了，我紧随其后，冯公子犹豫一下，只得也跟进来了。

庭院深深，沿着白石子小径往里走，内庭还有些残梅花，四下里干干净净，跟传说中的鬼宅可大不相同。

冯生引我们进了闹鬼的内室，外廊下植着松竹，下面有浅浅一道流水，着实好看得紧。

冯生遥遥指了指那内室，便说什么也不肯进去了。

李绮堂转了一圈，手中的紫金八卦盘倒未曾乱动，我又看不明白，只得跟着四下里转了一圈。

待出了屋，冯公子忙问："李公子可瞧出什么端倪？"

李绮堂道："现在还说不准，冯公子怕是这些日子也颇受了些惊吓，虽不知是何方神圣，在下愿意先给公子灵符镇邪，以试精怪，再观后效。"

冯公子接下灵符，因天色渐晚，千恩万谢地辞别我们回去了，并约了我们明日再去大宅瞧瞧。

时下是落日时分，冯公子颀长的背影给夕阳照出了长长的影子，欸？我望着他的背影，猛然发现，为什么他会有两道影子？

我瞪眼看看影子，又看看李绮堂，李绮堂点点头，若有所思的样子，没有说话。

我忙问："这影子是怎么回事？"

李绮堂眨眨眼："在下心里也猜出了几分，但尚不敢断定，还请梅姑娘静等等吧。"

不想李绮堂也学会了卖关子，我问不出来，只得扫兴地回家去了。凡人怎生会有两道影子，虽说知道冯公子许是给妖物缠上了，但那冯公子的故事，可当真出奇。

次日李绮堂来点心铺子寻我，与我同去瞧冯公子。

这一日李绮堂穿了与昨日不同的月白春衫，似还是崭新的，做工考究得紧，还带着檀木熏香，可更衬得身姿颀长，俊美非凡。引得一条街上的姑娘、媳妇，没有不回头多看他几眼的，还有嘴快的私下议论："有这般好看的公子，我也乐意当他身后的丫鬟。"

“那个小丫头，倒是好命的。”

梅菜我可不是丫鬟。

李绮堂听见了，生怕这话唐突了我，让我不高兴，跟我同行的时候，礼数更周全了，搞得我倒是怪不好意思的。

大户人家的公子便是好修养的，跟他相处，总让人如沐春风。

冯公子的童仆见我们去了，忙不迭让进去，直道：“少爷一早便心心念念盼着两位来，快快里边请！”

冯公子忙迎了出来：“李公子，梅姑娘，可须得救救在下啊！”

我们忙问出了什么事情，但见冯公子惊惧地说：“那灵符根本不管用，且愈加严重，连白日里，也觉出有人在拉住小生，还是满口道，‘回去……回去……’小生也不知道究竟回哪里去，莫不是要拉了小生做劳什子替死鬼吗……小生……”

李绮堂忙宽慰道：“冯公子且少安毋躁，在下今日便守在此地，再有异事，定助公子一臂之力。”

冯公子忙道了谢，引我们进去，因着跟李绮堂家一样是书香门第，这家宅也四溢着墨香，青玉狮子香炉里焚着线香，四壁悬着些钟馗像，还有斗大墨汁淋漓的一个“佛”字。

冯公子有些尴尬地说：“见笑见笑，病急乱投医，实实是逼得没有法子。”

李绮堂道：“冯公子客气了，人之常情罢了。”

可说话间，李绮堂一皱眉：“来了……”

冯公子先一愣，随即脸上一片惊慌：“真的……来了……”

“回来……回来……”我也听见了那个声音，虚无缥缈，分不出男女，直教人毛骨悚然。

李绮堂朗声问道：“回哪里去？”

那声音回答道：“回来……回来……等不及啦……来不及啦……”

李绮堂道：“万事皆有因，阁下说出来，在下能帮上一把，也未可知。”

可那声音慢慢微弱下来，好比空谷回音，没了声响。

冯公子吓得一屁股坐在了地上，李绮堂蹙眉道：“走了。”

冯公子忙道：“李公子，此事，此事该当如何是好？”

李绮堂扶起他，因而问道：“冯公子可曾与人结怨？可否有人恨你？”

冯公子茫然摇头：“小生别的不敢说，确未曾与人有嫌隙，更料想不到，会有人如此恨小生……”

这时一个娇俏的十四五岁女孩子进屋来：“哥，怎生没人恨你？可不是有小时候与你有婚约那卢家小姐嘛！”

说完，微微向我们行一礼，落落大方地说：“小女有礼了，小女是冯家长女冯佳琪。”

我们忙还了礼，只见那冯小姐一张白皙鹅蛋脸，黑漆大眼睛，穿着家常藕荷绉纱袄，一条撒花百合红绫子裙，蜂腰削肩，自有一副伶俐神韵。

冯公子似是有些尴尬，给冯小姐使了个眼色教她莫要乱说。冯小姐别过了脸，只做瞧不见，且招待我们坐下，唤童仆奉上点心茶水，娓娓道来：“我家哥哥自小与玉石街的卢侍郎家小姐卢青瓷定了亲，不料想后来卢小姐的父亲犯了事，给发配边疆了。

“形势所迫，本也是我家谨小慎微，怕受牵连，便与卢小姐退了婚。卢小姐当年可是对哥哥一片痴心，现下家破人亡又失了婚约，哪有不恨我们冯家的道理。哥哥为人，小女倒可以保证，断断不是会与人结怨的，以小女来看，八成是那卢小姐知道今年科考对哥哥至关重要，才请了什么歪门邪道来与哥哥作祟。”

冯公子轻斥道：“佳琪，怎生在贵客面前如此没规矩？少来乱嚼舌头，卢小姐并不是那种心胸狭窄之人。”

冯小姐冷笑道：“知人知面不知心，家里失势，又做不得冯家少奶奶，千金小姐成了落毛凤凰，怎生会不恨哥哥？”

冯公子白面微微泛红，怒道：“谁要你多言了，速速回绣房去吧！这么大姑娘，一点儿礼节也不懂！”然后告罪道：“舍妹给惯得没了边儿，不知分寸，还望两位莫要与她计较。”

我和李绮堂忙道声不敢，冯小姐偏不走，道：“哥哥，我本便不大喜欢她那故作可怜的扭捏样子，你想想除却她，还能有谁恨你？

若当真是她来害你，我必不会善罢甘休。现下两位贵客在此，正是驱邪的机会，不诉与人知，再有什么事情，后悔可晚了！”

冯公子略有些踌躇，仍坚决地说：“定然不会是卢小姐，你莫再多说了。”

我忙多嘴问道：“不知卢小姐现在何处？若当真有纠葛，不若问清楚还好些。”

冯公子欲言又止，冯小姐则道：“这个，小女也不大清楚。只听说那卢小姐被抄了家，亦不知晓流落到哪里去了，我教家丁满京城地问问，不怕打听不出来。”

李绮堂问：“不知冯公子意下如何？”

冯公子梗着脖子道：“小生，不信卢小姐是使歪门邪道之人。”

瞧着冯公子那样子，倒有些像对卢小姐用情颇深，怎生也不肯怀疑卢小姐。

冯小姐忙道：“哥哥，横竖我那未过门的嫂嫂并不知晓此事，不若我们寻了卢小姐，若当真不是她，不亦是替她洗刷冤屈了，何况莫非哥哥不曾想她？再见一面，不也是好的吗？”

冯公子浑身一僵，倒像是给冯小姐说动了，便不再出言阻止。

我倒是觉得，也许他当真仍想跟那卢小姐再见一面吧。

我和李绮堂对望一眼，总觉得冯公子以前和卢小姐许是两心相悦，奈何身不由己，倒有些像林萝姑娘和潘生一般，怪教人同情的。许大户人家，亦有大户人家的身不由己。

我偷偷问李绮堂：“那影子的不寻常，与这卢小姐可有关系吗？”

李绮堂道：“且瞧瞧那位卢小姐的情形再说吧。”

本以为找到卢小姐便可真相大白，不料卢小姐似是隐了身，整个京城并京郊都寻不出她的踪影。

冯家下人回禀道：“那小姐已然没了母亲，本寄住在一个表舅家，听邻舍说，那个表舅妈对卢小姐似是日日冷嘲热讽，说是没人要的扫把星，破败了自家，克死了父母，现下又来祸害他们一家人。那小姐亦是苦命，走投无路，只得日日饮泣。偏生前些日子那表舅妈直要赶她，怕她妨了自家的孩子定亲，那卢小姐只得打点包袱，说是去投远房的孀居姑母。可那姑母亦言说并未见她，便断了消息，再没了下文。”

好一个苦命的卢小姐，冯公子听了来报，似亦怔住了。

夜间，那声音又来了。

“回去……回去……来不及了……来不及了……”

这次闹得更甚，眼见着，那冯公子的衣襟竟也被凭空拉起了一截。

李绮堂问：“阁下从哪里来？回哪里去？”

那声音似是拼尽全力：“快……快……回去……”又慢慢消失了。

冯公子许是惦记着卢小姐，也或许是麻木了，只见他深深叹口气，浮现出很不安的神色。

李绮堂道：“冯公子，可有什么瞒着在下吗？当下还是和盘托出为妙，在下与梅姑娘俱不是长舌之人，绝对不会透露半点儿消息。”

冯公子犹豫了一下，似是下定了决心：“小生……小生确是有些事情未曾吐露……不是信不过贵客，不过是觉得与这个异事没有关系罢了……”

我忙道：“冯公子还是说出来吧，若偏巧这遗漏便与怪事有关，也未可知。”

李绮堂道：“梅姑娘说得对，望冯公子事无巨细，一一道来为妙，在下方能审度着想办法。”

冯公子叹口气，道：“其实……其实虽说小生与卢小姐断了婚约，但私下里，并无绝了往来。小生本便与青瓷情投意合，孰料天灾人祸，有情人不得成眷属，小生实实割舍不下。再者说，青瓷家破人亡，她一个弱女子怎能独个扛下来，是以在下时时与她私下来往。本想着，与她在外面赁个宅子，可青瓷虽寄人篱下，心下仍想着等待哪一日，能明媒正娶，不愿做个不明不白的外室。可小生家中早给定下婚约，小生也着实为难，万不得已，这才断了关系……”

可想而知，那青瓷姑娘最后一丝希望也断了，若说她恨冯公子，倒也在情理之中。

可是现下，到底去哪里寻那行踪不明的青瓷姑娘呢。

李绮堂问：“那青瓷姑娘与冯公子作别，可曾说过什么？”

冯公子颓然道："是青瓷自己修书托人送了来，说缘分尽了，无须再纠缠，小生再去寻她，已然寻不到，想是特地避开了小生。小生心烦意乱，虽舍不得青瓷，可父母之命难违，也没有旁的办法，便独个去了老宅静静，这不，出了这档子事……"

李绮堂点点头，轻声道："咱们可跟过去瞧瞧。"

我吃了一惊："什么跟过去？"

绮堂用手一指："在下在它身上做了一点儿手脚。"

我这才注意到，空中有一道浅浅的银线，那银线在暗夜里闪闪发光，牵出去好远，便是李绮堂留下的标记了。不愧是有仙骨的神童，果然很有本事。

随着那银线往外走，竟一直绵延到胭脂河畔，接着延伸到了一个荒芜了的废宅。

李绮堂问冯公子："冯公子可识得此处吗？"

冯公子茫然摇头："不识。此处虽离小生那老宅不远，小生却从未踏足此地，更不知怎生会得罪此处的大仙。"

废宅一片漆黑，脚下都是些砖石瓦砾。李绮堂燃起火折子，敲了敲掉了半截子的破门，却无人应声。

李绮堂喊道："有人吗？在下循着灵体而来，还望主人拨冗相见！"

可这老宅子之中，依旧无人应声。

李绮堂只得道："形势所迫，恕在下失礼！"

我倒觉得叫也不必叫，这种房子怎么会有人住呢，如果有什么，也只会是精怪。

李绮堂推开门，顺着那银丝进去，只见内室窗户早没有了，星光下仅有些破烂木头和歪歪斜斜的砖瓦，根本插脚不下。

银丝连接进屋里，屋里尘土铺了厚厚一层，踩上去发出扑扑的闷响，枯枝朽叶四散，摸着黑只觉得倒真如鬼屋一般，着实可怕，只得跟紧了李绮堂。

李绮堂似乎也瞧出我怕，且低声说道："梅姑娘不嫌在下唐突，请牵上在下的衣带。"

说着，且将身上的缎带交在了我手上。

我心头一阵发暖，忙道了谢，不由得暗想，若是龙井，哪里会有如此好心。

屋内尚有些破烂桌椅，布着蛛网，一股子霉味。

火折子昏黄的光亮往内室里一闪，我们赫然发现，内室那倾颓了一半的土炕上，竟蜷缩着一个黑魆魆的身影，而银丝正是顺着那身影延伸出来的。

我心顿时提到了嗓子眼，李绮堂扬声道："多有得罪，请问主人可否出来一见？"

那身影不回话，冯公子急促的呼吸在静夜里分外明显。

李绮堂瞧见桌子底下有个锈迹斑驳的油灯，便拾起来点上，屋子里一亮，土炕上的身影，倒像是个女子。

冯公子抢上前去，惊呼一声："青瓷！"

欸？怎么会，怎么会是那卢小姐？

灯下，只见那卢小姐苍白的脸瘦削得不像样子，满脸俱是尘土，秀发凌乱地披垂下来，双目紧闭，不知生死。

冯公子慌了神："怎么会，怎么会这样，青瓷？青瓷！"

说着，想把指尖伸到那女子的鼻翼处，却怎么也不敢去试，生怕试出一个最最不想知道的结果。

李绮堂道声得罪，在青瓷小姐鼻尖一试，道："冯公子，还有一口气，救人要紧！"

冯公子一听，忙抱起青瓷小姐羸弱如草的身体，早没空计较银线之事，刚要出去，却听见黑魆魆的角落里，轻轻的一声："回来了……回来了……"

这不正是那虚无缥缈的声音吗！

我们俱是一惊，回头一瞧，那角落却什么也瞧不见。

李绮堂道："还请阁下现身！"

那声音似有几分怯意："爹……"

什么？这是怎么回事？我瞧瞧李绮堂，李绮堂突然恍然道："莫非，青瓷姑娘有了冯公子之后？"

冯公子亦是大吃一惊："你……你……"

那声音有些腼腆："娘眼看活不成啦，是孩儿想方设法去唤爹回来娘身边，无奈灵力有限，孩儿去得远，两个字已属尽力，并没有法子说清。"

灵力？冯公子颤抖着问："你，你若当真是我未出生的孩儿，怎生会有了什么灵力？"

那声音顿了一下："孩儿……是因为母体患病，又走投无路，在母体已然活不成了，见母亲生命垂危，横竖并未成形，不若就此死去，尚能竭尽全力，借助胎儿灵体，唤爹来救娘一命，此生虽未有做一家人的缘分，但孩儿感念爹娘的恩德，无以为报，才出此下策，不敬之处，还望爹见谅。"

冯公子一时难以接受，自讷讷不能言。

那声音越来越淡："所幸不辱使命，娘有救了，孩儿，亦可放心尘归尘，土归土，总不枉了为人孩儿的一番情分……"话音如同游丝，被掐断了。

我突然瞧见，卢小姐刚才躺的土炕上一片殷红，好多……好多血！

"孩子？那……那可当真是我的孩子？"冯公子大张了嘴巴，没法子接受似的，又是心疼卢小姐，又是对那声音所说之言难以置信，一时间竟动弹不得。

李绮堂催道："冯公子，那确然是贵公子之灵，为今之计，人死不能复生，别的先放下，还是速速带卢小姐瞧大夫吧！救人如救火，莫教贵公子一片孝心枉费了。"

冯公子魂不守舍，一咬牙，也便抱了卢小姐去回春堂了。

黄先生给卢小姐把了脉，叹道："孩子已然没了，尊夫人似是奔波劳碌，又没吃什么东西，身子委实虚弱，这才小产。小产之后更为羸弱，又似无人照管，失血又多，当真险恶之极，现下还能以参汤续命，若再晚一步，能否保命也难说。"

青瓷姑娘给那表舅妈赶出了家门，定然是无处可去，也许得知有了身孕，更是不想他人得知，失了身份，才找了一间破屋子栖身。可无人照管，身体虚弱，这一小产，命悬一线，着实可怜。

冯公子颓然坐在地上，泪水涌出，握了青瓷小姐毫无血色的手，一遍遍愧疚地轻声念叨：“对不住，对不住……”

青瓷姑娘睫毛一抖，也醒了过来，瞧着冯公子，奇道：“季落？我，我是不是在做梦？”

冯公子忙道：“青瓷，真的是我，是我没用，教你受苦了……”

青瓷小姐勉强一笑，吃力地说：“你肯来见我，真是再好没有，我，我一直盼着你回心转意。毕竟，孩子是你的亲骨肉，你现下可信了？”

冯公子强忍着眼泪，问道：“什么回心转意？什么信不信的？有了孩子的事情，为何不曾告知与我？”

青瓷小姐含泪道：“那日我去寻你，不是佳琪妹子代你出来，说你不愿见我，亦不认这孩子，直说不知哪个汉子的，还要硬赖在你头上，退婚便是退婚，再也不愿与我有瓜葛的？我要回去，佳琪妹子说你要我立下断交字据，我才写了答应不再纠缠不清的信，托佳琪妹子与你。”

冯公子恍然大悟，跺脚道：“这佳琪！真真误了大事……”

青瓷小姐似也明白了：“莫非，那些话并不是发自你口，出自你心？佳琪年轻，又不大喜欢我，撒个谎话骗我也是有的，还好老天垂怜，咱们一家三口，终是重聚了。也不枉我出了表舅家门，想偷偷生下他……”边轻抚着肚子：“孩儿见了爹，准也欢喜得很呢。”

青瓷小姐还不知孩子已然小产，满脸初为人母的幸福之色，着实教人心酸。冯公子亦不忍告诉她孩子的事情，只得勉强点点头。

青瓷小姐似想起了什么，又道：“冯家伯父怕挨了父亲牵连，亦是人之常情，我是罪臣之女，惹人嫌弃，心下也明白，终是与你无缘相守的。但孩子……”

冯公子忙道：“不打紧，你且莫要计较许多，养好了身子再说。”

青瓷小姐这一阵子受的苦，虽并未言说一句，但已教人同情至极，给冯小姐那样骗，险些丧了命，却仍一口一个佳琪妹子，竟不曾有一丝怨恨，不怪冯公子怜爱她，连我都对她颇为敬爱。只可惜孩子没有了，本就吃了这许多苦，谁还能忍心雪上加霜告诉她呢。

青瓷小姐摇摇头，道：“你有许多身不由己，这些我全然明白。虽说自己骨血，自是希望能相伴相守，自己抚育，但我计较了计较，还是觉着我自己是可以受些苦，横竖我也是薄命之人，可实实不想孩子随我受苦。好在皇天不负有心人，终于还是盼到了你，待孩子生下，名分我可以不要，只求孩子能随你在冯府，能读书，能吃饱，能有人照料，过他该过的日子。料想冯家伯父再无情，也不会不认自家孙儿，有你看护他，我也放心。至于我，自会寻个落脚处，走得远远的，断不会痴心妄想在冯府登堂入室，这样可好？”

冯公子再也说不出话来，只把头埋下，呜呜哭了起来。

青瓷小姐抚着他的头发，笑道：“做爹的人了，还跟孩子似的，教孩儿笑话你。”

当真，没人忍心说出真相。我和李绮堂也自告辞出来了，冯公子谢过了我们，道了一声：“两位的大恩，我们没齿难忘！”

李绮堂与我回了礼，便轻轻拉了拉我，带着我告辞回去。

趁着没人，我问：“那孩子的灵体会怎么样？”

李绮堂叹息着答道：“尚未成形，只有一点点精气，本应借此回奈何桥待轮回。但是他未曾重新投胎转世，而是耗着去唤冯公子来救他母亲。前日里见到那两道影子，在下本以为是附身的执念，是对冯公子的恨意，现在想来，必是婴灵附在了冯公子身上，如此损耗本便微不足道的灵力，只怕是早魂飞魄散了。”

我嗓子似是梗了一下，心里也怪难受的。

李绮堂道：“这样有情有义的婴灵，倒当真难得一见，成形都不曾成形，先要报父母恩。此生缘分断了，也只盼他能安息了。”

那佳琪小姐如果知道事情变成了这样，会不会后悔呢？

李绮堂见我那样子，道：“梅姑娘莫太介怀，缘分本便是天定的，只需随缘，看淡了也便是了。在下瞧着那冯公子的模样举止，怕是心里打了什么主意呢。”

我忙问：“李公子什么意思？冯公子想做甚？”

李绮堂摇摇头：“眼见深爱之人受此折磨，每个男人心里都不会好受的，不管什么艰难险阻，他必定不会让卢家小姐再次受苦的。”

说着，对我一笑，便护着我回家了。

这话说得倒像是有什么感触，莫非李公子也有什么深爱之人吗？

过了些日子再去送夜宵，见段大少正给苜蓿姑娘送缎子来，段大少见了我，问道：“梅菜，你可知晓那冯公子之事？”

我忙道：“段大少指的是何事？”

段大少看我不知道，来了兴致，神秘兮兮地说：“上次冯公子便与你说有妖物缠他，可不是真的吗！”

我不知道说什么，只得点点头。

段大少鼓掌道：“哎哟，你是龙神使者，怎么不知道龙神爷的旨意？自打给妖物缠了，那冯公子可是性格大变，说是龙神爷托梦，只说是与那订婚妻子命理相克，寻得原配方可救命，不然便给拉去奈何桥掌舵啦！”

我吃了一惊：“什么？竟有此事？”

段大少点头道:“可不是嘛,那冯家个个不依,冯公子便不吃不喝,整日里说有鬼差捉他，眼见着憔悴消瘦，请了道士驱邪亦是没有效果。道士也说天意，只有那退了的前任未婚妻子方可救命，那冯公子是独子，冯老爷再不情愿，也怕伤儿子性命，本便犹豫，不想那现下的新未婚妻之父亦是梦见龙神爷旨意，说怕是他女儿命理不合，嫁了冯家短命鬼准守寡，吓得不轻，祭拜了一番，急急把婚退了。冯老爷这才迎了那卢家小姐回来成亲，连日子都是随便撞的。”

我忙问：“那现下卢小姐在冯家，不知是否遭人冷眼？”

段大少摇头晃脑道：“嘿，自从那卢小姐一进门，怪力乱神之事全无，大家都传言卢小姐镇宅，庆幸还来不及。娶都娶了，卢家小姐为人又是谨小慎微的，冷眼有何用？倒听说冯公子妹妹不大好对付，但已然成家，料想姑嫂不和倒是有的。不过佳琪小姐早晚得觅得夫婿，终归是外家人，倒没有大碍。”

不知道那托梦之事，是不是龙井做的呢？我急急回龙神祠，只见龙井早回来了，与瓜片、正山正赌牌九取乐呢！

我忙问：“龙神爷，那冯家的事情，可是龙神爷护佑的？龙神爷神通广大，福泽百姓，真乃百姓之福哪！”

龙井嗤道：“还不是李绮堂此番要管闲事，早来求本神行些方便，本神便顺水推舟做个和事佬。人道是，宁拆十座庙，不拆一桩婚，可这拆一桩，成一桩，也是麻烦，左不过搭上些面子，那月下老人还嫌我乱弄红线呢！”

我惦记那个婴灵，忙问：“那个孩子呢？”

龙井开出个至尊宝，喜得手舞足蹈，笑道：“那孩子虽说魂魄散了，元神倒尚存着一丝。本神托了关系，听说重新投胎转世，再去哪里便不知道了。”

正山和瓜片瞪大眼睛瞧了一眼龙井手中的牌，齐齐叹了口气。

所谓帮人帮到底，李绮堂也真是个心肠柔软的好人。龙井口是心非，倒没有嘴里那么怕麻烦。外面突然传来了微弱的虫鸣，听起来，春天可真的来啦！

龙井瞧我一眼，道：“傻狍子，你笑什么？脸都红了，春日来了，你可动了春心吗？”

我忙摸摸脸，道：“我何时笑了？”

瓜片嚷道：“不承认，不承认！”

正山也皱眉道：“尔明明发笑为何不认莫不是见吾等归来过于高兴自己未觉吧？”

真是奇怪，我当真笑了吧？横竖心里有些高兴就是了，我就是这样，喜怒哀乐，全写在面上，以后可要学机灵些，李绮堂那样喜怒不形于色，心里却明镜似的，才算是聪明人。

“傻狍子，你又笑啦！”龙井嚷道。

我假装听不见，心里只盼着那个婴灵能再度转化为人，再做冯公子夫妇的孩儿就好啦！

一阵微风拂进龙神祠，捎带着些暖融融的泥土味，夜里的风都带着暖意，耳边的虫鸣仿佛也更动听了。

第11章　春分

烟雨阁里的贵客，送了烟雨阁一只名贵的赛雪猫，整个烟雨阁的人都对赛雪猫奉若珍宝，没想到赛雪猫却凭空丢了。梅菜奉命去找猫，却从中牵扯出来了另一段怪事。

春日暖意愈加浓起来，草芽冒头，远看倒像是波斯长毛绒毯一般，煞是可爱，草尖掐一截放在嘴里嚼，甘甜甜凉爽爽的。

恩客中许多文人墨客，说秀色可餐，春色亦可餐，大概便是这个道理了。

梅菜我是掐草尖儿的，要说恩客就酒的美食，春为一年之首，鸡为一日之晨，都是打头阵的。为着应景，时下最受恩客欢迎的，便是水煮脆皮鸡了。

将肥嫩小公鸡打理好，放沸水稍稍氽烫，除净脏污，备卤水烧沸，微火浸煮至脆嫩入卤味后，以清水洗净，再熬了浓浓的糖浆，均匀地用刷子在鸡皮上涂得厚厚一层，免得颜色炸出来不均匀，晾上个把时辰，下油炸至五成熟。火候要适中，火大皮焦内生，火小鸡则发柴失了脆嫩，待鸡皮成金黄酥脆即可。炸好剁成小块码好，最好摆成鸡的形状，切蒜、葱、辣椒、糖、醋、细盐、香油配成蘸料，吃时蘸上些，皮脆肉嫩，鲜美无比，趁热吃那一份焦脆，下酒是上品。

若配了鸡汤面，原汤化原食，更添暖意。

近日来雨水颇多，今日方才是晴天，碧空如洗，阳光和煦，给春阳晒过的水汽扑上来，教人心旷神怡。今日送鸡刚进后园，倒瞧见一个年轻货郎跟黄伯吵起来了。

我跑过去一瞧，那货郎我也识得，是紫玉钗街的街坊，专门走街串巷卖首饰水粉的，大名叫常远，生得手长脚长，我们都管他叫长哥哥。

黄伯身量矮，总得抬头仰望着他，喊道：“你这就是讹人！你讹人也得瞧瞧地方！烟雨阁也是你来的吗？”

长哥哥也争个不休：“黄伯，您想想清楚，都是一条街上的街坊，这么多年，我常远是个什么人，您可是不知晓的？我何必砸自家招牌？”

这话也是实的，常远是有名的童叟无欺，都说他是千年的佛像——老石人（老实人）。

黄伯叉腰道：“老实人也有蔫坏损的时候，你空口无凭，教我怎生信你？”

我忙问：“黄伯，长哥哥，这是怎么啦？”

黄伯瞧是我，不大乐意搭理，别过了头装没听见，想是怪我多管闲事。常远倒像是见了救命稻草，忙道：“梅菜，你给哥哥评评理，哪有买了东西赖账的道理？”

黄伯不乐意了，嚷道：“谁赖账了？谁赖账了！我看就是你讹人！”

我劝道：“黄伯莫动气，教长哥哥好好说说。”

黄伯白了我一眼，没有作声。

常远急道：“我怎么成了讹人了？天地良心，梅菜，哥哥给你说，今日晌午路过烟雨阁，有个姐儿出来买珠花，挑了三支，说没带着银两，教我等着，这便拿出来的。我左等不来右等不来，这不才想着教黄伯通禀一声，怕那姐儿忘了。珠钗本就不是便宜东西，别的赊得，那珠钗本小利薄赊不起哪！谁料黄伯非要说我讹人，你说有没有这般道理？”

我只道黄伯懒得跑腿，忙道：“黄伯，莫生气了，我来替长远哥哥找那姐儿可好？”

黄伯怒道：“你这丫头也是个跟着裹乱的，去哪里找？找谁？”

我满头雾水，望着常远，常远愤愤不平道：“便是那个细高个，柳叶子眉，眉间有颗朱砂痣，穿着玄色裙子，撑一把黑伞的！名字我也没问，只道烟雨阁不至于有骗人的！”

我愣了一下，姐儿向来最爱艳色衣衫，怎生会穿玄色呢？且今日艳阳高照，怎生会有撑黑伞的？

黄伯得意地冷笑道：“还说未曾讹人，撑黑伞？这晴朗朗大白日撑黑伞，莫不是个鬼，见不得日头吗？”

常远一时语塞：“这，人家打伞便打伞，我自卖我的货，莫不是还要狗拿耗子——多管闲事，问人家打伞做甚？做买卖便要嘴甜，平白何必多嘴惹客人不快？”

黄伯哼了一声：“你不信，只问你那好人儿梅菜妹子，看她日日跑出跑进，可识得这位人儿。”

常远热切地瞧着我，只盼我给他说句话。

可是我仔细想了想，烟雨阁的姐儿我自是熟悉的，可是眉间有朱砂痣的，还真不记得。

便只好答道：“长哥哥，烟雨阁的姐儿，好似当真未有这么个人。再说春日这么好的日头打黑伞，也确是怪了些。”

常远未曾想到我也这么说，不由得急出了满头汗珠：“这……这玩笑可开不得，我那珠钗可是上等货色，银两亏不起啊！”

我只好道：“长哥哥，这，别是给谁充了烟雨阁的姐儿，骗了你的货物吧！不若报官还好些。”

黄伯一听，吼道：“报什么官？报什么官！传出去烟雨阁里有贼，名声难道好听？”

常远急道：“那我那货物可如何是好？”

我劝道：“长哥哥先不要着急，梅菜先帮你问问，许是新来的姐儿，我和黄伯不识得，也未可知。”

常远没法子，只得谢了我，一脸懊丧地去了，临了也不忘回头瞧一眼后园，想是盼着那姐儿自个儿出来还与他银钱。

黄伯嗤道：“那小子穷疯了，来烟雨阁讹人，真真是逮着个秃子挠一把，什么眼色。”

可是我左思右想，总觉得常远不是那种人。

进烟雨阁瞧见了莫先生正在扒拉算盘，我因而问道：“莫先生，烟雨阁近日可新来了姑娘吗？”

莫先生挖挖耳朵，啊了一声。我忙又吼着说了一遍，莫先生方听清，摇摇头，道：“未曾来新人，你问这个做甚？”

我便把常远的事情告知了莫先生，莫先生听了，一副眼里容不得沙子的神色，道：“朱砂痣？现下，哪有带朱砂痣的姑娘啊……别真是打着烟雨阁的旗号骗人的，真真可恨，这不是给烟雨阁背了黑锅？老夫自去打听打听那珠钗的下落，看看哪个吃了熊心豹子胆的，敢来这儿骗人。”

我一听莫先生答应帮忙在园里打听打听，自是再好没有的，只盼着常远的珠钗能找回来。

及至夜里，送完夜宵，我刚想回家去，莫先生正从回廊瞧见我，急急赶了来，问道：“你可知道那三支珠钗什么模样？”

我摇摇头：“并不曾瞧见。”

莫先生自怀里掏出三支流光溢彩的珠钗，道：“明日问问常远，若对得上这模样，也便就是他丢的那三支了。”

我大吃一惊，忙问：“莫先生，这珠钗哪里寻的？”

莫先生神色古怪，咋了咋舌，支支吾吾道：“料想你也猜不出何处寻的，事情，有些个不大寻常。”

我忙问：“怎生个不寻常法？可是找着了买珠钗的姐儿不成？”

莫先生摇摇头，犹疑着道：“这……这说了来，连老夫都不敢相信，是大师傅做饭，在米缸里挖出来的。”

“啥？”我愣住了，那买珠钗的姐儿再怎么出奇，我也料想不到竟然会给埋在米缸里。

莫先生叹道：“虽说是出奇了些，横竖已然找到了，常远也可放下一颗心，可是这事情，多少对烟雨阁名望有些影响。珠钗在烟雨阁给骗了去，又在烟雨阁给寻回来，怎生也撇不清与那打黑伞的姐儿的关系，倒也怪教人窝火的。”

我点点头：“莫先生说得是，也不知道是恶作剧还是有些什么隐情，真有些教人纳闷儿。”

莫先生摇摇头，把珠钗交给我，道：“你且拿着，明日问清楚若真是常远失的，先交还与他。那姐儿的事情来日方长，慢慢查查，总会有些蛛丝马迹。”

我忙接过来，莫先生自去了，但见那珠钗似是银质，上面镶的珍珠个个水润光亮，六颗珠子以银线缠成一朵花，流苏上还缀着几颗小的，流星逐月似的，直教人爱不释手。我把玩了把玩，都喜欢得不得了。

想来常远说得不假，这种货色若真给人骗了去，损失自是不小。常远也真是舍得下本，不过估摸越贵的东西越赚钱吧。

次日常远先来点心铺子寻我，我忙跑出来，但见他脸色蜡黄，愁眉苦脸的样子，似是不抱什么希望，昨日里定是心疼得睡不着觉。

他见了我，苦笑一下，有气无力地问：“梅菜，哥哥那珠钗，可有什么消息吗？”

我笑问：“不知道哥哥失的珠钗是什么样子？”

常远一见我这样子，自是猜着珠钗有下落了，很有些惊喜，忙说了珠钗形制，果然一模一样。我笑着拿出来，常远高兴得一蹦三尺高，忙接过来摩挲不已：“哎哟，好妹妹当真是神通广大，哪里寻得的？”

我得意扬扬地卖关子：“山人自有妙计。”

常远又正色道：“那黑衣黑伞的姐儿，可不是骗人了吗？若不是妹妹好心，我可吃了大亏，当真以后得长点心眼儿，傻傻呵呵的，在这世道真活不了。”边说，边千恩万谢地走了。

那黑衣黑伞的姐儿究竟是谁呢？骗得了珠钗之后竟不曾留下，又埋在米缸里，着实猜不透她的用意。何况能自由出入烟雨阁和烟雨阁的后厨房，怎么也跟烟雨阁脱不开干系，偏我和莫先生俱不清楚这里怎生会凭空出来那么个眉心有朱砂痣的姐儿，当真越想越纳闷儿。

晚上桃花姑娘要了脆皮鸡并凤梨酥，我急着给送去，进了门，不想瞧见了常来捧场的恩客徐公子。

那徐公子正抱着一只波斯长毛猫摩挲，那猫毛白如雪，软软地披垂下来，一副雍容华贵的样子，翡翠似的一双绿眼睛闪闪发光，煞是好看。

徐公子见我看呆了，笑道："未曾见过这般漂亮的猫吧？这可是西域的贡品，名唤赛雪。大爷的贵妃表姐赠予大爷的，也教你个小妞开开眼界。"

我忙赞道："当真是好猫啊，梅菜头一次见着如此富贵的猫，平素也就是看见过些虎斑猫、花狸猫，跟这个猫一比，实实上不得台盘的。"说起猫，不由得想起老君眉那大黑猫来，投靠了冥界二公子便再没有了消息，不曾害人便好。

徐公子一听，更得意了："你说的猫，不过仅仅是能捉些老鼠的蠢物，本公子这猫，可是血统高贵，没有一丝杂种的灵猫。"便又给桃花姑娘讨好一笑："此番赠给桃花姑娘，可不是本公子的一份厚礼嘛！"

桃花姑娘笑道："这么重的礼捧桃花的场，也只有徐公子有此般手笔，桃花感激不尽。"

徐公子忙道："千金一笑，值！"

猫本便是捉鼠的，此番倒伺候大爷似的伺候个猫，真不知晓那有钱人心里怎生想的。

我忙布上鸡和点心，徐公子倒信手拿了一块凤梨酥喂猫，可惜那猫嗅闻都不稀得嗅闻，便把头掉了过去。

徐公子一瞧，撇嘴道："定是你家这点心不怎么样，连本公子的猫都不稀罕吃，怎生入口？"

我忙赔罪道："徐公子息怒，许这位猫大爷不稀罕甜的，下次梅菜定给猫大爷奉上上好鱼丸，可好？"

一边心下想着，这猫不吃甜食，不是人尽皆知的嘛，偏这徐公子最爱吹毛求疵。

徐公子哼了一声："日后再送点心，可须得给这猫独奉一份。你怎么知道，这赛雪猫在皇宫内院，吃尽了山珍海味，这些粗制滥造的东西，怎生能入得它法眼。"

我只得应道："徐公子说得是，梅菜定谨记于心。"这猫大爷眼瞧着比徐公子还要难伺候，简直另给自己供了个债主一般。

徐公子白了我一眼："赛雪猫可金贵得很，比你金贵多了，卖几个你也买不起这猫。"

我只得诺诺称是，桃花姑娘接过话头打圆场道："哎哟，徐公子，这么金贵的猫，妾身倘若养坏了，可担不起这罪责。教公子此番一说，妾身也怪害怕的，万一卖了妾身也赔不起，那可怎么好？"

徐公子忙把桃花姑娘拥入怀中："美人儿倾国倾城，区区一只赛雪猫，值得了几何。不过是给美人儿撑撑门面，教别人也知道有本公子给你捧场撑腰，哈哈哈哈哈哈。"

说来说去，原来是和其他恩客攀比。怪道说呢，前些日子邢公子给桃花姑娘送了一件翡翠马，徐公子面上颇下不去，大概这才想方设法弄得这只猫来吧，比富贵，比捧场手笔，真真是钱多了烧的。

晚上回家，想起许久未曾见到凶神恶煞的妖物，便偷懒想着抄近路，出了烟雨阁，走着走着，竟瞧见路边一棵大松树后面有一张惨白脸飘在半空中，吓得我登时闭了气。

仔细一瞧，原来虚惊一场，那似是个姐儿，穿着一身黑衣，手里还拿着把黑伞，全身隐入夜色里，只露一张脸，可不是像凭空浮着个人头似的。

我心里一突，黑衣黑伞，莫非，她便是那骗了常远珠钗的姑娘吗？

那姑娘见我愣在那儿，竟嫣然一笑："小妹子，你这么瞧着姐姐做什么？"声音温柔清润，倒像黄莺出谷一般婉转动听。

我结结巴巴地问："敢问姐姐，这，这大半夜的，在这里做什么？"

那姑娘走过来，引着我往她身后一指，原来是在路边备了几碟子点心，一束鲜花并一个小香炉，倒像是祭拜什么似的。

我奇道："这是……"

那姑娘笑道："我听说在十字路口祭祀孤魂野鬼，便可预测将来之事，你可听说过此种占卜吗？"

我想了想，脑子里便模模糊糊好似也是听说过这么个说法，便不由自主点点头。

但这虽说是个说辞，我仍觉着一个大姑娘半夜祭祀，很不寻常，因而问道："梅菜日日进出烟雨阁，竟不识得姐姐，不知姐姐是哪个屋子的姑娘？”

那姑娘嫣然一笑：“姐姐并不是这烟雨阁的姑娘，左不过家也在紫玉钗街，是新近才搬过来的，在烟雨阁左近的胡同，平素又不大出来，你不识得也是有的。此番咱们相遇，也是缘分，你叫梅菜？横竖我新搬来，连个朋友也没有，以后可以做个玩伴了，姐姐叫沫苡。”

可是这个沫苡姑娘，虽说大大方方自报家门，又和蔼可亲，却当真全身上下，都有着可疑之色。我看了一眼她那黑伞，又问：“不知沫苡姐姐大晚上又没有雨，为何撑一把黑伞呢？”

那沫苡姑娘奇道：“你不是知晓那占卜之事吗？未曾听说要穿着黑衣，打着黑伞方可成功？”

听她这么一说，好像那说法也是有如此一讲，我迷迷糊糊也记不大清楚了。

虽说夜色昏暗，那沫苡姑娘的面目却清晰可辨，我细细一瞧，可不是柳叶眉中间生者一颗朱砂痣嘛！

我想起那珠钗的事情，忙又问：“不知前日里拿了我那常远哥哥的珠钗的，可是姐姐？姐姐莫不是忘了给常远哥哥银钱吗？教常远哥哥好等。”

那沫苡姑娘一听，沉下脸，道：“可是那货郎造谣生事吗？姐姐是好人家的姑娘，难不成还骗了他？珠钗我是挑了，可谁拿他的了？本便是他调戏我在先，非要问我姓名，家住何处，我嫌他轻薄，未曾理他，现下他可倒好，颠倒黑白，为了打听我，竟诬告我拿了他东西！就算搜遍了我家，也未必能找出那珠钗来！报官我也不怕，他寻衅滋事，调戏民女，还信口雌黄，可不是个无赖嘛！”

珠钗，现下早回了常远手里，可是那珠钗自是在米里挖出来的，难不成是常远故意丢在那里？横竖米缸里的米有限，早晚有重见天日的一天，可是想想又不对，若是挖出珠钗的人拿出来还好，自藏了的话，那昂贵的珠钗不就白白没了吗？我怎么也想不通这个道理。

所谓捉贼拿赃，现下可真是不好说，各执一词，教人不知道信谁好。

这个姑娘饶是与我不熟，也不像是什么骗子，莫非常远虽老实，但一时糊涂，为了打听心上人出此下策？可照着我跟常远的交情来看，也并不像。

那沫苡姑娘早转了话题，又笑道：“你可是从烟雨阁出来吗？改日有空，来青玉胡同寻我玩吧，天色晚了，我也该回去了。”

我忙跟沫苡姑娘作别，自回家去了，此般巧遇了沫苡姑娘，明日里定要跟常远问个清楚。若真是常远诬赖好人，常远哥哥那老实人的称号可要保不住了。

次日我在铺子里擦桌子，一眼瞧见常远挑着担子过来，忙丢下抹布跑了去，问：“长哥哥，昨日里梅菜见了那穿黑衣打黑伞的姑娘啦！”

常远一听，急忙问道：“那个姐儿可曾言说自己是何人不曾？为何平白无故戏耍与我？”

我答道：“那个姑娘不是姐儿，只是个平常人家姑娘。而且那姑娘说，未曾拿你的珠钗呢！长哥哥，前日里你说的可是真的吗？”

常远浮现出一种迷惘的神色：“珠钗未曾拿？我想想，这……”

奇怪，不是今日里才发生的事，怎么会想不起来呢？我狐疑地望着常远，常远亦觉出来了，不好意思地挠挠头：“咦，哥哥这脑子也颇有些乱，可当真是那姑娘拿了珠钗吗？”

我心下起疑，该不会常远真的调戏了那沫苡姑娘，现下又不肯承认了吧？

常远又呆了呆，有些尴尬地逃走了。

我看常远八成是做贼心虚，自个儿为了私心，冤枉起别人来了。可是又是谁把珠钗埋在米缸里？事情有些奇怪，不过已然解决了，我也不大去想了。

今日去送夜宵，果又瞧见那沫苡姑娘一身黑衣，举着黑伞，招手冲我笑呢。我忙过去问好，沫苡姑娘笑问：“这是给烟雨阁送吃食？好香的味道。”

我点点头：“有个恩客徐公子送给桃花姑娘一只富贵猫，这不特地添了鲫鱼丸子汤给送去嘛！”

沫苡姑娘一听猫，两只眼睛的瞳孔突然细了一下子，我犹疑心自己眼花，再一瞧，可不沫苡姑娘仍是水灵灵大眼，只怕天黑看差了。

沫苡姑娘点点头，眼睛一转，笑道："我倒是没曾去过烟雨阁，如今结识了你，可能带我进去瞧瞧？"

我一愣："这个，行倒是行。可是姑娘一个清清白白女子，去烟雨阁那种场所，总有些不大合适吧？"

沫苡姑娘笑着刮刮我的鼻子："你这丫头知道得倒不少。不过不碍的，横竖没人认识姐姐，你不要出声，我只随着你，怕也不会有人问起，怎么样？"

我天生不会拒绝别人，看沫苡姑娘殷殷热切想去瞧烟雨阁的热闹，只得答应下来。

本想着黄伯会问起沫苡，我早打好腹稿，要说她是我表姐，来帮忙布菜的，可是黄伯似是对我和我带的人深信不疑，撇了撇嘴也没说什么，我自是松了口气。

一路上倒是畅通无阻，大家许都以为沫苡姑娘是我的帮手，也未有人多问。

倒是沫苡姑娘气定神闲，东瞧西看似是十分新鲜。

临到了桃花姑娘房里，我给猫大爷奉上鲥鱼丸子，桃花姑娘犹笑道："你这丸子倒香，姐姐都想吃几个。"

鲥鱼丸子汤色洁白，上面浮着几片翠绿的香菜叶子，香味扑鼻，确实十分诱人，不过一想到这是猫食，总也提不起食欲来。

桃花姑娘亲自用调羹捞了个丸子喂猫，那赛雪猫嗅闻了嗅闻，忽然很警觉地看向了我，丸子也不吃了，露出一副凶相，举着爪子把调羹都拨开了。鱼丸骨碌碌滚到地上，猫也跳到了柜子上，居高临下地呜呜直叫。

桃花姑娘笑道："怎么，莫非是鱼丸不对心思，你还发起脾气来，快下来，免得教人笑话你。"倒似是哄小孩子一般温柔。

这猫大爷毫不买账，曲起前爪呜呜低吼。

我只道猫富贵了也嫌弃穷酸的人，只好道："想必梅菜污了猫大爷的翡翠眼，梅菜这便退下了。"便带着沫苡姑娘出去了。

沫苡姑娘回头瞧瞧那猫，咧开嘴笑了。

我突然发现，沫苡姑娘满口白森森的牙，嘴也真不小。

出来已然夜色深沉，黄伯早灭灯睡下了，我和沫苡姑娘出了园子，沫苡姑娘犹要取东西祭拜占卜。

我不由得好奇问道：“沫苡姑娘日日夜里出来占卜，不知道所求何事？”

沫苡姑娘抿嘴一笑：“说来怕你笑话姐姐，还不是女儿心思，想要个如意郎君嘛！”

我笑道：“常远哥哥平素最老实的，虽说他调戏过姐姐，不过街坊这么些年，实实不是真正的坏人。若沫苡姑不嫌弃他那一时糊涂，我倒可以托我家邻居杨婶保媒拉线。”

沫苡姑娘笑道：“哎哟，那个常远，呆头呆脑，姐姐可不稀罕他。若是小少年，姐姐倒最最喜欢。”

一说小少年，不由得便想起李绮堂来了，与他结识这么久，倒未曾听说他定亲没有。

沫苡姑娘笑道：“难得咱们投缘，不若来姐姐家里坐坐？”

我忙道：“多谢沫苡姐姐好意，梅菜回家晚了，爹娘要骂的，改日白日定去玩。”

沫苡姑娘叹道：“白日……白日我倒是不大方便，下次便下次罢！”便自去了。我眼瞧着她那漆黑的背影飞快消融在茫茫夜色中。

白日里为何倒不方便呢？这沫苡姑娘处处透着些不一般。

我忽然又想到，一个妙龄女子，日日深夜出来游荡，她的家人都放任不管吗？还是说，她孤身一个在破败荒芜的青玉胡同独居？

我又想到，她这样大好的年岁，还未曾定亲，别是家中有什么难言之隐吧！改日还是去她住的地方瞧瞧的好，再怎么样，一个初来乍到的女子，定也有许多不便，若是我能帮上什么忙，可就太好了。

次日正在铺子里整理盛点心的盘子，鸾儿来买藕粉桂糖糕，见了我，忙道：“梅菜，烟雨阁可又有一桩奇闻，你可愿意听听？”

我一听奇闻，盘子也不整理了，急忙跑了来，因而问道：“什么奇闻？鸾儿姐姐快说来听听。”

鸾儿低声道：“你可知道那桃花姑娘新得的赛雪猫吗？”

我忙点头：“自然知道，这几日里徐公子还嘱咐给那猫大爷上猫大爷爱吃的东西哪！可是那猫大爷有什么不妥？”

鸾儿点点头，用手帕子往嘴上一掩，笑道：“可不是嘛！那赛雪猫丢了，徐公子得了信儿，心疼得什么似的，一大清早就唤了人满城寻哪！你是未曾见到徐公子那阵仗，只怕他亲娘丢了，都没有这般着急。”

我奇道：“那猫大爷天天含在嘴里怕化了，捧在手里怕摔了，怎生会丢？难不成给人偷了去不成？”

鸾儿想了想，道：“我瞧着不像谁偷了。你想，那猫也就是那有钱公子供养着，一般人家弄个祖宗做甚？谁又识得那个货？只怕连个花狸猫都嫌费粮食，好在猫自捕自己的鼠，也算自食其力。有偷东西的机会，还不若抱了桃花姑娘那首饰匣子走哪！”

我也点头道：“姐姐说得颇有道理，识货的确也没几个人，不是内贼，便是那猫自去溜达，也未可知。”

鸾儿点点头：“说得是，现下满城风雨，都是为了个猫。若真找不到了，嘴里说是赠给桃花姑娘，可看徐公子哭不哭！”

晚上见到徐公子，正跟桃花姑娘对坐着，霜打了的棒子叶似的，蔫头耷脑，好不可怜。

桃花姑娘直赔罪：“许过些时候，那赛雪猫自会给下人寻回来的，再来了桃花也不敢养，徐公子带回去吧！”

徐公子喃喃道：“没了没了，这还上哪儿置办去……贵妃姐姐知晓了，定也怪我照顾不周……”

“喵……”一个圆滚滚的影子跃上了窗台，窗纸上顿时显出那赛雪猫的样子，徐公子忙开了窗户，果是那赛雪猫回来了！可是赛雪猫却教一屋子人都愣了，只见它原本白得耀眼的长毛已然被泥水粘得一条一条的，浑身遍布血痕，爪子似被什么咬伤了，血肉模糊。

徐公子反应过来，一声凄厉的哀号：“谁！是谁伤了我的赛雪猫！我跟他不共戴天！”

大家忙劝下徐公子，便把赛雪猫抱进来，又给擦身又去药房买金创药，闹腾得沸反盈天。

徐公子颤抖着手抚弄着赛雪猫，眼中含泪，颇为痛心，也不让烟雨阁的人管，自抱着赛雪猫便出去寻大夫了。

赛雪猫许是出门遇见了野狗吧，养尊处优惯了的，定然不会花狸猫那样厮打奔逃了。

桃花姑娘见徐公子夺门而出的模样，也蹙眉道："自打昨日赛雪猫发了脾气，过不多久便自己从门缝跑了，谁知道竟出了这样的事，都怪我照顾不周……"

我想起昨日赛雪猫那古怪的样子，心里也颇为不安，忙道："许是怪梅菜昨日带了生人，也是梅菜不好，吓到了赛雪猫，梅菜再也不敢带生人了。"

桃花姑娘愣了愣："你昨天不是自己一个人来的，何曾带了什么生人？"

丫鬟也道："梅菜，你可是昏了头了，内堂不认识的人可不好带进来，难不成你做了梦？"

我登时如同给人由一盆凉水从头浇到脚，沫苡姑娘明明就跟在我身后，黄伯不加阻拦，在回廊里也未曾有人多问一句，没人瞧见她，难不成，她不是人吗？

我脚步虚浮地走在回家路上，却未曾见到沫苡姑娘，没办法问个清楚。诡异总归是诡异的，我还是须得跟龙井报告一声才是，如若她未曾害人，龙井想必也不会收她的。

偏生到了龙神祠，龙井不知道上哪里玩耍，擅离职守，并不在家。我没奈何，只得先回家去了，只盼着龙井回来之前，莫要再发生了什么异事。

傍晚在铺子里我和娘帮爹剥核桃，杨婶急慌慌地跑了来，见了我们，忙道："又丢了孩子了！"

娘一惊，核桃撒了也不顾收拾，忙问："谁家的？"

杨婶叹口气："陈家的四毛头和张家的小雯，也是晚上偷跑去放烟花，再也未曾回来。"

娘又是心疼又是害怕，咋舌道："这可怎生是好，已然丢了四个孩子，还不知晓是给人牙子拐了，还是给什么野兽伤了。这些年来紫玉钗街可向来太平得很，这一两年偏生又是什么水鬼，又是什么妖魔，可实实教人害怕。”

杨婶摇头叹气道：“谁说不是，我看呀，也莫要让梅菜再去送夜宵了，离着烟雨阁近是近，可实在教人放心不下啊。”

娘忙点头：“可不是嘛！还是请个小工来得好。”

我忙问：“娘，近来丢了孩子，我怎生未曾听说？怎么丢的？”

娘叹道：“怕你害怕，也未曾告诉你。前几日便有个七八岁的小娃晚上出来买炸豆腐，不见了，家里人急得五内俱焚，遍寻不到。前日又一个十岁的，也偷摸出去玩，再未归家；这不，杨婶刚说的，又有俩孩子不听管，也寻不得了，这可怎生是好，还不知什么人做的案呢！本来衙役要查，昨日又都给调配找什么猫去了，还没听闻到有什么头绪呢！”

徐公子真真假公济私，竟然靠着自家势力，不管不顾孩子的事情，把查案的官差派去寻赛雪猫。

我心里突然咯噔一下，说起来，丢孩子的事情，可不是跟沫苡姑娘出现，是一个时间吗？难不成那孩子的失踪，跟沫苡姑娘有关？

可不能再在家里耗时间，须得上龙神祠等龙井，一旦回来了，须得立即把这事情上报才是。

想到了这里，我忙跟娘道：“事态紧急，我去龙神祠请愿，去去便回来！”

说着便跑着去了龙神祠，娘要拉我没有拉住，犹喊着：“一时半刻便回来！千万别等到天黑了！若是晚了，教莫先生派个小厮送你！”

我应都没工夫应，一路只顾着跑。

日光慢慢落下，夕阳像个橘子，沉了下去，暮色四合，也慢慢静了下来。

我刚转过街角，要去后园，已然瞧见黄伯那小屋子燃起昏黄的灯，突然脚腕被绳索一样的什么东西缠住了。那东西将我用力一拉，我便扑倒在地，给拖了出去。

拖我的力道很大，我尚未回神，已然被飞快地拖进了一个洞穴里。

奇怪，这附近，怎生会有什么洞穴？

那力道停了，我早吃了一嘴泥，抬头仔细一瞧，洞穴里俱是厚厚浮土，给我身体蹭出一道印子来，但四通八达，头顶有些透光透气的小孔。大窟窿小眼，像被什么啃了的冻豆腐似的。

一个尖细的声音叫道：“你可不是去通风报信的吗？”

我自是唬了一跳，回头一瞧，竟是一个肥硕的，有牛犊大小的黑老鼠。

那老鼠在一个藤躺椅上悠然坐着，盘腿窝脚，爪子里握着一个长长的水烟袋，正点着我道：“问你呢！多管闲事，老子可不曾偷你们家点心，何故去龙神爷那儿告密？”

我愣了一下，方反应过来：“大仙……大仙可是灰仙？”

五常家仙之中，老鼠仙是被称为“灰仙”的。

那老鼠嘿嘿一笑：“龙神爷的信女，倒稍稍有些眼色，老子便是这一带的灰仙。这几日不过捉了几个童男童女，你多事什么？料想龙神爷不会不卖老子这个面子。”

我忙道：“大仙，行行好放了那几个孩子吧！他们家大人可还等着孩子回家哪！”

老鼠瞪我一眼：“你管得着吗？老子乐意！老子眼瞧着再有些童男童女的血，便可修作大仙，你可不要来捣蛋！不然连你的血一块儿喝！”

我心下焦急，道：“沬苡姐姐，也是跟您一式的？龙神爷知晓大仙害人，必会收了大仙，到时候就算有些功德，也未必有用，大仙还是早早回头是岸吧！”

那老鼠把头往前一凑：“沬苡？沬苡是什么东西？老子是公的，身边哪里有什么劳什子姐姐？你眼睛瞎了！？”

“啥？”我瞪大眼睛，“大仙不认识沬苡姐姐？”

“我才是那个沬苡姐姐！”是沬苡那熟悉的声音！

我回头一瞧，可不是沬苡姑娘俏生生地立在一个洞窟里嘛！跟在她身后的，还有那只包了满身膏药的赛雪猫！

他们俩是怎生凑在一起的？赛雪猫也跟这怪事有关吗？

那老鼠一见她们，坐直了身子，哼道：“手下败将，还敢回来？教老子咬死你们！”说着张开血盆大口，冲着她们扑过去。

沫苡姑娘摇身一变，黑伞竟化作了黑翅膀，朝着那老鼠扑了过去。我登时呆住了，原来，沫苡姑娘是只大鹅般的黑猫头鹰！

头一次瞧见妖物现原形，这沫苡姐姐，不会是来救我的吧！

黑猫头鹰一张利嘴冲着那老鼠眼睛啄去，赛雪猫也不甘示弱，虽说大小悬殊，竟毫无惧色，奔着那大老鼠伸爪便抓。三个动物厮打起来，扬起的浮尘一时间成了沙暴，迷得我看不清楚许多，只觉得三团影子时聚时散，打得好不热闹。

但是沙尘散去，那老鼠竟然颇占上风，猫头鹰那翅膀耷拉下来，赛雪猫满嘴是血，已然精疲力竭。

那老鼠扬扬得意地说：“你们还想撼动老子的地位？你们知不知道老子吃什么长大的！”说着越发凶猛，我帮不上忙，眼瞧着那老鼠便要扑倒猫头鹰，我突然想起了睚眦大人留在我身边的那个宝剑，不知睚眦大人取走没有。

我忙学着睚眦大人那样子，喊了一声：“秋水出来！”

什么也未曾出现，我懊恼地想，睚眦大人也不肯多让那宝剑留一阵子。

“哈哈哈哈，傻狍子还喊呢，真真笑死活人！”这吊儿郎当的声音，不是龙井吗？

我回头一瞧，可不是龙井坐在一个洞口，笑得死去活来：“真傻真傻，潇殿是睚眦兄长的贴身宝剑，借便是借你，难不成还以为与了你吗？”

而那三个动物也停下来，老鼠一看龙井，忙不迭前爪着地，恭敬地行了一礼：“不知龙神爷大驾光临寒舍，小的失礼了。“

龙井笑道：“大仓，你这厮要血，不是一直在屠户家吃下水修仙吗？怎生捉起小孩子来了？胆子倒不小，可是连猪苦胆一并吞下肚去了吗？”

那被唤作大仓的老鼠磕头如捣蒜：“本来小的也是喝点猪血慢慢修仙也便是了。小的不敢欺瞒龙神爷，前些日子老君眉来瞧小的，小的本与他一向不大对付，他却劝说小的，童男童女血灵气最盛，事半功倍，这不小的给它说得有些动摇，它竟真给小的送来孩童，小的一试，便给上了瘾，这不……”

龙井笑道：“如此说来，又是老君眉暗中作乱了？你这蠢货，它的话也信，它捉小孩，可有什么企图，与你说了没有？”

“这倒是没有，不过……”老鼠指着我道，“老君眉说，这女娃经常乱管闲事，但仙缘奇佳，喝了她的血更胜一筹。小的瞧她是龙神爷信女，本不敢冒犯，谁知道听她说要报给龙神爷，小的一时糊涂，才抓了她，可未曾动她分毫，还请龙神爷明鉴啊！”

龙井道：“说你蠢你还真蠢，修仙本便是要造福世人累积功德，你居然听了老君眉的鬼话抓起孩子来，作恶坏了修行，真是蠢得不可救药。”又瞟了一眼沫苡和赛雪猫：“哼，连个普普通通的猫都比你强些。”

那猫忙也趴下咕噜几声，龙井笑道：“哦，原来是赛雪猫，怪不得通了灵气。”又对沫苡道：“夜枭，你发现此事，怎生未曾通报本神？”

原来沫苡姐姐是妖怪里面送夜宵的吗？不想竟与梅菜我同行，怪不得夜夜出来，白日里反不方便。

沫苡纳头便拜：“不是小神不去，实实是小神职责便是巡视玄阴地夜晚，却未曾发觉那大仓偷孩子，怕龙神爷怪罪，才斗胆自己化作人形来查探。本那大仓修行尚浅，连人形都化不出，小神只想自己了结此事，也算在其位谋其政，免得龙神爷操心。”

大仓哼道：“两个打一个，还说得冠冕堂皇，不过是个夜猫子，小神小神，叫得倒不脸红。”

龙井翻了大仓一眼，嗤笑道：“莫非你倒觉得偷孩子之事做得还理直气壮吗？真真是五十步笑百步。”

大仓听见龙井发话，也只得低头不语，但一张鼠脸满是不服。

龙井又问道：“这赛雪猫怎生又与你在一起的？”

沫苡答道：“小神瞧见大仓在烟雨阁附近有窟窿眼儿，便过去查探，但小神不是福神，须得人带方能进门，便刻意结识梅菜，托梅菜带小神进了烟雨阁。从烟雨阁找大仓四通八达的洞口，这才偏巧碰到了赛雪猫。赛雪猫也喜欢人，见不得害人的，小神才与赛雪猫合力捕捉大仓。”

原来沫苡那日突然出现与我交朋友是有这么层意思，难怪人家都说，夜猫子进宅，无事不来，预兆凶事的夜神还当真辛苦。

龙井道：“你也真是没出息的，还是一方夜神呢，连个老鼠都斗不过，还来说嘴。”

沫苡羞红了脸，道：“小神自恃修为尚可，擒了大仓本不在话下。谁知道这大仓喝了孩子血，出来一身蛮力，长成公鸡大小，小神厮打不过，败下阵来，这才又与赛雪猫联手。结果大仓又化作牛犊大，赛雪猫也负了伤……眼见着官差来寻赛雪猫，才先回烟雨阁，正碰到大仓抓了梅菜，这才又一并赶来……”

大仓冷笑道：“就算老子不偷孩子，你找碴儿也得找到老子这里来。本来你也不是什么好鸟，吞吃了老子多少手足……”

沫苡忙道：“谁让你们偷东西？小神再怎么不济也有监察之职，护卫凡人之责，难道眼瞧着你祸害凡人？”

原来沫苡竟然是仙人，我突然想起沫苡姑娘与常远的事情，忙问：“敢问夜猫子大仙，那日珠钗究竟何故会入米缸里？真的是我长哥哥调戏了大仙不成？”

沫苡愤愤然指着大仓道：“还不是要怪它嘛！大仓，你做了什么事情，可敢当着龙神爷说出来吗？”

大仓翻着绿豆眼，道：“龙神爷，小的是老鼠，天生便是靠人生活的，小的家里那口子前些日子眼睛不好，要吃珍珠明目，本想着把那货郎的珠钗抢了来，谁料给那夜猫子骗走了。龙神爷，夜神骗凡人东西，可不也是桩罪责吗？龙神爷定要严惩那夜猫子，杀鸡给猴看。”

沫苡忙道：“那常远家境贫寒，赊了银钱进货，仅有那珠钗值些银钱，若是给大仓盗了去，背一屁股债，活也活不下去了！是以我才先大仓一步，把珠钗藏进了烟雨阁外面的米袋里，常远没拿到钱，肯定会与烟雨阁管事的说，这样早晚给人发觉，再拿回家定会妥善保管，才能免于被大仓偷了去。”

大仓啐道:“说话还挺冠冕堂皇的！那常远背不背债，与你何关？你又不是他娘子，轮得着你管吗？”

我想起沫苡义正词严地说常远调戏她，而常远又含含糊糊，怪里怪气的，难不成，常远当真对沫苡姐姐动了心不成？

沫苡脸色绯红，道：“少来乱嚼舌头。”便对我抱歉地说：“梅菜，怕你起疑，没敢告知与你。姐姐稍稍用了些法术，教你变成了我说什么你便信什么的样子，可莫要怪姐姐。”

难怪我稀里糊涂，只跟着沫苡姑娘身后走呢！

我忙道：“姐姐此番相助，道谢还来不及，怎会怪姐姐。可常远哥哥亦是怪模怪样，可也是姐姐操办的吗？”

沫苡一愣：“常远？我可未曾对他施法。”

我恍然大悟，这常远，不会当真想结识沫苡姐姐吧？

龙井道：“大仓，孩子在何处？你可曾伤了他们性命？若是出了人命，只得把你正法了。”

大仓一听，慌忙拜道：“龙神爷饶命，小的也就是一时糊涂，那些孩子的血我是喝了，可未曾伤他们性命。本来老君眉说吸吮骨髓修行最佳……”

“蠢货！”龙井怒道，“吃了孩子骨髓，只能变妖，不能成仙了。老君眉此般乃是蛊惑与你，也只有你会信。”

大仓吓得四爪发抖，忙哭喊道：“小的不过是想修地仙想得着急了些，要怪便怪老君眉一嘴谗言啊！小的心软得很，并未想害人哪！那孩子们除了血被小的喝了，倒没别的大碍，脖子上生些老鼠疮，这时节也是有的。龙神爷放了小的这一马，小的必定洗心革面，从此一心向善！”

龙井一招手，四个沉睡着的孩子凭空飘浮出来，个个紧闭双眼，面色苍白，眼窝深陷，脖子上确实鲜红色且生着老鼠疮。

龙井看了一眼，再一招手，孩子们便不见了，想是已然被龙井送回家去。

龙井问：“老君眉现下在何处？”

大仓忙道："不瞒龙神爷，老君眉那奸贼时下便在小的洞窟内，小的愿意戴罪立功，帮龙神爷捉了老君眉！"

"嗬嗬……"空中传了来，是老君眉的笑声！

"青山不改，绿水长流，龙神爷，余替二公子问候龙神爷安，先行告退了……"

沫苡闻言，一振翅膀要飞去追它，不料想龙井懒洋洋地一挥手，道："随它去了就是了，不过是个传声筒，什么稀奇的，改日本神亲自去找二狗子还礼叙旧，要个痛快。"

说着，又转头对吓得瑟瑟发抖的大仓道："这次幸而未曾伤及人命，姑且谅你家孩儿太多，收了你，丢下孤儿寡母也怪可怜的，此次也便罢了，再有下次，教你拿命抵偿。"

大仓喜极而泣，纳头便拜："小的替一家老小，谢龙神爷不杀之恩……"

"不过，"龙井话锋一转，道，"你死罪可免活罪难逃，要是以为事情这么简单就过去，那就错了。"

"哎呀，龙神爷饶了小的吧！"这会儿大仓也不敢自称"老子"了，磕头如捣蒜。

"好说，本神今日心情不错，"龙井嘴角一扯，倒是露出个坏笑来，"倒可以给你指一条明路。"

那大仓一听，像是瞧见了什么转机，立马说道："还望龙神爷可怜可怜小的，小的上有高祖，下有重孙，全靠小的糊口啊……"

边说，还边挤出眼泪："龙神爷说一不二，小的一定做到！"

"那几个孩子都是家无隔夜粮的，若是你肯将偷来的粮食分给他们几家，本神也便不与你计较了。"龙井一本正经道。

本以为大仓会满口答应，不料它竟面露难色，似是舍不得粮食，但偷眼瞧瞧龙井，又只得一咬牙应了，着实可笑。

龙井又对沫苡道："自作主张，监察失职，看你也是一片忠心，本神今日为了不坏心情，也便不与你计较，同样下不为例也就是了。"龙井说到这儿，暧昧地挤挤眼，"那常远光棍一条，你若瞧上了他，本神睁一只眼闭一只眼也便是了。"

沫苡早化了人形，听闻此言，绯红了脸低头不说话，拧着裙角颇有些忸怩。

大仓记吃不记打，犹道："龙神爷，小的瞧着她便是相中了那常远，说去寻孩子，本就是去烟雨阁找那常远打情骂俏才是正题。"

沫苡愤愤剜了大仓一眼，大仓死猪不怕开水烫，坦然无比。

龙井笑道："不知道本神是不是错点鸳鸯谱了，顺其自然，顺其自然。"又转向我，"傻狍子，你还不走，要在这儿给大仓喝血吗？"

我闻言忙跑到龙井身边，龙井一挥袖子，我眼前一花，已然到了龙神祠中。

我想起沫苡姑娘，忙问："沫苡姑娘原来是夜神吗？夜神是做什么的？"

龙井道："说是夜神，地位倒不算高，跟凡世里打更的倒差不离。沫苡才替了上一位夜神，新官上任三把火，急于表现也是有的，只不知道她跟常远有没有缘分了。"

当……当………当……外面正应景地传来打更的梆子声，深沉夜色里了独自一个人行走在万籁俱静的尘世中，想必也是怪寂寞的吧！

我突然很盼望常远能和沫苡有一段天仙配似的情缘，说不定，后人还能一直传唱下去！

不怪乎龙井说心情好，春日暖融融的夜里，总教人觉着日子怪惬意的。

"说起来，这个日子口，本神有些想吃春饼。"龙井喃喃自语一句之后，便对我下令道，"速速供奉来。"

我忽然想起龙井说过沫苡是什么夜宵，因而问道："既然是神仙的夜宵，那不是沫苡姑娘该送的吗？梅菜亲耳听见龙神爷叫她夜宵哪！"

龙井一愣，捂着肚子笑起来："哈哈哈哈，夜宵？是夜枭！"

我一时也糊涂了："我说的也是夜宵啊？沫苡姑娘也怪辛苦的，还要巡夜，还要给神灵供奉夜宵。"

龙井笑道："傻狍子就是傻狍子，只认一个吃。好了，别再插科打诨，速速供奉吧！"

我不服气地问：“到底为何不教管夜宵的沫苡姑娘供奉？”

“你真烦，都跟你说了那是夜枭，不是夜宵……”

“夜宵就是夜宵，不是夜宵是什么？”

“是夜枭……”

不知道什么时候，树枝上已然冒出了嫩嫩的叶芽，雨水过去，便是清明了。

第12章　清明（上）

一位公子找梅菜帮忙，说扫墓遇上了怪事儿，原来家中来了一个新夫人，可这个公子，怕的就是新夫人。

清明时节多的是牛毛细雨，河水回暖，春风一吹，映着碧绿春色，宛如皱了的绿缎子。

每年这个时节，我都会与小三子提着篮子去胭脂河边摸田螺。

春日一暖，田螺纷纷从泥里爬出，此时田螺肥美，是食用的最佳时令。孩子们也都知道“清明螺，肥似鹅”。不少和我们一般大的孩子来河边且摸且玩，热闹极了。

有的穷苦人家，还特地差孩子多多摸回家去，卤煮了沿街叫卖，自己是舍不得吃的，微微贴补些家用。

蹲在水边在泥里一捞，便能抓出一把肥大的田螺，浅浅褐色，皮薄状圆的是上佳，不一会儿便能装满竹篮，壳碰壳，一摇晃呼啦啦直响。

田螺可卤煮了做下酒凉菜，亦可爆炒了做下饭菜，怎么做怎么鲜香。

要说我最喜欢的，还是爆炒田螺。

猪油爆香葱、姜、蒜末，哗啦啦倒入剪了口的田螺，翻炒翻炒，入料酒焖一焖，再投入辣椒，撒些白糖、酱油、香油，加半碗清水咕嘟咕嘟，收了汁，撒些盐，便是口味绝佳的下饭菜。顾不得脏手，拿起一个连汁带肉吱溜一口嘬进嘴里，烫了舌尖也顾不得，又香又辣又鲜，可大大过了嘴瘾。

今日里没什么活计，我又与小三子结伴出来摸田螺，倒瞧见大柳树下面，有个大人也在摸田螺。

走近一瞧，原来是紫玉钗街的一个破落公子，叫宋鸢。

那宋鸢也是个宗室子弟，据说从前家里是大户人家，当初继承家业，也是风光无限的，但现下只余了孤身一人，住在个破败了的大宅里。

宋公子人缘颇佳，性格又豪爽，是个仗义疏财的主儿。可惜从前结交了狐朋狗党，他又是个视钱财如粪土的，谁开口都不拒绝，慢慢地给人连哄带骗，吃喝玩乐统统他来做东，金山银山也不是搬不空的。家底慢慢尽了，那狐朋狗党呼啦啦一下子作鸟兽散，余他，也再雇不起仆佣。

从此宋家大宅由络绎不绝的门庭若市变作门前冷落车马稀，但宋公子依旧豪爽不减当年，从来不把钱当钱看，偶尔困窘了，也只会大声吟咏什么“天生我才必有用，千金散尽还复来。”

那大宅年久失修，房顶上瓦片残缺，都是一堆堆的枯黄的茅草，昔日朱红色的雕梁画栋也斑驳得片片剥落，庭院深深又无人打理，荒芜得了不得。内里值钱的家当也变卖得差不多了，各个房子都阴森森空落落的，整个宅子宛如老去的美人，只残存了当年几分风韵，不禁风霜，已然美人迟暮。

宅子里果树倒是不少，秋天我们常去摘白果。宋公子家虽穷，倒很大方，园里的果树一结果，总唤我们这些孩子去摘了吃。我和小三子去年也摘过不少白果。

宋公子自己孤身一人，连个童仆也没有，为人又不善经营，肚子时常半饥不饱，典当得无可典当，大概只余下了几身长袍压箱底。现如今想必又青黄不接，才来拾些不要钱的田螺煮了果腹。

宋公子见我们来了，倒如同想起来什么，还未等我们打招呼，倒先站起来，急巴巴地问道：“梅菜，听说你是龙神使者，你说，这世上当真有仙人吗？”

我笑道：“自然有啦！梅菜可不是白吃干饭的，宋公子，莫不是你们家宅闹鬼，要我求龙神爷护佑收妖吧？”

宋公子慌忙摇摇头，摆手道：“那倒不是，只不过……”

只见他欲言又止，吞吞吐吐，定有什么异事。

我向来最多事，忙问：“宋公子，别是有什么难处吧？三个臭皮匠赛过诸葛亮，我和三哥哥帮你想想办法，强过一个人犯怵。”

小三子也是爱热闹的，答道：“吃了宋公子家那么多白果，有事能帮忙的话，宋公子直说，只当我们还了白果的人情也好。”

宋公子为难地搔搔头：“难处也不算什么难处，只不过，当真有些出奇。”

我一听更来劲了，忙怂恿他赶紧说。

宋公子叹口气，又四顾无人，招我们去柳树下坐了，低声道：“先说好了，信不信，也莫笑话不才。不才实实也不大信，不过事情又有些不寻常，不说出来，心里总有些憋得慌。可万勿告诉别人，平添不才一个痴傻的罪名。”

我和小三子点点头：“放心吧，宋公子，咱们三个，可做一条苇子上的蚂蚱。”

宋公子这才安心点点头，方娓娓道来：“还是先几日清明节的事……不才没有什么好东西祭祖，搜罗了搜罗，倒在大柜子里寻了块虫子吃了的猞猁皮，赶着变卖了，买了个卤猪头，一把线香去宋家祖坟祭奠，跟祖先言说了近况，这，这才碰到了怪事。”

我忙问：“可是先祖显灵？这可是好事呀！想来宋家先祖定是要给宋公子指一条振兴家业的明路哪！”

宋公子一张面孔又似是哭又似是笑：“显灵，这也说不好，但实实是奇怪，不才在祖坟处言说了理家不善，愧对先祖，便听见了一声叹。不才登时吓了一跳，但又不真切了，也就疑心是不才听错了风声。再从祖坟折回来，便遇到了一个怪人，不，那人自称是仙人。”

“仙人？”我和小三子俱竖起了耳朵，瞪大了眼睛。

“嗳，”宋公子尴尬地点点头，“不才出了祖坟往外走，后襟便给人扯住了，不才回头一看，原是一个胖滚滚，白面皮，脸上有些个红晕，身量不高，总笑微微的老头子。那老头子穿着甚是体面，像是材质上好的公卿便服，一看便有些地位的，不才倒愣了，但这样的贵人，不乘车骑马，没有随从亲信，怎生独个到这荒郊野岭来，可不也怪教人疑心吗？不才自是问他道，‘不知阁下拉住不才，有何贵干？’他也不松手，还笑道，‘唉，老朽与你有些渊源，你的事情，老朽好歹也知晓些……’”

小三子笑道：“赶巧外面一个老头儿，有什么稀奇？宋公子也算得草木皆兵了。”

宋公子忙不迭摇头：“不不不，那可不是普通的老头儿，他劈头一句话就把我问愣了，他说，‘后生，可是日思夜想，要重振家业吗？瞧着你这落魄样子，便知晓你时下破落。不过老朽察言观色，瞧出你还是有些雄心大志的，现下老朽愿意帮你一把，如何？’”

小三子愣道：“他……怎会猜到宋公子心中所想？实实有些奇怪，”突然小三子像是想到了什么，一拍手，道，“我晓得啦！定是宋公子在祖坟说的话，给他听了去借此装神弄鬼吧？”

嗯，倒颇有些道理，小三子脑瓜儿倒好使得很。

宋公子咋舌道：“不才当时虽唬得一愣，不过也想到许是祭祀祖宗时刖是凑巧给他听见了，便一笑置之。不料，那老头儿又抓了我不让走，还道，‘你家中大宅看来也成了蝉蜕似的空壳子，连你奶奶压箱底的猞猁皮都典当了，你奶奶若泉下有知，必定伤心得很哪！’”

我忙问：“他……他又怎会知晓那块猞猁皮的？莫非宋公子在祖坟也言说了？”

宋公子摇摇头，犹疑地说：“怪就怪在此处。那猞猁皮确是不才祖母之遗物，可变卖祖产，本便不孝，在下再怎么愚钝，也万不敢在祖母坟前言说此事啊！”

我心下也疑惑得很，便问道：“那老头儿可说了如何助你不曾？”

“呃……”宋公子面色有些微红，道，“不才因觉得奇怪，当下也便问了他要如何帮不才，谁料得，他竟只说了一句，‘你时下困境，唯一破解之法，便是须得娶个媳妇儿……’”

“媳妇儿？”我和小三子异口同声，“跟媳妇儿有什么关系？”

宋公子道：“不才亦是奇怪，实实半信半疑，便也如此问那老头，那老头道，你命中缺一个空，保不住财，家产败成这样，倒也怪不得你。

不过若想重振宋氏以往的名望，须得娶得一个命中带财，旺家旺夫的媳妇儿。”

我和小三子面面相觑，莫非，那个老头儿是个算卦先生不成？

小三子一本正经地道：“其实这也是好话，我也听说媳妇儿是一家的银匣子，有媳妇儿帮衬着操持生计，说不定日子好起来，也是有的。”

我暗想，看小三子这样子，打听得如此清楚，说不定也早想娶媳妇了，便偷笑起来。小三子见状，脸色渐渐涨红了，想是失了言，也低头不语。

宋公子听了，叹道：“人生四喜：久旱逢甘露，他乡遇故知。洞房花烛夜，金榜题名时。不才何尝不想呢？但时下不才连卤猪头都要动用先祖遗物来换，哪里有钱财娶得了媳妇？”

我忙道：“那老头儿不是一副贵人模样吗？莫不是宋家祖先的友人，清明来祭拜古人，有心助宋公子，又怕宋公子面子磨不开，才特说些故弄玄虚的，其实是想资助宋公子好好过日子吧？”

边说，边心下想着，梅菜我就是见过世面，不枉费跟着龙神爷经历了这许多风波，见人识人，自是有些眼光的，心里也就越发得意起来。

宋公子摇摇头，道：“先祖起先为官，认识的不过那几位，亦时时接济在下，可是那位确不曾见过，不才便问，不知阁下可是先祖故人？结果他支支吾吾，搪塞着不回答，给不才问得急了，只得说，自己是怜不才的仙人。不才虽说不信，可是那猞猁皮之事他又怎生知晓呢？不才心下犹疑，也给他瞧出来了，因与不才言说，信不信，一试便知。不才横竖身无长物，也没什么好损失的，边戏谑着问，要娶哪家的姑娘？谁知道，那老头儿竟答出‘烟雨阁’三个字来。”

烟雨阁的姐儿那身价，宋公子又要怎生置办？这……别的不提，宋公子再怎么破落，好歹也是世家子弟，眼下叫他娶个姐儿，大概也断断不会应下的吧？

我便问：“这……宋公子怎生想的？”

宋公子尴尬道：“不才一听，登时觉着这老头儿莫非只是作弄不才吗？也顾不得猞猁皮是他怎生知道的，拂袖便要走，结果那老头儿扯住了在下，道，老朽早便帮你打点好了，但凡你应了，前途无量。不才还要问他，不料后襟一松，人往不才身后一闪，便再也不见了踪影。不才吓出了一身冷汗，这几日心神不宁，也顾不得奔波生计，今日实实是饿了，才来捞些田螺回去煮了吃。”

这奇怪的老头儿，莫名其妙要给宋公子说媳妇儿，可当真教人摸不得头脑，又透着些诡异，是先祖显灵？可是这有身份地位的先祖最重门面，断断不会教子孙娶风尘女子吧。算命先生，又怎能算出猞猁皮之事，怪不得宋公子心神不宁，犹疑不定，连我这见过许多世面的都如坠云雾，颇为疑惑。

宋公子看我发愣，因而问道：“梅菜，照你看来，这可当真是神仙的做派吗？”

我只得摇摇头：“梅菜说不出，只觉得纳闷儿得很。”

小三子忙道：“梅菜不若与龙神爷去祈愿求求破解道理，也给宋公子一个定心丸吃。”

我点点头，答应去问问龙井。宋公子自是感激不尽，直说欠我个人情。

我笑道：“可不是还了白果的人情吗，白果可未曾白吃。”

边说，边带了宋公子与小三子来龙神祠外等候，自己进正殿寻龙井。

龙井在供桌上吃包子，满脸是馅，见我带着人来在外面，笑问道：“傻狍子哪里寻来的翩翩佳公子，可是求本神来与你合姻缘的？”

我便把来龙去脉言说了一番。龙井瞧瞧那宋公子，笑道：“那破落户公子倒怪有趣的，命运有些意思，本神又有好戏可看了。”

我忙道：“龙神爷，那怪老头儿到底是好是坏，宋公子莫非真须得给他操办婚事，方能重振家业吗？”

龙井故作神秘地摇摇头，瓜片倒叫起来：“空壳，空壳！”

我忙问：“空壳是什么？”

龙井敲了瓜片脑袋一下，瓜片只得不吱声了。

龙井这一副戏台下开铺——图热闹的样子，真真怪教人放心不下的。

龙井见我撇嘴，倒是宽慰道："你且教他安安分分接着静观其变，有本神护佑这一方水土，害不了他。"

我忙道："可是宋公子……"

龙井不耐烦地挥挥手："且等等看看，本神正无事可做，还要瞧瞧那老头子耍的哪一路花枪。"

我只得退下与宋公子言说了，宋公子未曾想到这个结果，苦笑道："莫非真要待那老头给不才说个媳妇不成？"

小三子道："龙神爷总也有龙神爷的道理，宋公子且放宽心吧。"

夜里去送夜宵，一进回廊，倒瞧见莺莺燕燕里，竟夹杂着拘谨的宋公子。

我忙挤进人群瞧热闹，但见宋公子与一个满面春风，白白胖胖一张脸，有些像个白面馒头的老头儿站在一起。那老头一身酱紫色锻袍，戴着缎子角帽，很有富贵气度，一张脸嘴角翘眼角垂，总像是在笑着似的。

我心下一惊，这，莫非便是宋公子口中那位仙人吗？竟给带了来烟雨阁了？

那仙人四下望望，神色悠然自得，似是对烟花之地颇为熟稔，不像宋公子，虽说平日里豪爽惯了的，现下倒面红耳赤，手脚都不知道要搁在哪儿。

宋公子见了我，如同见了救命稻草，一把抓住我，低声道："梅菜！好容易见着你……今日那老头儿又来了，硬要拖我来相亲哪！"

我忙问："宋公子可允了他？他要如何给宋公子选夫人？"

宋公子还未说话，那老头子便走了来，对我笑道："一朵花开，两朵花开，不知哪一朵能开到最后？"

欸？这老头子在胡言乱语什么？当真是仙人在打机锋吗？倒把我说愣了。

那老头子见我发愣，笑道："得罪得罪，老朽知道得比常人多些，难免话也多些。谁都是一样，肚子里秘密一多，也会胀肚，想吐出一句两句的。"

我忙道：“不妨，梅菜一个小丫头，哪敢称得上得罪不得罪，不知先生是何方高人？”

那老头儿眯缝着眼睛摇摇头：“这个嘛，天机泄露得多了，可要受天谴的，恕老朽不便多说。”

我只得道：“梅菜冒犯，自是请先生随意了。”

那老头儿环顾了四周，笑道：“瞧着你也豆蔻年华，不知定亲不曾？”

我摇摇头：“不曾。”

老头儿故作神秘地贴着我耳朵，低声道：“大概早有人知会与你，说你仙缘不浅，现下老朽也多嘴一句：若是你有心，你倒有段奇缘哪！”

我愣了一愣：“奇缘？”

那老头儿笑道：“哎，嘿嘿嘿……全凭你自身怎么挑哪！”又道：“现下要忙着那公子的终身大事，你这个，容后再禀。老朽且与你打听打听，这烟雨阁内，可有一个叫煦煦的没有？”

我想了想，忙道：“有是有，这几日确是新来了一位煦煦姐姐，专管烟雨阁内摆设珍玩的，平素总在后园忙活，不大来前堂的。先生寻她可有事吗？”

那老头儿点点头，道：“你且带老朽寻她去吧！老朽有要事相商。”

要事，自是不好开口相问的，我满腹狐疑地望了宋公子一眼，宋公子也尴尬满面，我只得引了他们往后园去了。

那煦煦算得上是烟雨阁的新人儿，本是街角珍宝斋的使女，听说耳濡目染，向来对家私摆设，各种珍玩颇为熟悉。

后园有几间厢房，专放家私摆设，烟雨阁摆设向来是最时兴的。本来买进卖出颇为寻常，有个婆婆专营此事，但近来听闻身体不好，给儿子接回老家养老了，这才新从珍宝斋托人情买了煦煦来，照管陈设，管理库房。

管理库房听着倒也闲适，前堂张灯结彩，人生鼎沸，后园厢房只亮着昏黄的豆油灯，端坐着一个人影。

我敲敲门，道：“煦煦姐姐，我是送点心的梅菜，有位先生要寻你，如若方便，可能出面一见？”

那煦煦道了一声：“来了……”便起身应门，见到我们三个，自是有些诧异："不知道有何贵干，可是莫先生差先生和妹妹几位过来的？"

谁料那老头径直上前道："姑娘，老朽是来给姑娘说亲的！"

煦煦吃了一惊，一副不知所措的样子，老头儿忙指指同样不知所措的宋公子，道："这便是姑娘命中注定的夫婿！"

命中注定？大概煦煦也就是当这老头儿撒癔症吧！大晚上被这么个老头儿登门造访，说什么命中注定，也怪教人吃不消的。

不料想煦煦非但未曾斥责这老头子为老不尊，胡说八道，反倒嫣然一笑："大爷可是当真的？这位公子一瞧便是世家子弟，我一个丫鬟，又怎生高攀得起呢？"

这煦煦姑娘真是见过大世面！想来也是，珍宝斋的客人，定是非富即贵的，没些涵养，怕撑不起门面。

那老头儿忙道："老朽可是诚心求缘，喏，老朽把公子都带了来，难道也是做得假的？"

宋公子扯扯那老头，低声道："怎的阁下也不曾与不才商量……"

那老头儿主意倒大得很，看都不看宋公子一眼，一甩袖子，犹笑道："姑娘莫起疑，宋氏也是名门望族，虽说时下是有些个落魄，不过借了姑娘这旺夫之命，补了公子命中之空，定能重返辉煌，再造基业啊！"

如果我是煦煦姑娘，大概只当见了疯子，转身便把门掩上了。不料煦煦姑娘倒开通得很："大爷过奖，不过若我当真旺夫，嫁了谁也是旺夫，做个大户填房倒是保险的，又何必孤注一掷，押错了宝，后悔可也来不及了。"

那老头一听，大喜道："果然好头脑，老朽端的不会挑错。不过姑娘这旺夫命，配别人，怕也不会有什么稀罕，只是跟这公子确实是长短互补，珠联璧合，唯有与他结合，方能成大事呀！"

煦煦眼波一转，笑道："我一个奴婢，本便身不由己，就算心下许得，可是毕竟不是自由身，哪里敢答应呢？"

煦煦姑娘倒像是对宋公子一见钟情，与这亲事很乐意似的，无怪乎连眼高过顶的龙井都要叫宋公子翩翩佳公子，看来宋公子果然有些人才。

那老头儿忙道："不妨，俗话说得好，瘦死的骆驼比马大，宋家再怎么穷酸，聘一房媳妇的钱还是有的。既然姑娘许了，余下琐事，老朽便包揽在身，姑娘静候佳音便是了。"

宋公子忙拖拖老头儿衣角："阁下怎生又擅自做主，不才哪里来的钱财……"

那老头赶苍蝇似的对宋公子挥挥手，又堆笑对煦煦道："姑娘歇着，这宋家，以后便托姑娘照管了。"便拱拱手。

煦煦姑娘落落大方地还了礼，犹对宋公子莞尔一笑。

宋公子面色微红，只得也拱了拱手。煦煦姑娘听了那老头子三言两语，便定了自己的终身大事，连宋公子家具体情况都不曾相问，真是一位洒脱的奇女子，颇有些戏台上卓文君的模样。

我犹胡思乱想，那老头儿早拖着宋公子走了，我赶紧跟上去，问道："先生，宋公子饭都吃不上，又没有什么赚钱门路，娶了媳妇也是得怕背身债，到时候媳妇跑了可怎么办？"

宋公子听闻我一个小丫头都说出如此实际的话，不由得也哀叹一声。

那老头儿笑道："你区区一个小姑娘，知道的倒不少。不过老朽自有老朽的主意，先寻得账房先生将煦煦那身价问清楚了，再想办法不迟。"

我忙又道："先生啊，烟雨阁可不大缺钱的，此番磨破嘴皮，方才从珍宝斋买得煦煦姑娘这样知晓金玉器物的，梅菜估摸，怕是不会如此轻易放手。"

老头儿道："所谓天下熙熙，皆为利来；天下攘攘，皆为利往，若是只赚不赔的买卖，你们那爱便宜的莫先生，只怕喜欢还来不及呢！"

老头儿可是越说越出奇了，不晓得等见了莫先生，会不会牛皮吹破。

宋公子脸上也阴晴不定，一副听天由命的样子。

莫先生正在账房查账，一个小厮对不上前日买的胭脂钱，正急得抓耳挠腮，莫先生吼道："老夫执掌烟雨阁这么些年，没哪个敢在老夫手底下克扣，你这猴崽子是吃了豹子胆了，账上的油水也敢贪！”

那小厮急道：“先生，不是小的贪了银两，实实怪小的不识秤，给那贩子骗了。先生且饶了小的这一次，小的绝不敢再马虎啦！”

莫先生还要再骂，瞧见我们来了，疑道：“梅菜，你也是越大越不懂事，怎生把恩客引到账房来了？”便赔笑道：“两位恩客外边请，恕老夫手头占着些事……”

那老头儿不等莫先生把话说完，便一马当先地走上前去，一把抓住了莫先生的手掌一捋，神神秘秘地说：“恕老朽直言，近几日，先生要破财哪！”

莫先生登时吃了一惊：“先生此话怎讲？”

那老头儿摇头晃脑地说：“恕老朽直言，老朽不才，瞧着先生在烟雨阁这财运，可到了要断的时候了。”

莫先生半信半疑，问道：“先生何出此言？可有什么依据？”

那老头儿眯着眼睛摇摇头：“先生与这烟雨阁休戚相关，若是烟雨阁倒了，先生可不也唇亡齿寒嘛！”

莫先生瞪大眼睛：“先生的意思是，烟雨阁要倒？这……这又从何说起？先生可莫要危言耸听啊！”

老头儿点头道：“老朽说几条，对不对，先生自己心下清楚。烟雨阁本便是阴年阴时阴刻盖在这玄阴地上，又俱为阴人，虽建了祠堂，可早先却拆过庙宇，是以阴气袭人，功德又浅，闹鬼之事，定时时发生。这几年嘛，还年年死了正当景儿的姑娘，怨念深重，不吉不吉啊！”

那小厮倒也听愣了，喃喃道：“这两年确是闹鬼又没了姑娘……”

莫先生没听见小厮说，眼珠转了转，不禁也点了点头：“先生倒说得不错……”

确实，牡丹姑娘、晴韵姑娘都香消玉殒，也给烟雨阁蒙上不少阴影。

那老头儿趁热打铁，凑近了莫先生，道：“时下，本来龙神护佑，勉强可保平安，贵地近来顺风顺水，一枝独秀，再无旁的对手，本该财源广进，可偏偏却盈利菲薄，老朽没说错吧？”

莫先生大吃一惊，忙道："先生真乃神人哪！满堂红一日不如一日，老夫本料想烟雨阁必得顺风顺水，不料近来……唉……"还指着那小厮："连底下人都得抠唆些钱财，可见打赏得少了，不是教人寒心吗？连点胭脂都不放过！若搁在以前，谁看得上这些小利！听见先生这一讲，先生定是神机妙算的仙人哪！敢问可有招财进宝的破解之法？"

那老头儿得意扬扬地仰天一笑，道："老朽夜观天象，知贵地将有些破财的劫难，这才特来结些善缘，积些功德。"

莫先生一听，忙请了那老头儿上座，又回身吼那小厮："迷迷瞪瞪杵着做甚，还不去上好茶好点心！"那小厮一听，像是得了赦，风一阵似的拔腿便去置办了。

莫先生待老头儿坐稳当，忙不迭又问："先生的善缘要怎的结下？烟雨阁虽说这几日不若从前景气，银钱倒实实不在话下，还请先生开了金口，我们定教先生满意！"

莫先生向来是个最迷信的，上次是清泉大师，这次是这个老头儿，每次都忙得团团转。我也拉了宋公子坐下看热闹。

虽说此般是给宋公子说亲，可还未涉主题，倒还是那老头儿一张嘴上下翻飞，着实能说会道："莫先生，依老朽愚见，全因此园内来了新人。此人命相与烟雨阁正冲，绝对是大大地挡财，何时教此新人出园，生意自可锦上添花。"

莫先生忙道："新人吗？教老夫想想……欸，说起来，后园管家私的祝婆婆回了老家，老夫确实另聘了一位新管事丫鬟……莫非是她？！"

我蓦然明白了，老头头儿兜了这许多圈子，可不是要那煦煦姑娘出园嘛！好一个老头儿，果然满肚子花花肠子，说得莫先生信以为真，一愣一愣的，着实好利嘴，只怕传说中的什么苏秦张仪，也不过如此了。

老头儿一听，正中下怀，点头道："没错！正是此人粘走了烟雨阁的财气，着实不吉，先生想想，可否是她一来，生意才不好做的？"

莫先生一寻思，登时如同抓到了救命稻草，点头如鸡啄米："正是啊！还望先生救救烟雨阁呀！”

宋公子也恍然大悟，刚要张嘴说话，却被那老头一指头点住了：“老朽正为此而来！先生不知，这宋公子却是个能逢凶化吉之人，若把那挡财之人许给了他，定能教烟雨阁生意红红火火，日进斗金哪！”

莫先生拉过那老头儿，低声道：“不是老夫矫情，可这位公子，可不是有名的败家子儿吗……”

莫先生嗓门大，再怎么压低，也教我们听了个一清二楚，宋公子哭笑不得，一张脸皱得跟块破布似的，教我心下也怪同情。

老头儿正色道：“先生只知其一不知其二，这宋公子并不是普通人，先生想想，他们宋氏家大业大，一个人便败光了几代祖产，莫非是凡人能做得的？此人命中有个漏财空，偏园里新人又有个挡财梗，唯有宋公子能克了那位挡财的新人哪！”

莫先生恍然大悟，直赞有理。我倒觉着莫先生给这老头子骗了似的，可老头子滴水不漏，烟雨阁的情况又说得门清，实实找不出什么可反驳的。

莫先生忙问：“可如何教这宋公子来克那煦煦呢？”

老头挤挤眼：“好说！老朽可以来安排一番。”便附耳给莫先生叨咕几句。

“做烟雨阁的姑爷吗？”莫先生沉吟一下，下定决心道：“万事单凭先生做主，只要能消灾解厄，烟雨阁听凭先生调遣！”

“好！”那老头儿奸计得逞，笑得合不拢嘴，“这煦煦姑娘与宋公子的婚事便由老朽一手包办，管教烟雨阁自此财源滚滚！”

欸？就这么几句故弄玄虚的话，竟唬得莫先生要宋公子做烟雨阁姑爷解厄，就这么轻轻松松地把婚事定下来，礼金像是都不用掏。而莫先生这样子，我估摸难免还得掏些嫁妆钱，这老头儿着实是个有本事的，真教人刮目相看。

事情算是定下了，巧舌如簧的老头伶牙俐齿地促成婚事，待择了吉日便要成婚。

此事在烟雨阁议论纷纷，有羡慕的，有泼冷水的。

鸾儿她们都直说煦煦命好，才来了烟雨阁，便觅得好夫婿，宋公子虽说时下落魄些，人还是不错的。

瓣儿则冷笑道："说什么瘦死的骆驼比马大，姐姐我瞧着，倒是脱毛的凤凰不如鸡，跟着那破落户，饭都吃不得大米白面，谈什么夫人？若是姐姐我，怎的也瞧不上那鬼宅似的破房子，还说什么招财旺夫，跟姐姐我比起来，可真真是班门弄斧，什么新鲜的。"

煦煦则一概笑笑，也便过去了。淡定自如，倒怪教人添一分佩服。

择了好日子，那老头儿竟布置得甚是体面，吹吹打打，三媒六聘，很是风光地迎娶了煦煦姑娘，紫玉钗街的众人有叹宋氏落魄，竟娶个丫鬟的，还有的夸宋公子有本事，饭都吃不饱，还能有人愿意跟了他受罪。

宋公子仍是好似未曾回过神来，稀里糊涂便做了新郎官，一直惴惴不安。

这桩婚事一时也成了这条街茶余饭后的谈资，神秘的媒人神出鬼没，婚事操办好了，便再也未曾见过他。

偶尔在宋公子大宅前面路过，总觉着哪里不一样了似的，好像不再像个鬼屋，也像个宅邸了。心下想来，定是那煦煦姑娘的功劳。

这天小三子从街上回来，见我在铺子里擦桌子，神神秘秘跑了来，道："梅菜，怕那个给宋公子说媒的老头儿当真是仙人呢！"

我笑问："怎的，三哥哥莫非也教那老头儿相中要给说媳妇不成？"

小三子忙摆手道："莫拿哥哥来取笑，实话告诉你，哥哥也是才听说，那宋公子当真要重回昔日风光啦！"

"哦？"我忙问，"怎么回事？"便拖小三子坐下。

小三子得意道："你不知道，这宋家本是大族，宋鸢公子家是一个分支，族大人多，现下不过人丁凋敝，只余了这一族。这宋鸢公子有个早失散了的族叔，本一直戍守边疆，后来因着通西域话，派了去西域出使，但自此音信全无。本以为族叔在路上出了什么意外，人没有了，已经杳无音信二十余年，不想那族叔这日竟带了随从，风风光光地回了京城。家资巨万，驼队带的那些宝物啊，几天几夜都看不完！"

我不由得也呆了："这族叔早不回来，晚不回来，偏偏在宋公子成亲之后回来，可当真是出奇得很。"

小三子道："可不是嘛！现下宋府可张灯结彩，热闹得很，宋家现在只余了那族叔和宋公子两个人，日后定也是宋公子继承家产了。那族叔又是回朝的官员，说是还立下什么功劳，眼见着劳苦功高，据说还要再受封赏。没准儿宋公子还能搭上这关系，混个什么官位，也不好说呀！"

那奇怪的老头儿，可不是做了件好事嘛，不过宋公子眼下如此好运道，我也跟着高兴。不怪乎龙井说不管此事，原来他早瞧出来这老头儿当真是来帮宋公子脱困的。

再次见宋公子，可当真春风得意，满身上好的湖青缎子，腰间围着镶着羊脂白玉的八宝腰带，更加器宇轩昂了。煦煦姑娘倒没见到，大概做了夫人，便要在深闺大院里面足不出户了。

宋公子身边又围了一群溜须拍马的浪荡公子，眼见宋公子重新风光，现下又赶了来逢迎，宋公子大概大人有大量，又经常请吃请喝，不曾记恨。

虽说自己未曾出什么力，便重回了旧时家境，但宋公子大概是志得意满，颇为高兴，见了我，还赏了好大一块银子。

想来佳偶天成，我也有些功劳，于是我也就觍颜收了银子，回家讨娘欢心了。

宋公子许久未过这阔少日子，常常瞧见他在一群纨绔少年簇拥下满京城游荡，使银钱更是砖石土块一般，毫不吝惜。

人发了横财，想必就是这个样子。听闻那煦煦姑娘持家有道，上上下下打理得井井有条，宋公子一门心思地吃喝玩乐，什么事情也不经营，倒怪享福的。

我去龙神祠供奉，顺便问龙井："那个老头子究竟是谁，龙神爷现在可能说了吗？"

龙井摇摇头："事情还没完，好戏刚刚开始，你且闭了嘴，好好看吧。"

老头子都不再出现，还要卖关子，当真可气。

日子稍稍久一些，也许是有人见不得别人好，关于那宋家大宅的风言风语便长了腿儿似的传了出来。

起初只是宋家内宅的下人，渐渐地，整个紫玉钗街都有人听说，那宋公子此番由破落户摇身一变，成了往昔的阔少爷，是他那新娶的媳妇由妖法变出来的。

好像是珍宝斋的二姨太先露的口风，珍宝斋账目繁杂，都是二姨太管着，是个颇为精明能干的人，为人伶牙俐齿，处世滴水不漏。

赶巧大太太又是个最软糯好欺负的，稀里糊涂，也不爱管账，珍宝堂的马老板偶尔在内宅算账，二姨太一旁站着伺候，一瞟账本，心下早明镜似的，时时给马老板出些主意，便成了马老板得力助手。日日纤腰间挂着银柜里的钥匙，在店里管事，颇有老板娘的样子。不知道的，还都以为她才是掌事的太太，是以在珍宝斋从来是说一不二，个个敬她几分。太太倒得过且过，里外不插手，也乐个安逸。

自从煦煦成了宋夫人，由自己手下一个打杂的黄毛丫鬟，一跃成了京中出名的少奶奶，偶尔还坐着华贵的车马由珍宝斋经过，帘子都不抬一下。二姨太本来还盼着煦煦进门瞧瞧旧主子，自个儿对丫鬟管理有方，传出去也是好话。可瞧着煦煦目中无人，丝毫没有要来感恩的样子，不由得颇为愤恨。有一日对着一起摸牌九的几个姨太太发牢骚："瞧那跛扈样子，早忘了托的谁的福，各个姐妹不知道，这煦煦当真是有些不对劲。在咱们家铺子里，她那些事情，若不是我给兜着，只怕早拖出去给人烧死了。"

别的姨太太因而问道："二姐姐说的什么事情？"

第13章 清明（下）

原来这个新夫人，竟然是公子祖上给公子选来的，并不是寻常之人，梅菜帮忙解决之后，那公子重新娶到了心仪的新夫人。

二姨太便撇嘴道："早瞧出她有些个不对劲，我可是亲眼瞧见，那天我摸牌九回来，她一个人在铺子里看门。我从外面一过，便听见她说什么快等到了，快等到了，神神叨叨自言自语，还以为她发癔症，也没怎么理她。直到我瞧见她把一只手像泡在水里一样，轻轻松松地插进墙里，我才知道，她就是个妖怪。"

各个打牌的姨太太自是吓得不轻，忙问二姨太："那二姐姐不怕吗？"

二姨太哼了一声："我怕什么？我只知道恶人怕鬼神。老娘行得正坐得端，有什么怕的！不过怎么心里也有些疙瘩，还好烟雨阁那些日子缺丫鬟，我才假装不经意地说煦煦好，果然引得那莫先生上钩，多付了银钱，还当自己买着了宝。哈哈哈哈。"

都说好事不出门，坏事传千里，后来这些话，闹得人尽皆知。莫先生给人当成肥羊，也颇出了些名，但二姨太一瞧事情闹大，抵死又不承认自己说过，只说别人爱怎么传怎么传，与她可没有半分关系，越发显得煦煦的身世扑朔迷离。

宋家人倒像是对此事当耳旁风，连辩解都不曾辩解，大概也就是觉着荒诞，理都不用理。

不想有一天，宋公子偷偷摸摸来铺子寻我，铺子刚好没别人，便哆哆嗦嗦地低声告诉我："梅菜啊，不才，不才现下吓得要死，那煦煦，许当真有些诡异啊。"

我疑心宋公子误听传言，遂颇为鄙夷道：“诡异？煦煦姑娘给公子家带了这么大财运，你还埋怨人家，可不大像是公子做派啊。自己的媳妇给别人传了些不好听的，你是煦煦相公，不给她出头，还要这么说她，真教人寒心。”便翘了嘴翻白眼。

宋公子着急地摇头道：“不是啊，不才、不才亲眼瞧见，煦煦确实不是平凡人类啊！她、她真的跟珍宝斋的老板娘说得一样，能直直穿到墙里去，穿墙而过之后，墙还是好好的，不是妖物是什么？”

“啥？那是真的？”我豁然站起来，心下打鼓，就算真是妖物，也不见得是坏妖物。当日那溪鱼可不就是本想好好跟顾生过日子，却因着偏见，导致有情人不能成眷属的，事情还是查探清楚为好。

想到这里，我忙问：“宋公子细细说来，煦煦是怎生穿墙的？莫非竟在宋公子面前大显神通吗？”

宋公子叹道：“那倒不至于，是不才偷眼瞧见的。”

我一看宋公子要细细道来，忙让了座，又拿出茶和点心招待。

宋公子摇摇头，看那样子也吃不下，接着道：“昨日里与朋友出去游玩，喝得大醉，回到卧房，煦煦伺候不才更衣躺下。不才一眯缝眼睛，不想胸中憋闷，又张口吐了，方舒爽些，阖眼睡去。不想煦煦没有叫丫鬟，自己收拾，不才听见盆子响，刚抬眼想要盏茶压一压，却亲眼瞧见煦煦背影端着盆子往墙上去，却未曾碰壁，竟就那么走了出去。不才吓得酒醒了大半，犹疑心自己眼花，干脆眯缝眼睛等她回来。果不其然，不大一会儿，她又亲捧着一盏茶从墙外穿了进来。不才心下这才明白，怪不得娶了她，这才有了好日子，哪里是什么命相，她定然是个妖，以妖法变出来的呀！”

我一听，忙问：“宋公子，听你这么一说，莫非那族叔也是妖怪变化出来的吗？”

宋公子登时一愣，倒像给汤团噎了，喉结算盘似的上下滚动一下，道：“这个……说起来，那族叔戍守边疆的时候，不才还未曾出生。这也是头一次见面，便是族叔衣锦还乡，又振兴了宋家，不才也实实看不出有哪里不对。”

我心下想着，听宋公子这一说，煦煦可能当真不同寻常，现下也不知道那从天而降的族叔是个什么路数，又是好是坏呢？

我又问："宋公子，那煦煦来了李府，待你可怎么样？"

宋公子闻言，忸怩道："倒也算得上体贴入微，嘘寒问暖，对不才照顾有加，持家也是能手，上上下下没有不服她的。"

如此听来，这不便是个贤惠的好媳妇嘛！其中不知道有没有什么隐情呢。

我怂恿道："宋公子如此疑心，不若亲口问问夫人，不是更明白吗？"

宋公子吓得面如死灰，连连摆手："不才哪有那个胆子，若她说是，还不惹她恼羞成怒，万一给她吞吃了如何是好？若她说不是，那不才也没有证据，空口无凭，平白落个诽谤污蔑，传出去难道好听？"

说得也是，要宋公子怎生开口？难道教他问："夫人，不才见你穿墙而过，莫非夫人是个妖怪？"那煦煦要怎生回答？笑眯眯地点头："妾身确实是个妖怪，穿墙而过也算得稀松平常。"或者，"说什么疯话，竟有人疑心自己的娘子是妖怪，莫不是烧坏了脑子？"想着想着，不由得扑哧笑出声来。

宋公子急道："不才吓得两股战战，你可莫要戏耍不才，还是速速给不才想想办法是正经。"

我想了想，还是怕若煦煦是个好妖，宋公子疑心她，她若心灰意冷，可别走了溪鱼的老路，便问："宋公子，若煦煦姑娘当真是妖，但全无害你之心，只跟那白娘子与许仙一般，你可愿与她厮守吗？"

宋公子咋舌道："这……这不才倒未曾想过，本以为妖便是要吃人的，传说也能是真的吗？虽说人妖殊途，可是煦煦待不才却也知寒知暖，不过不才心里，可还是害怕得紧呀……"

我只得宽慰道："夫人又未曾害人，宋公子还是放宽心，眼看这荣华富贵，都是夫人与你成婚之后才有的，你还是知恩图报为妙。"

宋公子四下瞧瞧，见没有什么人，凑近我耳朵低声道："不才有个想法，只说与你听：如若煦煦当真是妖物，说不定早知道不才那族叔要衣锦还乡，这才早些日子，又与那老头儿狼狈为奸，说是娶了她招财进宝，实实是要骗得不才死心塌地信了他们，也未可知呀！"

这宋公子一席话，也怪有道理的。说起来，那突然冒出来的媒人老头儿，可不现下连个影子也见不得，别当真是煦煦请来的同伙吧！教宋公子娶了煦煦，又为着什么呢？

再说了，宋公子又有什么好被图谋的呢？只是为了嫁与宋公子，做个夫人，未免也太大费周章了些，可宋公子除了家世，什么也没有啊！

偏龙井要作壁上观，我绞尽脑汁，也想不出个所以然来。

“公子，原来在这儿，可教奴婢好找！”只见一个甜生生的嗓子，我和宋公子抬眼一看，来了个十四五岁的丫鬟。那丫鬟行了礼，道：“公子一早急匆匆地出门，也未提及去哪儿，小厮也不曾带着，夫人惦记着，差我们几个分头来寻，说请公子即刻回家，有要事相商呢！”

宋公子一听，青白了面孔，结结巴巴地问：“什么、什么要事？”

那丫鬟笑道：“主人的事情，奴婢这等下人又怎会知晓，还是请公子速速回去，也算是疼疼奴婢，免得办事不力，教夫人责罚吧！”

宋公子求救也似的抓着我，道：“梅菜，你再帮不才这一次，随不才回去吧！”

“行！”我巴不得瞧热闹去，忙出去找小三子帮我看着铺子，便跟着宋公子去宋府了。

几日未去宋府，现下当真是风光无限，川流不息的童仆个个穿着干干净净一水儿青布衣衫，戴着皂帽，见了我们，恭顺地垂下手弯了腰行礼。穿过了影壁，只见原本荒芜的如同废宅一样的内院不仅干净清爽，还新种了各色新奇花卉苗木，房屋也粉饰一新，剥落的朱漆重新上了金粉，华丽无比。

内堂更是铺设了团花织锦地毯，家私也都是时下风行的紫檀木，一派奢华之色。

我跟着进去，只见一个相貌威严的男人坐在大厅中间，紫棠面色，络腮胡子，身上一件灰缎长袍，不怒自威，教人有些怪害怕。想必便是那位重振门楣的族叔了。

煦煦则温和可亲地笑着侍立在旁，穿着家常秋香色绉纱袄裙，头上戴着绿莹莹的翡翠钗环，不张扬却更显贵气，果然是少奶奶样子。

宋公子行礼道：“侄儿在外游玩，不承想叔叔寻侄儿，侄儿来迟，叔父莫怪。”说完便引见我道：“这是侄儿的忘年友人，叫梅菜。”

我忙也行了礼。

那族叔笑道：“怎么，鸢儿新婚燕尔，这么快倒中意上这个小姑娘了？可是带了来给叔父过目，要纳了做妾吗？”

宋公子忙摆手道：“非也非也，叔父误会了，不过是旧时玩伴罢了。不知叔叔唤侄儿何事？”

那族叔道：“也不是我唤你，是你媳妇儿有事要与你商量。我过来，不过做个见证。”

宋公子心虚地看了煦煦一眼，底气不足地问：“不知娘子何事？”

煦煦笑道：“也不是什么大事，不过趁今日叔父有空，倒想与相公商量商量，宋家现下后嗣单薄，叔父又不曾留有兄弟，煦煦倒想着，再寻好人家的女儿与了相公，绵延后嗣，传承福泽。咱们大户人家，哪有不娶个三妻四妾的。将来后代多了，方能继承家业，相公说是不是？”

宋公子张大嘴呆住了，族叔笑道：“傻侄儿倒是娶得好媳妇，如此贤惠识大体的，普天之下能有几个？叔叔亦替你高兴，将来宋家人丁兴旺，祖宗泉下有知，也必定能安下心了。”

族叔很是满意，看来这个建议倒很有可能实行。我偷眼瞧瞧宋公子，这尚在清明时节，正是清爽宜人的，宋公子额头上却浮现了一层薄薄的汗，喉结也上上下下滚个不休。

那煦煦道：“相公，妾身也是任性有私心，这偌大的宅子，没有女眷，怎生像样？操守家务，打理家中大小事宜，饶煦煦是个八臂哪吒，也忙不过来。若是相公肯给煦煦讨几个姐妹，帮衬着分担分担，煦煦也可松下一口气了。”

但见她这个温和的笑容，哪里像是个妖物，明明是再好不过的一个主母啊！

宋公子讷讷道：“此事……此事……”

煦煦笑道：“相公莫要不好意思，妾身也不是善妒吃醋，虐待姐妹的刻薄人儿，但凡相公应下，事情煦煦可代为操办。又或许相公心里有了人儿，那也更好不过了。”便一副心知肚明的样子瞟了我一眼，族叔也一并微笑点头。

我见这阵势，吓得登时又是一个机灵，骂自己鲁莽，瞎凑热闹，来得当真不是时候。

宋公子一看形势尴尬，只得硬着头皮道：“侄儿从前穷困潦倒，煦煦亦不嫌弃委身相许，现下有此般富贵，全仰赖叔父大人，当今就算为了后嗣，也不该那么觍颜另寻新欢。侄儿心下可是大大过意不去，总觉得怪对不起煦煦的，当真无后再商议不迟。”

宋公子明明怕煦煦怕得要命，真给他纳妾，倒颇说了些仁义话。

不料族叔怒道：“不孝有三，无后为大，我已然愧对先祖，宋家凋敝，不过略以银钱支撑，你若是再不曾有后嗣，我也不依！就算有个一男半女，难道还要代代单传？多子多福，才是正经，好不容易煦煦如此贤良知事，你也不必多说，纳妾之事我帮你定了，交与煦煦去办。日后人丁兴旺，祖宗含笑九泉，也不会不念你个好。”

宋公子像被人抓了喉咙的公鸡，呃……了几声便哑下去了。

族叔与煦煦相视一笑，看情况事情便这么定了下来。

族叔又问道：“侄媳妇儿可有什么人选吗？”

煦煦笑道：“若蒙叔父大人不弃，煦煦早看好了珍宝斋二姨太的女儿，虽说庶出，人品相貌，皆是出类拔萃的。因着条件太高，年至也还未有婆家，家世也清白，实实是好人选。”

珍宝斋二姨太四处说煦煦的闲话，现下煦煦还要叫她女儿做妾，莫非想公报私仇，借着女儿整治娘吗？

族叔许道：“侄媳妇的眼光自是最好不过的，提亲下聘，我也就不管了。”

煦煦笑着点头应下。

我听说，这女子若掌握了管家大权，是不大乐意与人瓜分的，且每个大宅子也都有太太与姨太太的争斗，没事何苦给自己树敌添堵呢？莫非她当真有什么阴谋？

待送我出来大门，宋公子直埋怨我不给他说话，我只好推脱道：“公子，我一个外人，又有什么能插嘴的，纳妾是多少人想都想不来的好事，夫人一片好心，要多添子孙，你为何如此执迷不悟？”

宋公子急道：“煦煦给选的妾，难道能是人类？找个把妖物混进来，钳得不才死死的，那可如何是好？你不知妲己进宫迷纣王，便带了那扫帚精、琵琶精的助阵？”

我想了想道：“公子多虑啦！那珍宝斋二姨太，紫玉钗街人人识得，做不来假的，煦煦又在那里做过工，许真觉得那位小姐人才出众才说与你的。”

宋公子叹道：“不才哪里还有什么心思纳劳什子的妾，只求家宅平安……”忽然眼珠一转，抓着我道：“梅菜，听说你尚未许人，不若跟了不才，你也不用奔波劳苦送点心，只教宋家平安也便是了。不才日日心惊肉跳，有家不敢回啊！”

“打住！”我摆出敬谢不敏的样子，“多谢宋公子美意，梅菜爹娘还想招赘哪！”

不过这门亲事能不能说成还两说呢，这二姨太自己便是个妾，怎么还肯让女儿做妾，再说了，那二姨太宣扬亲眼看见煦煦不是人不说，光凭着送女儿进昔日丫头下面压着，也实在不大可能。

不想这日上街过珍宝斋，里面喜气洋洋，正有丫鬟买红绸子回去。我在门口探头一望，二姨太正喜滋滋地裁什么花样，还对丫鬟买的红绸仔细验看了验看，笑道：“哎，想我当年，何曾有这等风光？豆蔻也是个好命的，宋家大宅如今兴旺得很，听说那个族叔家资巨万，打着滚都花不完。豆蔻又随我，颇善经营，好歹周转周转，便能给娘家添光，哈哈哈。”

丫鬟赔笑道：“可不是嘛！豆蔻小姐冰雪聪明，嫁过去当真给宋府锦上添花。”

这可奇了，把女儿送与她亲眼见的妖物手底下，不是羊入虎口是什么？倒还乐呵呵的，着实教人不解。

二姨太瞧见我在门口发愣，也不嫌我，招手道：“这不是点心铺子的梅菜嘛！可是来讨喜钱的？来来来，姨太太与你些碎银子买糖。”

我只得进去道喜，犹问：“小姐的婆家，可是那宋鸢公子？”

二姨太笑容满面地点点头：“不想你也听说了，哈哈哈，倒果是门好亲事。不是我自夸，我们家豆蔻，与那公子郎才女貌，甚为般配，金童玉女似的，看着都教人稀罕……”

“娘，您也好歹避讳些，哪有这么赞自家孩子的。”挑帘子进来一个娇小玲珑、桃花大眼睛、肤色雪白的少女，想来便是那位豆蔻姑娘了。

“那怎么啦，娘说的也是实话。”二姨太不无骄傲地说，“本来也是好事，说说不打紧。过来瞧瞧花样子，这鸳鸯戏水与花好月圆，哪个更喜欢些？”

豆蔻姑娘莲步款款走了来，因身材纤细，一件略大的碧纱百褶裙穿得风摆荷叶一般动人，透着一股灵秀之气，确实是个出众的女子。不怪乎煦煦如此举荐，最后竟还办成了此事。

这豆蔻姑娘不过出身略比嫡女差一些，但做个妾可当真怪委屈的。也许珍宝斋也看中了宋家门第，嫁女儿与世家子弟结姻亲，虽说豆蔻姑娘有些个不值，但珍宝斋马家地位可大大提升，想必高兴还来不及呢。

那豆蔻姑娘细细挑着花样，满脸也是娇羞的喜色，看她这新嫁娘的样子，大概心里也是高兴的。这宋公子倒人见人爱，是个紧俏货色。

不过说起宋公子，这几日据说都吓得宿在朋友府上，不曾回家，煦煦则常差童仆采购新婚物品，忙得不亦乐乎。

这日正陪爹看铺子，那寻宋公子来过一次的丫鬟再度登门造访，倚着门框笑盈盈地说：“都说贵店点心用料最好，今日我们府上管事的差我来贵店订些喜饼，好婚事上用。”

爹忙招呼着问：“敢问哪个好日子里成婚？喜饼要多少？”

那丫鬟答了时日数量，时间很近，倒是颇为仓促的样子，这妾纳得也够急的。

爹又问了喜饼种类，一一记下。

那丫鬟趁空跟我说：“前日过来，我瞧着公子与姑娘玩在一起，只当姑娘是我们公子的心上人哪！不料娶亲竟娶的旁人，还颇出乎意料哇！”

我笑道："宋公子只是来商量事情，可不是与我有关。说起来早听说那珍宝斋的豆蔻小姐眼高过顶，二姨太又对你们家少奶奶有些偏见，此次竟放下身段甘心做妾，少奶奶当真有本事，不知道怎么斡旋的？"

那丫鬟愣了一愣："做妾？我们公子迎娶珍宝斋的豆蔻小姐，是三媒六聘娶了做正房夫人的，不是做妾。"

我不由得一愣，问："如若那豆蔻小姐是正房，那你们现在的少奶奶怎么办？"

那丫鬟答道："现下的少奶奶说，一个家不能有两个主母，以后凡事只听新主母的就是了。"

世上当真有如此大公无私的人，自己明明是先娶的夫人，倒变成妾了。难怪珍宝斋二姨太直说女儿好命，小商铺的庶女嫁与了世家独子正妻，自然再好不过，倒像还有些高攀了，哪有不乐的道理。

这位煦煦姑娘，好不容易成了夫人，现下又拱手让人，究竟在打什么主意？

宋公子倒还不知道这件事情，也不知道那煦煦怎生与那族叔说的让位。眼见着喜事将近，倒也没有别的动静，我忍不住又想去龙神祠找龙井问问这煦煦究竟是何方神圣，直好奇得梅菜我抓心挠肝。

不想刚要去龙神祠，却瞧见前些日子说媒那老头儿悠然自得地走过来，依旧衣着光鲜，满头白发整整齐齐地梳着，腆着肚子，浑身散发出好像刚刚吃饱喝足似的心满意足样。

那老头儿见了我倒还识得，笑着问道："这不是帮忙的梅菜吗？这是要到哪里去？"

我一看机会难得，忙凑上去，问："先生，好些日子不见，您忙什么去了？那煦煦夫人现下要给宋公子另娶正房夫人，不知道为什么呀？"

那老头儿摇头笑道："这事情老朽也听说了，无奈两人命相合，性情却不合，老朽早尽了力，现下也只得过去瞧瞧，不然着实不合礼数。你若是无事，也可跟来，宋家免不得招待咱们些好东西，上次求你帮忙还未谢你，这次也一并去做吃席宾客可好？"

若是往宋家大宅去，一路都在大街上，就算他是妖物，想必也不会光天化日之下吃了我，不若跟上他，瞧瞧他到底是个什么路数。便答应了一并跟去。

一路上老头儿止不住地唠叨："这宋家先前的厨子可当真不错，做得好一手鼎湖上素，还有清炒虾仁，真真滋味绵长。最好再来个莼菜汤，那个素淡香气，现下怕是再找不到那么好的厨子来了，唉……"

这老头儿对李府如数家珍，难道当真是昔日宋府老爷的故人吗？我因而问道："先生，你何时来过这宅子？"

那老头听问，本来满脸的喜色稍稍有些黯淡了，道："多少年了？老朽也不记得了……露从今夜白，月是故乡明……"

真是个怪老头，好好的怎生吟起诗来了？

不大一会儿，到了宋家大宅，请门房通报了，便进了门。煦煦早等在厅堂里，见我们进来，盈盈一拜。

老头儿道："莫要行礼，莫要行礼，你可准备周全了？"

煦煦答道："全妥当了。"

奇怪，怎生煦煦与这老头儿似是旧时相识，颇有交情的样子，是煦煦感念老头儿给她说了这好亲事才有了结交？准备又是准备的什么？

老头儿道："故地重游，老朽还真有些不舍得走啊！"还留恋地看了看这栋屋子。

煦煦笑道："这有何难，煦煦且教人置办了酒席，您大可先在此处徜徉，聊慰思家之情。"边亲下堂去吩咐置办了。

思家又是什么意思？我见煦煦出去，忍不住多嘴问道："先生，您以前因而何来宋府的？什么叫思家？"

老头儿未曾回答，而是环顾四周，走来走去，细细地抚摸着厅堂里的陈设，满足地坐在正中间的紫檀太师椅上。

这老头儿虽说是宋公子夫妇的媒人，可未免太不客气了。我忙上前道："先生，这可是主人家的上座，您这么坐可不合礼数，趁他们家人没来，您还是速速下来吧！免得教人说您为老不尊。"

老头儿却不理我，半闭了眼睛，倒像是沉醉在这里似的，赖着不起。

这时身后脚步声一响，我回头一瞧，原来是宋公子的族叔来了。心下想着，这族叔见到这么不知礼仪的客人，还不火冒三丈赶出去嘛！在心里哀叹一声，瞧着体体面面的老头儿，竟如此不规矩，吃席宾客看来也当不成了。

只见那族叔一脚踏进门来见到了那老头儿，登时张了嘴愣住了。

那老头儿眯缝着眼睛端详了端详那族叔，笑道："洋儿，现如今倒真是一副英雄模样。"

那族叔是个魁梧的中年大汉，现下却一脸的惊惧，穿着皂靴的大脚往后一退，竟绊在红木门槛上，身子直挺挺地仰头倒下，脑袋撞在青石板上，只听见咣当一声巨响。

"哎呀！"正巧这里没有丫鬟仆从，我赶紧跑过去，那族叔似是撞晕了，唇齿打战，还说了一句："祖宗……显灵了……"便两眼向上一翻，晕了过去。

祖宗显灵？许是撞出胡话来了，我忙摸摸那宋大人后脑，所幸未曾撞破，只是肿了老高。我忙直着嗓子喊人，那老头儿这才从太师椅上慢悠悠起身，不疾不徐走过来道："不要喊啦，见他一面，老朽心下也得偿所愿。这孩子自小胆小，不想做了武官，依旧是小时候模样，哈哈哈，三岁看老，果然不假。"

我突然明白了那句"祖宗显灵"的意思，莫非，这老头儿，竟然是这宋家的先祖，还阳来护佑子孙吗？怪道对宋家如此熟悉，说什么思家，他……他便是这大宅从前的主人吗？

那老头儿见我这样子，笑道："你大概也想出来了吧？老朽也就不瞒你了，老朽便是这洋儿的祖父，鸢儿的曾祖，埋在土下这么些年，心不甘情不愿，终究还是看到这大宅凋敝了。"

我自开了天眼，妖鬼也见过不少，可算得头一次见到这"活生生"的鬼，脑袋一空，也不知道该说些什么，只得讷讷发呆。

那老头儿拉起我，笑道："你也莫怕，老朽并不是害人的冤魂。不过有些个事，你也瞧见洋儿这样子，实实没法直截了当说给后人听，也不想惊吓了他们。本以为这洋儿已然胆识过人，不料还是给吓过去了。也罢，便说与你这见多识广的龙神使者，做个传话人，代老朽告知后人吧！”

我这才恢复些心神，只觉得这老头儿也不大像传说里索命的鬼，便参着胆子道：“先生怎会，怎会回到阳世的？”

那老头儿叹道：“还不是那曾孙鸢儿，命相有空门，败尽家财，空有鸿鹄之志，却是燕雀之命。老朽清明等祭祀，迟迟不来，趁着清明，便索性出去看看，不想宋家破败至连他祖母留下的猞猁皮，都典当给那珍宝斋了，当真教老朽唏嘘。老朽那儿媳妇也颇为自责，直说若当初留的是水貂皮，许还能让他多卖些银钱。”便摇起头来。

水貂皮大概也早给卖了吧？父母心，先祖心都是如此，饶孩儿败家，还只怕自己护孩儿不够周全。

我说怎么这老头儿神通广大，连区区猞猁皮的事情都知晓，原来是亲眼瞧见了。这宋公子也真是不孝，先祖安眠九泉，都给他逼得回阳世了。

我忙问：“那先生回阳世，当真是给宋公子寻个旺夫的媳妇儿，招财进宝，光复门楣吗？”

宋家先祖笑道：“哈哈哈，说起来，也只是偏巧了而已。据老朽儿媳妇说，那猞猁皮里原封着些金叶子，是老朽儿媳妇的私房，眼下孙儿困顿，儿媳妇颇望他能拿回猞猁皮，补贴补贴困境也是好的。我们正商议呢，与老朽颇有交情的运财鬼来访，听到老朽犯愁，哈哈大笑，非要帮老朽这个忙。”

“运财鬼？”说起来，是有鬼运财这个传说。看来这位宋家先祖倒交游广阔，不仅自个儿能还阳，还能找来帮手，我佩服道：“先生人缘，不，鬼缘倒真是大好的。”

宋家先祖道：“缘不缘不敢自夸，不过是老朽做了一辈子的官，一生政绩，在地下约略有些名望。先死的官场朋友举荐说老朽有德行，又做了阴世里的官，来去阳世方便些也就是了。”

怪道李绮堂时时也去地府帮忙，原来不管阳间阴间，为官之道倒是一样的。

我因而问道：“那运财鬼大人怎生助您呢？”

宋家先祖笑道：“运财鬼可是大方得很，把手下侍女借与了老朽，来给曾孙添些财运。”

侍女？我脑子一转，顿时想起关于煦煦那匪夷所思的传说，不由得脱口而出：“莫非便是煦煦夫人吧？”

宋家先祖笑道：“果然聪明！这不，本来洋儿是觉着自己一无所出，愧对先祖，想终身留在西域。后来煦煦一与鸢儿成婚，运势一转，这洋儿又思落叶归根，还是重归故土为好，才大费周折回了京城。”

我忙问：“那煦煦一开始怎生会去珍宝斋做侍女呢？”

宋家先祖道：“因着阴间阳世钱财不通，老朽等打通了关系，教煦煦得以通行阳世，在珍宝斋做工好赎回那猞猁皮。”

我这才明白了，想起来莫先生被宋家先祖咋呼得一愣一愣的，直说煦煦妨财，不由得好奇道：“煦煦明明是聚财的，料想烟雨阁买了去，生意也会红火。怎生先生前日与莫先生说是煦煦妨了烟雨阁进财，莫先生倒信得很？”

那宋家先祖笑了：“傻孩子，鬼搬财，并非凭空变财，且只与命中相合的有益。烟雨阁是玄阴之地，各个势力交杂，本也算平衡，煦煦一去，倒是有些添扰，所以耽误生意，又骗了莫先生做肥羊，也怪过意不去的。”

运势这种东西当真麻烦，这里不合不行，那里不合也不行。

我想起豆蔻姑娘来，问道：“这煦煦自个儿不能常伴宋公子身侧，先祖又替宋公子相中了那豆蔻姑娘？”

老头哈哈大笑道：“不错，又给你说着了。煦煦这一去珍宝斋，老朽探视，倒一眼瞧见珍宝斋那小姐却是个带着贵气，旺夫旺子的女子，且命相与鸢儿珠联璧合。若是那个女子能嫁与鸢儿，定能堵住鸢儿那空缺的命门，光复了宋家门楣。不巧那日深夜造访，给那二姨太瞧见了，风言风语，传得街知巷闻，这女人嘴，啧啧。”便咋着舌头。

“煦煦也不是人，横竖只是暂时帮帮忙，又做不得人妻，阴错阳差，帮宋公子寻了佳偶堵住命中空门，也算不辱使命。”不声不响地，竟然是那煦煦回来了。

这煦煦当日在烟雨阁内，佯装不识得来提亲的宋家先祖，戏做得倒很足，看来平时定也是那传说中的运财鬼的得力助手，精明强干，不是寻常角色。

不过总觉得事情裹乱得麻烦，若是直接教宋公子娶了豆蔻姑娘不就好了吗，我便又问：“既然那豆蔻小姐便是能招财旺夫，何故还要教煦煦先与宋公子成婚呢？娶了那豆蔻小姐，可是省事多了。”

宋家先祖笑道：“可不你还是个孩子吗？煦煦若不先与鸢儿成婚，鸢儿便改不得那填不满的老鼠窟窿命，豆蔻那家长，怎会教奇货可居的女儿嫁给破落户公子呢？”

原来如此，事情有点儿复杂，但稍稍捋捋，也大致想明白了。只得让宋公子先娶了煦煦，改了命运，好教族叔回家，从而变回公子。而煦煦不是人，不可能一生一世做宋公子妻子绵延后代，所以相中了豆蔻小姐来替。现在宋公子恢复风光，那珍宝斋马家见典当猞猁皮的破落户又变回了地位显赫的宋家公子，才巴不得赶快把女儿嫁过来，也给娘家添些风光。

龙井不想管这件事，大概也是因为不想随意插手人家家务事吧！

到最后只有宋公子一个人还蒙在鼓里，什么也不知道，还给煦煦吓得心惊肉跳，眼看又要娶媳妇儿了，可自己还什么也不明白呢！

宋家先祖恋恋不舍地在宅子流连一番，也就带着煦煦与我告别回阴间去了。

我唤了丫鬟小厮来抬了那宋洋大人，又请了先生。宋洋大人给先生扎了几针，方悠悠醒转，四下一张望，犹有些惊悸，见我还没走，屏退了左右，问道：“随你同来的那个老先生，你可见到了？”

我点点头，把事情从头到尾说了一遍。

宋洋大人含泪道：“子孙不孝，竟教先祖九泉之下尚不能安息，真是没用之极。”可说着说着，却又禁不住笑了：“祖父在太师椅上那安安稳稳的样子，当真与小时候所见一模一样……”

宋洋大人这么大岁数，还又哭又笑，但并不滑稽，也有些教人心酸。失去的先祖显灵，确实不知教人悲好还是喜好。

转眼间好日子近了，宋公子回家不见了煦煦，倒很有些欢喜，给族叔训斥薄情寡义，不知恩图报，据说还罚了跪，对外只说煦煦出了家。

这宋公子也是的，好歹夫妇一场，竟然不念旧情，我都有些生他的气。

待吉日到了，吹吹打打地去珍宝斋迎娶那豆蔻小姐，我和小三子也去看热闹。宋公子倒没忘记我们的好处，又豪爽地一人赏了一块银子，只不知道将来娶了豆蔻小姐，他这大手大脚的性气会不会改了。

去龙神祠供奉龙井，犹觉得龙井只知道卖关子，一点儿口风也不透，当真教人怄气，便咕嘟了嘴未曾说话，摆上供品便要回去。

龙井边吃边笑道："那宋公子娶了他人，你这傻狍子心中作酸，所以没什么好脸色给本神瞧吧？噱噱噱噱，女大不中留，留来留去留成愁，可当真不假。"

我撇嘴道："谁作酸啦？龙神爷瞒得梅菜我好苦，什么也不知道，生怕那老祖宗和煦煦是害人的，跟着宋家人担惊受怕。谁想着倒是为好的，龙神爷又瞧梅菜耍猴跟着跑进跑去，想必倒看得高兴。"

龙井咋舌道："你明明作酸，怎生倒赖到本神头上，真是不可理喻。本神倒觉着那宋公子傀儡似的给先祖包办两次亲事，自己呆头鹅似的让人摆弄，着实可怜。"

我答道："父母之命媒妁之言，自古如此，梅菜觉着枕梦公主也不错，龙神爷还是听了龙王爷的话，回去成亲吧！"

龙井皱着鼻子道："你这傻狍子，少往本神身上扯，你也不想想，不过是给先祖做个传宗接代的工具罢了，做什么去感恩戴德？"

欸？龙井这话说的，真是任性极了。想必戳中了他的痛处，又来撒赖。

千百年来，人不都是这么繁衍后代的吗？没有先祖的努力，哪来这么多后人。不过那宋公子也当真玩偶似的给先祖操纵来操纵去，是福是孽，大概也只有他自己清楚吧。

对了，吃田螺的时节马上要过去了，还是趁早多捞些为好，若是再晚一些，田螺也要传宗接代，肚子里该长满小田螺了。

第14章 谷雨

紫玉钗街上出现了奇怪的脚步声，每个人都只闻其声，不见其人，颇为奇怪，大家求梅菜去解决此事，梅菜只好夜半跟正山一起上街，才知道了脚步声的真相。

下过几场杏花雨，酱紫色与绿色的香椿芽从枝头钻出来，湿漉漉挂着些水汽。这个时节，大人孩子常有在香椿树下拿着钩子钩香椿芽回家吃的。

香椿芽一年之内只有春天有，谷雨时节的最佳，香椿芽肥嫩嫩圆鼓鼓，散发着特别的一股子香味，挑出好的来沿街叫卖，价格也不便宜。

香椿做法多样，最常见的有香椿摊鸡蛋，香椿拌豆腐，凉拌或者放在瓦罐子里用盐腌了，待半个月后可食用，吃时捣些蒜泥拌上，更是下酒好菜。且与旁的菜配了，旁的菜也沾上香椿那股独特的香气，更为浓郁味美。

不过这么多香椿美食，梅菜我最喜欢的，还是要数炸香椿鱼了。

说是香椿鱼，其实里面并没有鱼，不过是做出来成品金黄酥脆，略略有些鱼形，像酥炸小黄鱼，倒是上佳的解馋素食。

将新鲜香椿洗净了，用盐、酱油拌上入味，接着可着手调制面糊。麦粉细细筛了，打鲜鸡蛋入内调成黄灿灿的蛋糊，太稀了挂不上浆，太浓了则盖住香椿，面兜兜的，所以须适量添水。

蛋糊调好后撒细盐调味，油锅烧热，将香椿芽放入蛋糊内挂浆，一个个小心放入油锅内炸，须小心用筷子拨散，不然会并在一起成了炸排叉似的片状。

待金黄酥脆，即可捞出控油，便成了手指长的炸鱼样子。趁热放嘴里，一口咬下，外酥里嫩，焦脆的外皮儿，软嫩的鸡蛋，爽口的香椿芽，带着特别的鲜香，教人大呼过瘾。一个一个接着吃，简直不好停下来。

香椿冒芽的同时，烟雨阁后园也开满了云雾似的杏花，在阑珊灯火下约略一瞧，大团大团白雾似的，鼻端全是那袅袅香气，非常清爽。我心下也盘算着，回家不若去偷偷折几枝放在瓶子里。

可这到了烟雨阁，正瞧见一群丫鬟凑在一起，不知道嘟囔什么。

我忙过去听蹭儿，问道："姐姐们这个时辰未曾迎客，怎的在这里聊天？什么好玩的，也说与梅菜吧。"

蝴蝶见了我，忙道："可不龙神使者又来了，那些个怪事，倒可巧说与你听听。"

我忙竖起耳朵，因而问道："莫非又有了什么异事不成？"

鸾儿叹道："咱们这个地界，近来总是不太平，这不，又丢了东西。"

我忙问："丢了东西？可是什么值钱首饰？"边说，心下边想着，别是好久不见的压吧虎子又来捣乱吧？

鸾儿摇摇头，道："值钱的东西倒未曾丢，只是屋里一些吃的，倒平白无故被谁吃了。"

我笑道："吃的少了？不知道哪个姐姐一时饿了，拿了些也未可知。"

秋儿道："不对呀，你想，本来这房里，也就是丫鬟和姐儿，姐儿自不必说，自己吃了东西哪里有赖的，可是要说把这罪名栽到我们头上，那可就说不清了。"

蝴蝶点点头："可不是嘛，说好听的不过是没把自己当外人；那要说不好听的，可不就是没脸没皮、没规矩吗？谁都要个面子，出了这样的事，往哪个人头上栽？那个偷嘴的，当真可恨。"

我点点头，又问："是哪个姑娘房里东西被吃了？"

不料几个丫鬟异口同声："多多少少，都被偷吃过！"

蝴蝶忙添上一句道："还好是全出了这事，要只是一两间屋子，谁不得背个黑锅？"

不想这个贼偷嘴偷得倒公平，人人有份，不偏不倚，倒怪难得的。

我因而问道：“那贼都偷吃了多少，才教大家瞧出来的？”

秋儿道：“要说这个贼，可当真是又可气又可笑，如若一盘子点心，他拿一两个，料想也瞧不出来的，给大家伙儿也添不得许多麻烦。可是你是不知道，他每个点心只咬一口，每一个都尝一尝，弄得吃食千疮百孔，可不瞧出偷吃来！”

我一愣，偷吃，不就是不想给人发觉吗，可这一块点心咬一口算是怎么回事，生怕别人不知道吗？

想到这儿，我又问：“听姐姐们这一说，别是老鼠吧？”

鸾儿道：“我们几个也商议了一下，又觉着实在也不像是老鼠，老鼠吃什么，定是嗑得哪里都是渣。但点心缺的一块，有的像是掰下去的，有的像是抠下去的，有的像是人牙咬下去的，并不曾有什么渣，也都是照旧样子，堆叠得整整齐齐的。倒像品尝完，又重新摆好了，可不教人疑心吗？”

秋儿也说：“这烟雨阁近来并不曾有老鼠，那徐公子把赛雪猫送回来以后，那赛雪猫倒像是很有能耐，老鼠早都绝了痕迹，再听不见什么咔咔嚓嚓的声响。”

是谁会来烟雨阁偷吃东西呢？若是妖怪，这妖怪也够出奇的。

我问：“除了吃的，可还有什么异事吗？”

几个丫鬟想了想，都摇摇头。

我心下想着，倒有些像是龙井的作风。不过龙井来龙神祠住了这么些时日，虽说馋懒奸猾，可也不至于来偷吃东西，当下也猜不出什么端倪，便答应明日里去求龙神爷示下，瞧瞧可有妖异。丫鬟们这才千恩万谢地散去了。

偷嘴吃的，是妖物，还是谁在恶作剧呢？事情可大可小，要是龙井嫌我芝麻小事也要烦他，不知晓会不会说我啰唆。不过这玄阴地也不大太平，还是防患于未然的好。

送完夜宵回家，我寻思起青石井边的杏花却是特别好的，特地绕到青石井，打算顺带一起瞧瞧正山。不承想，还未到青石井，倒听见有人在我身后喊了一声：“喂！”

我没有多想，回头一瞧，是个十五六岁的小姑娘，白生生的圆脸，头上扎着两个圆髻，两只水汪汪的大眼睛，模样十分乖巧讨喜。

我答道："姐姐在叫我吗？姐姐可眼生得很，不知大半夜来烟雨阁做什么？"

那小姑娘一笑，又是虎牙又是酒窝："你是梅菜吧？我叫繁露，新来这园子里，听见别人都叫你龙神使者，所以特地过来拜见一番。"

我笑道："原来姐姐是新来的，可也太客气了，什么拜见不拜见，梅菜不过是个跑腿丫头，哪里来那么大的能耐。"

那繁露笑道："哎哟，倒也怪谦虚的，难怪都念你个好，不过，今日里那点心给人吃了的事，你可有什么头绪吗？"

这事儿，这个姐姐也知道，可不正是烟雨阁的丫鬟吗？

我便摇摇头："实在猜不出来，只好去问问龙神爷了。"

繁露笑道："龙神爷倒真是事无巨细全包揽了，点心给人偷吃也要管，可当真辛苦。"

我一想，可不也是，难免龙井不嫌我烦人，不由得叹了口气。

繁露道："你也不用叹气，我倒可以告诉你偷吃东西的是谁，免得扰了龙神爷，也教你不好做。"

我眨眨眼："姐姐竟然知道吗？"

那繁露淘气地笑笑："你过来，我告诉你。"

我忙走近了，那繁露笑着凑近我耳朵，低声道："其实呀，那点心，是我偷吃的。"

我吓了一跳，不由得啊了一声，繁露把头上的圆髻一拨，圆髻里面，竟然是一双毛茸茸的不知道什么动物的耳朵。

我更是瞪大了眼睛，繁露只怕我给吓个什么好歹，忙拉住我，道："我并不是成心吓唬你，你瞧瞧，本以为龙神使者见多识广，怎生对我这样一个小妖怪还怕成这个样子，可当真是怪没出息的。"

我这才稳了稳心神，心下也明白，原来这可人的小姑娘，竟然不是人。

不过见她那样子，倒还不像害人的。可是偷吃点心的事情，又怪匪夷所思的，一个妖怪特地来玄阴地吃点心？怎么想怎么蹊跷，根本不值得呀！遂大着胆子问道："姐姐为何来烟雨阁偷吃点心？"

繁露笑道："其实点心本来便是顺便一吃，小妖我，是有任务在身。"

任务？倒教我想起锦毛貂精了，便问道："不知道姐姐自何处来？来烟雨阁，又有何贵干？"

那繁露拉我坐在白石子小径的青石上，道："说实话，我这次前来，是想找你龙神使者帮忙的。"

妖界？我心里一紧，果然是香片、茹萱、锦毛貂精这一伙的。

我便问道："说是龙神使者，我可当真不曾有什么本事的，姐姐神通广大，又有什么事情要我一个凡人帮忙？"

繁露瞪眼睛道："凡人？你不是双生花吗？你那姐姐，是不是叫雪菜？"

我一愣，又是双生花和自称我姐姐的雪菜……

繁露瞧我这样子，恍然大悟道："想来你还不知道吧？那双生花……"

"尔是何妖怪要对傻狍子做甚？"我一回头，正山不知道什么时候来了，一把把我拖到他身后，大眼睛直瞪着那繁露。

繁露偏偏头，奇道："你是？"

我忙道："正山，这个姐姐说是有事请我帮忙哪！"

正山怀疑地问："尔有何事要寻傻狍子？"

繁露瞪大眼睛望着正山："您，您是蜃殿下吗？奴婢有幸追随过蓝月大人……"

正山一向和煦的面孔突然变得冷冰冰的："吾知道了尔是妖界来的不该说的话可莫要乱说不然吾要失礼了。"

"是，是……"繁露诚惶诚恐地答道，"奴婢不敢乱说了。"

我忙道："正山，你今日怎生凶巴巴的？繁露姐姐若是真有危难，帮她一下不是大好的吗？"

正山面无表情地摇摇头，只死死盯着繁露，不肯说话。

我只得对繁露说："蜃殿下平日从不这样的，繁露姐姐莫怕，刚才你说双生花？是怎么回事？"

繁露犹豫了一下，道："餍殿下，奴婢不会乱说话的，不过当下，确实有事要求龙神使者帮忙，还请餍殿下行个方便。"

正山怀疑地看了她一眼，道："何事速速道来若有什么诡计吾可不是傻子。"

正山跟我其实差不多傻，我暗想道。

繁露忙道："是妖界的事情！有一个妖从妖界溜出来，要在玄阴地吸人元阳哪！"

我忙道："姐姐是来通风报信的吗？那妖怪现在何处？"

繁露摇摇头："我本来是奉命追逐那个妖怪，要把它带回妖界处置的，可是，现下追丢了，如若不找出来，一定会害不少人的！"

不想繁露竟然如此为人着想，我忙道："那究竟是个什么妖怪？"

繁露有些心虚，垂下眼睑，道："是，是龙神爷的账册妖怪……"

"哎哟，原来又是龙井的遗患，"我忙道，"事不宜迟，还是求龙神爷除妖吧！"

"不行啊！"繁露忙要拉住我，给正山一瞪，只得又讪讪缩回手，道，"这个妖怪的事情，最好，还是莫要让龙神爷知道，我，才特地来寻你的。"

"账册妖怪不教龙井知道？"我越发糊涂了，"怎么回事？"

繁露道："其实，那个妖怪本一心向善，想要修仙的。可是前些个日子，它出来吞吐月华，结果给过路的云游神仙发觉，只当它要作恶，便收了它的元神。孰料神仙一时疏忽，忘了它吐出的一半元神还在半空，待这元神回了它身上，可不就心神俱失，杀戮成性，一心想吃元阳进补。"

我忙道："现下这妖怪吃人元阳，可凶狠得很，姐姐可有什么苦衷，不欲龙神爷知晓？"

繁露点点头："正是，如果龙神爷见到账册妖怪，必会收回账册。可是妖界与人界本应该井水不犯河水的，现下那妖怪不守妖界的规矩，首领定是要小妖我把那妖怪带回妖界听候发落的，如若我不将那妖怪带回去，小妖我可也要受重罚，毁道行的。所以小妖我来求求龙神使者，可否私下里帮帮小妖寻得那妖怪，不要惊动龙神爷呢？

小妖保证把那妖怪收回妖界，不教它害人。”便用央求的眼神瞧着我。

正山道：“账册妖怪自然应该回账册中去。若放任那妖怪害了人可如何是好尔勿要多言还是寻饕餮哥哥收妖是正经。”

不想那繁露听了，不由得哭了起来：“殿下若是将那逃逸妖怪交与龙神爷收回账册，小妖也回不去妖界，回去亦是领死，不若现下便死了，还少受些折磨。”说着左手一伸，顿时化作寒光闪闪的利爪，便要往白皙的脖子里抓。

我吃了一吓，这妖物也是一条命，忙跑过去拦下：“姐姐莫要动手，有话好商量。”便央求正山：“我瞧着繁露姐姐也怪可怜的，咱们帮帮她，不教龙井知晓此事，可好？救人一命，胜造七级浮屠，妖物还没抓到，先让繁露姐姐赔了性命，可是大大划不来。”

正山也心软了，只得点头答应下来。

那繁露破涕一笑，盈盈下拜。我忙扶她起来，问道：“姐姐所说的那个，到底是什么妖怪？什么样子？”

繁露忙道：“这妖怪的名字叫雀舌。”便拉我到一棵树下，拨开枯枝败叶一指，赫然有一颗血红的脚印。

繁露道：“这个妖怪若是与人遇上，便尾随其后，人是瞧不见它的，但它会留下这个脚印，慢慢离人越来越近，谁给它盯上，可就了不得了。现下还未曾有受害的，但据小妖猜测，它正寻着猎物呢。”

如此说来，这紫玉钗街现下也怪危险的，还是快快找到它就最好了。

繁露道：“若是听见身后无人，却有脚步声，便可能是遇见了它。且莫要心慌，谨记万万不可踩上它的脚印，只要脚印未被踩上，它便无法附身。一有消息，”说到这儿，便掏出了一个精巧的玉琢树叶子，递到我手上：“只要吹一声，小妖即刻前来。”

拿在手里细看，那栩栩如生的树叶子竟然是中空的，原来是个巧夺天工的哨子。

我答应下来，问：“繁露姐姐这是要走了吗？”

繁露点点头，道：“事情紧迫，不得不四处去寻它，多谢相助。”行了礼，一闪身麻利地蹿到树上，树枝哗啦啦响了一下，繁露的踪影便不见了。

我想起了刚才繁露提过的蓝月大人，可看正山脸色不善，又不敢多问，这正山跟妖界又有什么关系呢？莫非他也有龙井那香片似的心上人？龙子们偏都跟妖界纠缠不清，啧啧，不怪乎龙王爷日日为他们婚事头疼。

正山没再和往日一样喋喋不休，送我回家的路上一句话也没说。连到了家门口，也径自便回去了，头也没回一次。

虽说繁露可怜，可这件事情瞒着龙井真的好吗？奈何繁露以死相逼，也怪教人为难的。

第二天出门买肉，倒瞧见回春堂门口聚着些人，不知道在议论什么。

我凑过去一瞧，屋里有个面黄肌瘦的汉子，眼窝深陷，满脸憔悴，黄先生正在包草药。一个大婶担忧道："黄先生，这怪病都有几个人得了，可是时疫吗？"

黄先生为难地摇摇头："老朽一辈子行医，头一次见到这种怪病，虽说发病的人是不少，可这症状偏偏又只有虚弱，不曾有别的病痛，除了滋补，实实也没有别的方子。"

那大婶又问："小二，可还有哪里难受，可都要细细说与先生，莫要遗漏了。"

那汉子有气无力地说："浑身虚浮，干啥都提不起劲儿来，只想躺着。可躺着都累，只觉得骨头散架了似的，松软酸痛，实在难受。"

黄先生叹道："不仅是小二一个，光今日，便有三五个汉子得了这怪病，也不知道怎么了好端端竟虚弱成这个样子。"

我见状登时明白了几分，这几个人，别是给那账册妖怪雀舌给吸了元阳吧！

正寻思着呢，又有两个人搀了个气息奄奄的汉子来，黄先生叹口气过去摸脉，问："可也是浑身没有力气吗？"

那汉子有气无力地点点头："不知道怎的，浑身绵软，什么也做不得。"

我忍不住问道："先生，您在得这怪病之前，可有遇到什么异事吗？”

那汉子侧头想了想，道：“昨日里还好端端的，夜里做完工回家，路上好像有个人跟着我，总听见吧嗒吧嗒的脚步声，回头一瞧，偏又没有人。我只疑心听错了，待回到家中睡醒一觉，便成了这个样子。”

刚才那个小二听了，忙道：“这也奇了，我昨个晚归，也听见了那脚步声！这……”

人们一听，更是议论纷纷，有个头发花白的老太太嚷道：“这，莫非是遇到吸阳气的鬼了吗？”

不想这老太太倒见多识广，瞧着这阵势，错不了，肯定是那雀舌搞的鬼！

“这紫玉钗街可真是一天不如一天太平……”

大家交头接耳，议论纷纷，还好不曾伤了人命，只望快快找到那个妖物，免得更多人受害。

烟雨阁正是玄阴地，不知道后园有没有那雀舌的踪迹。

这几个被吸元阳的汉子也都是紫玉钗街的街坊，我忙问了：“先生，昨日是几时从紫玉钗街经过的？”

小二答道：“我昨日喝了些酒，不大记得了，约略亥时吧。”

其他几个汉子也点头称是，我打定主意，今日不若找正山与我同去寻那雀舌，免得多生事端，再来害人。

今日是祭祀的日子，去龙神祠供奉龙井，心里颇有些慌张。想我脸上也是藏不住事的，龙井边吃供奉边翻着眼睛端详我，突然大叫一声：“呔！你这傻狍子有何事瞒着本神，还不速速道来！”

瓜片早扑啦啦飞起来，落井下石地嚷道：“傻狍子心里有事！心里有事！”

我给龙井唬了好大一跳，心下想着，这下糟了，果然什么事情也都瞒不住龙井，这位龙神爷神通广大，必定早知道得一清二楚。可明明早答应了繁露不教龙井知道，现下要是说出来，出尔反尔，可不大好，只得死鸭子嘴硬：“梅菜不、不曾有事瞒着龙神爷。”

龙井哼了一声，从供桌上跳下来，弯了腰死死瞪着我，鼻尖快要凑上我的鼻尖，我已然从他眼睛瞧见自己那慌慌张张的模样，摆明了心中有鬼，不禁起了一身鸡皮疙瘩，头皮发炸，赶快往后退了一步。

龙井直起身子，翘着嘴得意扬扬地嗤的一声：“傻狍子，你还说不曾瞒着本神？现下招了，本神宅心仁厚，也不与你计较许多。”

这下子完了，说吧，对不住繁露；不说吧，又早给龙井瞧出来了，现下这样子，谎话给他拆穿，免不得又得被讥笑一番。只得咬着牙道：“龙神爷误会梅菜了，梅菜、梅菜没事瞒着龙神爷。”唉，我自个都听出来了几分欲盖弥彰，不知龙井要怎生取笑，只得低头听天由命，等着他口出恶言。

不料我虽正支支吾吾，龙井反倒笑了：“你这死不认账的样子，倒颇有几分本神的风采。也罢，你背着本神偷吃荔枝肉的事情，本神也不与你计较了。”

我不由得呆住了：“啥？”

瓜片道：“肉香！肉香！”是了，买肉的时候，因与卖肉的乔三是老相识，别人给他送了荔枝肉，他见我去，给我吃了几块。想不到这都给龙井闻到了，不愧是吞天神兽，对吃食比什么都精通。

可吓了我好大一跳，原来说的是这个，心下不由得松了口气。

龙井见状，笑道：“瞧瞧，无事一身轻，撒谎骗人，可不大舒服，还不若揭穿了好受些，是不是？”

我只得硬着头皮道：“龙神爷说得是，梅菜下次不敢一个人偷吃，不给龙神爷了。”

龙井故作潇洒地挥挥手，笑道：“算了，念你不过是个小丫头，嘴馋些也是有的，不过自个儿想清楚了，下不为例。”

我只得点点头，借故出了龙神祠。不过龙井说得对，撒谎骗人，可当真不大好受。雀舌的事情，教我噎在心里，不上不下，着实不痛快，还是速速寻得雀舌，教繁露带回妖界，莫再在人间继续害人为妙。

晚上送了夜宵，我先去青石井寻正山。正山看见我来了，一副闷闷不乐的样子，低着头不说话。

我忙问：“正山，你怎的啦？莫非谁惹你不高兴？”

正山摇摇头，道：“傻狍子，吾不喜妖界的妖怪。”

我笑道："龙神不喜妖物，我自也知晓，不过眼瞧着那妖物害人也不成。咱们还是快快寻了来，教繁露捉回妖界，也可一身轻松了。"

正山叹口气，脸上闪过一丝忧虑。

我只当他为了那什么蓝月大人有些烦扰，便劝道："你过去有什么事情，也都过去了，现下多想无益，横竖你不喜妖怪，趁早抓走了清净。"

正山勉强笑一笑，点了点头。

我把今日见到的事情与正山说了说，正山也便同去寻那奇怪的脚印。

亥时，除了烟雨阁仍灯火辉煌，其余的铺子早关了门。所幸今天是十四，月亮几近圆满，紫玉钗街一片清辉，与白日里的熙熙攘攘相比，倒另是宁谧安静的风姿。

刺啦啦……刺啦啦……突然在万籁俱寂里，一个幽深的巷子里传出这样粗糙的闷响。

我忍不住瞧了正山一眼，正山点点头，与我同去了那巷子里。

是豆腐胡同，里面住的都是些卖小吃的小贩。这声音若是在白日里，许根本都听不到，可在沉寂的夜里，居然有些刺耳。妖怪，肯定是妖怪。

声音自一小块空地里传过来，四周是些瓦砾砖石，我和正山躲在砖石后面往缝隙里一瞧，原来是一个人正在推磨。

月色朦胧，看不清楚面貌，那人一身黑衣，正卖力地推着磨。

那刺啦啦的沙哑声音，原是碾盘子碾东西的声音，我不由得松了口气，唉，原来竟是虚惊一场。我扯扯正山，低声道："原来是趁晚上得空推磨的，咱们走吧！"

不想正山把食指竖在嘴边嘘了一声，把我拉到他身后，低声道："有妖气。"

妖怪？可是只有一个人在推磨啊，莫非那看不清楚面貌的人，竟然是妖吗？我吓得紧紧抓着正山的衣襟。那个人依旧在推磨，不知道磨的是什么。

还是说，那根本就不是人呢？

正山伸手像把一个看不见的东西托到半空，接着五指翻了一下，天空爆开了一朵烟花，四下一亮，那个人脸映出来。嗨，原来是卖豆腐豆浆的刘奶奶那入赘姑爷徐立。

听说那徐立平素最是老婆奴，在刘奶奶女儿桂珍手底下俯首帖耳，卖豆腐一般是后半夜才动手磨的，这还没到子时就来推磨，也当真辛苦。

我低声道："正山，我瞧清楚了，是熟人，刘奶奶家姑爷。"

正山摇摇头，往徐立身后一指，只见烂草堆里，有一只非常不起眼的鞋。

那鞋破烂得不成样，鞋面早瞧不出颜色，上面补丁摞补丁，补丁又顶出洞，鞋底子磨得飞薄，一看就觉着硌脚。这样的鞋子，修都没法子修，乞丐也不会要。肯定不知道谁扔在这里的。

不过这有什么好看的？我不解地瞧瞧正山，正山依旧示意我不要出声。

过了片刻，想徐立磨完了东西，只见他细细地用炊帚把磨出来的东西扫到布袋子里，扛到肩上便要走。不想他一迈步，那鞋子竟也动了起来，宛如有个隐身的人穿了，正一步一步地紧跟在徐立后面。

我登时大气也不敢出，留下脚印的，便是这个妖怪吗？真是鞋不可貌相，没生命的器物成精，只怕比有生命动物成精还要难些吧！这鞋精也怪不容易的。

徐立没有瞧见我和正山，自顾往家走，那鞋不紧不慢地跟在后面，吧嗒吧嗒，真的像是人穿在脚上踏在路面的力道和声响。

那徐立自也是听见了，不禁回头一望，可是他一停，那鞋子也停下了，就那么摆在黑漆麻乌的路上，根本看不出什么异样。横竖它随随便便往哪儿一待，便隐了身一般，因为谁都不会对一只烂鞋多瞧一眼。

想必徐立也听说了闹鬼吸元阳的事情，面色很有些慌张，便加快了脚步，那鞋子亦步亦趋地跟着，倒真跟有人在后面追逐一般。

徐立忍不住又回头，自然还是瞧不出端倪，只见他两腿打战，更加快了步伐，接着竟撒腿跑了起来。

鞋子不甘示弱，也高高飞起，远远落下，好似有人穿着它飞跑一般，自然更加响了，且步伐竟然与徐立一致，徐立多快它便多快，更添了几分诡异。

正山拉着我紧紧跟上，我给他一拉，浑身轻飘飘，脚下竟似悬空一般，如同是在飞。不知道正山用了什么法术，似乎徐立也瞧不见我们。

徐立本就住在这豆腐胡同，离碾盘这块儿也就半个胡同远，他人高马大，迈步也宽，眼瞅着就到家门口了，就在这时候，那鞋子不声不响地越过了徐立，在徐立家门口落下了一个暗红色的脚印。

徐立着急忙慌，自是不曾留意脚下的玄机，这一步，眼瞧着便要踩上那个脚印。

说时迟那时快，正山急如闪电地过去推了徐立一把，徐立一个踉跄便直直跌进了院内，未曾踩到那个脚印。

徐立似摔得不轻，口袋也跌了下来，里面的东西撒了一地。只见他慌忙爬起来，东西也不要了，一瘸一拐地便冲进屋里："娘子……闹鬼啦……闹鬼啦！"

屋里登时亮起昏黄的光，接着便是桂珍那爆竹似的嗓门："见鬼了吗？你这死鬼！大半夜鬼叫什么！"

"娘子……鬼……真的有鬼……"

"放你的驴屁！不过教你多磨些麦子，你便推说什么有鬼，可不是偷懒嘛！撒谎都这么不像样，养你干什么吃的！"桂珍也是出名的小辣椒，一说话又脆又快，连珠炮似的。

"真的！那鬼跟着我，还推了我一把呢……"徐立的声音可怜巴巴的。

"满嘴胡沁，看老娘不扯了你的耳朵就酒！"

"嗷……娘子饶命……"

这徐立看来是倒了大霉了。

正山拉着我再去寻那鞋子，鞋子已然没有了踪迹。

我忙问正山："你可看见了那鞋子？哪里去了？"

正山摇摇头："给它跑了。"

今日正山说话言简意赅，真是有些不大习惯。

我这才想起来，事情突然，我竟忘了吹哨子教那繁露前来，不禁懊恼地捶胸顿足。

我因而道："不若再去寻它！对了，可否告诉繁露姐姐一声？"

正山摇摇头："妖气不见了想是躲了起来尔叫那小妖也没用。"

我只好叹口气，可惜了刚才未曾吹哨，也许那繁露倒是个有本事的，能教妖界首领派来缉拿那烂鞋妖怪雀舌，定然身手不凡。

正山道："天色也太晚了吾先送尔回家明日再来捉妖。"

归家途中，正山频频回头，不知道在看些什么，问他是不是怕烂鞋追上来，他也不爱答话，当真出奇。

本以为那雀舌给正山吓跑了，不想第二天又闹得沸沸扬扬。

我才起来擦桌子，便从门口瞧见刘奶奶的豆浆摊子围着密密匝匝的人，原以为今日刘奶奶家生意好，不料细细一看，倒没多少买豆浆的，人们只围着徐立。

徐立指天指地，不知口沫横飞在说什么，我忙扔下抹布前去凑热闹。

但见徐立一反往日沉默寡言的模样，道："咱可是当真瞧见了，那个鬼直在我身后追我。哎呀呀，你们还别不信，吸元阳之事确实是真的！"

一个大嫂子问道："徐立，你可是亲眼所见？可说得出那鬼什么模样？"

徐立拍拍胸脯："咱瞧得一清二楚！就跟在咱身后头，穿着一身白衣，披头散发，一条舌头伸出来得有二尺长！伸着十根长爪子就要抓咱！口中还呜噜呜噜地叫唤，可当真凶险！"

这徐立当真吹牛不打草稿，雀舌不过一只烂鞋，竟然给他描述得如同吊死鬼一般。若不是我昨日也亲眼所见，听他这绘声绘色的，也得信上几分。

又有个老头儿问道："既然如此凶险，怎的你今日还活蹦乱跳的，没给那鬼吸了元阳？老夫昨日在回春堂瞧见那几个倒霉的汉子，个个霜打的叶子一般，说话都没几分气力。"

徐立忙道："咱可不是那草包！虽说那鬼直扑过来，带着一阵子旋风，咱七尺男儿，岂会怕一个死物？咱抬脚一踹，那鬼便近不得咱身侧，咱瞧那鬼，也有几分怕人，顺便把麦子口袋信手一抡，那鬼便给咱抡得远远的，吓得夹脚跑了，咱这才回家睡觉。你瞧瞧咱这身板，怎会给那鬼物吸了阳气？"

直把一众人说得一愣一愣的，早有人喊起来"英雄啊""虎胆啊"，一个年轻媳妇也娇羞地说："平日见刘家姑爷不言不语，是个老实人，不想遇事当真胆色过人，连鬼物都不在话下，实实教人佩服得紧。"

人们又是喊好又是佩服，又有一个大嫂子道："刘家姑爷是个真英雄哪，就算那打虎的武松，想也没有刘家姑爷这好身手。刘家桂珍姑娘真真好福气，竟觅得此般好夫婿，不比我家那口子，吓得工也不敢多做，太阳不落山便着急忙慌地赶回家，白白少赚许多银钱。"

这徐立道："莫怕莫怕，这为人不做亏心事，夜半不怕鬼敲门。想那鬼物，有甚好怕，就算死了，咱大不了也化个鬼，瞧谁斗得过谁！"

这一番豪言壮语，当真不怕牛皮吹破。

有人忙道："那这紫玉钗街的吸阳气鬼，可得教徐大哥多费心了！不若多找些精壮汉子，夜里出来巡视，教那鬼再不敢现身！"

徐立一听，这才脸色灰白，旁边人嗓嚷起来："对对对，只要跟着徐大哥，咱们都不怕！"

"徐大哥，兄弟们都跟着你，把那鬼物赶出去！"

"算俺一份！男人若连家园也保护不得，哪有脸见老婆孩子！"

徐立慌了神，刚要开口，不想桂珍急火火地跑了来，怒道："徐立！你放着麦子不碾，跑来这里吹什么牛？说得天花乱坠，老娘都听不下去了！"人们一听，不禁面面相觑。

桂珍哼道："乡亲们，我家这汉子，平日里踹两脚都蹦不出个屁来，就凭他，还能捉鬼？"

一个大娘忙道："桂珍呀，刚才徐立红口白牙，说是见了鬼了，这是咋回事啊？"

桂珍一听，啐道："昨日白日里余了些麦子不曾碾完，这不晚上得了空，教他去胡同里那碾盘多做些活。不想没半个时辰，哭爹喊娘地便回来了，一屁股摔在院子里，麦子撒了一地，直说见了鬼，谁知晓怎么回事！我只瞧见他连滚带爬进了屋，几乎没吓得尿湿了裤子！”

人们一听，议论纷纷，徐立人前丢了面子，就算泥人也有三分土性，一张脸又红又白，跺脚：“你这老娘儿们家家，知道个啥！”

桂珍岂是好惹的，一听徐立有些挂不住，哼道：“你可快歇歇吧！还好意思来这里吹牛，昨日吓得哆哆嗦嗦，半个豆腐胡同的人都听见了，你当街坊邻居都是聋子吧？傻八！”

徐立实在无言以对，只得从天上坠到地下，颜面扫地，再不敢吹嘘，分开人群便急急走了。

一个大婶子劝道：“桂珍呀，当着这么些人，也不给你家男人留些面子，他这样，你脸上也不好看哪！”

桂珍笑道：“有什么不好看的，不过徐立昨日似乎确实是遇见了那跟脚的鬼，没给吸阳气，许也是有些本事。不过没他吹嘘得那么玄乎也就是了。”

一个小伙子咋舌道：“桂珍姐，难不成那个鬼你也瞧见了？”

桂珍摇摇头，正色道：“鬼我是没瞧见，不过今日一开门，门口端端正正有个血脚印。实实清清楚楚，做不得假的，我也疑心，这血脚印是个什么来路，我家徐立，可不曾有那种鞋，能留下那歪歪扭扭的印子。”

一个老头子一听，猛地一拍巴掌，啪的一声脆响，把众人唬了一跳。

这老头道：“可不是咋的，你这一说，俺也想起来了，俺外甥昨日便给那鬼吸了阳气，人都萎了。俺去瞧他，也瞧见他家院子里有个劳什子红脚印子！”

一个大叔忙道：“哎哟，莫非那红脚印，竟是那吸阳气的鬼留下的认门凭证吗？”

大家更是惊恐：“不想这鬼竟还留个印记，若是给它盯上，莫非便跑不了了？”

“不好啦！不好啦！”远远瞧见小叉风风火火跑了来，“大事不妙哇！乡亲们！”

早有人撇嘴道：“小叉，你白日里不做活四处乱跑瞎嚷嚷，给惠甜瞧见了，还不剥了你的皮！”

小叉按着胸脯气喘吁吁地说：“街、街坊们，当真不好了，那吸阳气的鬼……容我歇歇，一路跑了来，嗓子火烧火燎的……”

大家一听，俱把耳朵竖了起来。不想小叉一路跑来，想是渴极了，抄起豆浆勺子痛饮了一番，一屁股坐在摊前凳子上直喘。

一个大娘咂了咂嘴，道：“小叉，鬼怎的啦？风风火火跑了来，莫非只为了喝勺豆浆！”

“是呀是呀，莫卖关子，那鬼可又吸了旁人的人气吗？”人们早给小叉咋呼得好奇心起，都催他快说。

小叉一瞧人们青睐相加，这才边大喘气边道：“街坊们，这下子可坏了菜了，你们是不知道，前日里给吸了人气的也算走运了，我才听来我家酒馆喝酒的衙役说，昨日晚上竟死了人了！”

“这……”人们面面相觑，忙七嘴八舌地问，“怎么死的？谁死了？”

刘奶奶早禁不住了，抄起豆浆勺子就敲上了小叉的头：“豆浆奶奶请你喝，速速把那死人的事说来！”

小叉闻言，忙道：“是了，死的是碧云街的庆丰隆当铺掌柜，姓董，昨日里去烟雨阁，喝多了酒，自个儿回家。不想今天鸡叫，他家丫鬟开大门，正瞧见董掌柜趴在自己家门前，浑身冰凉，一口气都没了！”

一个大叔道：“这怎的跟鬼连上的？许是劫财，也未可知啊！”

小叉哼道：“大叔，您只知其一不知其二，那董掌柜，浑身一点儿外伤也没有，脸色死灰，腮都嘬进去了，分明是油尽灯枯而死。可是有识得那董掌柜的，皆知道他本是个胖子，一身肥膘，死的时候，周身只剩皮包骨，若不是周身那衣服，还有他家里人仔细瞧了那面孔，当真竟认不出一个胖子就生生变成了笤帚杆儿，不是给鬼吸干了是什么！”

一个小丫头叫道：“我识得那董掌柜，前日娘叫我去典当首饰，还见他一双胖手白嫩嫩鼓胀胀的，现下竟皮包骨头，可见当真是给鬼吸了！”

小叉道：“这还不算啥，更出奇的是，那崔掌柜身子底下，压着一个血红血红的脚印！衙役早比过了，那脚印根本不是他自己的，定是那吸阳气的鬼留下的！”

“又是那催命的红脚印！”

那董掌柜，是从烟雨阁出来的路上给那雀舌跟上的，可惜昨日未曾抓着它，白白断送了一条人命。

我不禁自责不已，若是早告知龙井，也许能收了雀舌，少害一条人命也说不准。可是娘从小就教我一诺千金，不可说话不算数的，都怪我一时心软，早早答应了繁露，现下当真追悔莫及。

不行，晚上务必得叫来繁露商量商量，不能任由雀舌害人了。

“今日是十五，还是速速买些纸钱，求祖宗保佑平安吧！”几个人议论着去了纸扎店。

初一、十五本便是烧纸钱的日子，十五又正逢月圆。想到这儿，我好像总觉着哪里有什么不对劲。

刚刚那个外甥被吸了阳气的老头儿也碎碎念着：“哎，怎生闹出了人命……不行啊，大牛一个人住，可不大安生，老夫得去大牛家把那催命脚印子除了去……”

我忙道：“大爷，梅菜也同您去瞧瞧那脚印子，可好？”

大爷瞧瞧我：“行呀，梅菜，你好好看，回去通禀龙神爷，可得求龙神爷护佑这一方平安！”

我答应下来跟着去了，但见大牛家院落果端端正正有个红脚印，大爷又是擦又是搓，却怎么也弄不掉，急得长吁短叹。

大牛便是前日给吸了阳气的汉子之一，正躺在床上，瘦得不像样子，桌子上摆了一盘子桂圆糕，只吃了几口，犹有牙印。

大爷摇摇头，道：“大牛，你身子虚，可该吃些滋补的，桂圆补气血，你怎生只咬了几口？”

“我不曾咬啊！”大牛有气无力道，“这两日未曾下床，头疼得很，实实吃不下什么。”

大爷瞧了一眼桂圆糕，道：“莫非给你买的桂圆糕教老鼠嗑了？

怪可惜的……”

那桂圆糕摆得整整齐齐，不像老鼠咬了呀。

莫非……我赶紧跑去了龙神祠。

龙井正在与瓜片猜拳赌不知道谁供奉的香椿鱼，我气喘吁吁地倚着门框。龙井见我来，笑道：“傻狍子，你急匆匆地过来，可是想开了什么事？”

我按着心口，问道：“龙神爷，以前听说地仙要吞吐月华，可是真的？只有地仙可吞吐月华吗？”

龙井道：“每逢月圆，正是玄阴气最盛的时候，修地仙，自然是要在十五晚上吞吐月华的。不过只兽灵的地仙才吞吐月华，物灵自是不用的，你这傻狍子，脑袋开窍了吗？”

我一愣：“龙神爷这话的意思是，早知道梅菜心里的事？”

龙井笑道：“神便是神，即使你不说，本神也知道那些事。”

龙井果然神通广大。

龙井接着道：“你猜出来几分？”

我摇摇头：“说不好。”

龙井笑道：“今日正是月圆之夜，不若来个瓮中捉鳖，你可愿意与本神收了那妖怪？”

我想起惨死的那董掌柜和几个有气无力的汉子，点点头就答应了。

一时间，“红脚印”成了街谈巷议最热火的话题，人人提心吊胆，生怕给那红脚印缠上，又不知道谁放出风声，系上红腰带可辟邪，绸缎庄布店几乎都卖断了红布。

娘也给我买了一条缠在腰上，不伦不类，倒有些像耍狮子的。

我急匆匆送好了夜宵，便躲进后园，吹响了那树叶哨子。

那哨子传出清冷冷的声音，我眼前一花，繁露便来到了我眼前，当真好快。

繁露瞧着我，问道：“找我何事？可是找到了那雀舌？”

我摇摇头，道：“繁露姐姐，梅菜想跟你商量一下，眼瞧着雀舌伤人性命，若不告诉龙神爷，梅菜怕给那雀舌害的人更多。”

繁露道：“哎呀呀，我的命莫非不是命吗？若是告诉龙神爷，龙神爷必会收回账册，届时我两手空空，拿什么回妖界与首领交代？到时候，只怕首领给我一抓，我也灰飞烟灭，连个全尸也留不下。你只当可怜可怜我，可好？”

我定定地看了繁露一眼，道：“姐姐不就是那雀舌吗？”

这时月亮给云遮住了，只透着微光，繁露面孔在黑暗里越发显得捉摸不定。

繁露突然大笑了起来：“此话怎讲？梅菜，你是在说笑话吗？我本是来捉拿雀舌的，我怎么会是雀舌？那红脚印才是雀舌，你不是与履殿下亲眼看见了？”

我一笑，道：“我是与正山亲眼见到了，可是昨夜并未吹哨，姐姐又怎生知道我们看到了？”

繁露微微一愣，咋舌道：“哎呀，其实我也在追逐雀舌，不过事态紧急，未曾与你们招呼罢了。”

我笑道：“姐姐前日遇见了我，本来叫我过去，有话要说，正山一来，方说你是为了逃逸的雀舌而来，那脚印便是雀舌，吞吐月华时给云游神祇收了一半元神。可是梅菜却听说，只有兽灵会吞吐月华，物灵修炼，并不必月夜出来，要的只是人间烟火气。”

繁露眼睛一转，忙笑道：“一时口误，也是有的，小妖瞧见正山大人，心下仰慕，秃噜了嘴，也不是成心啊。”

我又道：“那姐姐那日里说，烟雨阁的吃食是你偷吃的，可还记得？”

繁露点点头：“我肚里饿了，偷拿些点心，什么大不了的。”

我接着问：“为什么一个点心只吃一口？”

繁露道：“我不过是每块都想尝尝，又怎么了？”

我道：“本来也没什么大不了的，不过今日里梅菜去了留下红脚印的人家查探了查探，家家都有给吃了几口的吃食。那个鞋精留下脚印，并不是去吸阳气，而是对屋里有它喜吃的东西的人家留个印记，去偷吃烟火气吧？姐姐为了圆谎，再把吸阳气的事情推到鞋精身上，才随了它去，按它留的印记吃人阳气，对不对？”

繁露一听，方才的笑容可全散了，脸色一凛，道：“哎呀，看你呆头呆脑，倒都给你蒙出来了，你这是给神灵附体了吗？哈哈哈，反正也没空跟你啰唆，那你猜不猜得出，我要你吹口哨找我是为何？”

我答道：“梅菜觉着，是想着趁梅菜哪次孤身一人前来呼唤时，好吃了梅菜吧？”

繁露大笑起来，两颗虎牙越发尖锐了，闪着些寒光：“啧啧，雪菜倒是未曾低估你，一副傻样儿，竟还真有些雪菜的心思。不错，我头一次见你孤身在园里走，便想着捉了你，给主上个大礼。”

说着呼出一口气，而这口气一出，我登时浑身僵硬，动弹不得。

这时月亮从云朵里露出来，又圆又大，四下登时大亮，雀舌犹豫了一下，自言自语道：“横竖四下无人，不若趁玄阴地阴气重，吞吐吞吐月华也来得及。”

说着化作一头花豹，对着月亮张开大嘴，一颗闪着白光的光球从它口中冉冉升起，不料刚到半空，那光球却不见了。

那花豹吃了一吓，警惕地望向身后。

“雀舌，许多日子不见，倒越发机灵了，这个招数叫什么？李代桃僵？”龙井那懒洋洋的声音一响，雀舌身子一弹跳了起来，四肢着地，面露凶光。

我浑身一轻，想必龙井破了那繁露的法术，让我又可活动自如。这才回头一看，只见龙井左手抓着那光球，右手拎着那只烂鞋，正山跟在龙井身后，也难得的一脸凶相。

龙井得意地拿着那烂鞋抖啊抖的：“这鞋精去偷烟火气，功夫不到家，不识得路，总得留个印子方能自己找到。且烟火气只须吞吐，本不必咬下来，也是因着这鞋精道行浅，竟还咬掉一两口，闹得惊动凡人，当着麻烦。”便把那鞋随手一抛，那鞋落了地，竟化作了一个衣衫褴褛的乞丐。

那乞丐狼狈地说：“小妖一时嘴馋，偷吃了些，可未曾吸人阳气，”又瞧见雀舌，忙道，“便是那雀舌教小妖来玄阴地觅食的，谁知道拿小妖当了替罪羊，小妖哪有那么大的本事，这可是大大的冤枉！”

雀舌龇牙咧嘴地说：“烂鞋精，便是你去告知了龙神爷？我饶不了你！”作势要扑上去，那乞丐吃了一吓，忙躲到龙井身后，嚷道，

“雀舌伤人性命，十恶不赦，还栽赃嫁祸到小妖身上，还请龙神爷做主呀！”

龙井笑道：“雀舌，你可当真是长了本事了，怎么，香片还给你取了这么个名字？你可大大出息了！”说着，一手捏着那光球，“刚才的月亮，只是正山做出来的幻象，你这傻货竟还当了真，吞吐出元神来，真真没长脑子，哈哈哈哈哈……”

花豹一听这个，整个身体全给僵住了。

正山道：“那日若不是吾来想必尔早抓了傻狍子邀功请赏吧满口谎言当真可恨。”

那花豹眼珠又一转，突然伏在地上哭诉道：“其实雀舌不过是一时糊涂，才遁入妖界，龙神爷宅心仁厚，还请饶了雀舌这一次，呜呜呜……”

龙井笑道：“装可怜你倒是很有一手，本神有句话问你，倘若你答出来，本神便放你一条生路。”

雀舌一听，目露精光，忙道：“还望龙神爷示下！”

龙井正色道：“你且告诉本神，香片要傻狍子去，究竟要做什么？”

雀舌犹豫了一下：“这个……”

龙井一抓那光球，修长的手指头一拢，冷冷地说道：“元神灭了，你可只能做个花豹了，想清楚不曾？”

雀舌登时吓得磕头如捣蒜：“小妖说来便是！首领……不不不，是香片，她，她要把这梅菜与雪菜两朵双生花，重新变成一朵花！”

“哦？”龙井转转眼睛，“两朵变一朵？”

“是是是，”那雀舌摇尾乞怜，“其他的，小妖也不知道了！龙神爷一言既出，驷马难追，还请莫要伤了小妖元神！”又望向正山，叩拜道，“蜃殿下，小妖也确实在蓝月大人鞍前马后效劳过，还望蜃殿下不看僧面看佛面！”

正山一脸不悦，看了龙井一眼。龙井忙知趣地掏出账册，写下了雀舌的名字，花豹一边呼喊咆哮，一边被收进了账册。

我忙问：“两朵变一朵是啥意思？”

龙井摇摇头不答话，出神地望着才刚刚出来的月亮，一片银辉洒到龙井好看的面孔上熠熠生辉。

正山忧虑地说：“傻狍子现下性命堪忧……”

我稍稍猜出来一些，莫非我和那雪菜，当真只能活一个？若是抓了我去，难道要用什么法术将我和雪菜重新融合成一个人吗？想到这里，我不禁打了个寒战，那个“一朵花”是我，是雪菜，还是，成了一个两个都不是的新人？

正山叹了口气，颇为怜悯地看着我。龙井低下头，道：“傻狍子，不要怕，不管香片的意思到底是什么，本神都会护你周全。本神与她争斗这么久，也是时候找个说法了。”

我还是想不大明白，我究竟有什么用处，竟至于龙神爷与妖界首领进行争夺。

正山宽慰道：“莫要多想吾也会尽力而为。”

我点点头，那乞丐见我们都是一副呆相，竟偷偷化作了鞋，啪嗒啪嗒跑远了。

“吱吱……吱吱……”不知名的虫子叫得正欢。

这三界交叉口的玄阴地，我竟然不单单只是一个跑腿小丫头吗？而那另一个我，又究竟是扮演了一个什么角色呢？

第15章　立夏（一）

一个扎纸铺子出现了一个奇怪的棺材，扎纸铺子的掌柜赶来求梅菜帮忙，看看那个棺材里面，到底隐藏着什么样的秘密。梅菜与龙井齐去，才发现这个秘密，竟然跟扎纸铺子掌柜的独生女儿有关。

天气越来越暖，暖到晌午头有些冒汗。

立夏一到，轻罗单衣便能上身了。这个时节尚算不得太热，正是游玩的好时节。

小三子得了假，寻我来斗蛋玩。

立夏总要煮蛋给孩子吃，挑最大的用网袋挂在孩子颈子上摇晃，大概是祈求平安的风俗。

我们则各自挑了个头最大的，互相碰撞，看谁的蛋最霸道，磕破了的便要认赌服输，把蛋输给赢的人。

小三子拿了一个泛青的大鹅蛋，我今年走了运，爹特地腌了咸鸭蛋给我。

水乡鸭子多，鸭蛋个头大，吃起来又鲜又细又嫩。虽说炒菜不若鸡蛋鲜美，但是腌制咸蛋的风味可是别具一格。

腌蛋须得先备五香水，这五香水是取花椒、桂皮、茴香、生姜、精盐放水中煮，待煮出香味后，放入约鸭蛋重量一半的盐巴，少许白糖及白酒兑匀，注入鸭蛋坛子，待水刚漫过鸭蛋，细细封上盖口莫要通风透气。便可等待咸鸭蛋腌好出坛。

抓耳挠腮地等待咸鸭蛋腌至十几二十天，即可取出食用了。

腌制成功的咸鸭蛋光滑圆润，煮熟后剥开蛋壳，只见蛋白细若凝脂，蛋黄红如夕阳，咬上一口，蛋黄滋滋冒油，油多味美，蛋黄变成一层一层细沙模样，细腻浓郁味美。我最喜欢吃蛋黄，蛋清有时候嫌咸不肯吃，总被娘骂。

这个时候，爹总不声不响地吃了我的剩蛋白，再把自己剥出来的蛋黄留给我。

娘便斥责道："你们一大一小，倒是好得很，真是越惯越没边儿了！白教我做个恶人！"便赌气也吃个蛋黄，蛋白随手一撇，爹只得也照单全收，是以每次吃完咸鸭蛋，总见爹齁得一个劲儿寻水喝。

今日斗蛋，本来咸鸭蛋是碰不过皮厚的鹅蛋的，不知道今日里哪里来的运道，竟将那鹅蛋碰开个口子。

小三子愿赌服输地交出鹅蛋，我笑道："三哥哥莫不是让着梅菜了？横竖两个蛋梅菜也吃不完，咱们一起吃！"

小三子向来让着我，想是拿了个本就有缝的蛋，又故意输给我的吧。

分开了蛋，小三子笑道："哥哥不爱吃蛋黄。"又只吃了我不爱吃的咸蛋白。

娘瞧见了，笑道："梅菜这丫头也不知道哪里来的福气，眼瞧着能吃一辈子蛋黄了。"

小三子腼腆地笑了，我怪不好意思的，忙要把蛋黄分给他，他只是摆手不要。

这时有人急匆匆地进了铺子，纳头便拜："龙神使者啊！可救救小老儿吧！"

自打上次那烂鞋精跑了，雀舌给龙井收了，紫玉钗街的怪事平息，我自是告知了街坊邻居龙神爷已然显了神通，收服妖物，教乡亲们放心。不料我这龙神使者的名字越传越开，倒颇有些玄乎，乡亲都夸我为民除害，俨然好似我的功劳一般。

我也说过并不是我收服的，但盖因解决了乡亲们的忧患，总有人遇见怪力乱神之事，便来求我想办法。我天生不会拒绝别人，见人恳求，总硬不下心肠，给龙井添了不少活计，所幸乡亲们总有丰厚祭祀酬神，这才堵了龙井抱怨的嘴。有时龙井闲得无聊，还教我寻些怪事来与他解闷哪！

我尚未回神，娘早跑过去扶起那人来，道：“钱掌柜，这是怎的了？快快坐下说话，梅菜一个小丫头，行这么大礼，她哪里受得起，我还怕折煞了她呢。”

我忙跑过去，原来是斜对面的纸扎店钱掌柜，平日专卖丧事上用的东西，纸扎、孝布、棺材、随葬，一应俱全，算得上紫玉钗街最出名的纸扎铺子。

钱掌柜见了我，急巴巴地说：“梅菜啊，小老儿也算瞧着你长大的，这回你可一定得救救小老儿啊！”

我忙道：“钱伯伯坐下说话，这是怎的了？”

小三子忙也收了蛋壳，帮着沏了茶水。

钱掌柜干瘦的身体哆嗦得如同风中落叶，他干得裂口的嘴唇颤了颤，道：“小老儿家，小老儿家闹鬼了……现下还不知道怎么好……”

我忙问：“怎的了钱掌柜？您家做的死人买卖，莫不是鬼客登门挑货？”

钱掌柜摇摇头：“小老儿自知这是死人买卖，可胆子不大，怎生赚得丧葬钱！是，是小老儿家摆货的仓库颇有些蹊跷。”

钱掌柜的仓库里自是存放的棺材与纸扎货了，我忙问：“钱掌柜莫急，究竟是什么蹊跷事？”

钱掌柜叹口气，道：“还是得打上次吸阳气的鬼闹得沸沸扬扬说起。那些日子，人们皆怕给那鬼跟上了，来铺子里买红绸，买黄纸，买纸扎祭祖求平安的大有人在。不瞒你们说，小老儿也颇发了一笔小财。那日夜里，关了铺子，家里老婆子和你如曦姐姐累了一天早去睡下了，小老儿抱着钱匣子想着细数数盈余，倒计算着想把后园扩一扩。孰料小老儿刚数完，便听见有个人说话，‘老头儿，老头儿！’小老儿一时纳闷儿，大半夜莫非有人买货？可是小老儿铺子早关了，屋里也只有小老儿一个人，这下子，本便是做这不吉利的买卖，登时给那声音吓得魂不附体。”说着浑身筛糠似的抖起来。

如曦是钱掌柜的独生女儿，年方二八，是钱掌柜夫妇的心头肉，很是聪明漂亮，人也和善，待我也不错，是以得了空，我老黏着她跟前跟后。

我心下一紧，忙问："没有人，只有声音？您可曾答应它？那声音可说什么了？"

钱掌柜叹口气，惊魂未定地说："小老儿吓得目瞪口呆，哪里答得出来什么，只听那声音接着道，'老头儿，你且莫要害怕，你可想发财吗？'

"小老儿一听，左思右想，因着家中只供奉了财神爷，只道是家中供奉的财神爷显灵了，忙跪下答道：'小老儿自然愿家中招财进宝，生意财运滚滚，财神爷显灵，小老儿好生惶恐！'

"那声音又道：'你若是想发财，有个巧宗正可以告知与你。'

"小老儿大喜，便答道：'还望财神爷示下！'

那声音道：'你那仓库里，不是有个没卖出去的红木棺材吗？我说与你，只要你在那个红木棺材之中放什么东西进去，合上盖子，再拿出来，便可多出来一倍，可是好事？'

"小老儿稀里糊涂，不大敢相信，可仓库里，确实有个积年的棺木，造价太高，尚不曾卖出去，早积了灰。一转心思间，那声音便再不曾响起，小老儿半信半疑，呼喊几声财神爷俱不应声，只得先回房去了。待次日醒来，小老儿越发稀里糊涂，觉着怕是梦吧？但瞧着财神爷的神位，又有些跃跃欲试。小老儿一咬牙，便信手拿了个紫砂茶碗，放进了那棺材里。待合上盖子，再打开盖子，小老儿不禁瞠目结舌，那、那棺材里，竟当真有两个紫砂茶碗，一模一样，分毫不差。"

"啥？"我们三个不禁瞪圆了眼睛，"当真多了一倍？"

钱掌柜似是追悔莫及地点点头。

娘奇道："当真出奇，竟如此灵验，想来钱掌柜心诚则灵，可不是财神爷显灵了嘛！钱掌柜不惜福，怎生说是妖鬼作祟呢？"

钱掌柜叹道："小老儿还未曾说完，灵验是当真灵验，小老儿一瞧，便忍不住，拿银子来试。果然银子、玉器、衣裳，俱能多出一半，小老儿贪心，忍不住从那棺材里，多弄出不少钱财来。结果天上掉不下来馅饼，一贪心，果然招致了祸患。"

我一听，忙问："什么祸患？"

钱掌柜叹口气，道：“那日里，小老儿又在趁着夜深人静，清点那棺材变出来的金银，清点完了，便点香烛供奉财神爷，多谢财神爷的恩典。才磕了头，那声音便又响起来了，‘这口棺材可是个宝物，想来你早也试过了真假，可勿要告知旁人知晓哪！如若不然，你们家可会招来灾祸。’

“小老儿忙答应下来，想来这种事情若是人尽皆知，可确实也麻烦得很，家中老婆子和女儿又是女流之辈，也不好商量，怕吓着她们，小老儿私心，也就把这变东西的棺材之事藏在心里，未曾说出来。只拿那得来的银钱给她们买了好绸缎、好首饰，也教她们跟着那口棺材沾一沾光。直到前日，那声音又来了，说：‘老头儿，老头儿，你得了那棺材，可不是收下了不少好处嘛！现下你该回礼啦！’

“小老儿忙回道：‘如此宝物，回礼自是应该的，不知道财神爷要啥？’

“结果那声音笑道：‘老头儿，要别的，你也没有，只把你那女儿与了我吧！’”

说着，这钱掌柜，是捶胸顿足。

我瞪大眼睛：“什么？那声音竟然要如曦姐姐？”

钱掌柜一张脸皱得将将要哭出来，道：“是呀！小老儿听了，犹如遭遇晴天霹雳，那棺材的能耐是好，可是也不能用女儿换呢。小老儿夫妇没什么福气，一辈子就得这么一个女儿，岂能舍得！小老儿当时便忙道，‘财神爷见笑，财神爷要啥，小老儿都二话不说，唯独这女儿，是小老儿的心头肉，没了女儿，活着都没什么滋味，宝贝棺材虽好，小老儿也舍不得拿女儿换。不知财神爷可能换个别的谢礼，不管要啥，小老儿眉头也不会皱一下！’

“那声音却笑道：‘啥也不要，只要你女儿，棺材你也用了，东西你也收了，也就当你满意了。你那女儿，过几天待咱这儿收拾好了，便派人来带着走。就这样吧！’

“小老儿吓坏了，对着财神爷跪拜不已，可是再听不见那声音，小老儿心下害怕，哪有神仙要凡人做谢礼呀！小老儿这才明白，那棺材定是妖鬼以妖法变出来的，只为哄小老儿上套子，小老儿急得差点儿一口气没上来，左思右想，还是找龙神使者来想想办法是正经。”

我心下起疑，这钱掌柜说得对，神仙怎么会要凡间少女做谢礼的，定然是妖物冒了财神爷的名头，骗钱掌柜上钩的。钱掌柜又正盼着赚钱，才上了妖物的当。

那妖物说这几日，便要接如曦姐姐走，我忙问：“钱掌柜，事情你可与如曦姐姐言说了？”

钱掌柜摇摇头，道：“小老儿为着一时贪欲，追悔莫及，现下哪说得出口，要为口棺材，卖了女儿吗？”

边说，边紧紧抓着我肩膀：“龙神使者，还望求龙神爷给小老儿想想办法，若没有了女儿，再多金银珠宝又有何用？小老儿没了什么都行，就是不能没了这个家啊！”

我忙就应下与龙井祈愿，要赶去龙神祠寻龙井言说。钱掌柜一听大喜过望，俯身要拜，我和娘忙扶起他，钱掌柜又掏银钱买了许多新做的点心托我祭祀龙神爷。

及至正殿，龙井盘腿坐在供桌上，仰头盯着房顶，白生生的脖颈上喉结滚来滚去，好像给什么馋得咽口水似的，不知道在寻思什么。

我摆好祭祀，道：“龙神爷，现下可有桩大买卖，棺材铺子的钱掌柜家遭逢妖物作祟，要他们家女儿如曦姑娘做谢礼呢！欸？龙神爷在瞧什么？”

大殿房顶不见漏雨，也不见掉灰，却有个蜘蛛正在吐丝结网。

龙井盯着那蜘蛛发了下子愣，转头瞧着我：“怎的，是强抢民女的？”

我忙把事情来龙去脉道来，龙井抓抓耳朵，仍有些失神，道：“这物，可不也是先给甜枣再打巴掌吗？能把东西变一半的法术……”便沉吟起来。

瓜片正在吃李子，啄得到处都是紫红色的汁液，一听龙井沉吟，忙抬头道：“妖怪呀！妖怪呀！”

龙井嗤笑道：“本神莫非还不知道是妖怪？棺材里的东西多一半，倒也怪好玩的。这几日便要来接人了？本神也过去瞧瞧吧！你且教那老头儿把存放棺材的屋子空出来。”

我一听龙井答应了，忙拜谢了，但龙井今日好似并不曾有什么胃口，我供奉的点心拨弄了拨弄，也没有要吃的意思。

我悄悄问瓜片：“龙神爷这是怎的啦？”

瓜片咋咋呼呼地说：“你还不知道？龙神爷这是为情所困，为情所困！”

原来如此，我点点头：“上次是听龙神爷说过，那香片要我也不知道做甚，龙神爷说是与她讨个说法。”

瓜片咂咂嘴：“口是心非！口是心非！”

哎，这龙井，连供品都没心思吃，不知道寻思些啥？可当真怪教人纳闷儿的。

瓜片挤挤眼：“若是龙神爷对香片贼心不死，那冥界妖界与龙宫，可有热闹瞧了，嘎嘎嘎嘎。”话音未落，龙井早朝瓜片丢了一颗龙眼干，登时把瓜片砸倒在地，当真心狠手辣。

我跑去棺材铺子与钱老板说了龙神爷要亲来，钱老板感激涕零，忙拉我去了仓库。

只见仓库密不透风，因为怕浸了雨水坏了纸活，四处密匝匝糊满了油纸，一口硕大的红木棺材摆在中央，擦拭得纤尘不染。

我照着龙井的意思，且把钱掌柜给支出去了，关了门一回头，但见龙井已经来了，且敲了敲棺材板儿，信手揭开了。

我伸头去看，却见里面空荡荡什么也没有。龙井信手抓过瓜片塞进棺材里，猛地合上棺材盖子，瓜片猝不及防，在棺材里猛扑腾：“放我出来！放我出来！”许这仓库有些回声，竟听着瓜片的叫嚷是重音一般，龙井揭开棺材盖子，里面果然飞出了两只毛色鲜绿的瓜片！

我虽早听钱老板说过这棺材的奇异，可亲眼见了，仍是吓了好大一跳。

只见两只瓜片论个头、毛色，俱一个模子刻出来一般，不禁教我看傻了眼。

一个瓜片叫道：“假的！假的！”另一个瓜片也不甘示弱，也声嘶力竭地嚷道，“假的！假的！”

两只瓜片瞪着对方，斗鸡似的如逢死敌，一齐飞扑起来相互撕咬，登时鲜绿的羽毛落了一地，教人好不心疼。

我忙劝道：“龙神爷，快别教两只瓜片厮打了！两败俱伤可怎么好！”

龙井盯着两只瓜片瞧了瞧，信手抓了其中一只，笑道：“嚯嚯嚯，这个棺材当真有趣得很哪！”

另一只瓜片则飞到我肩上，愤愤不平地嚷道：“傻狍子，那个是假的！我才是真的！”

龙井手里的那瓜片亦是死命嚷着：“瓜片只有一个，只有一个！”

龙井喜滋滋地摩挲着手中的瓜片，一把把那瓜片扔到半空，那瓜片得了自由，早冲我如离弦的箭一般冲过来，扑着我肩膀上的瓜片就要啄，两只瓜片登时又闹成一团。我急得直喊：“别打啦！别打啦！”可是两个瓜片实在一模一样，难以分辨。

龙井则熟视无睹，悠然自得地在仓库里转悠。我对两个争斗得头破血流的两个瓜片劝架未果，正心焦呢，突然听见仓库门口有啪啪的拍门声。我道是钱掌柜来了，忙去开门，不料想一开门，竟然是如曦来了。

如曦往仓库里探探头，想必看不见龙井和瓜片，先朝我嘘了一声，接着推我进了仓库，回身瞧了瞧，掩上了门，道：“梅菜，姐姐有话问你。”

我忙问：“如曦姐姐，可有什么事吗？”

如曦低头绞了绞衣带，抬头看着我，指着那棺材道：“你，可是为了那口棺材来的？”

我一愣，一句“你怎生知道”几乎脱口而出，钱老板不是说未曾告知如曦姐姐吗？怎的如曦姐姐也知道这事？

但我尚未开口，如曦一见我的神色，便像是明白了，道：“棺材的事情，爹自然是瞒着我和娘的。不过爹日日鬼鬼祟祟在仓库跑进跑出，谁不疑心！我早就觉着爹这几日花钱颇为大方，又见他总在仓库取东西，禁不住好奇，才偷看了。你可知姐姐发觉此事有多惊慌吗，梅菜，你是龙神使者，你自然知道，可能告知姐姐，那棺材究竟是什么来路？”

我实实不想与如曦姐姐说这事情，怎么都有些诡异，若是她知道这棺材要拿她自身来换，定会吓坏了吧。

如曦见我犹豫，恳切地说道：“家中有这种东西，怎的想，怎的诡异，定然是妖鬼作祟，不然凡世里怎会有这种宝物。你还是快快告知与我，有能帮忙的，我也好助你一臂之力。”

龙井撇撇嘴道：“帮忙？既然如此，说与她也不妨。”

话音刚落，如曦猛然才看见在我身后的龙井和瓜片，禁不住脸色一白，往后退了一步，喃喃道：“这位公子是……”

我忙道：“姐姐莫怕，这便是宅心仁厚的龙神爷，那只鹦鹉叫瓜片，不过给龙神爷塞进了棺材，现下变成两个了，也不知道哪个是真的，哪个是假的。”

如曦忙要跪拜，龙井撇嘴道：“免礼吧，本神不过闲得无聊罢了。”便回过头继续在屋子里踱步。

如曦瞧着龙井，轻咬着下唇，不禁有些痴了。我察言观色，倒与瓣儿、香片、枕梦公主瞧着龙井的眼神颇为相似，不禁感慨龙神爷当真人见人爱。

如曦瞧见我盯着她，这才回过神来，轻咳一声，脸色绯红，嗫嚅道：“不想龙神爷竟如此丰神俊逸，我、我从未见过如此相貌的男子，有些失态，妹妹可莫要笑我……”

我想了想，好像见过龙井的女子表现得也都差不多，忙答道：“不妨的，梅菜司空见惯，龙神爷威严，教人敬仰也是有的。”

龙井哼了一声，回身对如曦道：“那妖怪说，想用这能变物加倍的棺材跟你爹换了你，你可知晓？”

“什么？”如曦姑娘大惊失色，“爹竟然……”

我忙道：“姐姐，钱掌柜宁愿不要棺材，也不肯换的。不过拿人家手短，才理亏了，正求龙神爷想办法回绝那妖物，我们正是为了护姐姐而来的。姐姐放心吧，有龙神爷在，谅那妖物也不敢作祟。”

龙井嗤笑道：“你倒替本神逞起英雄来了，你且等着吧，若是本神一不乐意撒手不管，教你这傻狍子做供品给对方送去。”

如曦姐姐一听，忙道：“龙神爷息怒，若是当真逃不脱魔掌，如曦自己入了虎口，也断然不会拖累了梅菜妹妹！”

我忙道：“姐姐莫怕，龙神爷可是无所不能的，不过说句笑话，姐姐可别当真。”

如曦偷偷看了龙井一眼，轻声道：“是。”

龙井把修长的手伸进后颈抓挠了几下，道：“夜里可以等等，照本神看，今日倒可能有热闹瞧。”

如曦一听，又是惊又是喜，忙道过了谢，正要去取东西供奉，龙井道：“你不是不想教你那老爹担惊受怕吗，且给你那老爹留些面子，只做不知道，不用过来了，待子时再来仓库瞧热闹吧。”

不想龙井心思倒也细腻得很。

如曦听了，这才略失落地离去了，临走还偷偷多看了龙井好几眼。

我忙问：“龙神爷，此番是个什么妖物？”

龙井摸了摸光滑的棺材板子，笑道：“晚上你便知道了。”

到了子时，我困得睁不开眼，连争斗了一天的两个瓜片也筋疲力尽，瘫倒在地上，只有龙井端端正正地坐在棺材板子上亮着眼睛发呆。

叩叩叩，这会儿响起了敲门声，我起身开门，果然是如曦姐姐来了。她回身掩上门，忐忑地说：“爹娘睡下了，我便偷偷跑了来。龙神爷，可有小女能相助的地方？”

龙井笑眯眯地点点头，指着棺材道：“躺进去吧！”

“躺进去？”如曦姐姐一愣。

我忙问：“可是要多变出一个如曦姐姐交与那妖物？这本便是妖怪的法宝，如此可行？”

龙井不耐烦道：“就你这傻狍子话多，莫再说了，那物要来了，还不速速进去。”

如曦忙揭开棺材板，顺从地躺了进去，片刻，龙井便开了口：“出来吧。”

我一看，这倒好，从棺材里撑起棺材盖子的，果然是四条胳膊！

我忙帮着打开棺材盖子，两个如曦姐姐花容失色，跌跌撞撞地从棺材里出来，互相打量着，面面相觑。

龙井随手拉过一个，不知道用了什么方法，竟然把那个如曦变没有了！剩下的如曦大惊失色，忙问：“敢问龙神爷，那个……那个我呢？”

龙井还未开口，仓库门口再次发出来叩叩叩的敲门声，一个怪里怪气，听不出男女的声音道：“来接人啦！来接人啦！”

龙井朝门口努努下巴，我赶紧跑去开门了，咦，门口根本没有人啊！

我莫名其妙地回头一看，登时几乎吓掉了下巴，就开门的一瞬间，剩下的如曦姐姐竟也不见了！

我忙问龙井：“如曦姐姐怎生不见了？”

龙井懒洋洋起身，指着棺材，道：“接走了吧！”

我急得团团转：“龙神爷变出来一个，变没了一个，现下又接走了一个，究竟哪一个才是真正的如曦姐姐？”

龙井道：“跟本神瞧瞧去。”一挥手，那棺材已然挪开了，棺材底下，竟然有个朱漆镶黄铜狮子门环的大门！

龙井信步过去，随手一拉，那大门便开了，里面竟然分外光亮，如同点了千百只蜡烛，都是柔柔的黄光。

龙井冲我做了个过来的手势，我紧随其后，跟了过去。

但见里面别有洞天，并不是个寒酸地窖，是一个大大的厅堂。

进了厅堂，龙井关上大门，竟严丝合缝，全然瞧不出那里曾经有个门。

厅堂八角形，每一面墙有一个朱漆镶黄铜狮子门环的大门。壁上都是活灵活现的壁画，五颜六色绘着簪花仕女，有游玩的，有浣衣的，有骑马的，有弹琴的，眉目带笑，仿佛能走出来。

龙井推我一把，道：“有什么好看的，快快走。”

我一下脚，脚底绵软，不想脚底竟是一寸多厚的绒毯，如踩踏在云朵上一般，奢华无比。这种俗套些的华贵，比起庄严的龙宫，倒接了些地气，我忙问：“这是哪儿啊？”

龙井随手推开一扇门，我探头一瞧，里面竟然是一道水帘，浩浩荡荡地流泻下去。湿漉漉的扑面都是水汽，往下一看，是灰蒙蒙的悬崖峭壁，万丈深渊。深得教人眼晕。我赶紧把脑袋缩回来，犹心有余悸，这要是跌下去，可不是得粉身碎骨吗？

龙井道："这是冥界的入口之一，四通八达，倒方便得很，刚才便是忘川。算了，说了你也不知道。"

我忙道："忘川，不是二公子吗？"

龙井道："他看守的冥河叫忘川，所以便叫了这个名字。忘川河水喝了便可忘记前世烦恼，也算是冥界特产了。"

我眨眨眼睛，突然明白了过来："这里，难不成是冥界？"

龙井笑道："傻狍子越来越聪明可怎生是好，若你也跟那雪菜一般，本神可不知道该欢喜还是该害怕了。"

我忙问："莫非，抢了如曦姐姐的，是冥界的人？"

龙井道："顺藤摸瓜，瞧瞧吧。"

我便随着他四下转了一圈，又见他打开了一扇门，那个门里漆黑无比，连颗星星也不见，冷风刺骨，果然是龙井被锁起来时那副光景。

龙井信步走进去，我忙跟上，虽说已然立夏，还是冷得上牙磕下牙。

而龙井往里一指，我才瞧见黑暗里竟依稀看得见两个人抬着什么东西，跑得飞快。

我还纳闷儿这么黑是怎生瞧出来的，再仔细一看，那两个人周身青白，闪着淡淡的蓝火苗。

好像是茹萱上次弄出来的那种鬼火。

龙井抓着我，我只觉得眼前一花，便到了那两个人背后。

那两个人似是并不知晓我们从天而降，仍哼哟嘿哟地抬着一个躺椅往前走，躺椅里正是昏睡着的如曦姐姐！

龙井轻咳一声，那两个人立刻机警地回头瞧着我们。

近处瞧那两个人，直教我倒吸了一口凉气，那两个人一前一后，身量相同，长相相同，俱穿着白色长袍。最出奇的是，两个人的胳膊竟然长得能碰到地面，根本不是寻常人类。

龙井笑道："你们这是往哪里去？"

那两个人见了龙井，颇为忌惮，一对视，便放下躺椅行礼道："不知龙神爷来冥界有何贵干？小的奉命而为，望龙神爷行个方便，莫要插手此事。不然小的主人问起，小的担待不起。"

两个人不仅长得一样，说话也是异口同声，倒像一个人分成了两个，当真出奇。莫非，他们也是打那棺材里一个变出两个来？

龙井道："本神不为难你们，左不过本神好奇，尔等只需把来龙去脉告知本神即可，你们的主人，是哪一个？"

那两个人低头不语，龙井又问道："那你们到哪里去，总能告知本神吧？"

那两人犹豫了一下，道："主人有令，说不得。"

龙井点点头，突然两个人就不见了，空余了如曦姐姐和那躺椅。

我忙问："人呢？人呢？"

龙井不耐烦道："你不做鹦鹉，做个傻狍子，当真怪可惜的。"

说着摇身一变，竟化作了刚才那长手人中的一个，还原地转了一圈，似乎很是满意。

然后冲我咋咋舌："傻狍子，还不快来抬！"

我一愣，低头一看，自己不知道什么时候竟然也化作了那长手人，两只胳膊沉甸甸地垂在身侧，当真别扭极了。

龙井莫不是也想着李代桃僵，替那两个长手人送如曦姐姐去接人的那个主家去？可是都不知道主家是谁，往哪里去呢？

不管了，横竖龙井有龙井的办法，若是问得多了，定然又会讥讽有加，我还是莫要惹那闲气了。

不料刚刚抬上躺椅，一个骑着马的白衣人突然出现了，瞪着我们道："怎生这么晚才回来？主上等得不耐烦，看剥不剥你们的皮！"

那个白衣人亦是与我们现在同一副模样，诡异之极。我再一瞧那马，登时傻了眼，那个，好像是木头雕刻出的假马！

龙井忙道："是了是了，我们这便回去，这个活人太重，抬着走不快，着实费了些工夫。"

那骑木马的人未曾搭理，只趾高气扬地哼了一声，便催马往前走，那木马咯吱咯吱地往前跑，委实奇特极了。

龙井冲我使了个眼色，我忙也随龙井一前一后抬着那如曦姐姐和躺椅，尾随木马前往。

不多时，便到了一个孤零零的大门前面。

说是孤零零，盖因为门本应装在墙上，可是那扇大门就单薄地悬空矗立着，十分诡异。

骑木马的人砸了砸门，又一个和我们长得一样的人出来开门，骑木马的策马而入，我和龙井跟上去。虽说外面只能瞧见一个门，但里面却熙熙攘攘，俨然是个大家族。

里面的人俱长得一模一样，但分工倒是明确，有扫地的，有摆桌子的，有抬凳子的，跟阳世里大户人家请客别无二致。

一个长手人瞧见我们，忙喊道："来了！来了！"

其他的长手人也都回过头盯着我们，还有跑到我们近处细看如曦姑娘的。我给这么多张的一样的人死盯，不由得毛骨悚然，只觉着四下里都是镜子一般，不由得眼花缭乱。

早有一个长手人引着我们道："快进去，快进去！"我和龙井忙跟了他，往内堂里走，内堂亦俱是一模一样的长手人，一个人过来扶下如曦姐姐，另一个人搭把手帮忙，将如曦姐姐架到了上座上。我和龙井顺势搁下躺椅，也混在人群里，因为俱长得一模一样，我生怕认不出龙井，只得紧紧抓着龙井衣襟。

一个人见状，奇怪地问道："你这是做啥？怕他丢了吗？"

我不知道说啥好，瞪着眼睛卡了壳。龙井笑道："不过是他小气，说好了请吃酒，怕我赖账溜走罢了。"

那个人半信半疑地瞧瞧我们，混进人群不见了。

接着这些人开始窃窃私语，一个人道："去请主上吧！"

旁的人也点头道："主上！主上！"

我心下嘀咕着，那主上，非也是和这些人一个模子刻出来的吗？这冥界，处处透着阴森诡异，实在教人胆寒。

不大一会儿，内堂这些人又窃窃私语："主上来了！主上来了！"

第16章　立夏（二）

龙井带着梅菜去找人，还让梅菜假扮成了之前的红衣小女孩雪菜，大闹冥界。

只见一大群白衣长手人簇拥着唯一的身着黑衣，与他们长得不一样的人出现了，我定睛一看，不由得大吃一惊，这个被他们称为“主上”的黑衣人，不正是冥界二公子夏忘川吗！

龙井扑哧一声笑了，轻声道：“这便叫作，不是冤家不聚头，这二狗子闲得无聊，不顾与九尾狐有婚约在先，竟然抢起民女来了。哎呀呀，不知道香片知晓了，要怎生收场。”口气是无不幸灾乐祸。

二公子很是气派地在众多长手人簇拥下来到如曦姐姐面前，啪地打了一声响指，如曦姐姐睫毛一抖，也便苏醒过来。但见她望着眼前这诡异景象，不由得吓得浑身颤抖。

二公子虽说长相颇为好看，此刻却傲慢得鼻孔朝天，得意扬扬地道：“本公子可是下了重聘，千辛万苦将你一个活人迎入冥界来，你可得好好为本公子效劳，方才能报答本公子的厚恩。”

如曦姐姐吓得说不出话，二公子一挥手，立刻出来两个长手人将如曦姐姐架了下去。

这时一个长手人跑到二公子耳边低语几句，二公子陡然脸色一变，怒道：“怎的竟然混入了生人！你们这帮狗奴才，都是吃干饭的吗？”

哎呀，莫非，是刚才对我们疑心的那个长手人吗？这下糟了，强龙不惹地头蛇，给他们发现的话，人数众多，可不大好对付。

长手人一听，纷纷交头接耳，议论不休。一个长手人进谏道：“主上，现下当务之急，还是揪出生人，请主上下令清查！”

长手人一听，纷纷嚷起来：“清查！清查！”

当真是多事得可以，我心里吓得狂跳，龙井则气定神闲，还跟着起哄：“清查！清查！”

二公子咬牙道：“敢在本公子这里太岁头上动土的，除了大头，还未生出来，这大头，一有好事，准来裹乱……”

那些长手人一听，更是大呼小叫：“公子拿他！拿他！”

我虽说紧张，可眼看着长手人同气连枝的样子，只得也跟着振臂高呼，免得被当成异类。

只见二公子沉吟一下，道：“既然大头赏脸来了，本公子不如来个瓮中捉鳖……”便招招手：“来人！把在场所有人俱叫到内堂里面去，本公子一一清查，一个也不漏下！”

长手人俱训练有素地排起队来鱼贯而入，我紧紧拉着龙井，生怕混进长手人堆里，到时候找龙井不如同大海捞针吗。我可不敢冒那个险，也许能不能活着出去都两说。

唉，也不知道二公子要检查什么，教人心里七上八下的。

但见大排长龙的长手人越来越少，马上就要排到我们了。龙井朝我挤挤眼，笑道：“兵来将挡，水来土掩，莫怕，有的是好玩儿的。”

我只得点点头，原来排队是依次进一道布帘子后面，也不知道如何清查。

到龙井的时候，我本想跟他觍着脸一起进去，却被一个长手人一把推开了，我只得眼巴巴地看着龙井进到了布帘后面。布帘有个缝，勉强能看出他的脚底，突然龙井的脚不见了！

但是好像并不曾有什么动静，也没人嚷生人抓到了，我只得也要硬着头皮进那布帘后面。突然后边有人喊道：“公子说不必查啦！大家伙儿散了吧！”

毫无疑问，龙井肯定给二公子抓到了。

我心下叫苦连天，独个变成这么副模样混在人群里，可怎么办呢？不知道龙井在这么多一模一样的面孔中还寻不寻得到我，若是他给二公子关起来，我要怎生回家啊！

正心慌意乱呢，一个长手人拍了拍我，道：“随我做活儿去！”

我刚想问一句“做啥活儿？”又怕露出马脚，只得硬生生吞下那句话，硬着头皮跟那长手人走了。

那长手人带着我左转右转，进了一个小门，那小门里黑洞洞的，却不知道为什么竟然有桂花的浓郁香气。那长手人指着里面道：“这可都是主上的宝物，你小心看管，一会儿还要用呢！若是出了什么差池，我就上报主上，剥了你的皮。”

“是，是。”我忙唯唯诺诺地答应了下来。

那长手人放心地离开了。

我急得如同热锅上的蚂蚁，上次在鬼市走丢，尚遇见了太平猴魁，现下可当真走投无路，也不知道龙井在哪儿。

真是大难临头，我命休矣。

嘤嘤嘤……欸？什么声音？

嘤嘤嘤……好像是隔壁的小门里传出来的。我想了想，看一眼大概不会有什么大碍，横竖就在这里待着也不见得有转机，不如过去瞧一眼。

隔壁的门上了锁，挂着一条粗大的锁链，锁头都是红锈，估计经年未曾打开了。

这个门有个门缝，透过门缝能瞧见里面也是漆黑一片，正发出“嘤嘤嘤……”的声音。

我耐心等了一会儿，好不容易眼睛适应了黑暗，我终于勉强从那黑屋里看出约略的一个人形来。

那个人面朝墙，缩成一团，不停地发出“嘤嘤嘤……”的声音，在这寂寥的黑屋里分外清楚，还带着些回音，让人心里发毛。

那是谁呢？给二公子关在这里的，怕也不是什么善类吧！

我吃过几次亏，心下有些打鼓，刚要抬起脚回桂花味道的屋子里去，那个人却好似发觉了我，警惕地问道：“谁？”

欸？这熟悉的声音，好像是如曦姐姐呀！

我又回过头看了一眼，那人也回过头来，冲着门缝走过来，果然是如曦姐姐！

如曦姐姐见了我，满脸失望，又回过头去。

我忙轻声喊道：“如曦姐姐，是我啊！我是梅菜！”

如曦姐姐一听，忙转过头来，跑到门后，半信半疑地看着我，疑道：“你……你说你是梅菜？”

我点点头：“是呀！龙神爷叫我来的，把我变成了这副样子！如曦姐姐，你没事吧？”

如曦姐姐似仍不敢相信：“梅菜……”

我忙道：“我真是梅菜，如曦姐姐，你可还记得我常去找你抓沙包，有个碎花的，还是姐姐特地给我做的呢！”

如曦姐姐似想起来了，点点头道：“真是梅菜？龙神爷在哪儿？”

我点点头：“是我是我！只可惜与龙神爷走丢了，待咱们找到龙神爷，一准能平平安安回去！”

“哼，还想找大头？”身后一个冰冷的声音响起，吓得我机灵了一下，回头一看，果然是一袭黑衣的二公子！

这可坏了，我回头一看如曦姐姐，不想如曦姐姐竟然早变成了长手人！

难不成，这才是那个清查吗？我还真是傻，就这么上当露出马脚了！

二公子笑道：“嘿嘿嘿，本公子没有去找你，偏偏你自个儿要撞上门来，那本公子可就笑纳了。”

这下，可完了……我还没想出应该咋办，早被一个黑袋子套在头上，不知道谁麻利地扎上口，轻轻松松地把我提起来，跟拿着一兜桃儿一样扛走了。

接着不知道走了多久，扛着我的人连我带黑布袋丢在了一个地方，好像还听到哗啦啦上锁的声响。

我挣扎了挣扎，冲不破袋子。好像已经从长手人模样变回原本的模样，再没有了刚才的力气，只在原地左滚右滚，却四面受困，好像给人锁在一个箱子里。

不知道二公子抓我来做甚，难不成要把我装箱送给那香片吗？香片又要把我和雪菜变成一朵花，要怎么变？

这下落入魔爪，只怕我命更是休矣。

突然我感觉有个人在用手推我，不禁吓出了一身冷汗，难不成这个箱子里面，还有别的人吗？

于是我便奓着胆子问道：“谁？”

“你是谁？”一个最最耳熟的声音，回声一般地映入耳朵，是我自己和雪菜的声音。本来是不觉得，自从遇到了雪菜，这个声音变得异常清晰可辨。

这叫什么？狭路相逢？怎生雪菜也给关在了这里？

刺啦，她似乎撕开了布袋子，又解开了我的布袋。

我从布袋子里爬出来，外面瞪着眼睛瞧我的，果然是雪菜。

“雪菜？”我们两个竟然异口同声。为什么她会这么问？她不是雪菜吗？

“我是梅菜。”又一次异口同声。

我心下起疑，这世上与我一模一样的，分明只有雪菜一个，这个人也自称梅菜，是怎么回事？

我环顾四周，蓦然明白了，原来刚刚我竟然是被丢进了那个仓库里能把东西多变一倍的红木棺材里。

这个多出来的我，应该是棺材复制出的我自己。

而我还不曾来得及开口，对面的那个“我”便已经抢先说道：“你不是雪菜？你同我一样是梅菜？嗯，原来是棺材的原因，看来我也加了个倍，多出了个你来。”

我瞠目结舌，这个“我”可也理直气壮地觉着自个儿是真正的梅菜，我是多出来的那个。

我突然脑子一闪，这个棺材，究竟是能把人加一个倍，还是会一分为二？

虽说结果一样，都是会多出来一个，可是原因却大为不同。若是加一个倍，必定有真有假，可是一分为二就不好说了，我们都是真真的梅菜。

我和“我”照镜子似的对望着，举手投足，神态动作，俱是一模一样，虽说我见过世上另一个雪菜，可是毕竟她是雪菜，我是梅菜，但现下这个“我”也自称梅菜，才是真正意义上的另一个我，当真让人觉着毛骨悚然。

我心下越来越不安，这个“我”，有着和我一模一样的记忆，究竟谁是复制出来的呢？我也理直气壮地觉得自己才是原来的梅菜，可是这种感觉又是真的吗？

如果我才是那个多出来的……我浑身恶寒，已经不敢往下想了。

“我”也是面色有些惊惶，但仍说：“只可惜现下与龙神爷散开了，咱们可一起想想办法去寻龙神爷，待找到龙神爷，事情总有办法解决。”

我点点头，越发不安了，因为我心里也是这么想的，她不过是替我说出来罢了。

环顾四周，虽说棺材是那个能加倍的棺材，现在却并未在钱掌柜的仓库中。我爬到棺材外面，回身又拉了“我”一把，两个人相携着出来，四壁都是光溜溜的墙，并不见门。这冥界当真凶险，可现下要怎生出去呢？

“我”和我四下探查了一番，根本是严丝合缝的房间，不知道是怎生被放进来的。

整个房间都是密闭的，应该进不来光，但是这屋子却奇异得亮堂堂白昼一般。

屋子空荡荡，除了那口棺材，什么也没有。

我脑子一转，出口会不会与那棺材有关？

才刚想到这里，“我”已经去棺材旁边细看了。

反应总比她慢一些，让我心下很不舒服，莫非，我才是那个多出来的梅菜？

“我”抬头道：“这个棺材可重得很，我心下想着，也许出口与这棺材有关系呢。”

我忙点点头，也跟“我”一起瞧着这棺材。不过这棺材重得很，两个我根本动不得它。

“哈哈哈……两只傻狍子，这可不是越来越热闹了吗？”我抬头一看，竟然是龙井！

此刻我心里又是惊又是喜，“我”也露出这种表情，道：“龙神爷！

你到哪里去了？可是给二公子抓了去？现下有两个梅菜，梅菜心里正焦急得很哪！”

我，也正想这么说，但看着“我”与龙井如此熟稔的样子，心里说不出的不是滋味。突然想起瓜片与瓜片之间的掐架了，人，也许真的没法容忍世上有两个自己吧！

龙井侧过头笑道：“本神早知道二狗子要滑头，先一步躲起来了，这才尾随着瞧见你给丢进了棺材。傻狍子，还不速速随本神去看看那二狗子弄了如曦来要做甚？”

那个“我”道：“龙神爷，可是，现下有两个梅菜……”便为难地与我对望。

我心下忐忑，想起龙井曾经借棺材弄出了两个如曦姐姐，还变没了一个，现下他会怎么办？再变没一个吗？要变没我，还是变没那个“我”？

龙井道：“不妨，一个化一对，倒更有趣了。快快过来，本神带你们出去瞧热闹。”

那个“我”忙去龙井身边，熟稔地拉住了他的衣角。

我心里老大不舒服，也只得去了龙井身边。

龙井一挥手，又到了二公子的大厅堂，二公子满脸喜色，红光满面，似是未曾看见我们三个。

大概龙井使了什么高明的隐身法，几个长手人正忙里忙外置办东西，几个公子在长手人的簇拥下进来了。

那几个公子也个个风神俊雅，穿着黑色衣衫。

二公子忙起身相迎：“哥哥、弟弟都来了，快请！”

一个公子笑道：“二哥哥，今日把大家请来，可有什么好事吧！”

听他们兄弟相称，大概是冥界其他几位公子。

二公子答道：“可不是吗，新从人间费了好大工夫，弄来一个女子，倒是有趣的，特来带兄弟们热闹一下子。”

“女子？”一个公子疑惑地说，“二哥哥不是与妖界的九尾狐定了婚约，偷偷纳妾，只怕父王知道了，不大好交代吧？再说，凡人女子，有什么好的，庸脂俗粉，还不若冥界的灵魂飘逸些。”

还未等二公子答话，又有一个公子插嘴道：“九尾狐与龙宫的饕餮倒好像有些纠葛，听说九尾狐那时还曾经为什么事情拼掉了一条命，毁了饕餮守护的妖簿。这件事情可是真的？”

哎呀呀，这个公子要揭龙井的老底了。

我偷眼看看龙井，龙井倒云淡风轻，好似没听见什么。

一个公子奇道：“饕餮不就是守护妖簿的吗？妖簿被毁，天庭也未曾降罪？”

还有一个公子低声道：“本公子听说不仅妖簿被九尾狐毁了，饕餮自己都给封印起来了，龙神庙都给那九尾狐拆了。不过小道消息，也不知道是真是假，但饕餮现如今不好好地掌管着妖簿吗？这是老君眉的消息，不知道可靠不可靠。兄弟们可有可靠的消息？”

又一个公子笑道：“比起这个，本公子倒更想知道九尾狐虽说命多，可为什么竟拼了一条去毁妖簿？”

二公子脸色有些不好，一个公子许是最细心的，忙道：“各位兄弟们，今日二哥哥请大家来，不过是看看那凡人女子，怎生倒说起九尾狐了。二哥哥脸上挂不住了，咱们席也吃不上，只有喝风了。”

“二公子纳妾之喜，怎生未曾告诉妾身呢？妾身来迟，还望二公子赎罪。”我回头一看，登时一惊，这可了不得了，竟然香片也来了！

几个公子见了香片，不承想刚嚼了人家舌头，人家便亲自来了，俱有些尴尬，尤其是二公子，脸色白里发青，十分难看。

香片则仿佛不曾听到刚才那些话，笑盈盈地过来道：“妾身可还等着吃些喜酒，二公子，怎生不请新人来呢？”

二公子一副仓皇失措的样子，怕是想跟香片解释解释。可是众兄弟在场，与香片多说又怕丢了面子，两下为难，急得一张俊脸几乎破布一般皱成一团，挤了半晌，挤出一句：“你、你怎生来了？”

香片笑道：“不请自来，怕是给二公子添了麻烦，二公子莫怪。”

二公子越发抓耳挠腮，偏偏这时不识时务的长手人早把如曦姐姐迎了来，如曦姐姐张皇失措地看着在场的人，满脸绝望，教人好不心疼。

几位冥界公子俱幸灾乐祸地看着香片与二公子，二公子一咬牙，道：“其实，本公子将地藏王菩萨与的宝器‘天下无双’借与凡人用，这才做聘迎得这个女子，不是纳妾，只是因为她巧手能做各种冥界用的东西。本想待你嫁来，怕不合你心意，现下有了她，可按你想要的做些四时所需，今日也只是拿来给兄弟们开开眼界，你可莫要想多了。”

如曦姐姐本领竟然那么大，能做冥界的东西吗？我忽然灵光一闪，想起来如曦姐姐最出名的是她一双巧手，她自小给铺子帮忙，不管是纸人、纸马、纸花，做出来的纸扎东西俱栩栩如生，活灵活现，简直教人不忍心投进火里烧了祭祖。

也正是因着如曦手艺好，纸扎店生意才红火得很，人们家中遇到了丧事，总得来钱掌柜店里订东西，是钱掌柜的好帮手。

二公子的意思，难不成大费周折，是教如曦制些纸扎东西器具，给香片用？

龙井嗤笑道：“二狗子原来也是个一往情深的，当真失敬失敬。”

香片笑道：“二公子聘她来做甚，可与妾身没什么关系。横竖她是二公子挑上的人，天下无双都舍得往外借，当真大方得很。如此贵重的女子与了妾身，妾身一个出身低微的妖界九尾狐，可消受不起。”

显然香片不高兴了，虽说仍是笑脸盈盈，但总觉着绝美的脸上有些杀气。

这便是传说中的“拈酸吃醋”吧！

可我还不曾说出口，那个“我”倒是早扑哧一笑：“不想香片那样脱俗的人，竟然也会吃醋哪！”

龙井扯着嘴角笑了笑，脸色有些不好，也许又想起来被香片封印的事情。龙井与香片好像以前本来是一对的，可是这香片究竟为了啥深仇大恨，竟然将妖簿毁掉，还把龙井封印住呢？热闹也看得差不多了，要怎生救下如曦姐姐才好。

二公子忙道：“你且莫气，本公子知道你心下是怎生想的，不怕哥哥弟弟们笑话，本公子当真一心想教你在冥界过得随心些，才想方设法将这女子弄过来的。”忙又朝带如曦姐姐来的长手人挥一挥手：“教她给美人做个合适的椅子来！”

长手人心领神会，低声与如曦姐姐说了什么话，早有长手人拿了彩纸和剪刀，芦苇棒，糨糊等物来，放在如曦姐姐面前。

如曦姐姐只得坐下动手，只见她巧手操持，不大一会儿，一个精巧的贵妃榻便做了出来。

那贵妃榻以彩纸糊到芦苇棒上做成，围栏、扶手、榻腿一应俱全，贴着时下流行的花样子，煞是好看。

二公子忙道：“烧，快与她阳世的火石，你烧时，只念着夏忘川的名字，快快烧来！”

如曦姐姐接过火石，念着二公子的名字，把贵妃榻点着了，烟一扬火一着，渐渐从灰烬中，出来了一个真正的贵妃榻！

那个贵妃榻雍容华贵，质料上乘，雕花细致，样子也别致，完完全全是精打细磨出的好物件。

一个公子惊叹道：“不想这凡人女子手艺当真不错，二哥哥果然会寻好人才。”

另一个公子倒十分眼馋：“二哥哥，把这女子借与弟弟用几天可好？”

二公子一瞧如曦姐姐给他争了光，不由得又得意起来，亲扶着香片坐在了那贵妃榻上。软语道：“怎么样，可还合心？这些纸扎物件只能阳世之人烧了才作数。本公子费了九牛二虎之力，还舍得借出天下无双，才把阳世之人带往冥界，全然为了事事随美人的心，以博美人一笑啊！”

香片不觉也微微一笑：“这个女子倒当真有些手艺。”

二公子一听香片都开口夸赞，更加得意非凡，也顾不得在兄弟前隐瞒老婆奴的模样，忙又殷勤地举手对如曦姐姐道：“还有什么能讨美人欢心的，俱速速做了烧来！”

如曦姐姐没法，陆陆续续做了铜镜，梳妆台，宫灯等纸扎陪嫁之物，个个精美绝伦，巧夺天工，连几个冥界公子也俱羡慕不已。

香片道：“这个也没什么出奇，妾身倒是想要个乖觉的贴身侍女，不知可能烧来？”

二公子奇道：“雪菜日日陪在美人身旁，也算得聪明伶俐，怎生美人……”

香片挑一挑眉毛，道：“二公子刚说完要事事随妾身的心，现下不过要个侍女，还须得将理由细细说与公子听吗？是了，这个女子还是公子之人，并不曾与了妾身，舍不得给妾身用用，不能听妾身的使唤？”

二公子一听，忙道：“美人误会了，本公子不过随便一问，岂会阻拦。”便对如曦姐姐道：“快，快快给美人做了烧来！”

“等一下，”香片看向了如曦姐姐，美目流转，道，“你可识得梅菜？”

如曦姐姐一愣，道：“识得的……”

香片笑道：“很好，给我做个梅菜来。”

龙井一听倒笑了：“再来一个纸扎的傻狍子，可当真对影成三人，有趣有趣！”

我和那个“我”对望了一眼，心下则叫苦不迭，若是多一个我，再叫来雪菜，四个一模一样的人，已经足够打一桌麻将的了。不知这神秘的冥界宅邸里的长手人，是不是也是这么来的。

二公子忙挥手教如曦姐姐快快做，又对香片赔笑道：“不知道美人要那么多傻不啦唧的梅菜做甚？对了，今日为何不曾看见与美人贴身不离的雪菜？”

香片微微一笑：“上次便与公子说过，横竖双生花只能开一朵，不若两个并作一朵，许还更有用处些。”

二公子奇道：“可是双生花的妖力俱在雪菜身上，而灵力俱在梅菜身上，两朵合为一朵，是灵花还是妖花？”

香片浮起一抹倾城笑容：“反正早晚得没一朵，谁压得过谁，那可就要看她们的造化了。”

一个公子插嘴道：“双生花？莫非便是前些年忘川与龙宫交口的冥门生出的那朵灵力非凡的奇葩？本公子也听说一朵是妖花，一朵是灵花，本毕生要相互缠斗的。现下听你们的意思，已经投生六道化为妖灵了不成？”

这便是双生花的来历？我心头一震，实在难以相信，平平凡凡的我，怎生会有什么灵力呢？这其中，可是弄错了什么？

二公子道：“本来好像应该转化为人的，不过出了些差池……”边偷眼望了香片一眼，香片大大方方地笑道：“不错，这差池与妾身和饕餮有些关系，不过陈年旧事，提起来也没什么意思。”

二公子就坡下驴，忙道：“不错，本公子还忘记告诉美人，那梅菜也给本公子捉了来，回头便能与了美人，可好？现下两朵花聚齐，美人可愿定下亲事日程，冥界也好与妖界办个盛大婚事，必得风风光光，震惊三界……”

“哦？”香片凤眼一眯，“二公子竟如此能干，不知道怎生在饕餮那孽畜手中弄到那傻丫头的？”

二公子谄笑着邀功请赏：“不瞒美人，此次那大头又来捣乱，梅菜那小狗腿子也跟了来助纣为虐，本公子略施小计就给捉了来。此刻关在那无门之屋，美人大可放心，妥妥的，保准她插翅难逃。”

原来关我的地方竟当真是无门无窗，大概需要什么法术才能逃出生天。

香片脸色一变：“饕餮也来了不成？他在何处？”

二公子赔笑道：“那饕餮着实狡猾，假传本公子的命令逃过了清查，现下本公子已经差人寻他。横竖这宅邸就这么大，已经布下天罗地网，谅他也逃不出去。”

香片笑道：“你可知妾身为什么突然前来造访？”

二公子一愣：“本公子只道美人有美人的手段……”

“咯咯咯……”香片用手帕掩口一笑：“妾身哪里有那手眼通天的本事！还不是饕餮送信，说二公子色胆包天，寻花问柳，强抢了凡间女子，正大张旗鼓纳妾呢！”

“什么！”二公子一听，怒目圆睁，“这贼大头，竟然挑拨离间，当真奸猾至极！幸亏美人未曾上了他的当！”

“哎哎，你们也评评理，这世道，当真存不得好心。明明是关心你们，怕你们夫妻反目，才特通风报信。现下你们倒床头吵架床尾和，我这和事佬反倒落个里外不是人，好人难做啊！”龙井突然过去大咧咧地坐在一张椅子里，二公子、香片、冥界公子，俱被龙井唬了一跳，定定望着龙井和我、还有“我”三个，想必龙井破了隐身法，要把自己卷进去。

我心里一惊，现下独个暴露在冥界的势力范围里，怎生也是双拳难敌四手，龙井这是要惹什么大乱子！

二公子怒道：“大头！好你个孽畜，竟然闯到冥界来撒野，可是活得不耐烦了吗？”

龙井笑道：“啧啧，二狗子莫要动气，这大宴宾客的时候，本神不来，岂不是对你不起？好歹咱们也是自小玩到大，一见面何必如此生分？”

二公子咬牙切齿道：“少来与本公子套近乎，你根本就是夜猫子进宅——无事不来，定是又想着坏本公子的兴致！”

龙井不客气地随手取了一杯茶，啜饮一口，吧唧着嘴说：“哎哟，这琼浆着实不错，定是自蓬莱仙境里取的桃花酿出的吧？寿星公好不公平，上次本神偷个桃儿，也给本神告了一状，教本神好生难堪，与你倒大方得很。”

香片见龙井来耍赖，只低眉不语，其余几个公子七嘴八舌道：“大头，小时候大家玩得都不错，何苦跟二哥哥如此不对付。你来便来了，多时不见，叙叙旧也是好的。”又对二公子和稀泥说：“大头并不曾做甚恶事，一人退一步也就算了。”

不想龙井竟然与冥界诸位公子也是小时候的玩伴，当真好大的面子。

二公子愤然作色：“这大头屡次与本公子过不去，本公子并不曾与他计较。上次不过为了一个小狗腿子，”便看着我，但又分不清哪个是我，只得胡乱一指：“就是她！竟然还用鼻涕干砸了本公子，这样的奇耻大辱，本公子可咽不下去！”

龙井笑道：“二狗子不讲理，非要抢本神的东西，一个账册妖怪，抢便抢了去，也不值什么。偏生瞧中了本神的龙神使者，死活要抢，打小便喜欢夺人所爱，不想大了依旧如此。二狗子，你就算是钦佩本神，也不用样样都抢本神的吧？”这话旁敲侧击，连我都疑心到龙井的旧爱香片身上去。

二公子走了心，偷看一眼香片。香片则笑道：“龙神爷这话说的，可当真教人不痛快。现下他是妾身的夫君，只要他想要的东西，不管以前跟谁有什么关系，妾身也会尽心尽力，助他满意。”

龙井也不动气，笑道：“本该如此，嫁做人妇，三从四德，自然再好不过。”

不知道表面谈笑风生的几个人内心都是怎样的暗流涌动，我只怕一会子桌子都要给杀气掀翻。

那个“我”则风平浪静地看着一切，一副见过大世面的样子，我不禁心下起疑，我平时当真看上去如此冷静吗？

如曦姐姐见龙井来了，忙道：“龙神爷，可要救救小女子啊！”

龙井笑道：“你且扎你的纸人，多个傻狍子，也是有趣的。莫怕，本神在此，定会护佑于你。”

如曦姐姐方安下心来，瞧了我一眼，立刻惊奇道：“为何会有两个梅菜妹子……”

我忙先劝慰道：“事情离奇，回去梅菜再告诉姐姐，姐姐且放心吧！龙神爷从不食言！”

如曦姐姐感激地点点头，道：“到了这里，离奇也变不离奇了，我现下看见了龙神爷，心下方才安稳些。不过做妹妹的纸人，也怪不吉利的……”

而那个“我”则忙道：“不打紧，姐姐做吧！权当再给梅菜觅个伴！”

我愣住了，我和她，究竟谁才是真正的梅菜？

因为，现如今，我心里并不是这么想的，我非常怕那跟我一模一样的纸人从火焰中诞生。

但是如曦姐姐手脚麻利，不大一会儿，第三个“我”也从火焰里盈盈走出来，看着我和“我”发呆。

“我”忙赶过去牵了第三个“我”的手，热热乎乎地说：“你便是我，我便是你，莫怕，咱们三个在一起。”又将我拉了过去。

龙井笑道：“好玩好玩，三个傻狍子一模一样，丢起沙包来眼花缭乱，不若你们给耍一下子，看看乐子也好。”

二公子早不耐烦了：“放肆！你们是来吃茶看戏的吗？倒聊起天来了！”又对龙井横眉冷对：“大头，这梅菜本公子捉住，便是本公子的东西，你私自偷出来，未免太不把我夏忘川放在眼里了！”

龙井笑道：“二狗子，你也太不讲理了，这梅菜本来便是本神的信女，人尽皆知。你偷偷掳了去，还说什么捉住便是你的，你当她真是一只狍子，捉住便可任人宰割了吗？狍子无主也就算了，若狍子有主，你可称得上偷窃了。”

说着，长身玉立，便挡在了我们三个面前。

二公子正色道：“少说些弯弯绕绕的，本公子也不稀罕与你废话，这可是你们招呼也不打，先闯入冥界在先，本公子才捉的她。冥界的东西，自便是本公子的东西，本公子愿意怎生处置，就怎生处置。你偷偷把她弄回来，就是成心跟本公子过不去！把梅菜还了来，不然本公子与你没完！”

一个冥界公子劝架道：“何必一见面就如此针锋相对，也没什么意思，大头，你难得来一趟，还不高高兴兴的，白费这大好韶华。”

龙井笑道：“韶华自然是大好的，现下可是二狗子不依不饶，本神难道有办法让他歇会儿？”

二公子怒不可遏：“快把梅菜还给本公子。你恬不知耻，纸扎的不算，竟然还施法术幻化一个假的来混淆视听。快莫要鱼目混珠，速速交与本公子那真梅菜！这可是本公子要给美人的礼物，岂容你从中作梗？”

我一愣，不是二公子把我放到那叫什么天下无双的宝器里复制出来的吗？

第17章 立夏（三）

冥界出现了四个一模一样的梅菜，二公子要跟龙井争抢真正的梅菜。香片姗姗来迟，道出了梅菜身世的真相，梅菜才知道，自己的出身，在三界之中，并不简单。

龙井笑道："这第二个梅菜，可不是本神复制的，怕是想让真正的梅菜误以为她自己是天下无双的宝器变出来的复制品罢了。不过本神一直藏身在傻狍子身边，同她一起给装入布袋投入棺材。如当真有天下无双，岂不是本神也会给复制一个出来。"

那个"我"一听，竟然微笑起来，我心下一紧，她究竟是谁？难不成……是……

香片对二公子一笑，道："二公子莫气，妾身早想到龙神爷不会轻易对梅菜放手，这不过是你问起的雪菜调皮，去了无门之屋与那梅菜开开玩笑罢了！双生花本就心灵相通，妾身藏起了她的妖气，可不有趣得紧嘛！又看守了梅菜，岂不是一举两得。"

怪不得这个"我"帮我弄开了布袋，原来这个"我"果然是雪菜。但是现下里面前的两个"我"俱是一副茫然失措的样子，我已经眼花缭乱，根本分不清哪一个是雪菜，哪一个是纸扎的我。

这雪菜当真戏演得高明，香片故意叫如曦姐姐烧一个纸扎的我，毫无疑问，是想混淆视听，说不定还要李代桃僵，不知道让哪一个"我"更换了真正的我吧？

我越想越心慌，不由得看向龙井，龙井丝毫不为所动，仍是一副看热闹的模样。

二公子忙道："美人，这三个梅菜，不管谁是谁，都听凭美人的差遣。在冥界，本公子也算说一不二，美人大可放心，谅大头也没有在冥界抢东西的本事。”

一个冥界公子道：“二哥哥，可是你瞒了什么？这双生花也算是珍贵的仙葩，现下托生成了一个妖一个人，究竟是怎样打破了六道轮回？我们也都是冥界公子，为何全然不知？”

另一个公子也道：“本公子可听说双生花灵力非常，因为吸了冥界和龙宫两边的灵气和妖气，能对三界中不受冥界管辖的仙妖起死回生。现在化成一人一妖，九尾狐嫂子，又想拿她们做什么巧宗？”

香片笑道：“冥界的忘川水、三生石、奈何桥都是出了名的，双生花开在此处，自是有它的妙用。前世今生的一些缘分，妾想要借它做个了断。”

龙井笑道：“不是本神小气，虽说现在你想要梅菜，可本神倒还真舍不得给。早先你失了一条命，本神妖簿被毁，龙神庙被拆，还建上了你开的烟雨阁。冤冤相报，总没个尽头，何必非要一拍两瞪眼。连凡人都知道，这左不过是狗咬狗，一嘴毛。”

香片似是想起了什么不堪往事，秀眉一蹙，道：“只可惜妾身是个最小心眼儿不过的，偏生就是放不下！不管那件事情过去多久，妾身都不会忘记当初的屈辱……”说着脸上泛起杀意，“梅菜妾身要定了，没得商量。龙神爷若还愿意跟上次一样与妾身兵戎相见，妾身也没有旁的办法，只有舍命相陪。”

哎呀，要打起来了！我心慌意乱地看着龙井，两个“我”也一脸呆相。

龙井笑得有些苍凉：“现在你是冥王公子的夫人，事情过去了不好吗？本来这三界便有诸多规则，并非你我所愿，本神只希望把过往的恩怨抛诸脑后，才乐个轻松自在。”

还未等香片答话，二公子毅然道：“你们俩之间的事情，本公子早答应了不闻不问，可是现下竟然因着双生花，竟然有了纠葛。不若，待本公子毁了这双生花，大家乐个清净，不是再好不过吗？”

还未等我反应过来，二公子鬼魅似的飘过，一个绳索似的东西把我们三个紧紧地捆绑在一起，力气越来越大，我登时觉着五脏六腑都要被挤压出来，四肢百骸也如同被折断了一般，已经喘不上气，眼前渐渐血红一片，什么也看不见了……

突然那个力气松开了，我面条儿一样软在地上，剧烈地咳嗽起来，喉咙腥甜，还吐出了几口血，方透过一口气。勉强抬眼一看，竟然是香片和龙井一齐出手夺了二公子手上一条黑练，二公子气不过，血红了眼睛张牙舞爪要夺回那练，早给冥界公子们一拥而上压制下来。有公子劝道："二哥哥，你这又是何苦呢？"

二公子疯了一样地嚷着："凭什么？凭什么！"

龙井扔下练，道："二狗子，咱们从小就一起玩，本神也知道你那心高气傲的性气，但这么些年来，本神与你的交情，不信你心下不清楚。本神的确运气好些，阴错阳差，你想要的都成了本神的。本神明白你的心思，可是不管是妖簿还是香片，在本神心里也不是没有分量的。现在妖簿中妖怪收回不多，香片也已经与你有了婚约，本神自是打心里希望你能好过些。可是双生花，本神绝对不会让步。"

香片脸色惨白地望着二公子和龙井，什么话也没说。

二公子咬牙切齿地说："不错，本公子想执掌妖簿，偏生护佑百姓的事被交与了你。本公子一直喜欢香片，香片却只对你情有独钟。双生花是冥界与龙宫交口的忘川孕育的，忘川是本公子的，可双生花转入人道、妖道，也没有一个与本公子有灵缘。饕餮，一切好事都让你占尽了，你竟然还说起什么风凉话，倒像是本神无理取闹一样。本神最恨的就是你永远吊儿郎当，懒散又不思进取，别人掏空心思想要的，你却永远不当回事，就拿到了手里……"

龙井惨笑一下："夏忘川，这些事情，并不是本神可以左右的。当初你喜欢香片，本神何尝不知道，若不是为着你，也许本神已经与香片走到一起。可是香片不是一个物品，她有自己的心思，本神也无能为力。为着这段缘分，兄弟反目不说，香片也恨本神入骨，只说本神凉薄无情。这么些年，本神失去的东西，何尝与你抱怨过？"

原来香片与龙井，竟然是因为顾及二公子，才成了今日这个局面。有情人不能成眷属，原来是这个样子。

香片一愣，道："饕餮，你，你心下原来……可当初为何睚眦说，你根本就嫌弃我出身低下，龙王也瞧不起九尾狐，只道我们借此想攀龙附凤。还说，还说要是我再敢对你纠缠不休，便要将我弄死算了……”

哎，看来睚眦殿下与那佳琪小姐一样，俱是注重门第之人。

龙井苦笑道：“睚眦兄长毕生最喜弄死算了，这件事情他也与我提过，是父王授命而为。龙宫与妖界仙妖有别，父王得知你我关系不浅，为此数次大发雷霆，说若是本神再与你接近，便要……便要上书天庭，剿灭九尾狐一族。”

香片一个踉跄，像是什么都明白了：“好，好……原来并不怪你，是我自己断章取义，只觉得受辱，还索性伤了你，毁了妖簿，这、这不是造化弄人吗……”

龙井恢复平素那懒洋洋的劲头：“不妨，不妨，一命换一命，为了此事，你把命都搭上一条，虽说你有九条命，也算是自损不小，咱们扯平了。横竖你与二狗子即将永结同心，若是你们夫妻俩再也不提此事，本神也只做忘了算了。”

二公子他们早听呆了，一个公子道：“大头，你受这么多委屈，为何从来未曾听你提起？”

龙井撇嘴道：“不是不提，不过是，懒得说罢了。”

二公子似也觉出自己失态，在龙井虚怀若谷的映衬下，越发显得小家子气，想来他自己也发觉了，自己越显得小肚鸡肠，就越觉得龙井可恶。现在怎生说，怎生显得失态，只见一张俊脸又是青又是白，一咂嘴，干脆挣开兄弟们，转身不见了。

一个冥界公子道：“他臊了，也莫要理他，想开了自然回来，二哥哥是小气些，但性气除了有些傲慢，还是明白事理的。事情过去便过去，大家不提，只当未曾有这么回事吧！大头，也怪你不好，若是早说，想必也不会有这么多麻烦。”

另一个冥界公子道：“大头有大头的苦心，若是早说出来，二哥哥那心高气傲的脾气，估摸着只觉得九尾狐嫂嫂是大头让给自己的，许怄气怄得更厉害。若是自己把事情默认了，九尾狐嫂嫂可不是才斩断情丝与大头一刀两断，与二哥哥定下婚约吗？大头也是跟小时候一样，是个傻货。”

龙井叹道：“本神傻也是傻了，不过二狗子与本神情同兄弟，且二狗子早与本神说过，宁愿付出所有，也要娶香片为妻。本神扪心自问，香片，你还是与他结下婚约，才最为合适。”

香片颤声道：“你都替我安排好了，可是你现下教我如何自处？打伤你的是我，毁了妖簿放出妖怪作乱的是我，拆除了龙神庙，建成阴气最重的烟雨阁，镇压封印你的也是我，结果到最后，竟皆是因护我而起。你知道我性子上来，一切都不管不顾，得不到的宁可毁掉。你，你这是何必呢？”

龙井搔搔头：“没有你想的那么舍己为人，本神不过是喜好自由自在罢了。”

又开始得意忘形，完全忘记了当初在龙神祠自己独个黯然神伤的样子，还说我是傻狍子，自己才是傻大头吧！

虽然跟我没有一丝关系，我突然非常想哭，龙井独个饿得奄奄一息在花丛里动弹不得，在龙神祠发呆，在画舫上叹气，一幕一幕跑马灯似的在我脑子里乱转。只是为了朋友和喜欢的香片，被人误解也不解释，现如今还是为了救下我，不教二公子弄死我，才将不惜被香片所伤也要隐瞒的真相和盘托出。这个我一直以为自私、懒惰、恶语伤人的龙井，真实的样子才朦胧在我脑子里勾勒出来。

“龙神爷，那能否告知梅菜，当年双生花又是怎么回事？怎样打破了六道轮回？为何说是毕生要缠斗不休？”一个“我”怯生生地问道。

那个“我”不知是雪菜，还是纸扎的我，但是这个问题，我也想知道答案。

香片道：“这件事情不要再提了，我与龙神爷的恩怨已了，多说对你们来说，也不是什么好事。”

“可是梅菜听说，双生花不能两全，但是不知道是雪菜死，还是我死？梅菜不怕死，我家还有爹娘要照顾……”不想另一个“我”也张口询问。

我屏住呼吸，看着龙井和香片，一直以来的疑问，现在能解答了吗？

龙井正色道：“傻狍子，本神说过护你周全，就一定会做到。双生花本也不应该反目成仇，但是，你们俩有你们俩的宿命。”

我忙问：“现在雪菜是妖，我是人，不是可以两全的吗？”

香片犹豫了一下，答道：“可是，雪菜不想活在暗处，她也想光明正大地在阳光下面玩，想在点心铺子里与爹娘享尽天伦之乐，想与你的那些伙伴们做游戏，她不想做妖。她想做你。”

我明白了，雪菜本应该与我共享的东西，只有我自己得到了。

我不知道她算不算是我的姐姐。可是，我和爹娘，和伙伴，和龙井在一起的时候，她独个在暗无天日的妖界，想必也是在羡慕着我的一切吧。

总以为我的生活是天经地义的，想不到，雪菜却如此可望而不可即，她也是孤单的吧？她也是寂寞的吧？她对我的恨，无可厚非。

抬眼与两个自己对视，我依旧不知道哪一个是雪菜，雪菜精明能干，滴水不漏，又是妖界的红人，我自然比她不得，与雪菜这一两年间的交往不过几次，也总像是隔着一层雾，影影绰绰看不清楚。

香片道：“雪菜，当初因着我和龙神爷的一些无理取闹，连累了你，现下，你自己想过什么日子，你自己选。”

两个“我”面面相觑，一脸茫然，都不开口，想必雪菜是铁了心想替代我。

我问道：“不知道雪菜怎样能替代梅菜？”

龙井轻咳一声：“她现下是妖，吃了你的灵力，占据你的躯体，就可以取代你，你便灰飞烟灭，什么都剩不下，也再不能入六道轮回。这便是两朵花变作一朵花的意思。”

一个“我”问：“龙神爷，梅菜只觉得自己是普普通通一个人，哪里有什么灵力？”

龙井笑道：“你不记得了，你与本神初次相遇，看见本神饿得动弹不得，正是你的灵力不经意把本神封印打开的；被毁掉了的妖簿本来也是已经空空如也，是你的灵力把它凝聚起来还给了本神。你自己不会知道，这是你与本神的仙缘。上天注定，只可意会不可言传。”

原来，当初唤醒龙井的竟然是我吗？怪不得总觉得陷入泥潭一般被龙井拖下去，这便是那好多人与我说过的仙缘？

两个“我”全定定地看着我，我心乱如麻。倘若我死了，雪菜会替我照顾爹娘，她是个聪明人，比我强得多，不知道她会怎么做？她潜伏在烟雨阁，难不成就是想要吃我吗？

一个“我”拉住我的手，我一抬头，她不见了。

只剩下两个我了。

香片忙道：“雪菜，你想怎么做？”

突然我的嘴自己动起来：“主上说，现下雪菜可以自由自在，做些想做的，我和妹妹本来就是一体，何必分什么你我？”接着我不由自主地跪下行礼，“雪菜多谢这么多年来主上的栽培，雪菜终究想由得自己一次，还望主上成全。”

香片道：“虽说你们可以合为一体，可是终究早晚要死一个的。妖力和灵力本来就犯冲，死的是哪一个活的是哪一个，谁也预测不出，根本由不得你自己。我说了很多次，怎生你依旧执意冒险？”

我低下头，用一种毅然决然的口气道：“主上，不管怎么样，雪菜也都想试试。不争取，就永远没有机会。”

我第一次有这种奇异的体验，全然身不由己，却非常自然，好像自己也知道自己在做什么，只不过现在主宰我头脑身体的，是雪菜，而我自己只能发着呆，说不得话，动不得手，是一个能看到一切的旁观者。

龙井沉吟道：“本神知道你心有不甘，可是你又何必……”

我笑道：“龙神爷，自从妖簿被梅菜唤醒，雪菜也醒了过来，便想着取而代之，在烟雨阁做了不少添乱的事情。雪菜和梅菜明明是一模一样，甚至雪菜比梅菜聪明百倍不止，雪菜就是不明白，是哪里输给了她，为何她能日日拥有我可望而不可即的一切，心安理得，而我只能独个远远地看着？这不公平。”

龙井叹道：“你当真冒着灰飞烟灭的险，义无反顾要与梅菜共存？”

我仰头笑道：“心意已决。”

龙井道：“既然如此，本神插不得你们双生花自己的事情，那就看你们自己的造化了。”

我点点头：“龙神爷放心吧！我有分寸，现下，我可算是正儿八经的龙神使者了？”

龙井勉强笑了笑，点点头：“自然。”

我欢快地起身转了一圈，满意地在自己身上摸一摸，笑道：“做久了妖物，有个实体的感觉真好啊……”

又过去牵起龙井的衣角，笑道：“龙神爷，现下事情都解决完了，咱们回去吧！”又朝那惊得说不出话的如曦姐姐笑道：“如曦姐姐，随我们回家吧！”

如曦姐姐看着我，喃喃道：“你，你究竟是谁？”

我笑道：“如曦姐姐，梅菜自小与你玩儿，纸扎铺子跑得门槛都磨低了。如曦姐姐喜欢梅菜，前些日子不还炸了花生、红豆、糯米炸糕给梅菜解馋吗？”

如曦姐姐点点头，还是一副不知所措的样子。

看来雪菜不仅进入我的身上，也进入到了我的心里，一切记忆她都如同自己的一样熟悉。

我一手挽了如曦姐姐，对香片道：“主上，这本是人间女子，二公子现下不在，我讨个人情，不若把她送回人世吧？她父母老迈，独独一个女儿还要给人夺了去，教那老夫妻可怎么活呢？”

香片点点头：“你带她回去吧！我会与二公子言说的。”

我又对龙井道：“龙神爷，我早打听了个门儿清，那天下无双，并不是多变出一个，而是一分为二，所以两个俱是真的。若想将两个一分为二的变回原来的模样，只需再放到那棺材里一次，即可还原。俱我所知，二公子匆忙间尚未取回那宝器，宝器还在棺材里，龙神爷把用法术藏匿起来的如曦姐姐，与眼前这个如曦姐姐一起放进棺材里如法炮制，准能恢复原样。”

龙井点点头：“果然能干，傻狍子与你一比，可更显得傻了。”

我笑道：“龙神爷可不是过奖了嘛！以后鞍前马后，我来效劳。”

又与香片作别道：“多谢主上再造之恩，若我日后真能胜过梅菜，必定报答主上恩典。”

香片欲言又止，却是一副怜悯的模样。

我感觉全身喜悦得几乎轻飘飘的，在我身体里的雪菜，实现梦想，不知道有多高兴。

而她聪明伶俐，见多识广，可不是真正称职的龙神使者嘛！龙井说得对，我和她根本不能同日而语，除了多管闲事，惹是生非，我根本没有尽到一点儿龙井使者该做的事。也许，我根本不配拥有这一切，雪菜确实比我优秀百倍，不管我多不愿意承认，这也是事实。

我要怎么办呢？在这身体里与雪菜并存，等待着谁的力量大，拼个你死我活吗？

“我”又指着纸扎的我道：“主上，那日后我不在主上身边，也就烦劳这个纸扎的我来为主上效劳了。”

纸扎的我倒颇为不舍，龙井劝慰道：“你是纸扎的冥物，无法再去人世间，冥界便是你的家，安心在冥界做夫人的丫鬟，以后也算前途光明。”

纸扎的“我”只得似懂非懂地点点头。

总觉得她也怪可怜的，虽说空有我的记忆，却只能在暗无天日的冥界生活了。

“我”高高兴兴地与香片和公子道别，抓着龙井的衣角，就这样，“我”与龙井带着如曦姐姐回到了人世间。两只瓜片见我们回来，喜不自禁：“饿啦，饿啦！”两个瓜片虽说羽毛剥啄，俱是狼狈模样，但对望一眼，又相见眼红，互相啄了起来。

龙井将另一个如曦姐姐变化出来，推两个茫然的如曦姐姐入棺材，果然，再揭开盖子，只有一个如曦姐姐从棺材里出来。龙井又抓过打成一团的两只瓜片如法炮制，终于把原本的瓜片放了出来。

如曦姐姐怯生生地问：“龙神爷，梅菜她……”

龙井温和地笑笑，挥一挥衣袖，如曦姐姐似乎对刚才的事情什么也不记得了，只依旧恋慕地望着龙井，如同未进冥界之前。

“我”忙走过去，道：“姐姐莫怕，龙神爷早便打点好一切，不必担心妖物前来作祟了。不过这口棺材，可万万莫要再用，钉死了也好，不然招来祸患，可不是大家所愿啊。”

如曦姐姐忙点点头：“龙神爷果然神通广大，想必爹也是后悔极了的，我一定与爹言说，这棺材再碰不得。”又深深拜谢了龙井，依依不舍地离去了。

瓜片飞到我肩上，问道：“傻狍子今日能说会道，不傻啦，不傻啦！”

“我”笑道：“瓜片，你喜欢傻狍子，还是喜欢梅花鹿？”

瓜片聒噪道：“自然梅花鹿机灵漂亮，傻狍子要变成梅花鹿，也是再好不过啦！”

“我”开心地笑了：“那是自然。”

龙井摸摸我的头，道：“只望你不悔。”

“我”斩钉截铁地说：“生死有命，永生不悔。”

雪菜，这是当真要对我取而代之吗？

是啊，也许她能比我做得更好。

“我”蹦蹦跳跳地回了家，天还未大亮，清冷的风将我刘海吹起，轻罗纱衣也扬得老高。

街角巷口的角落里，还残存着一些黑暗，几个怯生生的妖物窝在里面畏首畏尾，见了“我”，却再不是以前的张牙舞爪，而是忌惮有加，想必雪菜的妖力和我的灵力聚在一起，教他们也畏惧几分吧。

现如今，又聪明，又有能耐，当真是更好的我。

“我”停在了街角，对着那几个形容猥琐的妖物微笑。那几个妖物先是吃了一惊，紧接着，吓得一溜烟飞也似的逃了去。

“我”自顾自地说：“当梅菜，可真好啊，好像整个三界，都有了自己的一席之地。梅菜，这么些年来你的幸运，教我也享受享受吧！”

我不曾惊慌，也不曾恐惧，只是心想，如果这是我亏欠雪菜的，雪菜拿走，也全然无可厚非。我本来就是个无用之人，平平凡凡，毫无出奇之处，也许雪菜做我，会做得更好。

“我”似乎知道了我的想法，笑着说：“梅菜也是个懂事的，那么从此以后，我来替你做更好的梅菜吧！”

说着，“我”继续蹦蹦跳跳地走在沉睡未醒的紫玉钗街上，一缕阳光投过来洒在青石路上，杨树柳叶清甜的叶子味道十分好闻。到了铺子，“我”轻盈地跃到楼上，梳洗打扮，开了门下楼。

爹已然在厨房里吊高汤了，回身望着“我”，奇道：“你今日怎生起这么早？你娘还未起来呢！”

“我”笑道：“爹，厨房太香，梅菜睡不下了。怎么，要做鸡汤小馄饨吗？”

爹点点头，笑道：“就是你鼻子尖。”

“我”洗了手，拿过麦粉过筛，爹忙道：“你还是少来捣乱吧！”

“我”笑道：“爹，女儿大了，帮些忙不好吗！日后还要继承打理铺子，游手好闲怎生了得。”

爹一愣，笑道：“梅菜当真是长大了，好好好，横竖半升面，你自己和吧！只是莫让你娘知道你糟蹋。”

“我”笑道：“爹尽管放心吧！”

说着“我”挽起袖子过筛，和面，细细擀成三角的馄饨皮子，皮子光滑整齐，连爹都赞不绝口：“梅菜可不是大姑娘了嘛！爹还当真不知道你还有这双巧手！”

“我”笑道：“爹，以后梅菜多多帮忙铺子里的事，爹大可放心吧！”

爹一霎时眼泛泪光：“爹的梅菜都这么懂事了……”

“我”忙道：“爹，哭什么，以后梅菜教爹暖心的事情还多着哪！”

爹擦擦眼睛：“我梅二一辈子，当真女儿未曾白养……”

见雪菜做我，倒真的比我自己更讨爹欢心。

也许只是自己拥有，便不知道珍惜。虽说我日日陪着爹娘，却未曾如雪菜般，远远望着，只能心存恋慕，如今得偿所愿，倒更珍惜这曾经可望不可即的天伦之乐吧！

我心下自是酸涩无比。

不想娘边打哈欠边出来，见我早做好了馄饨皮，惊道：“可不是太阳打西边出来了？梅菜这懒虫竟也做出馄饨皮来！”

“我”见了娘，不由得奔过去，紧紧抱住娘。

娘拍了一下“我”的头，奇道：“梅菜，你莫非要吃奶？抱着娘做甚？”

只有我知道雪菜见了娘的感受，这一刻，不知道她远远地盼望了多久。我突然想起，当初雪菜将娘的魂魄引进碧螺春的镜子，莫非也是想让娘去妖界与她做伴吗？

“我”紧紧抱着娘，把头埋在娘怀里。爹笑道：“今日想起撒娇来了，刚刚还夸她懂事，可不还是小孩子嘛！”

娘只得拍拍“我”的背，笑道：“什么小孩子，眼看着梅菜长大成人，可不是该入赘个女婿了吗？”

爹道：“这也不是坏事，只不知道梅菜可愿意？”

“我”从娘怀里抬起头，笑道：“不着急呢！”

娘道：“你都多大了，你不着急，爹娘还着急呢！娘瞧着，小三子倒是不错，连个鹅蛋也故意要让给梅菜吃，以后必定知冷知热，会疼人。”

爹点点头：“横竖小三子上面还有两个哥哥，两家离得也不远，想必你杨婶也乐意。小三子别的不说，那孩子的心性可是温厚的，又勤快，时时来帮忙。这样的姑爷，爹也放心得很。”

“我”不禁也脸上发热，低头道：“梅菜还想再思虑思虑。”

娘笑道：“还不好意思了，那你可快快思虑，不然小三子只怕也要定亲了。前日还听簸箕胡同的柳婆婆说有个远房侄女待字闺中，家中是开药铺的，也是独生女儿，倒似是相中小三子那老实脾气呢！”

“我”松开娘，继续包馄饨，只做听不见。

雪菜大概不会看上小三子吧？现下看来，也许如果消失的是我，对爹娘，对龙井来说，都是好事，谁不喜欢更出色的呢。

第18章　小满（一）

梅菜的身体，被同为双生花的雪菜所侵占，雪菜替代梅菜，解决了鲤鱼肚子里出现珍珠的怪事。但与此同时，一场三界的危机悄然出现。

该到插秧的小满节气了。这季节天气晴好，让人心旷神怡，但眼前的一切对我来说，仿佛都是在台上唱的戏，我看得一清二楚，却全然只是旁观，与自己不曾有一丝关系。

胭脂河水光潋滟，“我”穿着杏花粉的轻罗衣高高兴兴地挎着篮子去买鱼，做鱼丸之用。

鱼丸是精致汤食，有的是以鱼肉做外皮，带些馅料抟丸子，有的是干干脆脆鱼肉做的实心小丸。鱼肉要新鲜，制作要精细，个头要均匀，色泽要白净，吃起来要滑润清爽，汤汁要香而不腻。

砂锅下鸡汤煮开，将鱼肉用手一攥，将虎口处钻出的条状鱼蓉捏小团入鸡汤，再加细盐和豆苗、熟笋片、香菇、虾米等，略氽一氽，淋上香油即可。鱼丸易熟，烫到微微上浮即可，不然火大了不嫩滑。

捞出盛入青花大盖碗，一个个小玉球似的鱼丸上下沉浮，撒上嫩绿的葱丝和碧绿的香菜末，点上芝麻香油，用调羹捞一个放在嘴里，一口咬下去，软嫩弹牙，鲜爽可口。汤汁融合了鸡汤的醇厚和鱼肉的鲜香，更是说不出的美味。

卖鱼的马二叔见了“我”，笑道：“这不是我们的龙神使者吗？又出来替爹娘跑腿？真真是个好丫头，哪个后生娶了回家，可是有福气的！”

“我”笑道：“马二叔过奖啦！女孩儿家家不给爹娘帮忙，怎生对得起养育之恩呢！马二叔今日这鱼可真不错，又大又肥美，天不亮便起来捉的吧？”

马二叔是紫玉钗街有名的捕鱼高手，养了十只鸬鹚，一队兵士似的在身后的小舟上排着队，梳理着羽毛。凭着那鸬鹚，马二叔大鱼小鱼都不少收获，按个头分成几篓子正在河边叫卖。

马二叔笑道：“可不是嘛！胭脂河水好，鱼肉也肥嫩，喏，这条最好”边说，边给“我”挑出一条来，那鱼有三两斤重，啪嗒啪嗒地打挺，溅得“我”裙角上都是水。

马二叔忙道声对不住，边用芦草把那鱼缚住过了秤，随口说了价。

“我”忙掏出铜钱，数好了交与马二叔，马二叔收了，“我”正准备走，马二叔突然叫住我，不好意思地搓搓手，道：“梅菜，有件事情，不知道当讲不当讲。”

“我”忙笑道：“马二叔又不是外人，今日怎生这么客气了？有事情只管跟梅菜说说，乡里乡亲的，只要梅菜能帮上忙，定义不容辞。”

马二叔犹豫了一下，说：“梅菜，二叔遇见一件怪事，虽说没有什么大不了的，可总觉得心下别扭，你见多识广，倒想着跟你提一提。”

“我”忙道：“什么怪事，二叔说来与梅菜听听。”

马二叔道：“你知道二叔日日天不亮就来捕鱼卖鱼，早上你二婶总给二叔些干粮，你可知道，那胭脂河边有个小破庙，掩藏在荒草里，早没人知晓了。二叔日日过那破庙，有时经上风雨，时时也去躲一躲，总觉得不供奉点儿啥，怪过意不去的，时间长了，也就习惯供奉些吃食。本来一直无甚异事，不料今日里，那破庙里供奉的神仙像，竟然对二叔笑了一下。”

胭脂河旁边有个破庙？我日日奔走，还当真不知道。

不料“我”说：“二叔说的那个破庙，梅菜也见过，年久失修，当真不知道尚有神灵。想必二叔诚心打动神灵，神灵也是微笑嘉许二叔吧！”

不想雪菜倒像知晓那个所在，果然比我强得多了。

马二叔咋舌道：“二叔只觉着奇异，倒也不大害怕，但眼见神仙显灵，二叔心下也惴惴不安，怕是有啥神谕……还有，别怪二叔多疑，二叔怕是有妖异借着神仙显灵作祟。”

“我”笑道：“二叔安心吧！梅菜忙过了这点子事，去那庙里瞧瞧。”

马二叔忙谢了我，道：“现下胭脂河这边总闹些怪力乱神，也当真是有些个疑心，咱未曾见过什么大世面，不过也是防患未然罢了。毕竟神像会笑，委实匪夷所思……”

“我”甜甜一笑，教马二叔放心，便告别了马二叔，往胭脂河深处看了看，回家去了。

不想小三子来了，正在帮着爹剥花生，见了“我”，笑道：“妹妹回来了？”又看了一眼那鱼，赞道：“这鱼可当真不错。”

“我”笑道：“三哥哥今日怎生得了空来了？”

娘从厨房出来，笑道：“今年暖和得早，你三哥哥知道你爱吃桑葚，特上山给你采了尝鲜来的。”

“我”探头一看，娘拿的竹篓子里可不是肥肥大大紫红色的桑葚嘛！一个个鲜嫩欲滴，挂着水珠，甚是新鲜。

“我”忙谢了小三子，小三子只腼腆地摆摆手说不客气，只顾低头剥花生。娘笑道：“还不把鱼给你爹料理了，过来尝尝你三哥哥的心意。”

“我”忙把鱼与了爹，谢了小三子，回身去吃桑葚，果然酸甜多汁，十分好吃。小三子搔搔头：“举手之劳，妹妹爱吃就是了。”

“这……这鱼……”爹突然嚷道，“肚子里怎生……”便传来什么东西掉在地上叮叮当当的声音。

“我”和娘忙跑到厨房，不由得也吃了一惊，爹才刚把那鱼刮了鳞，开膛破肚，不想鱼肚子里竟塞着指头肚大的珍珠，一颗颗散在地上，滚出去老远。

我犹发愣，“我”早宽慰道：“想来是这鱼吃了谁遗失在河里的珍珠链子，也未可知。”边把珠子拾起来，细看成色，却是极好的精圆无瑕、价值不菲的东西。

娘也捡起一颗，疑道："不对呀，这珠子完好无损，根本不曾有珠链穿的孔。"

爹讷讷道："难不成鱼还能吃珍珠不成？可是胭脂河哪里的珠蚌啊！"

小三子瞧着珍珠也发了呆。

"我"忙道："爹娘也勿要疑心了，胭脂河这些年船来客往，若有采珠人或买办的货物落水，只怕也不是没有。正好给娘打副耳环，穿个珠链，可不是大好的！这便是飞来横财，不消受反倒是辜负财神爷美意。"

爹娘犹有些疑心，给"我"这一劝，才微微和缓些。娘摩挲着一颗珠子，笑道："娘哪里用得那许多，不若镶成珠钗，给你添一份嫁妆。"

"我"笑道："娘，您操劳这么些年，何时给自己妆奁打算过，还是顺应天意，做几件首饰是大好。"

我心下却很有些起疑，这无主之财，向来应该少招惹，怎生雪菜一副胸有成竹的样子，难不成她早知道这珠子的来历了？

但雪菜并未出去查探，而是在家中陪爹娘做了一整天的活计，按兵不动。果然沉稳，若是我的话，只怕又早出去乱跑了吧！

晚上送了夜宵，正看见正山在青石井附近徘徊，我自从给雪菜占了身体，还未见过正山，不知道他可还识得我不曾。

"我"似是洞察了我的心意，也就蹦蹦跳跳地到正山身边去了。

正山见了"我"，十分高兴，似还不知晓傻狍子变梅花鹿这事情，忙笑道："傻狍子多日不见尔近来可好？"

"我"亲亲热热地说："我可好得很呢！得偿心愿，日日做梦都能笑出声来，正山，要不我陪你聊天？"

正山大喜："那可再好不过不过吾是出来迎睚眦兄长的。"

"我"奇道："怎么，今日睚眦殿下也要来吗？"

正山点点头："人间皇帝大举祭祀龙神祈雨上天恩准小满时分将有大雨父王特使睚眦兄长前来降雨是也。"

看来这次祭祀是大典，连睚眦殿下也亲自来了。

“我”因而笑道：“原来降雨之事睚眦殿下也可代劳，真真是神通广大。”

正山道：“此次非比寻常仪仗豪华不过吾听说今年天有异象怕是与此有关。”

天有异象？什么异象？

还正寻思着，突然听到了仙乐响起，只见云遮雾罩之中，出现了大队人马，一如天子巡游的仪仗。打头的，可不是威风凛凛，气势逼人的睚眦殿下嘛！

我从未见过如此气势磅礴的队伍，只见成群结队金盔金甲的神武兵士，骑着似马非马的长毛神兽，后面还有金碧辉煌的辕车，浩浩荡荡，比天子出游可气派多了，这，倒真像是传说中的天兵天将。

正山忙上前行礼，“我”自是得体的，也拜了下去。

睚眦殿下挥挥袖子让我们起来，寒光闪闪的目光四下里一望，便问道：“怎生只有你们两个出来迎接，饕餮呢？”

正山尴尬地说：“饕餮哥哥不知自何处得了蓬莱桃花蜜酒不胜酒力已然睡了一天了睚眦兄长派来的信使是吾见到了方来迎接的。”

睚眦殿下闻言怒道：“什么？这个饕餮，胆大包天，竟然不出来迎接本神，此番有大事，这厮果然是要静等着父王废了他的神位了。”

“我”忙道:“禀睚眦殿下，这一阵子，龙神爷亦是忙着捉妖除魔，保天下太平，前日才从冥界回来，累得了不得，方才安歇的。实实也是一位尽忠职守的神祇，百姓无不赞誉！望睚眦殿下勿因此因小失大，冤枉了龙神爷。”

“还有此事？饕餮竟然尽忠职守，还冒险去了冥界？现下冥界与三界正是多事之秋，真真是不可大意。也罢，这次事关紧要，也便不与他多做计较。你可传话，再有此事，本神断不会轻饶了他。”睚眦殿下听了“我”情真意切的说辞，三九天似的神情竟然也有了几分松动。

我真是越发佩服雪菜的聪明能干。

“多谢睚眦殿下通情达理，梅菜一定告知龙神爷。不过，睚眦殿下与龙神爷兄弟情深，料想龙神爷自也是心知肚明，无须梅菜赘言，自也知道睚眦殿下苦心。”“我”甚是得体地应答道。

睚眦殿下寒冰也似的面孔微微有些和缓，道：“上次见你还是一副傻样，今日竟也能说会道起来。不过本神瞧着你与以往又是像又是不像，你这灵力减弱，妖力倒是强了，莫不是脱胎换骨了？”

“我”毫不惊慌，笑道：“多谢睚眦殿下美誉，梅菜不过是随着龙神爷降妖除魔，妖界也去了，冥界也闯了，比以前稍稍多见了些世面罢了。”

睚眦殿下道：“哼，饕餮虽说癫狂些，收了你这个信女倒还算识大体。”

“我”笑道：“睚眦殿下过奖啦！”

我的心里却酸楚不已，想来我又没本事，又笨嘴拙舌，还偏偏好管闲事，除了惹是生非，并没有替龙井做什么。亏龙井还一直护着我，我当真对不起这个龙神使者的称谓。雪菜，才能当个真正称职的龙神使者吧！

正山问：“现下可要去唤饕餮哥哥前来然饕餮哥哥烂醉如泥只怕不好唤醒。”

睚眦殿下叹道：“饕餮那酒量，可不也是没有办法的，本神现下有件事情，倒须得托你转告饕餮。”

正山忙道：“睚眦兄长尽管道来吾定然告知饕餮哥哥。”

睚眦殿下低下头，悄声道：“这次应人间皇帝祭祀，本来枕梦公主也随着仪仗队前来探视饕餮，不料现下，竟寻不到那同行的枕梦公主了。”

正山大吃一惊：“睚眦兄长这可是尔的不是再怎么样也不能丢了西海的公主这下要怎生与父王交代……”

睚眦殿下忙“嘘”了一声，不无愤懑道：“那枕梦公主刁蛮任性，你又不是不知道，要不是因着她那身份，本神早把她弄死算了。现下当务之急，便是要寻得枕梦公主。依本神看来，枕梦公主定是思慕饕餮得紧，想要私会未来夫婿，所以本神教你和饕餮去寻得那枕梦公主。如今三界有异动，可万勿在这一年生出什么乱子，给本神惹麻烦。”

正山一听也犯了难，道：“吾只当尽力而为然就算吾觅得枕梦公主只怕她也不肯乖乖听吾的话解铃还需系铃人吾以为还是饕餮哥哥亲寻更事半功倍亦有可能枕梦公主会偷偷来探寻饕餮哥哥……”

“行了行了，”睚眦殿下不耐烦地挥挥手，“句子都不会断，当真把本神吵死了，横竖事情托给你和饕餮办，到时候寻不到枕梦，拿你是问。”

正山一听慌了神：“睚眦兄长怎生突然推到吾的头上……”

睚眦殿下赖道：“本神日理万机，可没工夫寻她，现下还要带仪仗队前往祭天的宗祠。枕梦公主走失一事，若是寻不到，父王发怒，你和饕餮可也得受些牵累。”

正山泫然欲泣：“睚眦兄长弄丢了反倒教吾去寻……”

睚眦殿下瞪了正山一眼，回身带了仪仗队消失了。

这睚眦殿下，今日竟也索性把枕梦公主推给了正山和龙井，可见当真把枕梦公主当成了烫手山芋。我也怪替正山为难的。

不料“我”笑道：“有什么难的，那走失的枕梦公主，梅菜替你寻就是了。”

正山一听，宛如找到了救命稻草：“傻狍子尔可有迹可循？”

“我”笑道：“八九不离十，你莫要伤心，交与我吧！”

正山这才转忧为喜，笑道：“傻狍子当真机灵日后可要改称梅花鹿了。”

“我”不知是有心还是无意，笑道：“可不是嘛！比起傻狍子，人人还是更喜欢梅花鹿多些。”

傻狍子一副呆相，又怎生比得上梅花鹿聪明漂亮。雪菜说得对，而我渐渐地，越来越困，什么也不想再去思虑。

“傻狍子其实傻一些也没什么大碍吾倒是喜欢尔心无城府。”正山摇摇头说。

正山……正山这一说，不知为何，我心下一暖，竟又清醒了些。

“我”笑道：“不过是你不惯，现下的梅菜才是当之无愧的龙神使者。”

正山疑道：“吾总觉着傻狍子几日未见怎生变了许多……”

“我”笑道：“梅菜可是大人了，说起来，爹娘都要给梅菜入赘了。”

正山瞪大了眼睛：“入赘？”

“我”笑道：“可不是嘛！爹娘相中了小三子呢！”

正山更是大吃一惊：“便是那个癞痢头小子吗傻乎乎的吾不甚喜欢尔可愿意？”

“我”笑道：“要说我啊，心中自然也有中意之人。”

正山一听，十分期待地问道：“何人倒好福气教傻狍子钟情？”

“我”故弄玄虚地说：“天机不可泄露，以后你就知道了。”竟自蹦蹦跳跳回家了。

正山正要送“我”，“我”道：“不必啦，梅菜什么妖物也不怕。”不等正山答话，“我”早轻盈地走了。

我越发迷糊了，雪菜竟然真像是相中了谁似的。虽说我还未曾想过招赘之事，但总要听爹娘的安排，雪菜莫非要自己为自己做主吗？

自从与雪菜合为一体，我倒仿佛是个附身的，淡薄地透过这双眼睛看雪菜快快乐乐地替我生活着，也着实是一番奇妙的感受。看来我终究是战胜不得雪菜的，消失了也好，我本来便百无一用，不像雪菜，既知晓为父母分忧，也明白怎生替龙井斡旋。

说起龙井，打雪菜入主我的身体，还未曾见过，也不知晓他现下怎么样了，枕梦公主又跑到哪里去了呢？

不想“我”却并未归家，而是跑到胭脂河边上来了。

“我”一路蹦蹦跳跳地走过河堤，找到了马二叔白日里说的那破庙。

破庙十分凄凉，位置很是隐蔽，居然建在河岸下面，整个被矮树和荒草埋了起来，在暗夜之中更加阴森可怖。“我”却不以为意，轻车熟路地跳到河岸下，几个白鸟扑啦啦惊飞了。

虽说没有什么光，“我”却对四下情景看得十分清楚，想来便是雪菜的妖力使然了。

这个破庙像全然是土坯堆成的，只怕百年有余，破破烂烂，剥蚀风化得不像样子，两扇早掉下来的破门胡乱堆叠在房檐下，勉强能看出褪没了的朱红颜色。

内堂也十分简陋，落满了灰尘的供桌上有些模糊的老鼠脚印，供桌上摆着几块干瘪瘪的豆腐干，倒早让老鼠给拖走了一半，想来就是马二叔供奉的。

神像也完全没有了颜色，落满灰尘不说，还布满层层叠叠的蜘蛛网，着实分辨不出是哪位神灵。

“我”突然跪下，道：“小女是饕餮大人的信女梅菜，不知枕梦公主大驾光临，有失远迎，可要小女去禀告龙神爷？”

枕梦公主？

果不其然，枕梦公主颇有些尴尬地从供桌上出现了，还提着裙裾，似是怕弄脏了鳞：“终于来了个机灵的，难不成是饕餮知道本公主来了，差你来接本公主的吗？这个破地方，除了龙神祠，一个能待的地方也没有，本公主又不愿先去寻他，只得暂寻得这个无主的庙，可真真吃尽了苦头。”

雪菜还真是眼观四面，耳听八方，仅仅是神像和珠子之事，便猜出了是枕梦公主来了这庙，委实教我望尘莫及。

“我”笑道：“这件事情，龙神爷想来还不知道，是小女先听说这里神灵显灵。小女心下想着，那种海珠价值不菲，可不是胭脂河能产出。有这种大方手笔，必定是哪位龙宫的神祇对马二叔发了慈悲之心，所以特来替龙神爷先看一眼，再禀告龙神爷。不想机缘巧合，竟有幸遇见早听各位龙神爷提过的枕梦公主，当真三生有幸。”

枕梦公主一喜，笑道：“本公主无处落脚，所幸那渔夫还供奉了些东西，虽说粗糙，聊胜于无，本公主自然是有恩报恩，便将珠子塞满了那心诚之人的鱼腹。你倒当真机灵，这都给你猜了出来。怎么，其余几位龙神也与你提过本公主与饕餮的婚约吗？”

边说，边从供桌上飘然而下，摆手教“我”起身。

“我”忙起身笑道：“公主丰神俊逸，自是早有耳闻，不若今日得望真容，确是梅菜仙缘不浅哪。”

枕梦公主不由得笑道：“饕餮呆呆傻傻，信女倒是个机灵的。”又像是想起了什么，失笑道：“原来饕餮念叨的梅菜竟然是你这小小信女，本公主当日还真是有些多疑，失了分寸……”

在龙宫我替龙井相亲时确实一秃噜嘴，自称过梅菜，还惹得枕梦公主大大生了一场气。

“我”自是大大方方地答道：“龙神爷宠信梅菜，自是梅菜的福泽。”

枕梦公主笑道：“你这灵力和妖力倒也算少见的，是双生花？原来现下转化为人了，不知你是姐姐还是妹妹？”

“我”停顿一下，又绽开一个笑脸：“回公主，我是那个有灵力的妹妹，至于姐姐嘛，我也说不大好。”

看来雪菜真是铁了心要做我了。

枕梦公主点点头，又有几分娇羞地问：“饕餮他，这些时日，可曾提起本公主？”

“我”笑道：“虽说未曾听龙神爷亲口提起公主，但总见龙神爷凝眉不知道在思虑什么，八成也是有些龙神爷的心事吧！”

雪菜这话说得模棱两可，我可知道，龙井不是思慕着香片嘛！

枕梦公主禁不住也羞红了脸庞，低声道：“这饕餮……”

“我”又借此机会问道：“不知道枕梦公主屈尊来玄阴地，有何贵干？”

枕梦公主有些不好意思，犹豫了一下，爽朗地笑道：“也没什么好瞒，本公主，是独个跑出来的。”

“我”奇道:“公主千金之体，独个来玄阴地，又屈尊在这种庙里，难不成有何要事？”

枕梦公主抿抿嘴，道：“既然你是饕餮的信女，也不用瞒你，到了小满，此地本该有一场祭祀大典。本来父王要教哥哥前来，本公主自告奋勇，正趁机会来瞧瞧饕餮。可是龙王定要睚眦与一众随从护本公主前来，可无趣得很。本公主私心想着去瞧瞧饕餮，可是又觉过于急躁，倒惯坏了饕餮，只道本公主有多思念他似的。这才进退两难，索性躲起来等他来见本公主吧。谅他听说不见了本公主，少不得着一场急，你也莫要告诉他，本公主等他来接不迟。”

公主就是公主，自然是有这种架势的。

“我”笑道:“枕梦公主可也太委屈了,在这个庙未免太折辱公主,教旁的神仙知道了,免不得说我们招待不周,传出去又是龙宫的话柄。再者说，倘若饕餮殿下知道我知情不报，免不得要怪罪于我，公主只当疼疼我，莫躲在此处了吧？”

枕梦公主道：“可是本公主自溜出来，没有迎接的，又自溜回去，岂不是教人笑掉大牙吗？”

“我”笑道:“耽误时间久了,睚眦殿下的仪仗队难免不走漏消息,若是趁早回去，旁人又怎么会知晓？何况梅菜碰巧也见到了睚眦殿下，睚眦殿下也急得什么似的，若是一着急，回禀了龙宫，可不又是些麻烦事吗！”

枕梦公主低头思量了一下，道：“说得倒也在理。唉，回去便回去吧！旁的不说,这庙可着实破旧得可以,本公主哪里受过这种苦,实实是待不下去了！你也莫与旁人提起，既然饕餮还不知晓本公主前来之事，本公主且偷偷去瞧瞧他，再回仪仗队不迟。只不过自己唱一出独角戏，也着实怄得慌。”

“我”忙道：“枕梦公主可勿要这么想，梅菜可不便代表着龙神爷嘛！梅菜前来，也是知晓龙神爷平素为人，只当代龙神爷迎了公主吧！”

雪菜这摆明是要给枕梦公主这个爱面子的一个台阶下，圆滑世故，可不是处事老练嘛！怪不得深受香片的重用，妖界的拥戴，确实有她八面玲珑的过人之处。我除了衷心佩服，也越发觉得自己远不如她，空占了许多东西，还真是暴殄天物。

枕梦公主闻言，笑道：“你小小年纪便聪明伶俐，能说会道，日后定然大有可为，待本公主与你们龙神爷成了亲，定然在龙宫与你个仙位。”

“我”笑道：“那梅菜多谢公主大恩啦！”便迎了公主去龙神祠。

龙神祠殿外便有浓浓的桃花味道。

枕梦公主皱眉道：“这里何处来的这桃花蜜酒，听说饕餮去蓬莱山偷仙桃，开罪了那里的神仙，现如今怎生得了这仙酒的？”

“我”摇摇头：“梅菜也不晓得，许是哪位龙神爷的仙友送来，也未可知。”

枕梦公主正待进去，正山忽然不知道从哪里冲了出来，慌慌张张地说：“枕梦公主……梅菜尔自何处寻得？”边与枕梦公主拱手行礼。

枕梦公主还了礼，笑道：“是蜃弟弟，多日不见，可还安好？”

正山一副心里藏不住事的慌样，勉强答道：“吾甚是安好，多谢枕梦公主记挂。枕梦公主这是来瞧饕餮哥哥的吗？”

枕梦公主羞红了脸，道：“也不是专程来看，不过是顺路罢了……”又往大殿一指，道：“这蓬莱山的桃花蜜酒哪里来的？饕餮在自斟自饮吗？”

正山出现一副尴尬样子：“这……不瞒枕梦公主说，饕餮哥哥现下有些不便之处……”

枕梦公主本来就是聪敏之人，一看正山神色有异，越发起疑了：“何事不便？连未婚妻子也不便吗？”

“这……”正山本就是不惯说谎的，现下更是急得面色通红。

枕梦公主亦发觉了，二话不说，便要进正殿。正山赶紧去拦，枕梦公主一挥袖子，大殿门便开了，一个柔美的女声问道：“饕餮睡下了，谁在吵嚷？”

这声音，不是香片嘛！

枕梦公主一听竟然有女声，甩开正山便进去了。“我”和正山忙追上去，果不其然，龙井早睡着了，面前杯盘狼藉，弥漫着浓浓桃花香。香片正守着龙井，一脸不悦地望着我们三个。

枕梦公主一挑眉毛：“本公主当是谁，原来又是你这只狐狸。饕餮被你害了的事情，闹得龙宫人人知道，不想你竟然如此厚颜无耻，还敢来招惹饕餮。”

香片一见枕梦公主，笑道：“原来是西海的公主，有失远迎，是来找兄长一叙亲情？饕餮一向喜欢桃花蜜酒，妾身刚巧得了些，便与他对饮，公主殿下此番前来怎生也不打个招呼，也好教饕餮留些与公主。”

枕梦公主冷笑道：“饕餮喜欢桃花仙酒，本公主弄不到吗？无事要你这妖怪献什么殷勤，有多远给本公主走多远。饕餮是本公主的夫婿，岂容你在此放肆！”

香片依旧柔和地微笑道：“妾身也曾听说西海龙王与龙宫之约，可是饕餮仿佛不曾与公主求亲，又何来夫婿之说？何况妾身见饕餮孤孤单单在这龙神祠，旧怨也不好再与他计较，既然公主听闻过妾与饕餮之往事，又何必动这么大的肝火呢？”

枕梦公主向来是娇宠惯了的，哪里被人如此揶揄过。对方还是对他们来说，身份低微的九尾狐，一听这个，登时面色一寒，身上闪现出白色的柔光来。

正山见状，忙拦住枕梦公主：“公主息怒此事有些个误会莫要伤了和气……”

“我”也忙道：“公主殿下，先莫要生气，许仅是旧友相聚。公主身份不比寻常，若是为这等小事动了怒，难免不给旁人落下些话柄，只道公主是个不让人的，又何苦来呢。”

枕梦公主怒道：“本公主血统高贵，三界谁不让着本公主几分，现下一个低贱的九尾狐，竟然与本公主的未婚夫婿纠缠不清，简直可笑之极。这话若是传出去，本公主岂不给旁的神灵笑掉大牙！”

香片起身，细心地理顺龙井垂落的鬓发，不紧不慢地说：“公主言重了，妾身不曾想要夺取饕餮。不过饕餮与妾身，本也是旧时的缘分，想断也断不得。待饕餮醒来，你自可得知，他心中分量最重的是谁。”

枕梦公主一见，脸上表情更可怕了，道：“区区一个九尾狐，也敢去触碰龙神，可是活得不耐烦了吗？心中分量，也是你能说了算的？”

只见她柳眉倒竖，边说边举起发光的右手，想来就要跟香片决一死战了。正山拼死挡在前面，劝道：“枕梦公主莫要与这九尾狐计较她本与饕餮哥哥一同长大亲密些也是有的还望枕梦公主三思而行莫要伤了三界和气以免殃及本地百姓……”

枕梦公主不依，银牙紧咬，杏眼圆睁，道：“就因着本公主比这低贱的九尾狐高贵，反倒要让她几分了？蚍蜉撼大树，可笑不自量，敢跟本公主争，可怪不得本公主下手无情。”

香片笑道：“公主的脾气确实非同小可，不怪饕餮这些日子忧心，他生性惫懒，还是寻个能照应他的好些。”

我却越发疑惑，这香片早跟二公子定下婚约，就算是误会厘清，割舍不得旧情，她也应该知道自己和龙井是走不到一起的。而且二公子一往情深，难道会答应退婚？若是起了纷争，冥界公子，妖界首领，龙神，都是一方霸主，三界定然因此大乱，可不好收拾。

枕梦公主一听，冷笑道：“放肆！本公主的夫婿，也是听凭你来胡言乱语的吗？妖就是妖，要往龙神身上靠，也要掂量掂量自己几斤几两，龙王爷早烦透了你，你以为凭你的出身，难道还妄图可以得进龙宫，升得仙位？还是早早死了这条心，吞吐你的月华去吧！”

香片笑道：“论出身，妾身自远不及公主，公主生来便是万人之上的神灵，妾不过是草丛里的狐狸，自一个天上一个地下。可是妾身这一切，可都是胼手胝足一点一点修炼而成，不似公主，自出生便应有尽有，仅仅是因着自己的出身，就如此天差地别。”

枕梦公主面泛杀气，道：“听你这意思，本公主不过是命好些，还是多亏了出身，其他的倒还不如你区区一个狐狸了？”

香片依然笑容可掬：“妾身不敢，不过公主冰雪聪明，自然对眼下一切心知肚明了。”

枕梦公主哪里被人这样碰过软钉子，一张俏脸泛着寒气，十分可怕：“好……果然有胆量。”

正山似是不曾见过这种风波，只顾着着急，话也憋不出一句，早没了往日滔滔不绝的风范。

两位与龙井息息相关的美人现在剑拔弩张，一场大战看来在所难免，我心也悬到嗓子眼，可别惹出什么大乱子才好。

第19章　小满（二）

枕梦公主与九尾狐香片，在龙神祠之中狭路相逢，雪菜替代了梅菜成了龙神使者，志得意满。可这个时候，雪菜的一个朋友出现了，这个朋友的身份却并不简单——他就是要酿成玄阴地大乱的罪魁祸首。

"我"倒举重若轻，劝道："两位俱是龙神爷的亲厚之人，若是当真反目，教龙神爷如何自处呢？何况龙神爷现下还在安睡，待龙神爷醒来，得知两位伤了和气，一个是同族，一个是旧友，偏帮哪一边，都教龙神爷为难。还是莫教龙神爷伤神了吧！"

枕梦公主闻言，道："这狐狸精口口声声分量分量，还当真拿自己当回事了，本公主也不急，待饕餮醒了，当堂对证，看这狐狸要狂妄到什么时候！就算是狐狸，好歹也须得知晓什么叫廉耻，如此纠缠，以下犯上，实在没有分寸！"

香片则笑道："公主且等着吧！妾可不似公主命好，能闲来无事四处游玩，今年有异象，妖界亦忙得纷乱，也便不奉陪了。"又温和地朝我笑笑："梅菜，辛苦你知会龙神爷一声，但凡想喝桃花蜜酒，只需旧时旧地唤我也就是了。"说着，一闪身不见了。

异象，我想起来，正山刚才也提起过，说宫廷祭祀神灵，也跟什么异象有关系。

枕梦公主一听旧时旧地，红了眼道："什么！竟然还有什么旧时旧地，可不是摆明了与饕餮旧情复燃了吗？孤掌难鸣，定然是饕餮还放不下那个低贱的狐狸精！"便用力推龙井："你莫再睡了，快快起来告诉本公主你与那狐狸精到底是什么关系？"

正山劝道："公主莫急饕餮哥哥一碰酒便倒头就睡丝毫没有酒

量是以吾等根本不敢与他酒喝时下饕餮哥哥饮下如此海量必定须沉睡良久尔喊也无用。”

“我”也劝道：“枕梦公主有所不知，那九尾狐香片早便与冥界二公子夏忘川结下婚约。照梅菜看来，不过是旧人小聚，许根本没有那一层男女情义的。”

枕梦公主气鼓鼓地说：“那狐狸精一副目中无人的样子，可当真教人怄气，原来早便与夏忘川有婚约，竟然还敢来找饕餮轻狂，委实教人讨厌！夏忘川娶得这种妻子，也是招灾揽祸。待她做了冥界的夫人，冲那跋扈样子，还不把冥界本来就纷乱的事情，搅得更加鸡飞狗跳！身份地位不相配，成了亲也是祸患。”

“我”劝道：“既然公主早想到这些，也少怄些气吧！气坏了自个儿也不值得。”

枕梦公主刚要开口，不想这夏夜里一阵子冷风拂进来，“我”也禁不住打了个寒战，回头一看，原来是怒气冲冲的睚眦殿下来了。

枕梦公主与正山见了睚眦殿下，面上皆有些做了坏事给大人当场捉住的孩童似的惊惶。

睚眦殿下见状，声音寒冰似的冷彻人心：“枕梦公主，你私下逃出来密会饕餮，不用本神明说，你可也知晓这大大地不合规矩。若是本神报上龙宫，即便枕梦公主，想来也须得承担些罪责。”

枕梦公主颇为尴尬，咬了咬下唇，小声道：“本公主也并不想将事情闹大，横竖是瞧瞧未婚夫婿，并未做甚出格之事，他人又不知晓，睚眦兄长行个方便也就是了。”

睚眦殿下怒道：“本神与你行方便，谁来与本神行方便？上头怪罪下来，本神也难逃监管不力的罪名！本神一世英名，岂可毁在你手里？多说无益，趁着消息不曾泄露，速速随本神回宗祠吧！”

枕梦公主看看还在沉睡，不时还打着呼噜的龙井，恳求道：“睚眦兄长，可否等饕餮醒来，本公主与他说几句话即可……”

“哪里有那么多话要与他说！”睚眦殿下似乎忍耐到了一定限度，脸色越发吓人了，“你若一意孤行，本神上报龙宫也就是了，横竖也只麻烦这一回！”说着拂袖要走。

“睚眦兄长，等等本公主……”枕梦公主吃了吓，忙亦步亦趋地跟上睚眦，临了嘱咐“我”道：“你且照管好了你们龙神爷，若那狐狸精再死缠烂打，只管记住了回头禀报给本公主，本公主自会投桃报李，断断不会亏待于你。”

“我”忙点头笑道：“请公主放心去吧！梅菜定当尽忠职守，做好龙神使者该做之事。”

睚眦殿下早不耐烦了，还要瞪眼，枕梦公主又恋恋不舍地瞧了龙井一眼，跟上睚眦殿下消失不见了。

正山忙问：“傻狍子尔是如何寻得枕梦公主下落？”

“我”笑道：“左不过今日听见一个渔夫，说见到无主破庙神像显灵，鱼肚子里有又生出了珍珠，是以有些疑心是龙宫来客。结果不出所料，当真是枕梦公主来了。只瞧着睚眦殿下着急，便劝服了她来，不想正碰上龙神爷与那香片，可不是又弄巧成拙了。”

正山也苦恼地点头道：“可不是吗吾倒知晓那香片来了只是不知何故两个反目成仇的竟又和好如初着实奇怪尔可听闻个中因由了？”

“我”点点头：“说是有些误解，已然理清楚了。不过枕梦公主生气也有道理，香片本就与龙神爷有旧，枕梦公主又是眼里不揉沙子的，不打起来已经算是万幸。”

正山点点头，又狐疑地说：“傻狍子你今日说的话句句有道理可吾总觉着那种话可不大像是尔能说出来的尔可有事瞒着吾不曾？”

“我”摇摇头：“何出此言？梅菜聪明了倒不好吗？”

正山想了想，道：“也不是不好不过吾心下想着能者多劳尔这样聪明只怕日子久了总有聪明反被聪明误之时也不是好事还不若顺其自然好些。”

“我”笑道：“别的我也不懂，我只知道，这世上的东西如果不争，是不会有人拱手相送的。就是争不过，好歹尽心尽力，不给自个儿留遗憾也就是了。”

正山一脸狐疑地看着“我”，“我”便笑了笑，回家去了。

皇上祭祀龙神的大典要到了，据说要巡街游行以示心诚，我也想一睹为快，可惜不知道雪菜愿不愿意去。

“我”日日帮衬着爹娘忙活，有着惊人的好手艺，比起笨手笨脚的我简直云泥之别，又会想各种做点心的花样，摆盘、外形无不玲珑精致，教人一见便不忍下口。街坊四邻俱夸“我”能干，“我”倒谦虚得很，只说是爹娘教导得好。

每次听到人家夸奖“梅菜可比以前强多了”，心下总羞愧得很，横竖处处不如她，这身体，不要也罢。且我也觉出，似乎我能思虑的东西越来越少了，以前还有些自己的想法，近来则只是旁观着雪菜应酬交际，脑袋是空空的。

这日“我”正在铺子里忙活，李绮堂突然来了，“我”奇道：“今日怎生李公子来访，可有什么事情？”

李绮堂有些日子不见，身材越发挺拔了，一身天青色的长衫，衬得俊脸更是不食人间烟火。只见他少了些平日的沉稳，倒是难得有些急躁地说道：“梅姑娘，实不相瞒，在下听到些消息，特来转告梅姑娘一声，今年天有异象，虽说天机不可泄露，到底在下和梅姑娘私交甚厚，总不愿意瞒着梅姑娘，还是早早做好准备为好。”

“我”笑道：“这个事情梅菜也听龙神爷他们提起过，不过这所谓的异象，究竟是怎么回事？”

李绮堂为难道：“恕在下细说不得，只能透露这一点儿，异象不是好征兆，连在下李氏一门也即将迁往薄州躲避。梅姑娘还是与家人言说一声，若能一同前往，路上也好有个照应。”

薄州……可不算近，南货铺子的祝掌柜说，水路要走半个月的，但是那个地方风调雨顺了好些年，名声在外，据说是个安居乐业的好地方。

“我”略一沉吟，道：“梅菜家小底子薄，毕竟要仰赖烟雨阁为生，匆忙之间迁居，只怕爹娘答应不得。再说若是去那人生地不熟的地方，只怕生计都无以维持……”

李绮堂忙道：“若梅姑娘能随在下一家前往，李家在薄州亦是有些基业的，照顾梅家，帮助开店，定然不成问题。只盼着梅姑娘三思。”

李绮堂还当真是慷慨大方的。薄州距离遥远，举家迁徙更是举步维艰，怕只有他们那种豪门大户能说走便走吧。

李绮堂见“我”犹豫，又道：“等待这个异象过去了，若梅姑娘舍不得故土，大可再迁徙回来。在下一家亦是往薄州祖宅，这边基业也不变卖的。”

“我”突然一笑：“李公子如此美意，梅菜定与爹娘说一声。只是李公子尽力相助，梅菜无功受禄，当真无以为报。”

李绮堂又脸红了，接着像是下了很大决心，毅然说道：“不瞒姑娘，若不是事出突然，在下断然不会如此突兀，在下、在下只是想尽力护姑娘周全。”

“哦……”“我”看着李绮堂清水般通透的眼睛，问：“李公子的意思，想护梅菜周全到什么时候？”

李绮堂一听，脸猛然就红了，刚要张口，爹正从外面回来，见了李绮堂，忙招呼道：“李家公子来了，招呼不周，还望李公子海涵。”便对“我”道：“梅菜，还不速速泡茶招待，也不让李公子坐。”

李绮堂讷讷道：“不，不了，在下尚有些急事。”边往后一退，却绊在了凳子上，险些栽个跟头，更加狼狈了，忙又说一句：“梅姑娘，这个月十五，便是搬迁的时日，若梅姑娘考虑好了，在下在大宅等着梅姑娘。”边急匆匆地走了。

认识李绮堂这么长时间，头一次见他如此不沉稳。

爹问：“梅菜，这李公子来，可有什么事吗？”

“我”笑道：“不曾有，爹宽心吧！”

可“我”的手心，却紧紧地攥了起来。

我突然疑心，雪菜在正山面前提起过的意中人，难不成竟是李绮堂吗？

爹笑道：“那便好。不过梅菜，你也莫要嫌爹唠叨，李公子是大户人家的少爷，与咱们总是天壤之别的。交情好是交情好，毕竟男女有别，可不要给人家传出什么话柄，说咱们家攀龙附凤，可就不好听了。再说你也大了，还是想想招赘的事情是正经。爹瞧着小三子就不错，想好了，爹可就要寻杨婶提一提了。”

“我”粲然一笑：“爹放心吧，梅菜心里有打算。”

爹轻抚我的脑袋说："人小鬼大。"

"我"十分幸福地依偎着爹，高兴得轻飘飘的。

这个天上的异象，已经数次听说，真不知是什么情况，而且也许我等不到那异象出现，便要消失了吧。我已经没有什么力气去思索事情了，只是强撑着，十分想就此睡去。慢慢地，我好像什么也看不到了。

再次能看到东西，已经不知道过去了多久，"我"正高高坐在一棵树上，夕阳像血一样红，微醺的晚风吹过，浑身暖洋洋，非常舒服。

我仔细想想，方认出来这是烟雨阁后园那棵大梧桐树上，"我"快活地晃荡着腿，吹着口哨，好似十分开心。龙神祠就在身后，我却没办法让身体转过头去望一眼。

"雪菜，雪菜，你幸福吗？"一个声音问。

"我已经不是雪菜了，我是梅菜。""我"依旧开开心心地晃着腿，与这不明来源的声音答道。

奇怪，这是一个脆脆的少年声音，却从未听过的声音，那个声音的主人是谁？

"我喜欢雪菜，看不出那傻呼呼的梅菜哪里好，怎么会有人不喜欢梅花鹿，而喜欢傻狍子呢？我知道了，因为他们都像傻狍子一样傻，哈哈哈哈……"这个少年的笑声，十分好听，这个人，是雪菜的朋友吗？

"我"笑道："不管他们喜不喜欢，你喜不喜欢，以后，我就是梅菜。那梅菜的灵力一日比一日弱了，这两天，似乎见都不见了，但以防万一，还是提防点的好。"

"我"说得对，我黯然想到，优胜劣汰，可不就是人生在世的道理，连买萝卜白菜，大抵也都想寻粗壮水灵的，何况天差地别的人呢。

"雪菜，当人真的有那么好？做个妖自由自在，无拘无束，不是更欢喜吗？"那个声音越来越近，好像就坐在"我"身侧。

"你怎么会明白呢！若是有一个明明样样不如你，却享受着一切你应该得到的东西的人，你甘心吗？自己不争取，谁能给你双手奉上？""我"意味深长地说，"星图，你也要走了，来人世间转一圈，可有留恋？”

星图？那个声音的主人原来叫星图。

“唉，我可真舍不得走啊……”那星图叹口气，“人间我来来回回多少次，却从没有遇见过雪菜这样的朋友，没有人愿意和我当朋友，大家都躲着我，一半敬畏，一半嫌恶，这个滋味可不大好受。你呢？突然就不做妖，要做人，想必也有不舍吧？”

“我”看着落下去的夕阳，笑道：“没有。其实我一直也不想做妖。妖哪里有人情，哪里有酸甜苦辣，喜怒哀乐？我确实在妖界有些身份，可是我压根儿不想要，得不到亲人，得不到友人，得不到喜欢的缘分，永远只能站在黑漆漆的角落里观望，他们的光，一丝也照不到我身上。”

暮色四合，天空淡淡出来几颗星星，星图说：“雪菜，其实人也有人的苦处，好不容易挣脱了轮回，又何苦呢？你若是不喜欢妖界，随我上天也好，天庭虽说冷些，好歹你我能做伴。时常一个人游荡，我也腻得很。”

“我”叹口气，笑道：“你是仙，长生不老，福禄永驻，也知道人世间的苦楚吗？”

星图似是想了想，隔了半晌，方道：“高处不胜寒，说的是真的。”

“我”道：“你在天上孤零零的，都要高处不胜寒，何况地下了。我不想像老鼠一样，永远躲在暗处。当人，自然须舍弃些自由，但我能得到家人，得到朋友，也许，还能得到李绮堂。”

星图忙道：“李绮堂有什么好的，一个凡人，生老病死，再者说，他有仙骨，如果修仙飞升，到时候你怎么办？只要你占据了这个身体，就会变成凡人，早晚你的妖力会和那梅菜的灵力一样，根本没法用，封印得死死的……到那个时候，不还是孤零零的吗？”

“我”望着远处华灯初上的楼阁，淡然说：“有舍有得，值得就是了。其实也说不上喜欢，或者非他不可，只是我想知道，那么多妖可望而不可即的，所谓与一个人白头到老，相互扶持，是个什么滋味。对我来说，什么小三子、李绮堂，也没有什么区别，横竖李绮堂长得顺眼些，能给我的日子安稳些也就是了。”

没什么区别？她是爱面子嘴硬，还是真的这么想呢？

星图劝道："真的值得吗？人这一生，虽说对我来说不过是眨眼的工夫，可是对人来说，那便是一辈子。且你大概没有办法再入轮回，舍弃妖永恒的寿命，换那么几十年，再有滋味又能怎样？我不希望我下次来人间，你已经是个白发老妪，或者早已尘归尘土归土。星图我，这些年来，仅仅有你一个朋友。"

"我"低下头，看着风吹过脚下灌木的叶子，簌簌作响，答道："星图，我也很喜欢你这个朋友，可是我还想要更多。我想知道被宠爱的滋味，被照顾的滋味，我独个太久了，再怎么被人夸作八面玲珑，无所不能，也还是希望遇见事情不是我上前斡旋，而是能有人能挡在我前面一次。"

星图有些焦躁，说："我见多了薄情寡义的人。再说，他的心意，谁知道能持续多久？你能确定他们会挡在你前面？跟着他在人世间饱尝悲欢离合，还不若随我上天，许日子久了，也无欲无求，对你倒更好呢！"

"我"伸了个懒腰，说："星图，你生来就总是独个闯荡，在天庭，在人间，因为你没有过人情，才会无欲无求。可我不一样，我本来是与梅菜共同转世，该做姐妹，偏偏谁都知道，双生花两全不得。怀胎数月，娘都不知道双胞胎死了一个我，而梅菜，吸吮着娘的骨血和我的骨血，成了人。我自打成了妖灵，就总是心有不甘，这事其实怪不得梅菜，可是，同样怪不得我。"

星图道："这些我猜也能猜出几分，命运弄人，谁也没有办法，我一走，坏事就来了，你要随那李绮堂去薄州吗？龙神使者才做了没几天，便要离开玄阴地了。"

"我"道："我也舍不得，当初是薄弱的妖灵，本离不开玄阴地，日日盼得自由，现下有了身体，说走便要走，心下倒又有几分落寞。玄阴地的一草一木，都是熟悉得不能再熟悉的，不过你带来的异象，必会影响人世，留下来没有益处。"

星图叹道："既然你决定了，我自是无话可说，龙神爷那边，是不是要告别？"

"我"点点头："那是自然。龙神爷照应我一场，虽说不曾出生入死帮上许多忙，好歹也负着这名声，妖力弱下去，万一往昔仇家上门，只有李绮堂能继续护我。”

星图没有再说话，“我”如落叶般轻盈落下，往龙神祠去了。

离我上次来不知道隔了几天，桃花味道依旧袭人而来，教人心旷神怡。

大殿长明灯闪亮，长身玉立的龙井正背对“我”站在窗前，听得“我”来了，转头笑道：“你才替了傻狍子几天，名声倒比傻狍子好得多，说话办事都漂亮。就算本神早知道你的本事，还是刮目相看。”

“我”笑道：“龙神爷过奖了，区区小事，何足挂齿？敢问枕梦公主上次来的事情，龙神爷可听妖界首领与蜃殿下提起过？”

龙井点点头：“辛苦你了。”

与龙井多日不见，竟觉得疏离了许多，龙井似也为什么事所烦扰着，再不是吊儿郎当的笑容，而是带着淡淡愁绪的笑容。龙井不像以前的龙井，梅菜也不是以前的梅菜，只有瓜片还在高兴地嚷着：“傻狍子送供奉！送供奉！”

“我”与龙井俱静静对望一眼，龙井先打破了沉默：“玄阴地将要大乱，你肯定早听得了风声，聪明如君，下一步怎生打算？”

“我”答道：“与玄阴地缘分尽了，没有旁的办法。我知道李绮堂对梅菜有些感情，嫁了他随他去薄州避世也好。爹娘有如此佳婿，想必也有安生日子过。”

龙井回身道：“梅菜的灵力弱得看不见了，许还是你胜过了她。”说着，叹了口气：“本神早答应要护她周全，偏生这傻狍子，仿佛自己不想与你争似的。”

“我”道：“她得到的已经够多了，就算争也是争不过我的。龙神爷，雪菜自然明白自己在您心中，自远远比不过梅菜，可是这也没有办法，梅菜自己退避三舍，就算您觉得我胜之不武，也无济于事。”

龙井淡然地看着“我”，道：“生死有命，富贵在天，本神自然插手不得。梅菜自己要消失，你又要做人，各得其所，未必不是好事。”

我，我不想消失……我想爹，想娘，想龙井，想正山，想小三子，想李绮堂，想莫先生，想烟雨阁的众人……

我多希望这是一场梦，醒来之后，我还会挎着篮子去烟雨阁送点心，得了赏钱讨娘欢心，可是好像终究不行，既然我和雪菜都没有错，错的又是谁呢？

瓜片吃惊地看着“我”和龙井，似乎听不大明白，只嚷道：“打机锋！打机锋！”

“我”没有回答，又甜甜笑道：“龙神爷没有了牵挂，恕我直言，可是要与那枕梦公主成亲了？”

龙井笑道：“多谢关心，本神还不曾有打算，不过今年少不得多听些唠叨便是了。倒是你，刚刚才与梅菜双栖，便要离开玄阴地，本神都怪舍不得的。以后，上哪儿再去寻个这样的信女呢？”

舍不得，我也舍不得，我并不想走！一股子劲儿冲上了心口，像是把什么隔膜给打破了。

“龙神爷，梅菜不想走。”

自己的声音冲口而出，我竟然能说话了，连自己都大吃一惊。低头看看自己的手，原地蹦跳几下，可不是又能随意使用这副身板了嘛！

龙井瞪大眼睛望着我，问：“梅菜？”

我点点头：“是我。”

瓜片扑啦啦飞过来，道：“傻狍子怎么了？怎么了？”

我终于能伸出自己的手，去摸摸瓜片，这熟悉又不熟悉的感觉，便是叫作久违吗？

龙井又是一副嘲讽的神色，笑道：“傻狍子还真有办法，连那雪菜都给你压下去了。本神选的信女，好歹也给本神争了一口气，可是你的灵力明明都弱成那副样子，怎生回来的？”

我忙道：“梅菜并不想走，梅菜想一直留下来！”

龙井拍拍我的头，说：“可是眼下，不想走也得走。天有异象的事情，你不知道吗？”

我赶紧问："龙神爷，究竟是什么异象，竟然如此严重？"

龙井道："此乃天机，断断泄露不得，这个月十五过去后，异象就要来了。"

我又问："神仙都没有办法吗？龙神爷不是护佑这一方水土的神祇，难道不能帮百姓消弭了这个异象？"

龙井笑道："神仙也无能为力。本神不过是在玄阴地平衡三界的势力而已，三界之中，各司其职，一切皆有定数，插手不得，触犯了天条，神仙也要受罚。"

龙井都没有办法对付那个异象？

我又问："可否告诉大家，让大家早做防范？"

龙井道："你信，不代表谁都信，就算你四处宣扬，也无济于事。为了一个孩子一句不明真假的话，离开故土，有几个能做到的？"

我不敢想，这繁华的京城，繁华的紫玉钗街，繁华的烟雨阁，一个个熟悉的人，一处处熟悉的地方，在异象来了之后，要何去何从？

龙井见我出神，道："本神也劝你速速随着李绮堂家走吧！可怜本神龙神祠才修好，又眼瞧着化成无人供奉的破庙了。"

我一呆，忙问："龙神爷的意思是，连这里也要保不住了？"

龙井道："这个地方，本来就是香片为了镇压我才盖起来的。以前的事情都过去了，想来香片也不会再继续把这里开下去，玄阴地本就不该有这种地方，异象这一来，拆了也好。"

"那、那莫先生和烟雨阁的姐儿……"我自小便在烟雨阁里穿梭，虽说烟雨阁在旁人眼里不是什么好地方，可是对我来说，这是第二个家。

龙井叹道："你且放心吧！不管怎生的艰难苦楚，人都会拼尽全力地活下去，谁都有自己的本事。"

我突然想起了我身体里的雪菜，忙问："龙神爷，雪菜，雪菜她怎么样了？"

龙井道："妖力还在，许是睡着了，不知道什么时候，就要把你顶替下去了，你的灵力不会用，雪菜的妖力可用得精熟。傻狍子，本神也不知道，你们这不能共存的双生花，究竟到最后谁胜谁负。"

我心下乱得很，雪菜还沉睡在我身体里，她若是我，会怎么做？

大概安安生生地随着李绮堂远走他乡了吧！那小三子一家又怎么办呢？虽然我想去通风报信，可是他们会相信我吗？

龙井说得对，我一面之词，谁能信。

现如今，我就算想留下，凭我一个普普通通的小丫头，又能做什么呢？

龙井道："十五并不远了，你还是速速回家准备准备，随李绮堂走吧！本神知道你的心思，可是一切变化皆早已注定，谁也没有办法。"

我望着再熟悉不过的龙井和瓜片，以后我的生活没有了他们，没有了烟雨阁，不知道会变成什么样子。

失魂落魄地回家，想与爹娘言说，却又不知道如何是好。不料才到后园，一个脆脆甜甜的声音在我脑后响起："雪菜呢？"

是那个跟雪菜交情很好的星图。

我回过头，一个年龄与我相仿的少年，穿着紫色的袍子，道士打扮，生得白白净净，一双水汪汪的大眼睛，正歪着头瞧我："我看得出来，你是梅菜，不是雪菜，雪菜呢？"

我霎时不知道怎生开口，只得愣住了，便要冲着他走过去："你是……星图？"

星图警觉地往后退了退，冷淡地说道："我不想离你太近，但我是雪菜的朋友。"

我答道："我知道的，你和雪菜说话的时候，我也是醒着的，雪菜她，雪菜她现下睡着了。"

星图皱眉道："我不相信，你怎么会出来的？赢的人不是雪菜吗？"

我只得答道："我也不知道……"

星图道："别的不说，你是怎生打算的？我也知道这么问很突兀，我的意思是，雪菜这一辈子的梦想，便是要做个你这样的人。不用我说你也明白，你处处不如雪菜，何苦如此执着呢？这躯体明明有雪菜的一半，你一个人独占，未免有失公平。"

之前还劝雪菜做妖，现如今，倒是又叫我让出躯体——看来，他真是一心一意，想着帮雪菜。

我讷讷答道：“可、我、我并不想走……”

星图望着我，认真地说：“你能做的事，雪菜能比你做好十倍，对你爹娘来说，也是雪菜比较省心吧？我听说你要定亲，可是不管是嫁与李绮堂做少奶奶，还是招小三子入赘做老板娘，你哪一点能做好呢？深宅大院自然需要心计，铺子老板娘也要手巧，你样样来不得，何必强占了这个躯体呢？这些事不用我说，你自己也心知肚明吧？”

正是因为他说得对，我才无话可说，对我身边的人来说，明明还是雪菜比较好吧。

傻狍子，终究比不上梅花鹿。

星图见我低头不语，道：“你看，都说到你心里去了。就算你不想走，可是一旦我离开，立刻便是乱世，我主宰着这一年的走势，千百年来没有比我更清楚的了。你留下，少不得饱受颠沛流离，还是死了这条心吧！”

我一听，也想起了先前所听到的，星图与雪菜的对话，忙问：“这个所谓的天有异象，是你主宰的？星图，你究竟是谁？”

边说，边又想走近他。

星图一看我要过去他身边，回身跑远了，躲在假山后面喊道：“离我远点！不要过来！”

我只得收了脚步，看来星图非常讨厌我这个阻碍他朋友的人吧？

星图道：“你和雪菜不一样，雪菜和我才是同一类人。你这种自小什么都不缺的，怎么会知道我们这种只能在角落里远远观望别人的人的想法呢！你视作天经地义的东西，对我们来说，是可望而不可即的。”

“傻狍子离他远一点儿他是扫把星！”我回头一看，是正山急匆匆地赶了来，口里嚷着：“星图尔若是伤了傻狍子吾定不会与你善罢甘休！”

星图一听这话，恨恨地一咬下唇，不见了。

扫把星？是传说之中但凡现身，便带来人间灾难的扫把星？

第20章　小满（三）

梅菜和雪菜毕竟是双生花，逃不开只能开一朵的宿命。为了挽救星图，双生花合二为一，可双生花最后的结局，却出乎大家的意料。

正山已经一把拖过我，急道：“怎生尔会与他在一起他只会带来疾病灾祸须得远离才可。”

我忙问：“他是扫把星？难道今年的动乱是他带来的？”

正山点头道：“但凡星图出来人间一次必定是灾难连连谁与他接近亦飞来横祸苦不堪言。”

刚才星图叫她离他远一点儿，莫非是怕与我惹祸上身吗？看起来，他并没有嘴里说的那么讨厌我。

怪道口口声声说谁见了都会躲他，原来还有这层缘故，他亦和雪菜一样，孤零零的可怜人。我望一眼星图消失的地方，莫名地有些伤感，不知道是我的伤感，还是雪菜的伤感。

正山问：“傻狍子尔亦听说了灾变可有何打算？”

我摇摇头：“我舍不得离开这里。”

正山一听十分着急：“万万不可过了十五星图归天异象应验还是速速逃了去吧如若尔无地可去可随吾往海边临水而居如何？”

我笑道：“谢谢正山好意，我自是能走的，虽然我一己之力什么也改变不了，可总还是想着是不是能帮上些忙。”

正山摇头叹道：“傻狍子刚机敏几日又傻回来了这是天命谁也改不得。”

为什么世上会这么多的无可奈何？

正山道：“睚眦兄长他们办完事情要回龙宫去了吾也会与他们

同归吾本便是来帮饕餮哥哥抓雪菜的现下龙井哥哥言说雪菜已不必再抓吾亦没有了留下的理由。”

我一愣：“正山，你也要走了吗？”

正山点点头：“吾并非龙神自然在龙宫久居不得父王派吾去人迹罕至的地方用幻象给人些希冀这便是吾之使命。”

说散，便如同秋风扫落叶，该走的终不会留，天下没有不散的宴席，分道扬镳的离别之情，我头一次体会到。

正山这么喜欢说话，也是因为他长久在人迹罕至的地方，说话都是奢侈的，才珍惜每一次说话的机会吧。这次回那深海或沙漠，最喜欢热闹的正山又会是怎样的寂寞呢？

正山认真地说：“傻狍子吾走了以后尔要学得精明些离了玄阴地再不会有吾等护尔万万须谨慎莫再多管闲事谨记谨记。”

我点点头：“正山，我也怪舍不得现在这一切……我只想过以前那样的日子。”

正山叹口气，道：“人生不如意者十之八九尔再长大些总会明白不似吾寿命虽长可一成不变亦是教人孤寂。”

“是啊！人生不如意者十之八九，所以人生得意须尽欢，本便短暂，糟蹋了更是枉负韶光。”这句话从我口中说出，却不是我心中所想，身体再一次不听使唤，我脑中一空，雪菜，回来了。

正山点点头：“傻狍子说得甚有道理尔可万勿教自己后悔。”

“我”点点头，告别正山回去了。

爹娘自然对星图的事情毫不知情，照往常一样在铺子里忙活着。

满屋子都是熟悉的甜香味，爹正在和面做桃酥，娘正用小钳子细细从破碎的壳里夹核桃肉出来，见“我”回来，问：“这是去哪里玩了，这才回来？”

“我”笑道：“左不过去烟雨阁后园，找找有没有时下的果子吃。”

爹笑道：“这么大了，可不还是小孩心性嘛！眼瞧着要定亲，还不沉稳些。”

“我”依偎在娘身旁，随手拈了个核桃仁吃，娘又好气又好笑地轻轻打了一下“我”的手：“这馋猫。”

这种日子虽说是我从小到大过惯了的，可是为什么今日看在眼里，却如此酸楚？

留下来，这个家又当真会分崩离析嘛！且不说星图带来的祸患是我无能为力的，现在我又被雪菜夺取了身体，什么也做不得。

“我”继续乖巧地帮忙做事，帮忙送点心。十五越来越近，“我”却还未与爹娘言说随李绮堂去薄州的事情，莫非雪菜对玄阴地也心存不舍吗？

这天去烟雨阁送点心回来，在龙神祠边，竟看到了枕梦公主与睚眦殿下一行人。枕梦公主早瞧见了我，招手笑道：“梅菜，你来。”

“我”忙跑过去，笑道：“莫不是枕梦公主与睚眦殿下此行已然圆满，要回去了？”

枕梦公主道：“你应该也听说了今年的事情，可随本公主回龙宫去躲一阵子。”

“我”忙道：“公主好意，梅菜心领了，不过梅菜的家人，自是割舍不下。”

枕梦公主道：“那也早做打算吧！扫把星十六就要走了。晚了，只怕要来不及。”

“我”点点头：“多谢公主。”

枕梦公主笑道：“不必客气，本公主就是喜欢你的乖巧劲儿。若是有缘分，待到本公主与饕餮成婚，还可寻你来做龙神使者。”

说着，一张绝美的面容，便飞了一抹嫣红，更是倾国倾城了。

正山也挤了出来，诚挚地说：“傻狍子吾此去不知何时归来倒也怪舍不得尔的若是灾难过去尔还会回来吾定回青石井等尔。”

睚眦殿下高高在上地瞥了枕梦公主和正山一眼，冷哼了一声：“傻狍子人缘倒是大好的，本神也奉劝你，尽早远离此地是正经。”

连睚眦殿下都说出这种话，可见这次星图带来的异象，非同小可。

龙井早出来了，斜倚着门口笑道：“这龙神使者，可是来与本神生离死别的？”

也许龙井早看出来雪菜回来了，并不曾呼唤我的名字。

“我”笑道：“心下虽说不舍，到底还是平安要紧些。梅菜心下，可当真生离死别一般不舍，才做龙神使者多久，便要逃命，委实不是我的心愿。”

龙井笑道：“本神知道，你还须与你那朋友道别吧？”

“我”点点头，笑道：“龙神爷明察秋毫。”

枕梦公主大概并不知晓扫把星是雪菜的朋友，叹道：“若不是今年是扫把星现世，又何须如此凄凉，虽说各司其职，他本便是做这不讨好的神仙，也可怜了些。”

“我”则坦然答道：“可不是嘛！扫把星隔一阵子来一次人世，对人来说，自然不是好事。”

龙井认真地看了“我”一眼，道：“星图这些年来一直都孤苦伶仃，能有个投脾气的朋友，大概还是头一遭。只不知道下次他再来人世，还有没有这样的缘分。”

“我”道：“缘分这种东西虚无缥缈，怎么做得准呢？”

枕梦公主笑道：“小孩子家家，说话倒怪老成的。”边又含情对龙井说：“饕餮，他日若是梅菜有心修仙，你倒可以帮上一把，带她去龙宫陪本公主，也是好的。横竖龙宫之中本公主一个都不熟悉，他日嫁过来，可不也烦闷得很。梅菜古灵精怪，正好陪本公主玩笑。”

龙井一挑眉头，连拐弯抹角都懒，只道：“本神可未曾说过要娶你。”

枕梦公主一愣，怒道：“可不是你又来耍赖！”但顾及众人皆在，怕是不愿失了分寸，噘嘴道：“今日也便罢了，改日与你连着那九尾狐的账一起清算！”

龙井一听，倒是笑道：“上次香片还来与本神送了桃花蜜酒作礼，告诉本神这个月十五要与二狗子成亲了。你若是愿意连二狗子一起得罪，不若趁他们婚事上大闹一场，岂不美哉？”

枕梦公主闻言，竟眼角眉梢也跟着添了些喜色：“夏忘川与香片成婚的日子，这么快便要到了吗？那日里成心与本公主不痛快，想必也是觉着自己终究与你没有那缘分，嫉妒你终究还是要与本公主成亲，才打肿脸充胖子。也罢了，看在夏忘川的面子上，本公主也不与一个落败的计较。不过若是喜事唤你做客，本公主大不了也晚回去几天，与你同去吧！”

龙井一撇嘴，刚要说话，睚眦殿下先冷哼一声，道：“枕梦公主只是随本神进人世，可未曾听说有擅自出游的权利。本神生平最厌麻烦，若枕梦公主再一意孤行，与本神添乱，本神只得上报龙宫，处置你一个拖延之罪了。”

枕梦公主闻言，满脸不畅又不敢反驳，只得道：“回去便回去了，睚眦兄长莫要声张。”

此情此景，大约也是我毕生最后一次得见了。

“我”与众人告了辞，又来到了那大梧桐树上，星图早来了，倒挂在更高的树杈上，一声不吭。

“我”道：“星图，咱们就要永世不得相见，你有什么想说的，都说与我吧！”

星图叹口气，翻身起来，道：“雪菜，你当真要这样？上次那傻狍子已然苏醒一次，若是你妖力压不住她灵力，就只能烟消云散了。”

“我”道：“若当真如此，那是我自己没用，生生世世做输家，怨不得旁人。”

星图“啧”了一声，苦口婆心地说：“雪菜，听我一句，回妖界吧！我不想看唯一的朋友生死未卜，我走也走得不安定。”

“我”苦笑道：“星图，其实不止梅菜，我也不想走。”又留恋地看了后园一眼，整个烟雨阁依旧宁谧安详，时不时几声鸟叫，“我”叹口气：“天下没有不散的筵席。”

星图从树上跳下来，突然说：“雪菜，要是我肯留下来，便不会带来祸患了，真若是这样，你肯回妖界吗？”

“我”侧头望了星图一眼，星图全身被阳光罩着，逆着光，只看见一团金红的影子，虽说矮小瘦弱，倒坚毅得很。

“我”道：“你是在说笑吗？你再怎么不济，也是天上的星辰，留下不走，逆天而行，就只能化作一颗焦黑的石头，有什么意思？”

星图道：“我有长生不死的寿命，可是总孤寂一个，这是生是死，是星辰是石头，又有什么所谓？”

“我”道：“星图，我有我的道路要走，本便与你无关，我再舍不得也是我的事，没必要让你来做这荒唐的决定。”

星图顿了顿，道：“其实，你与傻狍子由双生花化作人形，原与我有些关系……”

“我”云淡风轻道：“我知道，这根本怪不得你，要怪也怪饕餮。仗着自己是龙神，天不怕地不怕，明知道跟你在一起总会招灾惹祸，还非要与你交什么朋友，搞得自己运势更改，婚事给龙王爷拒绝，与香片反目成仇，最后妖簿失散，自己又被镇压在了玄阴地上，还不是自找的。又不是你愿意看到的结果，与你没有半分关系。”

星图愣了一下：“香片与你说的吗？”

“我”道：“自打我化作妖灵，主上一直心生愧疚，加之对饕餮的恨意，早把事情和盘托出。我也不过想随着主上，报复饕餮而已。谁知道到头来谁都没有错，我这宿命，要怪谁呢？”

我心下也大吃一惊，怎么，我和雪菜的命运，原来与星图还有这些关系吗？

星图一咬牙，接着道：“你和傻狍子还是双生花的时候，若不是我碰巧与不信邪的龙井玩耍，也不会改变他的运势，教他和香片变成那个样子。你们这双生花本是龙井送与香片的信物，也被香片一气之下，投入冥河，打进轮回。追根溯源，全是我造成的，如果不是我，花开花落，怎生会有这么多纠葛……”

“我”道：“与你本没有关系，就算你不来，三界不乱，我留下，又能如何？我不想回妖界做妖，就算拼着一死，我也要做人。也许你会说我飞蛾扑火，可是这是我的梦想，无论如何，我也要实现。”

星图说：“雪菜，你不会猜不出，你一意孤行要与梅菜拼个你死我活，也是因为跟我靠近，我给你带来的祸患吧？”

“我”笑道：“不，不是你的影响，是我自己要跟梅菜争的。双生花只能活一个，谁都知道。”

星图道：“可是香片已经恢复了你的妖灵，只要你肯继续做妖，是可以活下去的，只要我不回天庭，一切还是可以照旧。算是我将功补过，一直带来灾祸的我，最后也做一件好事。”

“我”盯着星图，也意识到了星图的坚决，立刻说道：“星图，你听我的……”

星图用水灵灵的大眼睛眷恋地看了“我”一眼，没说什么，化作一团白光，消失不见了。

“我”突然害怕起来，起身喊道：“星图！星图！”

星图的声音隐约传来：“自打我做了这扫把星，向来都被视作洪水猛兽，没有谁愿意与我交往，眼神里除了嫌弃还是嫌弃，我就算永生不灭，除了更多的深恶痛绝，我还能得到什么？这样只能远远观望一切，连朋友都会带累的仙，不做也罢。雪菜，我知道你舍不得这一切，既然如此，你留下，替我好好活下去。”

“我”忙道：“星图，不是这样的……你回来！”

可是，那星图再也没有了回音。

“我”颓然呆在原地，喃喃道：“不应该是这样的……”

“我”愣了一会儿，跑进了龙神祠。龙井仍在对着窗发呆，见“我”来了，问：“你怎生回来了？”

“我”跪下道：“龙神爷，星图说，为了让我继续留下，不走了。”

龙井愣了一下，道：“这又是何苦？扫把星的使命便是如此，也不是他自己能左右的，他身为一颗星辰，竟要舍弃仙位吗……”

“我”毅然道：“我愿意放弃与梅菜争人的机会，但求龙神爷能帮我寻得星图，其他的我全不会再放在心上，但求星图回到天上去！”

说着，一道影子从我身上分离出来，雪菜出来了。

我已经能动了，可是我定定地与和我一模一样的雪菜对望，却不知道该说什么。

雪菜道：“梅菜，我不与你争，我终于明白，虽说你处处不如我，可你就是命好，这便足够我输了。你继续做人吧！代我照顾好爹娘，等我把星图找回来，你只管与李绮堂远走高飞，不要回来了。”

我忙道：“雪菜，我和你一起去寻星图！”

雪菜脸色复杂，半晌方道：“你……你可真是傻狍子，你不是不想离开这里吗？星图不再回到天上，对你而言才是最好的结局吧！”

我摇摇头：“星图不该孤注一掷，改变我们的宿命，寻得他，劝他回天上，就算三界动乱，也总会过去。到时候，我一定会与爹娘回来的！”

龙井看着我们，默默拿出了账册，太平猴魁……甘露……碧螺春……雀舌……一个个熟悉的账册妖怪从账册中走出来，熙熙攘攘，围满了龙神祠。

龙井道：“你们今日运道好，可出来透透气，替本神寻扫把星君来，若有能寻得的，本神与你们自由。”

账册里的妖怪一听，议论纷纷。太平猴魁瞪大眼睛，好奇地问道：“龙神爷，这扫把星君可不是能轻易靠近的，只不知寻他做甚？”

龙井笑道：“就你这老头子话多，莫再多问，不敢近前也不打紧，寻得了，告知本神便可。”

甘露也道：“我倒是可以让眼睛四下里寻，但求龙神爷说话作数，当真与我们自由。”

龙井道：“吃一堑长一智，若是你们肯痛改前非，本神自当行个方便。放心，本神执掌妖簿，难道是言而无信，这么点儿主也做不得？”

甘露大喜，众妖怪也如同吃了定心丸，随即全然消失不见，去寻星图了。

“龙神爷，若是余亦能寻得星图，可否能在睚眦殿下面前与余说情，教余免于睚眦殿下追杀？”

我抬头一看，竟然是通体漆黑的老君眉，不知哪里得来的消息，也在横梁上瞪着两只碧绿的眼睛，前来自告奋勇。

龙井问：“你这老东西怎生也来了？”

老君眉有些尴尬，道：“左不过余一时糊涂，误投了他主，现下妖界冥界要联姻，二公子夫妇说教余回龙神爷身侧，说也算得一份他们的谢礼。”

龙井道：“你倒是老奸巨猾，知道现在没有了庇佑，睚眦兄长定要与你赶尽杀绝，迫不得已，才要来讨这个彩头吗？”

老君眉猫脸上竟做出一副笑容来：“嚯嚯，还是龙神爷明察秋毫。”

龙井笑道：“你这老东西，得罪了睚眦兄长，还想着全身而退？

也罢，若你运气好，寻得了扫把星君，本神在妖簿留你一个地方，回来了倒能保你一命，免遭睚眦兄长屠戮。若是你执意要自由，教睚眦兄长弄死算了，本神也悉听尊便。”

老君眉掂量了掂量，只得应下，一转身顺着横梁飞快地跑出去了。

这老君眉害人不浅，流落在外面，终究是一个祸患，真要是被龙井给收回去，也算是了却了一桩心事，倒是甚好。

雪菜见状，竟然也拜谢道：“若能救得星图，雪菜也愿永生不吃猜忌之心，甘愿给龙神爷收入妖簿！”

龙井摆手道：“如今见你亦有了改性，若当真洗心革面，不再害人，本神与你个机会，替远走他乡的傻狍子做信女也就是了。”

雪菜一听，先是难以置信，接着竟然喜极而泣，但又立刻擦擦眼泪，问：“龙神爷莫不是在说笑？”

龙井道：“香片在冥界已然有了纸扎的傻狍子，你不回去也无所谓了，何况你妖力也不浅，性格又伶俐，留下来助本神收妖，也算是助本神一臂之力。妖簿之中散落在外的还有许多，灾变又与你无干，替了傻狍子，本神也可多偷些懒，岂不是皆大欢喜吗？”

雪菜更是高兴，跪拜道：“救得星图，雪菜听凭差遣！”

我心里又是高兴，又是难过，说不出的滋味，只得讷讷地傻站着。

龙井伸手一戳我的额头，道：“还愣着做什么？十五马上就到了，你不是说帮着寻星图吗？还不快去！”

雪菜忙道：“梅菜，你与我一同去吧！”

我一听，雪菜似再没有那么恨我，忙应了，与雪菜同出来寻星图。

外面已然一片暮色，我问：“星图平时会去哪里？”

雪菜凝眉道：“星辰喜高冷，据他说，每次来人间，只愿意在玄阴地纳凉，只怕走不远，还是在这紫玉钗街上。”

紫玉钗街说大不大，说小可也算不得小，密密麻麻的商铺，纵横的胡同，要找也真不知从何找起。

我忙道：“不若分头行事，也许还可快点找到星图。”

说着，便要从铁锅胡同开始寻，雪菜却一把拉住我，道：“梅菜，这是咱们最后一次在一起了。你的灵力自己又不会用，给闲散妖怪吃了，才是不值得，这次，咱们一起寻。”

我心下又是高兴，又是酸楚，雪菜终于不再与我争执她被我占据的一切了吗？

不知不觉，眼泪夺眶而出。雪菜又好气又好笑地替我擦了，道：“人都道姐姐生来便是要让着妹妹的，我从未照顾过你，还处处与你争，你当真不恨我？”

我摇摇头：“不恨不恨，梅菜、梅菜真的很高兴有个姐姐……”

雪菜眼圈也发红，道：“可惜、可惜我知晓得太晚……”说着，攥着我的手又更用力了些。

我和雪菜遍寻了所有的角落，却没有一丝星图的踪迹。

雪菜嘴上没说什么，可是面色越来越难看了。

我忍不住问：“雪菜，星图这次若是不回去，仙位真的就……”

雪菜说道：“星图星位主凶，隔一段时日，就来一次人间。本便是乱运之星，靠近他的，不管是人是神，都会给他乱了运势。是以他一直只能躲在远处，谁都近身不得。可这也是他的职责，有福星护佑人，理应也有凶星祸乱人，这是天道轮回，谁也更改不了。若是照着星图的话，他留在人世，那今年他带来的异象自然不会发生，但他是星辰，不回天庭，便只能陨落成一块焦黑石头。莫说仙位灵力，人形都是一丝也存不下的。明天就是他要走的时候，若是灾祸未至，便是他……陨落了。”

星图肯让自己变成石头，也要让雪菜完成自己的心愿，这种友情，当真教人动容。

我和星图虽说只见过几面，却也觉着他并不是恶人，只不过背负的使命沉重了些，定然也压得他不堪重负。

不知不觉天色渐渐发白，还是不曾寻得星图的踪迹，雪菜越发着急，我劝道：“不若先回龙神祠，许龙神爷他们有了音信也说不定。”

雪菜勉强点点头，与我回到龙神祠，龙井也破天荒地不在，想必亲自去寻星图了。只留下瓜片一个看门的，见我们回来，瓜片蹦跶着嚷道：“没回来！没回来！”

雪菜的脸色，一点点地灰暗了下去。

我突然想到李绮堂，忙道：“不若也寻李公子帮忙，说不定人多好办事呢！”

雪菜勉强笑道：“梅菜，你总也忘不了你那俊俏少爷呢！”

我脸上一热，忙道：“什么时候了，还有心思笑话我，还是赶紧去李家找李公子是正经。”

雪菜拉着我的手，教我闭上眼睛，再一睁眼，已然来到李绮堂的门外。李绮堂正在内堂练字，见我来了，先是惊喜交加：“可算是等到了……”

但他再一看，我身后的雪菜也一齐来了，不由得愣住了，但目光落在了雪菜身上，瞬时就冷下来了，伸手就要取天罡箭来射杀雪菜。

雪菜的嘴角，微微一扬——是个凄楚的笑容。

我忙道：“李公子，我和雪菜的恩怨已经了结，现下，是寻李公子帮忙的！”

李绮堂奇道：“这是怎么回事？这个与梅姑娘一模一样的妖物是……”

我细细讲了与雪菜的种种纠葛，李绮堂一听原来带我搬到薄州的事情原来是与雪菜说的，脸瞬时红到了脖子根，头都不大敢抬。

我说：“李公子，若是能帮忙寻得星图，我们姐妹二人感激不尽！”

雪菜一听我说出“姐妹二人”，抬起眸子，也一副悲喜交集的模样。

李公子这才说道：“在下必定尽心竭力，寻得扫把星君。”顿了一顿，又腼腆地说道：“梅姑娘，若能寻得扫把星君，异象发生，在下觍颜再问梅姑娘一次，不知你肯不肯随李家搬到薄州？”

我点点头：“若李公子不弃，肯给个照应，我们家，姥爷家，小三子家同去，可行？”

李绮堂掩不住的笑意，忙道：“自然甚好！”

有了李绮堂的帮助，我们仨继续遍寻紫玉钗街，偏生星图销声匿迹，任何蛛丝马迹也寻不得。

眼看时间一点一点流逝，我们心下越来越焦急，就要到星图回天庭的时候了，却连星图的影子都未曾找到。

天色再次暗下来，李绮堂定睛望着夜空，摇头叹道：“扫把星君回天庭的时候到了。可是星象上根本没有痕迹……”

雪菜又是着急又是无计可施，眼睛憋得通红。

我忙问李绮堂：“星图这次回天庭是什么时辰？”

李绮堂道：“左不过是这一时半刻了，再晚一些，怕扫把星君将失了这回天庭的机会，化作陨星……”

“星图……你在哪里？”雪菜像是忍不住了，只管对着星空呼喊着，“我不去与梅菜争做人了！你回天庭去吧！”

除了风声，一点儿回音也没有。

我也喊道：“星图，若是你能听到，请快快回来！这是命数，原就怪不得你！”

依旧万籁俱寂。

过了不知道多久，天上的星辰从朦胧越发清楚，李绮堂依旧摇头，看来星图还是未曾回去。

星图当真，宁愿做一颗陨星吗……

“找到了！”一个黑乎乎的影子快如闪电地蹿过我的脚背，我一瞧，原来是老君眉。

雪菜忙问：“找到了？星图找到了？”

老君眉碧绿的眼睛在暗夜中闪闪发亮，道：“余寻得了扫把星君，现如今，他已经被带到龙神祠去了！”

我们闻言，赶紧跑回了龙神祠，只见账册妖怪围成一圈，中间有个亮着白光的东西，难道是星图？

龙井见我们回来，面色颇有些遗憾，道：“找到是找到了，可是星图他……”

“星图怎么了？”雪菜钻进妖怪群里，我也尾随在后，定睛一看，原来星图躺在地上，全身发出白光，却闭着眼睛一动不动，好似睡着了一般。而随着那白光越来越强，星图脸色却越来越黯淡了。

我忙看向了龙井：“龙神爷，这……”

龙井摇头叹道：“星图根本不肯走，马上便要错过时辰了。今年他带来的动乱将不会发生，可是他逆天而行，等到白光燃尽，他就要化作黑石头了。”

雪菜扑过去，大哭起来：“星图！你回去！你回去！我不要做劳什子人了，我只要你下次来人间，继续做你的朋友！”

我急得五内俱焚，忙问龙井：“龙神爷，还有什么旁的办法能救星图吗？”

龙井沉吟一下，这才说道：“其实，双生花之所以珍贵，除了稀少，还有一个原因是，神仙的命运不归三界管理，是以虽然永恒，却无法控制，而双生花的灵力，可以让神仙也能起死回生。”

这话，我上次在冥界，也听见冥府里的其他公子提起过！

我和雪菜闻言，对望了一眼，显然是同时想起来了，忙异口同声地问道：“我们俩，可以救星图？”

龙井点点头，李绮堂也一副恍然大悟的模样道：“怪不得梅姑娘灵力过人，又有妖力过人的姐妹，原来竟是传说中的双生花吗？在下也听闻过双生花的传说。不过，双生花似是须合二为一，方可聚集灵力妖力，现下两个梅姑娘已然分开，如何救扫把星君呢？”

我忙道：“我们可以合二为一的！”说着去握住雪菜的手想让她进入我身体里。龙井道：“可以是可以，可是双生花灵力耗尽，自然……非得死一个。”

雪菜闻言，慌忙抽出自己的手，道：“我死也便算了，可是梅菜……”

我虽说舍不得这一切，可是，至少星图能活下来，灾荒也能消弭，不仅仅救下星图，还能让这一片土地能继续安稳下去，怎么想，怎么是值得的。

我忙道：“雪菜，我也不要紧，横竖你样样比我强，若死的是我，你替我照顾爹娘，我心下也是安稳的！”

雪菜泪光盈盈，道：“梅菜，你……”

我笑道：“傻狍子本来与梅花鹿就是一家人，不管谁生谁死，留下一个，就足够了。”

李绮堂一听，甚为慌张，忙问龙井：“龙神爷，难道没有别的办法可以两全？”

龙井摇摇头，低沉地说道：“本神亦没有旁的办法。”

眼看着星图全身的光亮到极致，已然慢慢暗下来，星图白白净净的脸色也有些发黑，我忙道："顾不得许多，赌这一把，我觉得值得。再说，我一直比你弱，八成我要消失了，你替我做爹娘的好女儿，替我做龙神使者吧！"

雪菜泪光盈盈，道："梅菜，你……"

雪菜一边看着星图，一边看着我，犹豫不定。李绮堂拉着我，镇定惯了的神态也是难得的慌张，颤声道："咱们再想一想，是否有旁的办法……"

星图身上的光越来越弱，我一咬牙，抓过雪菜，往雪菜身上一撞，只觉得，自己此生从来没有产生过这么大的力量，一睁眼，便与雪菜合二为一了。

我忽然感觉全身都像被烧起来了，热得了不得，眼前什么也看不到，只有白茫茫明晃晃的光……热……好热………也许，我要消失了……

不知道，谁握住了我的手，我心里倒是踏实了许多。

迷迷糊糊，我听见有人喊着："梅菜……雪菜……灵力和妖力都消失了……"

消失了，可是，我好像还未曾喊雪菜一声姐姐……

迷迷糊糊悠悠醒转，感觉周身暖洋洋的，仿佛睡在阳光下，真舒服啊……睁开眼睛一看，可不是在龙神祠前面的石板上晒着太阳睡着了嘛！

我伸个懒腰，这一觉倒是十分香甜，不过，我怎么也想不起来，我怎么会在这里？不禁揉揉眼睛，心下想着，莫非送点心的路上犯困了？

"梅姑娘！你醒了吗？"我抬眼一看，是李公子。

不对，我是怎生知道，他便是李公子的？对他没什么印象，偏偏却认识他，这个感觉，就是那先生教的"似曾相识"吗？

这个公子白白净净，俊俊俏俏，说话温文有礼，长得还真好看啊。我一个跑腿小丫头，什么时候认识这种大户人家的少爷呢？他来过烟雨阁，是恩客吗？

奇怪，我怎么也想不起来，是怎么认识他的了。

李公子看着我，先是放了心似的，对我笑了，但对我的反应，又有些疑惑，接着又问："梅姑娘，你是梅菜，还是雪菜？"

这个公子识得我，我想了想，道："我大名是叫梅菜的，可是雪菜嘛，好像也有人这么唤过我，大概是小时候的小名，我也不记得了。李公子，你怎生识得我的？"

李公子一愣："梅姑娘，你知道在下是李公子，却不记得关于在下的事情了？"

我不好意思地搔搔头："烟雨阁恩客众多，恕我失礼，难以一一记全，只怕送点心的时候在哪个姑娘房里见过吧。"

"这……"李公子一脸惊惶，转身看看身后，说："龙神爷，这是？"

这个少爷年纪轻轻，怎生发起了癔症？虽说他身后便是龙神祠，可这少爷表现的，好似身后当真有一个龙神爷在和他说话似的。

龙神祠……对了，我平日里可不是专门负责给龙神祠上供奉的嘛，大家伙儿还开玩笑地称我做什么劳什子龙神使者呢！

"是灵力、妖力一起消失，把这些记忆，也一起带走了吗？"而那个李公子，还对着空荡荡的龙神祠堂门口，自顾自问道，"还是她……不想梅姑娘再有愧疚？"

这话虽然听上去跟我有关，我却听不懂，只那个少爷还在自顾自说什么"她还会不会想起来"什么的。

这个少爷，莫不是撞了邪吧？在龙神祠前面撞邪，也不知道那位龙神爷，是怎么当的。

娘从小教我，莫要多管闲事，而且这少爷的闲事，也不见得是我能帮上忙的。

于是我拍拍身上的浮土，打算回家去了，大白天竟然躺在外面睡着了，也实在没有分寸。

"梅姑娘！"没承想，那个少爷见我要走，竟还远远喊道，"你当真把关于龙神祠的事情，尽数皆忘记了吗？还有，你的名字……"

唉，不过是个名字，什么要紧的，这个少爷虽然好看，却当真疯魔得有些厉害。

我心下想着，虽说不该多管闲事，可也还是去请莫先生来处理的好。

夏天一来，随着微风，满树的叶子扑簌簌直响，蔷薇开了，粉艳艳真漂亮，若是偷偷摘下几朵，大概又得给黄伯骂吧？我觑了一眼黄伯的屋子，心下想着，还是死了这条心吧。